KB167297

바다여, 바다여 2

The Sea, The Sea

THE SEA, THE SEA
by Iris Murdoch

세계문학전집 236

바다여, 바다여 2

The Sea, The Sea

아이리스 머독

최옥영 옮김

민음사

차례

역사(4~6)

4

이후의 이야기와 바로 전의 이야기는 훨씬 뒤에 기록한 것
이다. 그러므로 내가 계속해서 일기를 써 나갔을 경우보다 더
욱 깊이 회상한 것이며, 더욱 체계적으로 기억했던 이야기다.
그런 사건들은 곧바로 일기를 쓸 만한 시간을 내게 주지 않았
다. 사건 직후에 일어난 것은 막간극(아마 희극적인)의 분위기
를 보인다. 이 회고록은 이제 소설처럼 되어 버렸지만, 진실에
관해서는 (제임스가 말했듯이 도대체 무엇이 진실이란 말인가?) 정
확하고 진실하게 기록했다. 나는 특히 대화를 보다 정확하게
기억할 수 있다. (아마 이것은 직업적인 속성 때문일 것이다.) 그래
서 촛불 아래서 하틀리와 나눈 대화를 녹음했다면 지금 내가
여기 옮기는 내용과 크게 다르지 않으리라고 확신한다. 내 이
야기는 단축되었지만 내용은 아무것도 삭제하지 않았으며 실
제로 사용한 단어를 충실하게 옮겨 놓았다. 이 책에 기록된 지
나간 수많은 대화들과 앞으로 나올 대화들이 얼마나 내 정신

과 마음속 깊이 새겨져 있는지!

　앞에서 말한 날 밤 집에 돌아온 나는 너무 지쳐서 침대로 들어가 잠을 잤다. (한국산 조개는 먹지 않았고 나중에 버렸다.) 그다음 날 아침 9시가 넘어서 잠에서 깨어 보니 비가 오고 있었다. 영국 날씨가 또 다른 장면을 연출한 것이다. 바다는 억수 같은 빗줄기와 함께 밝은 회색빛으로 뒤덮여 있었다. 불빛에 비친 비는 마치 조명을 받은 창살처럼 보였고, 빗방울은 마치 우리 집 구슬 커튼의 구슬처럼 따로따로 볼 수 있었다. 비는 빛나는 회색 대기에서 약하게 진동하고 있었고, 집은 규칙적으로 때리는 빗방울 때문에 기계와 같은 소음을 내고 있었다. 몸을 일으킨 나는 주방에서 비틀거리다가 차를 끓이면서, 체면 손상이라는 긴급 상황에서 언짢은 짐승이 그러듯이 고개를 떨어뜨렸다. 내가 떠난 후 니블레츠에서 무슨 일이 있었는지도 궁금하지 않았다. 모든 것은 곧 지나간 역사가 될 것이다. 나는 작은 붉은 방에 앉아서 비가 내리는 아침의 빛을 보지 않으려고 아직도 언짢게 머리를 떨어뜨리고 있었다. 상황을 위태롭게 함으로써 무언가 내가 성취한 듯한 느낌이었다. 사실 현재는 아무것도 할 필요 없이 그냥 기다리기만 하면 되는 것이다. 틀림없이 그녀는 올 것이다. 그리고…… 만일 그녀가 오지 않는다면……. 나는 이미 다른 계획을 조용히 꾸미고 있었다. 다른 수단이 전혀 없는 것은 아니다. 나는 기다릴 것이다. 그런 생각을 하자니 이상하고 불안한 평온함이 밀려왔다.

········

　얼마 후에, 다시 말하면 나의 보류 상태에서 하루 혹은 이틀이 지난 뒤에 반쯤 기대한 대로 길버트 오피언이 유령처럼 나타났다. 오전에 수줍은 듯 짧은 초인종 소리가 들린 다음, 불안한 미소를 띤 길버트가 나타났을 때 나는 왜 놀라지 않았을까? 그의 뒤편으로 둑길 끝에 세워 둔 노란 차도 보였다. 이상하게도 내 계획에는 이미 길버트와 같은 사람도 포함되어 있었다. 그리고 그는 유용할 것이다. 운명은 오랜만에 나에게 협조하고 있었다. "리지 때문이야?" "아니요." 잘되었다. 아직도 비가 오고 있었다.

　나는 놀라고 난처한 기색을 보였다.

　"그럼 무엇 때문이지?"

　"그림자의 왕이시여, 들어가도 될까요? 비가 내 목을 타고 흐르고 있거든요."

　나는 초콜릿 비스킷을 먹으며 오발틴 코코아를 마시던 주방으로 그를 안내했다. 나는 오전 10시 30분 이후로 하루 종일 규칙적으로 간식을 먹는 버릇이 있다. 작은 붉은 방에서 장작불이 타고 있어서 열린 문틈으로 불빛이 들어와 주방까지 밝게 비추었다. 빗줄기를 커튼처럼 두른 주방에서 불빛은 춤추듯이 흔들거렸다.

　길버트는 비에 흠뻑 젖어 있었다.

　"어쩐 일이야?"

　"리지가 나를 떠났어요."

　"그래서?"

"그래서 여기로 당신을 찾아와서 리지에 대하여 말하고 싶은 충동을 느꼈어요. 꼭 말해야 할 것 같았거든요. 그녀는 병이 났어요. 마음의 병 말이에요. 옛날처럼 그녀는 당신을 미치도록 사랑해요. 그 병이 다시 도질까 봐 두려웠어요. 그런데 한가지 증상은 그녀가 나를 견디지 못한다는 거예요. 글쎄요, 우리의 동거 생활은 위태롭고도 믿기 힘든 기적과 같았어요. 하여튼 이제는 모두 끝났어요. 우리의 전원시는 끝났지요. 우리의 아담한 집은 파괴되었고, 나는 폭격을 맞았어요. 그녀는 떠났어요. 그녀가 어디 있는지는 나도 몰라요."

"여기 있으리라고 여긴다면 미안하지만 그녀는 여기 없어."

"아, 아니에요……."

"내 탓이라고 생각하는 거야? 그 말을 하려고 여기 온 건가?"

"아니에요, 아니에요. 난 누구 탓도 하지 않아요. 운명, 신, 또는 자신 때문이에요. 인생의 투쟁, 그리고 어떻게 맞서 싸울 것인가의 문제죠. 나를 징병한 사람은 누구든 간에 큰 잘못을 저지른 거예요. 그녀가 가 버리자 그녀가 나를 돌보아 주고, 그 집을 함께 꾸미고, 진짜 사람 사는 것처럼 함께 물건을 골랐다는 게 믿어지지 않았어요. 아니에요, 그냥 오고 싶었어요. 당신은 늘 나에게 자석 같았어요. 이제 늙고 보니 다른 사람들이 뭐라고 해도 신경 쓰지 않고, 나를 멸시해도 상관없어요. 언제나 시도는 가치가 있어요. 젊었을 때 더 진취적이었다면 좋았을걸. 당신을 내가 어떻게 생각하는지 알지요? 그래요, 이런 얘기는 싫어하지요. 당신은 이런 말을 멸시하고 지겨워하지만 사실 누구에겐가 사랑을 받는다는 것은 좋은 거예요. 그리고 고마워해야 해요. 어쨌든 나는 지금 무직이고, 그래서 당신을 만나러 왔어요. 당신이 나를 잠시 동안 여기 머물게 해 주면 내가 도움이 될 만한 일이 있을 것 같아서요. 그녀가 없는 집에 혼자 있을 수가 없어요. 모든 것이 그녀를 생각나게 하니까……."

"도움이 된다고?"

"내가 요리도 하고, 집 안도 청소하고, 잔심부름도 하면 되지 않겠어요? 안 그래요? 난 언제나 내가 다른 사람에게 속해야 한다고 느꼈어요. 일종의 법적인 소유물로 말이에요. 말썽꾼이 아니라 그냥 소유물로요. 권리는 없어도 돼요. 난 가끔 나에게 노예근성이 있다고 생각해요. 아마 전생에 나는 러시아의 농노였을지도 몰라요. 나는 단순한 일을 하고, 아늑하게 보호를 받으며, 주인의 어깨에 키스하고, 난로 위에서 자는 것을 생각하곤 해요."

"내 집 노예가 되고 싶다는 거야?"

"네, 제발, 주인님. 좋다면 저 개집에서 살겠습니다."

"좋아, 자네를 고용하겠네."

이리하여 내 짧고 색다른 생활이 시작되었다. 이상하게도 나는 이때를 회상하면 슬픈 향수를 느낀다. 아마 무서운 폭풍우 이전의 무시무시한 고요 때문이었으리라. 나는 길버트가 노예로서 그의 역할을 하는 것을 좋아하기까지 했다. 과거에는 그의 노예근성 때문에 그를 존중할 수 없었으나, 나에 대한 그의 헌신은 그가 건전한 생각을 가졌다는 것을 증명해 주었다. 그는 이 단계에서 유용했고 나중에는 내게 필수적인 존재가 되었다. 내 생활 수준도 향상되었다. 길버트는 집 안 청소를 하고 목욕탕의 찌든 때도 닦았다. 나는 요리도 서로의 방식을 절충하는 선에서 그가 조리할 수 있도록 허락했다. 내 단순한 요리 방식과 식사 수준으로 그를 끌어올릴 수는 없었고, 그것은 오히려 그에게 잔인한 짓이었다. 구운 정어리를 얹은 토스트와 바나나와 크림은 길버트의 생각에 훌륭한 점심이 아니었다. 마찬가지로 기름지고 영양가 많은 그의 프랑스식 요리는 내게 필요치 않았다. 우리는 끝내주게 맛있는 소스를 끼얹은 푸른 야채 샐러드와 햇감자를 먹었다. 이것은 내가 가장 즐기는 요리다. (이제 상점에는 양상추와 햇감자가 있다.) 나는 그에게 야채 수프와 스튜를 만들게 하고, 일본식으로 튀김을 하는 법을 가르쳐 주었다. 그는 즉시 나보다 더 잘하게 되었다. 또한 그에게 케이크를 굽도록 했다. 그는 마을에서 장을 봐 오고 레이븐 호텔에서 스페인산 포도주를 구해 왔다. 그는 그 호텔에서 내 시종 노릇을 하고 있다고 떠벌렸다. 밤이면 그는 아래층의 장작이 잔뜩 쌓인 방에 있는 쿠션이 푹 꺼진 소파에서 잤다. 소파는 습기에 차 있었으므로 나는 그에게 뜨거운 물주머니를 쓰도록 했다.

나는 매일 수영을 했다. 해가 날 때나 비가 올 때도 수영을 했으므로 바닷물이 내 몸속으로 들어오기라도 한 것처럼 물에 흠뻑 젖었다는 생각이 들었다. 햇빛이 내리비출 때는 바위 위에서 시간을 보냈다. 길버트는 대문을 지키고 편지가 왔는지가 보곤 했다. 아무도 방문하지 않았으며, 하틀리도 편지를 보내지 않았다. 나는 다시 자갈을 수집하는 데 열중했고, 조수가 빠져나간 바위틈이나 바위 웅덩이에서 자갈을 주워 잔디밭으로 가져왔다. 길버트는 잔디밭 가장자리의 경계를 만드는 일을 도와주었다. 자갈들은 매우 친근한 감촉을 지녔으며, 정말 여러 가지 색으로 장식되어 있었고, 각기 다른 특징을 가지고 있어서, 마치 내가 발견한 소수의 무해한 부족들처럼 나를 즐겁게 해 주었다. 어떤 자갈들은 이 세상 어느 미술가도 그릴 수 없는 소박하고 아름다운 무늬를 지니고 있었다. 연분홍의 줄무늬가 있는 연회색 자갈, 흰색의 정교한 십자 무늬가 있는 검은색 자갈, 자주색 타원이 그려져 있는 갈색 자갈, 점이 박히거나 얼룩지거나 줄이 있는 자갈 등 수천 년의 해수 작용으로 움푹 패거나 선이 그려져 정교하고 반질반질한 형태를 띤 예술품이었다. 나는 점점 더 많은 돌들을 집 안으로 들여와서 장미목 탁자 위나 내 침실 창턱에 놓았다.

길버트도 자갈을 주워 모으고 꽃을 꺾기를 좋아했지만 가죽 창을 댄 런던 구두를 신고 바위로 올라서면 곧바로 넘어졌다. 그는 고무창을 댄 운동화를 어부들의 가게에서 사 왔지만 굴러떨어지기는 마찬가지였다. 물론 그는 바다에 들어갈 엄두도 못 냈다. 그는 나무를 톱질하여 집 안으로 운반했다. 이런 행동이 상징적인 일로 느껴졌는지 그는 꽤 만족스러워했다. 그는 스스로 일을 만들어 하인 노릇을 하느라 하루 종일 바빴다. 세척제로 구슬 커튼을 세탁해서 반짝반짝하게 해 놓아서 내게는 익숙해진 찌든 때도 없었다. 그렇게 잠깐 동안 우리는 함께 살았다. 각각 자신의 환상에 열중했고, 원시적인 단순한 생활로, 그리고 거의 미신에 가까운 각자의 은밀한 강박관념으로 되돌아갔다.

자갈 찾기에 싫증이 나면 나는 오랫동안 아치형 바위 다리 위에 앉아 있곤 했다. 다리 밑에서는 성난 파도가 민의 가마솥을 들락날락했고, 나는 다리 끝에서 맨발을 뻗어 무지갯빛 물보라 속에 담그곤 했다. 파도를 관찰하는 것은 내게 운명적이면서도 음울한 즐거움을 주었다. 파도는 그 깊고, 신비스럽고, 부드러운 둥근 구멍으로 급히 몰려들었다가 반대쪽에서 달려 나오는 파도에 부딪혀 광란하듯 끓어오르는 거품의 분노에 부서지곤 했다. 조수가 물러갈 때 가마솥이 똑같이 광란하듯 빨아들이는 소용돌이가 되면, 바닷물은 아치 밑의 좁은 출구로 휘몰아치듯 급히 도망치면서 거품을 일으켰다. 그리고 바닷바람의 힘찬 위력에 정면으로 충돌했다. 이 시절에는 끊임없이 바람이 불었고, 강풍이 불 때면 파도가 바위를 때려 울부짖는 소리가 났으며, 바닷물이 바위틈을 들락날락했다. 그 소음은 긴장하고 불안한 상태에 있던 나에게는 짜증스럽게 들렸다. 바다에서 들려오는 소리를 내가 싫어하리라고는 한 번도 상상해 본 적이 없었다. 그러나 가끔, 특히 밤에는 그 소리가 정신적으로 부담이 되었다.

저녁때면 나는 작은 붉은 방의 장작불 옆에 앉아 있었다. 때때로 길버트는 주방에 앉아서 하인 노릇을 즐겼다. (그는 하인 복장을 입고 싶어 하는 것 같았다. 그러나 그것이 나를 즐겁게 하지 않으리라고 추측했으리라.) 가끔 그는 나와 함께 앉았으나 개처럼 아무 말도 하지 않고 나를 물끄러미 바라보면서 당황하며 두 눈을 굴렸다. 가끔 우리는 대화를 조금 나누기도 했다. 등불 빛에서 그는 아주 가끔 신비스럽게도 윌프레드 더닝과 똑같아 보였다. 물론 이 흡사함은 길버트가 무의식적으로 그 얼굴 표정을 흉내 내어 창조한 것이리라. 그러나 나처럼 상처받기 쉽고, 주의 깊고, 감정이 예민한 사람에게는 그 이상의 어떤 것, 즉 하늘의 은총이 내린 것 같았다. 만일 그렇다면 길버트가 영매인 셈이다. 우리는 윌프레드와 클레멘트와 지난날에 대하여 얘기했다. 같은 과거를 가지고 있다는 것은 대단한 것이다. 그리고 나는 클레멘트에 대하여 생각했다. 어느 면으로는 내 인생을 펼쳐 나가고 나를 만들어 준 사람은 클레멘트였고, 이 회고록에도 그녀에 대하여 쓰는 것이 당연하다. 그러나 이런 일에 당연함은 존재하지 않으며, 당연하다는 것은 오히려 잔인한 것이다.

"사랑하는 찰스."

"그래."

"뭘 좀 물어봐도 될까요? 진정으로 클레멘트를 사랑했나요, 아니면 클레멘트만 당신을 사랑한 건가요? 사람들이 궁금해했어요."

"물론 나는 클레멘트를 사랑했지."

사실 나는 그녀를 사랑하게 되었다. 처음부터 그녀를 사랑했느냐고? 나는 그녀의 미모, 명성, 재주, 감언, 그리고 도움을 사랑했다. 내가 클레멘트의 소유가 되지 않았더라면 하틀리를 찾을 수 있었을까? 클레멘트와의 관계는 수년을 두고 지속되었다. 그녀는 내게 단 한 명의 영원한 사람이었고 죽음만이 그녀를 떼어 놓아 주었다. 나는 그녀의 어린 애인이었고, 창조물이었고, 사업 동지였고, 남편에 가장 가까운 사람이었고, 마지막에는 결코 떼어 놓을 수 없는 중년의 아들이었다. 클레멘트를 향한 내 사랑을 다른 모습으로 바꾸거나 다른 곳으로 옮기는 것이 내 인생의 주요 과업이자 업적 중 하나였다. 그 사랑은 가끔 실패하는 듯하였지만 결코 완전히 실패하지는 않았다. 내가 하틀리와 난롯가에 앉아서 클레멘트의 이야기를 할 수 있을까? 그녀가 이해하고 또 알고 싶어 할까? 자신을 다른 사람에게 설명하여 정당화시키고, 자신의 사랑을 기념하며 살아간다는 것은 얼마나 중요해 보이는가?

"찰스."

"응."

"오늘 술집에서 이상한 이야기를 들었어요."

"아, 그래."

"그 운전기사 프레디 아크라이트가 술집 주인 동생이래요. 그가 성신 강림 축일에 올 거라는군요."

"아, 그래." 수치심과 죄의식과 또 다른 악마의 흔적.

"떠나간 사람들이 다시 돌아오는 것이 이상하지요."

"그러네."

"찰스."

"그래."

"당신이 리지와 살면 내가 시종 노릇을 할게요. 술 한잔할래요?"

"아니."

"나는 한잔 마셔도 되겠지요? 술을 끊을 수 있으면 좋겠어요. 술은 타락의 상징이고, 사람이 노예라는 증거예요. 사랑에 빠진다는 것도 또 다른 노예가 된다는 뜻이지요. 생각해 보면 진짜 어리석고 미친 짓이에요. 인간이 또 하나의 인간을 신으로 만드는 거예요. 그것은 옳지 않아요. 다행히 나는 그 올가미에서 벗어났지만요. 진정한 사랑은 자유롭고 건전해요. 집착이나 연애 감정으로부터 사람이 벗어날 수 있을까요? 리지와 나는 이 문제에 대해 토론하곤 했어요. 진정한 사랑은 신비스러운 매력이 없어진 결혼 생활과 같은 거예요. 혹은 나이를 더 먹으면, 사랑이란 내가 당신한테 느끼는 사랑 같은 거예요. 물론 당신은 알고 싶지 않겠지만 말이에요. 이런 사랑이 옛날의 열망과 얼마나 다른지를 알게 되어 좋아요. 자신을 위해서 아무것도 원치 않는다는 것은 아니지만 그래도 그런 방향으로 가고 있어요. 사랑, 이 단어를 얼마나 자주 극장 안에서 언급했던가요. 그러나 이 단어의 뜻에 대하여는 별로 생각하지 않았어요!"

"프레디가 술집에 와서 머문대?"

"아니, 아몬 농장에요. 다른 아크라이트 가족이 거기에 살고 있대요. 아주 착한 녀석이었죠. 그가 동성애자인 걸 알았어요?"

"몰랐어."

"내가 젊었을 때에는 동성애자들이 상당히 애를 먹었어요."

물론 길버트와 이야기하거나, 클레멘트를 떠올리거나, 가마솥 안에서 파도가 부서지는 것을 관찰할 때에도 나는 하틀리에 대하여 생각했으며 그녀를 기다렸다. 그리고 언제 내 초조함이 폭발할지 걱정했다. 만일 그녀가 아무런 행동을 하지 않으면 다음에 어떻게 행동할지도 대강 정해 놓았다. 그러나 나는 세상을 힘으로 변화시켜야 할 때라고 느끼기 전에는 자세한 계획을 세우기를 미신적으로 싫어했다. 나는 계속 하틀리의 존재를 의식했다. 마치 어린 시절에 예수가 나와 늘 함께 있었던 것처럼 그녀는 나와 함께 있었다. 그녀에 대하여 강렬하게 의식하면서도 일부러 미신에 사로잡혀서 추상적으로 생각했다. 나는 먼 옛날의 추억을 그리워했다. 그러나 무서운 현재와 고통스러웠던 시절에 대하여는 부담스러워 피하려고 했다. 또한 단순히 그녀의 불행에 매이기 싫었다. 그 남자를 증오하는 데 내 힘을 낭비하고 싶지도 않았다. 그것은 이제 곧 무관한 일이 될 것이다. 그래서 나는 그녀가 내 순진한 사랑의 때 묻지 않은 중심이었던 과거로 되돌아갔다. 그녀가 내 미래로, 내 삶의 전부로 보였던 시절로. 나로부터 앗아 간 그 생애는 아직도 훔쳐 간 보따리처럼 어딘가에 존재할 가능성이 있는 것처럼 여겨졌다.

그러나 내 기다림과 그녀의 침묵이 이어진 이후에 어떻게 할지 생각할 겨를도 없이 또 다른 사건, 전혀 예기치 못했던 놀라운 사건이 일어났다.

‧‧‧‧‧‧‧‧

길버트와 보낸 tête-à-tête 기간을 몇 주일이나 되는 것처럼 기록했으나 사실은 며칠밖에 되지 않았다. 우리의 tête-à-tête가 느닷없이 끝나 버린 마지막 날 아침은 이상하게도 불안했다. 나는 길버트를 피해 바위로 나가서 망원경을 목에 걸고 새들을 관찰하려 했다. 또한 길버트가 목격했다는 물개를 나도 볼 수 있을지 모른다고 생각했다. 그러나 일단 밖으로 나온 나는 조그만 언덕 꼭대기에서 익숙한 공포의 습격을 받았다. 처음에는 그때 파도가 치는 결로 보아서 약 4미터 아래에 있어야 하는 바다가 마치 몇십 미터나 아래에 있는 것처럼 보여 어지러움을 느끼고 자리에 주저앉아야만 했다. 망원경으로 조심스럽게 해면을 조사해 보고 싶은 욕구가 생겼다. 그러나 물개를 찾으려는 것은 아니었다.

물론 매일 시간이 지나감에 따라 무엇인지는 알 수 없으나 나를 두렵게 하는 그 어떤 것이 다가오고 있다는 것을 알았다. 구출이라고 생각할 수 있는 일을 착수해야 할 필요성을 느꼈고, 혹은 그 원인을 따져 보고 싶지는 않았지만 하틀리의 무서운 침묵에 대한 반응으로 무엇인가를 시작해야 할 것 같았다. 권총을 든 갱에게 잡힌 인질을 구하러 집으로 달려갔을 때, 그 총잡이는 어떻게 행동하고 그 인질은 어떻게 행동할 것인가? 넓고 텅 빈 장소에 있기로 결정한 것도 이 공포 때문인지 모른다. 햇빛이 빛나는 좋은 날이었다. 바람도 약간 선선하게 불었고, 바다는 파도가 일어 검푸른 색이었다. 수평선 바로 위에 있는 새하얀 하늘에는 부드럽고 반짝이는 황갈색 구름이 마치 기다란 실크 조각처럼 흩어져 있었다. 나는 도리스가 준 아일랜드산 털 스웨터를 입고, 망원경으로 바다를 자세히 관찰했다. 출렁대며 흰 거품이 이는 수면을 나는 점점 초조한 마음으로 관찰했다. 내가 찾는 것, 잠시 동안 보기를 바라는 것이 다름 아닌 뱀의 머리를 가진 바다 괴물이라는 것을 알았다. 망원경을 내려놓았다. 심장이 두방망이질 쳤다. 마치 내가 어두컴컴하고 희뿌연 윌리스 미술관에서 마지막으로 들었던 효시기 소리처럼 내 심장 박동 소리도 가속하고 있었다.

아무것도 볼 것이 없다는 것을 충분히 숙지함으로써 냉정을 되찾은 나는 파도치는 물결을 다시 관찰하기 시작했다. 두꺼운 검은 조각 몇 개는 떠다니는 미역 줄기였다. 나무토막 하나도 계속 물속에 잠겼다 올라왔다를 반복하고 있었다. 유리

알 같은 눈을 가진 갈매기들이 날아다니고 있었으며, 가마우지 한 마리도 갑자기 내 시야를 가로지르며 지나갔다. 바다에 매료되어 있던 나는 별 이유 없이 몸을 움직여 이번에는 시야를 육지로 옮겼다. 탑 밑 바위에 부딪히는 파도를 볼 수 있었다. 거품 이는 바닷물이 바위틈에서 다시 흘러나왔다. 젖은 바위들, 그리고 다시 마르는 바위들, 선인장처럼 잎이 두툼한 풀들이 보였고, 바람에 나부끼는 종이 같은 흰색 장구채 덤불도 보였다. 그리고 탑 옆에 있는 평평한 풀밭, 또 탑 밑의 황갈색 이끼와 여기저기 검은 구멍이 있는 거대한 돌들이 보였다. 그리고 탑 위쪽에 다 떨어진 운동화를 신은 사람의 발이 보였다.

그 발을 보고 나는 망원경을 떨어뜨렸다. 눈이 부셔 이마에 손을 대고 바라보니, 탑 중간쯤에서 어떤 사람이 개구리처럼 납작 엎드려 손을 바위에 대고 발로 디딜 곳을 찾으며 내려오는 것을 분명히 볼 수 있었다. 사실 민첩한 사람에게는 탑이 그렇게 기어오르기 어려운 것은 아니었다. 나는 갑자기 공포에 사로잡혀 다시 망원경을 쥐고 관찰했다. 그러는 동안 아래로 더 내려온 그 사람은 더 이상 내려가기를 멈추고 그 지점에서 바로 땅으로 뛰어내렸다. 내가 그에게 다시 초점을 맞추었을 때 그는 몸을 돌려 탑을 등지고 양손을 뻗어 나를 똑바로 바라보고 있었다. 그는 바위를 등지고 몸을 바싹 붙인 채 자동차의 전조등에 모습을 드러냈던 사람을 생각나게 하였다. 기어다니던 침입자는 이제 내 망원경을 물끄러미 노려보고 있었다. 그는 아직 정확히 성년기에 들어섰다고는 볼 수 없는 소년이었는데, 무릎까지 걷어 올린 갈색 바지와 뭐라고 쓰인 흰색 라운드넥 티셔츠를 입고 있었다. 얼굴은 여위었고, 주근깨가 나 있었으며, 귀여운 분홍색 입술은 반쯤 열려 있었다. 요정 같은 연한 적갈색 머리카락은 고수머리라기보다 마구 엉켜 어깨 위까지 내려와 있었으며, 실제로 그가 몸을 기대고 있는 뒤쪽 바위에까지 펼쳐져 있었다. 그는 주의 깊은 표정으로 나를 물끄러미 바라보고 있었다. 나의 영토에 누군가 침입하는 건 그다지 드문 일이 아니다. 그러나 그는 보통 침입자가 아니었다.

나는 급히 몸을 일으켜 바위를 건너가기 시작했다. 그가 나에게 오기보다 내가 그에게로 가야 할 것 같았다. 망원경을 가지고 가는 것이 불편해서 바위 위에 올려 두고 계속 나아갔는데, 그가 시야에서 사라졌다. 나는 민의 다리를 건넜다. 깊은 골에서 평지로 오르는 마지막 오르막길은 내 모든 힘을 요했다. 그래서 숨을 헐떡거리며 풀밭으로 올랐을 때 잠시 멈추어 섰다. 나는 숨을 깊이 들이쉬면서 주저앉고 싶은 충동을 참았다. 소년은 자리를 옮겨 바다를 등지고 풀밭 가장자리에 서 있었다.

내가 먼저 말을 걸었다. "혹시…… 네 이름이 타이터스냐?"

"그렇습니다, 선생님."

여러 가지 놀라움 중에 그가 나를 '선생님'이라고 부른 것이 또 다른 작은 충격이었다. 내가 앉자 그가 나에게 다가와 옆에 앉았다. 그는 무릎을 꿇고 나를 유심히 바라보았다. 나는 그가 가쁘게 숨을 쉬는 것을 보았다. 그리고 '리즈 대학교'라고 쓰인 더러운 티셔츠를 입은 것을 보았다. 분홍색 입술은 축축하게 젖어 있었고, 얼굴에는 작은 흉터가 있었는데 그 흉터에 수염이 나 있었다. 그는 무의식적으로 예의를 차리듯 한 손을 가슴에 대고 있었다.

"선생님께서······ 애로비 선생님······ 찰스 애로비 선생님이신 가요?"

"그래."

그의 눈은 크다기보다 길고 가늘었으며, 돌처럼, 젖은 회청 색이었다. 주근깨가 있고 표정이 잘 드러나는 이마가 걱정으로 찌푸려졌다. 물론 나는 그를 본 첫 순간에 유령처럼 희미하게 떠오른 하틀리와 그가 큰 유사점이 있다는 것을 느꼈다. 마치 길버트와 윌프레드 더닝이 유사점이 있는 것처럼. 그리고 그의 갈라진 입술을 보았다.

이어서 그가 한 말은 "선생님께서 제 아버지이신가요?"였다.

나는 발을 양옆으로 벌리고 세운 무릎 위에 손을 올리고 앉아 있다가, 이제 벌떡 일어나서 가슴을 치고 어떤 절대적인 감정적 선언을 하고 싶은 욕망을 느꼈다. 질문에 대답하기보다 축하라도 해야 할 것 같았다. 나는 이 소년에게 '그래!'라고 말해 주고 싶은 강한 충동을 느꼈지만, 어떤 거짓말도 해서는 안된다는 더 강하고 명백한 감정이 앞섰다. 나는 왜 이것을 생각해 내지 못했던가? 왜 이런 출현, 이런 질문을 기대하지 못했을까? 나는 갑자기 일을 당해 정신이 혼미하였고 그에게 무어라고 말해야 할지 몰랐다.

"아니야, 그렇지 않아." 내 말에는 힘이 없었다. 그의 찌푸린 얼굴은 아직 변하지 않았다. 그를 당장 확신시키는 일이 중요하다는 것을 나는 알고 있었다. 어떤 혼란도 여기서는 공포를 자아낼 수 있었다. 나는 무릎을 꿇어 그와 비슷하게 눈높이를 맞추었다. "아니야, 날 믿어. 아니다."

그는 아래로 눈을 내리깔았다. 삐죽 나온 그의 입술이 떨렸다. 그는 순간적으로 어린애와 같은 표정을 지었다. 아랫입술을 끌어당겨 이로 깨물더니 날쌔게 자리에서 일어났다. 나도 놀라서 몸을 일으켰다. 우리는 이제 서로 가까이 서 있었다. 그는 나보다 키가 약간 컸다. 내 마음속에서 수많은 전망이 꼬리에 꼬리를 물고 지나갔다.

그는 다시 상을 찌푸렸다. 그 모습이 엄숙해 보였다. 그러고는 고개를 뒤로 젖히고 길고 가는 목을 폈다. "죄송합니다. 귀찮게 굴어서 정말 죄송합니다."

"아, 타이터스, 나는 네가 와서 참 반갑단다!" 이 말은 그에게 내가 하고 싶었던 수많은 말 가운데 가장 빨리 하고 싶었던 것이고, 내 마음속에서 참으며 이미 순서를 정해 놓았던 말이다. 나는 그에게 손을 내밀었다.

그는 약간 경이로움에 휩싸여 다소 격을 갖춰 내 손을 잡았다. 그러고는 한 발 물러섰다. "죄송합니다. 제가 정말 어리석고 건방진 질문을 한 것 같습니다."

약간 주저하는 그의 태도에서 영리하다는 인상을 받았다. 이것은 말투에서도 이상하게 빨리 나타나는 것이다. 그는 요즘 젊은 사람들이 쓰는 리버풀식 말투, 내 풋내기 배우들도 버리기 꺼려하는 그 말투로 말했지만 그의 발음은 분명하고 사려 깊었다.

"아니야, 천만에." 내가 말을 이었다. "넌 학생이니? 리즈 대학교에 다니는 건가?"

그는 다시 얼굴을 찌푸린 뒤 얼굴의 흉터를 긁으며 눈과 입술을 가늘게 했다. "아니요, 대학에는 다니지 않습니다. 이 옷은 그냥 산 거예요. 상점에서 사면 돼요. 그 대학 학생이 아니어도 됩니다." 그는 설명조로 말을 이었다. "미국 대학 것도 있어요. 플로리다, 캘리포니아……. 아무나 살 수가 있지요."

"그렇구나." 내 머릿속에서 당연하다면서도 불편한 질문이 떠올랐다. "그들과 같이 있었니?"

"그들이라니요?"

"네 아버지와 어머니."

그는 얼굴과 목이 금세 빨개졌다. "피치 부부 말씀인가요?"

"그래." 나는 거북하고 상처 받기 쉬운 말로 마치 어쩔 줄 모르는 어린 새와 같은 그를 마음 아프게 할까 봐 두려웠다.

"그들은 제 아버지와 어머니가 아닙니다."

"그래, 알아. 너를 입양한 것을……."

"저는 친부모를 찾고 있습니다. 그러나 운이 없어서……. 아무 기록이 없답니다. 기록이 있을 텐데……. 저에게는 알 권리가 있어요. 그러나 아무것도 없어요. 그렇다면 차라리……."

"차라리 내가 네 아버지였으면 하니?"

그는 엄숙하고 공손한 표정으로 말했다. "어떻게 해서든지 사실을 명백히 밝힐 수 있으면 좋겠어요. 그러나 결코 그런 상상을……."

"부모님이 사는 방갈로에는 가 보았니?"

그는 젖은 돌처럼 차가운 눈으로 나를 물끄러미 바라보았다. "아니요. 그냥 여기 선생님을 뵈러 왔어요. 이제 갈 거예요."

나는 깜짝 놀라 고개를 바로 했다. 이 소년은 사라질 수도, 잃어버릴 수도, 또다시 만날 수 없게 될지도 모른다. "부모님을 만나서 네가 여기 있다고 말하지 않을래? 너를 많이 걱정했기 때문에 널 보면 반가워할 거야."

"아니에요. 귀찮게 굴어서 죄송합니다."

"내가 여기 사는지 어떻게 알았니?"

"제가 구독하던 잡지에서 보았어요……. 음악 잡지요." 그가 덧붙여 말했다. "선생님께서는 유명하시니까요. 모두 다 선생님을 알지요."

"네 이야기를 좀 해 주렴. 지금 무얼 하고 있니?"

"아무것도 안 해요. 백수예요. 실업 수당을 받고 있습니다. 다른 사람들처럼 말이에요."

"교육은 끝났니? ……전기라던가?"

"아니요. 학교가 문을 닫았어요. 다른 학교로 갈 수도 없었어요. 아니, 제가 가지 않았지요. 실업 수당을 받기로 했어요. 다른 사람들처럼."

"여기까진 어떻게 왔니?"

"지나가는 차를 얻어 타고 왔어요. 귀찮게 굴어서 죄송합니다. 시간을 많이 빼앗았어요. 이제 가겠습니다."

"아, 그러지 마. 큰길까지 같이 가자. 이 길이 쉬워. 하지만 우선 내 망원경을 가져다줄 수 있겠니? 저 바위 위에 있단다."

타이터스는 그 심부름이 즐거운 모양이었다. 그는 내가 그렇게 힘들게 올라왔던 가파른 바위를 순식간에 기어 내려갔다. 그리고 염소처럼 바위를 건너뛰어 다리 쪽으로 향했다. 나는 조금 생각할 시간이 필요했다. 아, 그는 어디로 튈지 모르고, 감정적이고, 자존심이 강했다. 나는 재치 있고, 조심스럽고, 부드러우면서도 엄격하게 그를 잡아야 한다. 나는 그 방법을 알아내야 했다. 만사가, 만사가 타이터스에게 달려 있고, 그가 중심에 있었다. 그가 열쇠였다. 나는 고통스럽고도 기쁜 감정에 북받쳐 있었으나, 절대로 그런 감정을 나타내지 말아야 했다. 자칫하면 그를 놀라게 하고, 화나게 하고, 혐오감을 줄 수도 있었다.

그는 대단히 빨리 돌아왔다. 그리고 불안하지만 필사적으로 가파른 바위를 올라와서 미소를 띠며 나에게 망원경을 건네주었다. 수줍지만 경계심을 풀지 않는, 아직 어린애 같은 얼굴에 처음으로 미소가 떠올랐다. "여기 있어요. 바위틈에 꽤 괜찮은 탁자가 놓여 있던데요?"

나는 탁자를 잊고 있었다. "아, 그래, 고맙다. 아마 나중에 네가 도와줄 수도 있겠구나. 자, 네게 할 말이 있으니 가지 마라. 여기서 점심 식사를 같이 하겠니? 배고플 텐데……. 배고프지 않니?"

그가 배고픈 것은 곧 분명해졌다. 나는 걱정과 연민이 솟구치는 것을 느꼈다. 그들의 엄청난 비밀한 순간을 기다려 온, 위험할 만큼 기쁘고 강렬한 감정이었다.

그는 주저했다. "고맙습니다. 그래요, 잠깐 간단히 요기를 하고 싶어요. 저는 다른 곳에…… 갈 일이 있어요."

나는 다른 곳에 갈 일이 있다는 그의 말을 믿지 않았다.

이때쯤 우리는 쉬운 길을 택하여 큰길에 거의 도착했다. 우리는 마지막 부분을 올라갔다. 그리고 잠시 멈추어 서서 조용하고 얕은 청록색 레이븐 만을 보았다.

"아름다운 고장이지? 이 지방을 잘 아니?"

"아니요." 그는 갑자기 두 손을 뻗으며 말했다. "아, 바다여, 바다여……. 경이롭고 아름답군요."

"알아, 나도 그렇게 느껴. 나는 중부에서 자랐단다. 너도 그렇지?"

"그래요." 그는 나를 돌아보았다. "그런데……."

"응?"

"왜 선생님께서는…… 제 말은…… 그럼 선생님께서는 어머니 때문에 여기로 오셨습니까?"

알아야 할 것도 많고 설명해야 할 것도 많은데, 이것은 아주 조심스럽게 그리고 올바른 순서로 해야 했다. "네가 어머니라고 부르니 반갑구나. 널 입양했지만 그녀는 네 어머니다. 그것이 현실이고 진실이야. 그들이 네 진짜 부모야. 그것을 부인하는 것은 옳지 못해."

"네, 무슨 말인지 알아요. 하지만…… 다른 일들이 있어요……."

"내게 말해 줄 수 없겠니?" 이 말은 너무 과하고 너무 빠른 질문이었다.

그는 얼굴을 찌푸리고 질문을 되풀이했다. "선생님께서는 여기에 어머니 때문에, 그녀를 쫓아서 오신 거예요? 아니면 무엇 때문이죠?" 그의 말투는 엄숙하고 책망하는 투였다.

나는 그의 어깨를 껴안고 싶은 충동을 참으며 그를 마주 보았다.

"아니야. 내 말을 믿어라. 네가 생각하는 것처럼 네 어머니를 쫓아온 게 아니야. 내가 여기 온 것은 순전히 우연이었어. 정말 아주 이상한 우연의 일치지. 네 어머니가 여기 있는 줄 난 몰랐어. 어디 사는지도 몰랐어. 아주 오래전에 연락이 끊겼거든. 내가 네 어머니를 다시 만나고 얼마나 놀랐는지 몰라. 기절할 만큼 놀랐지. 순전히 우연이었어."

"참 이상한 우연이군요……."

"나를 믿지 못하니?"

"믿어요. 그래요, 좋습니다. 하여튼 그것은 저와 아무 상관이 없으니까요."

"난 진실을 말한 거야."

"그래요, 그래요. 상관없어요. 그들은 저와 상관없으니까요."

"그들이라니?"

"벤과 메리 말이에요. 그들은 저와 상관없어요. 선생님께서 매우 친절하게 음식을 제공하셨으니, 치즈와 샌드위치만 좀 먹어도 될까요? 그런 뒤에 저는 서둘러 가야 해요."

그가 벤과 메리라고 부른 것은 매우 충격적이었다. 우리는 집을 향해 천천히 걷기 시작했다. 타이터스는 길가의 바위 위에 두었던 플라스틱 가방 두 개를 집어 들었다.

"네 짐이니?"

"다 그런 것은 아니에요."

우리가 둑길로 들어서자 정문으로 나온 길버트가 놀라서 발을 멈추었다. 내가 리지나 길버트에게 타이터스에 대해 한 번도 얘기하지 않았다는 것이 생각났다. 길버트는 나의 '옛 애인'에 대한 이야기를 리지를 통해서 알았다. 그러나 나는 그 일에 대하여 더 알고 싶어 하는 그의 열성적인 시도를 막았다. 타이터스는 그 이야기에 등장하지 않았다. 하틀리가 타이터스에 대한 이야기를 꺼냈을 때도 그는 그저 유령 같은 존재 같았다. 그러나 지금은…….

나는 타이터스와 길버트에게 가까이 다가가면서 낭랑한 목소리로 말했다. "아, 얘는 타이터스 피치야. 마을에 사는 내 옛 친구 피치 부부의 아들이지. 그리고 이쪽은 오피언 씨야. 내 집안일을 도와주고 있어." 어쨌든 현재로서는 길버트의 존재를 분명히 밝히지 않으려고 적당한 톤으로 이렇게 설명했다. 길버트는 이미 눈이 부신 듯 아련하게 그를 보고 있었다. 나는 아무런 말썽도 원치 않았다. 그리고 솔직히 말하면 이미 타이터스를 소유하고 싶은 욕망을 느끼고 있었다.

"들어가자." 나는 이렇게 말하고, 타이터스를 문으로 안내하며 길버트의 발목을 걸어찼다. 막연하게 경고를 주기 위한 것이었다. "길버트, 나와 타이터스를 위해서 붉은 방에 점심 식사를 준비해 주겠어? 타이터스, 한잔하겠니?"

앞치마를 두른 길버트가 빠르고도 조심스럽게 대나무 탁자에 점심을 차리는 동안 타이터스는 맥주를, 나는 백포도주를 마셨다. 길버트는 이렇게 매일 시중드는 것이 기뻤을 것이다. 다만 그런 암시를 하면 내가 화를 낼까 봐 두려워했을 뿐이다. 그가 꼼꼼하게 생각해 낸 '시종' 행세는 어떤 희극이라도 돋보이게 해 주었을 것이다. 그러다 타이터스의 머리 너머로 내 눈과 마주치자 그가 윙크를 했다. 나는 냉정하게 흘겨보았다. 우리는 길버트의 고유한 요리법에 따른, 흑설탕을 넣고 조리한 햄과 이탈리아 토마토 통조림과 허브 샐러드를 먹었다. (이 기막히게 훌륭한 토마토는 차게 먹어야 제맛이 난다. 데워서 먹을 수도 있지만 그 특유의 맛을 버리기 때문에 절대로 삶으면 안 된다.) 그런 뒤에 길버트가 구운 레몬 스펀지케이크와 체리를 먹었다. 글로스터 치즈와 길버트가 오븐에 다시 구운 딱딱한 비스킷도 먹었다. 우리의 시종은 곧 눈치껏 자리를 피해 주었다. 우리는 식사 도중 백포도주를 마셨다. 타이터스는 게걸스럽게 먹었다.

나는 아직 길버트가 같이 있을 때 일종의 점잖은 대화를 열기 위하여 말문을 열었다. "요즘 다른 젊은이들처럼 너도 좌파일 테지?"

"아니요."

"정치에 관심이 있나?"

"정당 정치요? 관심 없습니다."

"그러면 어떤 정치에 관심이 있지?"

그는 고래 보호법에는 관심이 있다고 했다. 우리는 그것에 대하여 토론했다. "저는 환경 오염을 반대합니다. 핵 폐기물 문제는 아주 심각하지요." 우리는 그것에 대해서도 토론했다.

그다음에는 내가 말했다. "그러니까 그들을 만나러 온 것이 아니란 말이야?"

"네, 선생님을 만나러 온 것입니다."

"그 질문을 하기 위해서?"

"그렇습니다. 대답해 주셔서 감사합니다. 다시는 귀찮게 굴지 않겠습니다."

"그렇게 말하지 마. 하지만…… 그러니까…… 부모님을 만나서 네가 여기 왔다는 사실을 알리지 않겠니?"

"싫어요."

"알려야 하지 않을까? 물론 네가 그러고 싶지 않다는 것은 이해할 수 있어. 나는 부모와 매우 행복한 관계였지만……."

"전 매우 불행한 관계였지요."

술이 들어가자 그는 말이 많아졌다. 나는 급히 여러 가지 생각을 했다. 한 가지 계획, 바로 그 계획이 떠올랐다. "양쪽 부모님 모두와?"

"네, 그래요. 물론 그녀의 잘못은 아니었어요. 그가 나를 적대시했지요. 그리고 그녀도 그의 편을 들었어요. 그래야만 했겠지요."

"네 어머니는 두려웠던 거야."

"아주 나쁜 상황이었죠. 그는 그녀가 나와 얘기하지 못하게 막았어요. 그리고 그녀는 조금이라도 편하게 지내려면 늘 그에게 하찮은 거짓말을 해야만 했어요. 그게 싫었어요."

"어머니를 탓하지 마." 이것은 중요한 점이었다.

"그도 나쁜 사람은 아니에요. 그러나 그는 아무것에도 성공하지 못했고, 그러다 보니 우울하고 악의에 찬 사람이 되어 그 분풀이를 우리에게 했어요. 그녀는 아무것도 할 수가 없었어요. 제가 좀 과장해서 말할 수도 있어요. 좋았던 시기도 있었고, 또 그럭저럭 괜찮은 시기도 있었죠. 하지만 나쁜 시기가 너무도 결정적이었어요." 그는 다시 머뭇거렸다. 이건 다른 누구의 목소리 톤이지? 누구지?

"난 이해한다."

"언제 나쁜 일이 터질지 예측할 수가 없었어요. 말 한마디도 조심스럽게 해야 했지요."

이 아이의 자존심을 상처 입히고 짓밟은 것은 말로 할 수 없을 만큼 너무나 무서운 것이었으리라. 나는 하틀리가 내게 보여 주던, 하얀 얼굴의 조용한 소년 사진을 기억했다. 가엾은 하틀리! 그녀는 이 모든 사건의 무력한 증인이었다. "너의 어머니는 너를 위해서, 그리고 너와 함께 많은 고통을 겪었을 거야."

그는 재빨리 의심스러운 듯 인상을 찌푸리고 나를 물끄러미 바라보았다. 그러나 그 점에 대해 더 이상 따지지는 않았다. 더 가까이서 관찰하니 그는 그다지 잘생기지는 않았다. 아마 더럽고 단정하지 못해서 그렇게 보였는지도 모른다. 안색은 흔히 붉은 머리 사람들에게서 볼 수 있는 것처럼 창백했고, 길고 헝클어진 머리카락은 오랫동안 감지 않은 듯 기름기가 흘렀다. 마른 얼굴은 약간 늑대 같았고, 양 볼은 움푹 꺼져 있었다. 눈은 밝고 차가운 청회색으로 번뜩였는데(마치 얼룩덜룩하게 점이 있는, 내 자갈 중 하나 같았다.) 가늘게 뜨고 있었다. 아마 근시인지도 모른다. 입은 조그맣고 귀여웠다. 입술은 별로 못생기지 않았으며, 코는 소녀들이 부러워할 만큼 반듯하고 조그마했다. 말끔하게 면도를 했지만 불그레한 금빛 구레나룻이 눈에 띄었다. 흉터 부근에 자라는 검은 수염은 삐뚤어진 콧수염처럼 보였다. 그는 흉터에 신경을 쓰며 계속 만지작거렸다. 손은 매우 더러웠으며 손톱은 물어뜯은 흔적이 보였다.

"그 위에 내 문제까지 있었구나." 나는 심각하게 말하지는 않았지만 그가 그 주제에 대하여 계속 관심을 갖기를 원했다.

"그래요, 가끔 그 문제가 불거졌지요. 하지만 저는 선생님께서……."

"짐작하겠지만 나는 젊었을 때 네 어머니를 무척 사랑했단다. 그 뒤로는 네 어머니를 한 번도 만난 적이 없어. 그러다가 여기서 갑자기 만났지……."

"많이 변해 있었지요?"

"나는 여전히 네 어머니를 사랑해. 하지만 우리 사이에는 아무 일도 없었어."

"그것은 저랑 상관없어요. 죄송하지만, 그건 제가 원하는 말이 아니에요. 제가 술에 취해 가나 봐요. 그런 얘기는 제게 하지 마세요. 흥미 없어요. 선생님께서 제 아버지가 아니라는 것은 믿습니다. 그것으로 끝이에요. 하지만 선생님께서 왜 여기 계신지 이해할 수 없어요. 그들을 만나십니까? 아니면……."

"아, 가끔."

"괜찮으시면 그들에게 말씀하지 말아 주세요……."

"너에 대해서? 그래, 그럴게. 아까 말한 것처럼 아직도 난 네 어머니에게 많은 애정을 느끼고 있고 걱정하고 있어. 도와주고 싶어. 별로 행복한 삶을 살지 못한 것 같아."

"그게 삶이지요."

"그게 무슨 뜻이냐?"

"사람들은 아무것도 몰라요. 감히 말하건대 대부분의 삶은 불행해요. 그렇지 않은 삶을 기대하는 건 오직 젊었을 때뿐이에요. 어머니는 약간 몽상가 기질이 있어요. 또한 공상가지요. 대부분의 여자들이 그렇지요. 이제 가야겠습니다. 식사 감사합니다."

"아, 아직 갈 수 없다!" 나는 웃으며 말했다. "네 이야기를 더 듣고 싶구나. 네가 다니던 대학이 문을 닫았다고 했는데, 만일 다른 선택의 여지가 있다면 무엇을 하고 싶으냐?"

"동물과 관계된 직업을 갖고 싶어요. 동물을 좋아하거든요."

"전기학을 다시 공부하고 싶지는 않니?"

"아, 그것은 그냥 집에서 떠나고 싶어서였어요. 장학금을 받아서 집을 나와 버렸지요. 아니요, 이제 선택할 수 있다면 배우가 되고 싶어요."

이것은 행운이 따르는 얘기다. 나는 기뻐서 소리 지르고 싶었다. "배우라고? 그렇다면 내가 도와줄 수 있지."

그는 금세 얼굴을 붉히고 도전적으로 정확하게 말했다. "도움을 받으려고 여기 온 것은 아닙니다. 선생님 도움을 받거나 무엇을 구걸하러 온 것이 아닙니다. 그냥 여쭤 보고 싶어서 온 거예요. 쉽지 않았어요. 선생님께서는 유명 인사니까요. 오랫동안 심사숙고했습니다. 다른 방법으로 해결하기를 희망했지요. 입양 관계자들을 만나기도 했지만 뜻대로 되지 않았어요. 선생님의 도움을 받거나 선생님 생활에 침입하고 싶지는 않았습니다. 만일 선생님께서 제 친아버지라고 해도 그런 것은 원치 않습니다."

그는 갈 채비를 하고 자리에서 일어났다. 나도 일어났다. 나는 그를 안아 주고 싶었다. "좋다. 하지만 아직 가지는 마. 수영이나 같이 할래?"

"수영이요? 아…… 좋아요."

"그럼 좀 쉬어라. 수영은 나중에 하자꾸나. 그런 다음에는 차를 마시자……."

"지금 수영하고 싶은데요."

길버트는 우리가 주방을 지나갈 때 공손히 일어났지만 우리는 그를 무시하고 잔디밭으로 걸어 나왔다. 그리고 바다를 향해 바위를 기어올라간 뒤, 곧 작은 절벽 꼭대기에 올라섰다. 밀물이 들어와 바닷물은 이제 우리 발아래 3미터 거리에 있었다. 아침보다 바다는 더 조용하였으며 반투명한 물은 밝은 햇살에 진한 암녹색으로 빛났다.

"여기서 수영하세요? 멋지네요. 다이빙도 할 수 있겠는걸요. 다이빙을 하지 못하는 곳은 싫어요."

지금은 따분한 경고를 줄 순간이 아니었다. 나는 타이터스 앞에서 바다에 대한 어떤 어려움이나 두려움도 인정하고 싶지 않았다. "그래, 이곳이 최적의 장소란다."

타이터스는 물에 들어가고 싶어 안달을 했다. "수영복이 없어요."

"아, 그런 건 아무 상관없어. 아무도 우리를 보지 못할 거야. 나는 아무것도 걸치지 않고 수영하지."

타이터스는 이미 리즈 대학교 티셔츠를 벗어 던지고, 곱슬 거리는 적황색 가슴털을 드러냈다. 그는 깡충깡충 뛰면서 바지를 벗었다. 갑자기 나는 즐거워져서 웃고 싶은 충동을 느끼며 그와 같은 속도로 급히 옷을 벗기 시작했다. 그러나 내가 셔츠 단추를 풀고 있을 때 그가 완벽한 다이빙으로 물을 튀겨 내 발치에 있는 반짝이는 바위를 얼룩지게 했다. 나도 순식간에 그를 따라 물속으로 뛰어들었다. 물의 냉기에 처음엔 헐떡거렸으나 곧 따뜻함을 느끼고 미친 듯이 신이 났다.

길버트가 수건을 들고 밖으로 나왔다. 그가 조심스럽게 몸을 사리는 듯하더니 가까운 바위 너머로 타이터스의 행동을 관찰하는 것이 보였다. 소년은 자랑하듯 돌고래처럼 우아하게 장난치며 수영했다. 손과 발뒤꿈치와 민첩한 어깨와 새하얀 엉덩이가 물 위로 살짝살짝 보였다. 기운이 넘쳐흐르는 그의 젖은 얼굴이 해초처럼 달라붙은 머리카락 사이로 드러났다. 그는 웃고 있었다. 바닷물에 젖어 색이 더 진해진 머리카락은 곧게 펴진 채로 그의 목과 어깨에 달라붙고 얼굴에 휘감겨서 그를 소녀처럼 보이게 하였다. 그것을 의식했는지 그는 매력 있게 머리를 젖혀서 흠뻑 젖은 무거운 머리카락을 뒤로 넘겼다. 나는 능숙하지 못한 자유형을 그는 힘들이지 않고 자유롭게 했다. 또 수직으로 다이빙을 한 뒤 물속으로 사라졌다 다른 곳에서 불쑥 올라와 의기양양하게 소리 지르며 바닷속에서 누릴 수 있는 기쁨을 만끽했다. 그와 함께 나도 미친 듯한 기쁨에 사로잡혔다. 바다는 즐거웠고 소금물은 희망과 기쁨의 맛이었다. 나는 계속 웃으며 물을 들이마셨다가 뱉어 내고 빙빙 맴을 돌았다. 바다에서 미친 듯이 에너지를 뿜어내는 동료를 만난 나는 소리쳤다. "이제 나를 찾아온 게 기쁘지 않니?"

"네, 기뻐요, 정말 기뻐요!"

. . . .

물론 그는 가파른 '절벽'을 올라가는 데 아무 어려움이 없었다. 내가 탑에서 처음 그를 보았을 때도 파리처럼 날렵하게 움직이지 않았던가? 나는 약간 힘들고 어려운 순간이 있었으나 내색하지 않았다. 체면을 잃기에는, 늙어 보이기에는 아직 이르다. 나는 그가 나를 동지로 받아들여 주기를 원했다. 그는 바위 그늘에서 잠을 잤다. 그러고 나서 우리는 간단하나 실속 있는 저녁 식사를 차와 곁들여 먹었다. 그 후 그는 여기서 밤을 지내는 데 동의했다. 잠만 자고 다음 날 아침 일찍 떠나기로 했다. 그동안에 갑자기 몰래 도망갈지도 모르기 때문에 나는 그의 플라스틱 가방을 빼앗아 숨겨 두었다. 가방 안을 들여다보니 면도용품, 내의, 그럴듯한 줄무늬 셔츠, 넥타이, 구두, 많이 구겨진 채 개켜 놓은 면 재킷 등 자질구레한 필수품이 들어 있었다. 벨벳 상자 안에는 값비싼 커프스단추가 있었다. 이

탈리어와 영어로 쓰인 단테의 최고급판 연애 시집에는 risqué*
판화가 그려져 있었다. 마지막 두 가지 물건에 나는 궁금증이
일었다.

물론 길버트는 방문객의 정체를 이제는 완전히 알고 자제하
지 못할 정도로 흥분하고 호기심에 불타 있었다. "어떻게 할 거
예요?" "기다려 봐." "난 어떻게 할지 알아요!" "제발 우리 일
에 끼어들지 마." "알았어요, 나도 내 위치를 알아요!"

내가 일러 준 대로 타이터스는 깨끗한 물에 머리를 헹구었
다. 머리를 말리고 빗으니까 곱슬거리는 적갈색 머리가 솜털처
럼 부드러워져서 그의 외모를 훨씬 아름답게 바꿔 놓았다. 저
녁이 되자 그는 깨끗한 셔츠로 갈아입었다. 그러나 커프스단추
는 달지 않았다. 길버트는 몰래 리즈 대학교 티셔츠를 빨았다.

우리는, 그러니까 나와 타이터스는 촛불을 켜 놓고 저녁 식
사를 했다. 그가 갑자기 말했다. "참 낭만적이에요!" 우리는 미
친 듯이 웃었다.

타이터스는 이제 길버트에게 관심을 가지고 그의 지나치게
완벽한 행동을 호기심에 차서 바라보았다. 그러나 아무런 질문
도 하지 않았다. 나는 자진해서 막연하게 말해 주었다. "그는
전에 배우였어. 이제는 한물갔지만." 현재로서는 그 말이 수긍
이 가는 듯했다.

저녁을 먹으며 우리는 연극과 텔레비전에 대하여 이야기했
다. 그는 런던에서 연극을 상당히 많이 관람한 듯했으며 수많
은 배우의 이름을 알고 있었다. 그는 학교에서 「훌륭한 크라이

---

* '위험한' 또는 '외설스러운'이라는 뜻의 프랑스어.

튼」*을 연출했던 이야기도 했다. 그는 자기 포부에 대하여는 겸손하고 수줍어했다. "그냥 생각만 하고 있어요." 나는 어떤 문제에도 이래라저래라 하지 않았다. 우리는 실컷 웃었다.

그는 아래층 앞방의 내 책들 사이에 쿠션을 몇 개 깔고 일찌감치 잠자리에 들었다. 책에 지대한 관심을 보였으나 일찍 촛불을 껐다. (나는 층계에서 그를 내려다보고 있었다.) 아침 식사 때 그는 점심때까지 있겠다고 했다. 나는 아침 식사 때는 아부를 떨어 대는 길버트를 대화에 끼도록 허락해 주었다. 나는 길버트가 신비로운 흥밋거리가 되는 것을 원치 않았다.

아침 식사 후에 나는 글을 쓰느라 바쁠 테니 타이터스에게는 수영을 하거나 바위를 구경하라고 자유를 주었다. 그를 우리 옆에 너무 붙들어 두는 것보다는 그게 낫다고 생각했기 때문이다. 그리고 나도 생각할 시간이 필요했다. 타이터스가 혼자서 소년처럼 노는 모습이 매우 행복해 보였다. 나는 유리창을 통해 그가 민첩하게 나타났다가 사라지는 것을 애정과 부러움이 섞인 감정으로 내다보았다. 마침내 그는 내가 바위틈에 떨어뜨렸던 탁자를 한 손으로 머리 위에 자랑하듯 들고 돌아왔다. 그는 탁자를 잔디밭 위에 놓고, 밖에서 식사를 하자고 제의했지만 나는 그것을 거부했다. (나는 al fresco** 식사에 대해서는 나이틀리 씨***의 의견에 전적으로 동의한다.) 그동안 길버트는 장을 봐서 내 지시하에 냉동 검정대구로 훌륭한 케저리****를 조

---

* 『피터 팬』으로 유명한 영국 작가 제임스 배리의 희곡.
** '야외의'라는 뜻의 이탈리아어.
*** 제인 오스틴의 소설 『엠마』에 등장하는 인물.
**** 쌀, 달걀, 양파, 콩, 향신료로 만든 인도 음식. 유럽에서는 생선을 곁들인다.

리했다.

점심 식사 때 타이터스와 tête-à-tête 앉아 나는 진지하게 이야기할 때가 왔다고 생각했다. 그의 확신을 충분히 얻었고 그를 놀라지 않게 할 수 있다고 생각했다. 어쨌든 내 신경은 머리끝까지 곤두서서 더 이상 기다릴 수 없었으며, 내 운명을 알고 싶었다.

"타이터스, 내 말 잘 들어. 네게 중요한 얘기가 있어."

그는 벌떡 일어나 뛰쳐나갈 준비라도 하듯이 한 손을 탁자 위에 펴 놓았다.

"난 네가 여기 머물렀으면 좋겠어. 어쨌든 당분간은 말이야. 이유를 설명할게. 난 네가 어머니를 만났으면 좋겠다."

그의 두 눈이 가늘어지고 예쁜 입술에 조소가 담겼다. "거기 갈 생각은 없습니다."

"거기 가라는 게 아니야. 네 어머니가 여기로 오면 되지."

"그럼 그들에게 얘기하셨군요. 얘기하지 않는다고 하셨잖아요."

"얘기하지 않았어. 나는 그냥 제의하는 거야. 네 의사를 물어보는 거라고. 네가 여기 있는 줄 알면 어머니는 곧바로 올 거야. 벤에게는 말할 필요가 없지."

"그녀는 그에게 말할 거예요. 늘 그랬어요."

"이번에는 그러지 않을 거야. 말하지 않도록 내가 네 어머니를 설득할게. 네 어머니가 여기로 널 보러 왔으면 해. 어쨌든 그가 안다고 해도 어쩌겠니? 반가운 척할 수밖에 없지. 두려워할 것은 아무것도 없다."

"두렵지는 않아요!"

좋지 않은 시작이었다. 나는 말을 더듬거렸고 혼란에 빠졌다. 그리고 말을 하면서도 벤이 문간에서 으르렁거리는 것을 상상했다.

타이터스는 생각에 잠겨 말했다. "한편으로는 그가 가엾어요. 선생님 말씀을 빌리자면 그는 별로 인생을 즐기지 못했어요."

"네 말을 빌리면 산다는 게 다 그렇지. 그가 가엾다면 네 어머니는 훨씬 더 가엾다. 너 때문에 많이 괴로워했거든. 어머니를 만나서 기쁘게 해 주지 않겠니?"

"그녀를 기쁘게 해 줄 수 있는 일은 아무것도 없어요. 결코 아무것도요. 영원히." 태연하면서 단호한 그 대답은 무서울 정도였다.

"그래도 노력할 수는 있잖니!" 나는 분개하며 말했다. "네게 무슨 일이 생겼는지조차 모르는 것이 어머니를 얼마나 힘들게 할지 생각해 봐."

"좋아요. 그럼 선생님께서 저를 만났다고 말씀해 주세요."

"그것으로는 충분하지 않다. 네가 직접 만나야지. 네 어머니가 꼭 여기로 와야 한다."

타이터스는 오늘따라 더 미남으로 보였다. 양쪽 볼은 햇빛을 받아 빛났고 부드러운 머리카락이 그의 앙상한 얼굴을 감쌌다. 형편없는 티셔츠는 이미 말라 있었지만 그는 또 줄무늬 셔츠를 입었다. 목 부분은 단추를 채우지 않은 채였다.

"선생님께서는 그들을 '가끔' 만난다고 하셨는데, 제겐 그게 이상하게 들려요. 선생님께서는 여러 해 동안 유령 같은 존재였어요. 악마 그 자체였지요. 선생님 성함이 나올 때마다 그녀의 눈에 나타난 절망적인 표정을 저는 기억해요. 그들이 선생님을 용서하지 않았을 텐데요. 그래요, 선생님께서는 아무것도 하지 않으셨어요. 하지만 제 말뜻을 아시지요? 그들과 만나서 브리지 카드놀이라도 하시나요?"

"아니, 물론 그렇지 않아. 내 생각이지만 그는 아직도 나를 증오해. 그가 무엇을 믿는지는 아무도 몰라. 아마 자신도 모를 걸. 그러나 그의 존재가 별로 상관이 없다는 생각이 들기 시작했어."

"왜요?"

"왜냐하면 너의 어머니가 그를 떠나려 하니까."

"그녀는 결코 그러지 않을 거예요. 절대로 그러지 못해요."

"어쩌면 그럴 수도 있지. 하지만 스스로 가능하다는 생각이 들면 떠날 수도 있어. 가능하다고 생각이 들면, 그녀는 그게 쉽다고도 생각할 거야."

"하지만 그녀가 어디로 가겠어요?"

"나에게로 오지."

"그럼, 선생님께서는 그녀를 원하시나요?"

"그래."

"그러니까 저더러 어머니를 설득해서 아버지를 떠나게 하라는 건가요? 농담이시겠지요! 점심과 저녁을 대접해 주신 대가로는 너무 지나친 것을 기대하시네요."

"아침과 차도 주었지."

"뻔뻔하시군요."

나는 뻔뻔하다고 여기지 않았다. 이 대화에서는 모든 것이 잘못 돌아가고 있었으며, 거칠고 무례하게 표현되었다. 나는 너무 불길하게 얘기를 함으로써 그가 자극을 받아 갑작스러운 반응을 하지는 않을까 조심했다. 동시에 그는 내 진지함을 이해해야만 했다. 모든 세부적인 해결 방법은 준비되어 있었다. 문제는 그것들을 어떻게 꿰어 맞추는가 하는 것이었다. "애야, 타이터스야, 물론 나는 네가 어머니에게 아무런 설득도 하지 않기를 원한다. 네가 어머니를 만나기 원하는 것은 그것이 어머니의 마음을 한없이 가볍게 해 줄 수 있기 때문이야. 그리고 여기서 만나기를 원하는 것은 이곳만이 가능하기 때문이야."

"제가 일종의 미끼로군요. 일종의 인질이에요."

이것은 무서울 정도로 진실에 가까웠다. 나는 매우 중요한 얘기를 빼놓았다. 지금 생각하니 처음에 그 말을 했어야 했다. "아니다, 아니야. 자, 내 말을 잘 들어 보렴. 할 얘기가 또 있단다. 내가 너를 보내지 않고 여기 붙들어 두려고 설득한 이유가 뭐라고 생각하니?"

"어머니를 오게 하기 위해서인 것 같군요."

이 말투가 너무 지나쳐서 나는 다시 아니라고 말할 수가 없었다. 한편으로 그것은 진실이었다. 그러나 해롭지 않은, 무해한 진실이며, 훌륭한 진실이었다. 서로 물끄러미 바라보는 동안 나는 그가 그 사실을 알기를 희망했다. 그러나 그는 고의적으로 의심스러운 표정을 짓고 있었다. 나는 그의 눈을 응시한 채 얼굴을 찌푸리며 말했다. "그래, 그걸 원해. 그러나 그건 너를 위한 일이기도 해. 너 때문에, 너를 위하여 원하는 거야. 이제 너는 이 일의 일부야. 넌 모든 것의 일부가 되었다. 네가 없으면 안 돼."

"그게 무슨 뜻입니까?"

"내가 너를 붙든 것은 너를 좋아하기 때문이야."

"아, 정말 고맙군요!"

"너도 나를 좋아하니까 여기 있었잖니."

"그리고 음식 때문이죠. 수영 때문이기도 하고요. 좋아요!"

"당분간은 좋을 대로 생각하렴. 너는 아버지를 찾고 있고 나는 아들을 찾고 있다. 우리 흥정을 하는 것이 어떠냐?"

그는 깊은 인상을 받거나 놀라지 않았다. "선생님은 방금 전에야 아들 생각을 하셨어요. 하여튼 저는 생부를 찾고 있긴 하지요. 하지만 아버지가 필요하거나 원해서가 아니라, 일생 동안 나를 괴롭혀 온 비참하고 끈질긴 호기심을 없애기 위해서예요."

그는 절대로 내가 생각했던 아이가 아니었다. 왜 내가 바보를 기대했는지 알 수 없었다. 하틀리가 타이터스를 절망적으로 묘사했기 때문일 것이다. 그는 영리하고 매력적인 소년이었다. 나는 최선을 다해서 그를 붙잡아야 했다. 그를 먼저 붙잡은 후 그의 어머니를 붙잡을 생각이었다.

"잘 생각해 봐. 이것은 제안이야. 내게는 상당히 진지한 문제기도 하고. 묘하게도 네 어머니와 나의 옛 관계 때문에…… 내가 네 아버지 역할을 하게 되었구나. 이것은 말도 안 되는 소리지만 넌 영리하니까 이해할 거다. 네가 내 아들일 수도 있었어. 난 그저 아무나가 아니야. 운명이 우리 둘을 함께 묶어 주었어. 그리고 나는 너를 여러 면으로 도울 수 있단다."

"선생님의 돈이나 어떤 대단한 영향력을 원치 않습니다. 그것 때문에 여기 온 것이 아닙니다!"

"넌 이미 그렇게 말했어. 그리고 우리는 그 단계를 지났으니까 이제 그런 소리는 그만둬. 네 어머니를 데려오고 싶고 적어도 그녀를 행복하게 해 주고 싶다. 넌 이것이 불가능하다고 생각하겠지만 나는 그렇게 생각하지 않아. 그리고 여기에는 너도 포함시키고 싶어. 네 어머니를 위해서, 그리고 나를 위해서. 그 이상은 바라지 않는다. 이 일을 위해서 네가 하고 싶은 만큼만 최대한 혹은 최소한으로 도와주면 돼."

"우리 둘 다 데리고 나와서 다 같이 프랑스 남부의 별장에서 살기라도 하겠다는 건가요?"

"그래. 만일 네가 그렇게 하고 싶다면! 못할 게 뭐 있겠니?"

그는 폭발적인 비명을 지르고 극적인 몸짓으로 이제는 깨끗해진 두 손을 폈다. "어머니를 사랑하세요?"

"그래."

"하지만 선생님께서는 어머니를 잘 알지 못해요."

"얘야, 이상하게도 나는 그녀를 잘 알아."

"그러시다면." 이렇게 말하는 타이터스의 표정에는 마침내 존경의 표시가 엿보였다. "선생님께서…… 어머니에게 이곳에 와서 나를 만나라고 하세요……."

. . . .

나는 풀이 무성하게 자란, 쾌적한 녹색 들판에 누워 있었다. 풀밭에 부드러운 분홍색 꽃이 피어나고 있었다. 풀밭은 시원하고 매우 건조했으며 내가 움직이면 부스럭거리는 소리를 냈다. 나는 숲의 끝자락이자 오솔길의 끝, 니블레츠의 정원 옆에 있는 들판에 누워 있었다. 나는 손거울을 들고 있었다. 하틀리가 막 정원으로 나왔다.

타이터스는 미래를 위하여 아무것도 약속하지 않았다. 그는 이 사안을 일부러 냉소적으로 대했으며 뒤쪽에 분명히 숨어 있을 감정을 내게 보이지 않았다. 그는 모든 것을 농담이나 장난으로 취급했다. 어쨌든 나를 위해 모든 것을 할 각오가 되어 있다는 인상만을 심어 주었다. '어떻게 되는지 두고 보자'는 태도 같았다. 그는 '따로 할 일도 없으므로' 어머니에게 안부라도 전하기 위해 계속 머무르기로 동의했다. 그러나 그는 약간 우울한 어조로 어쩌면 어머니가 오지 않을지도 모른다고 덧붙였다.

그것은 두고 볼 일이었다. 또한 그녀가 어쩔 수 없이 '그래야만 하니까' 벤과 그 많은 세월을 '같이 살아온 것'에 대해 그가 어떻게 느끼는지도 내게는 확실치가 않았다. 이런 상황에서 용서란 어떤 모습일까? 자비? 충실함? 사랑? 혹시 내가 끼어들어서는 안 되는 일에 끼어들고 있지는 않은가? 이것은 확실히 예측할 수 없는 일이었다. 나를 더 용감하게 만들어 준 것은 타이터스가 상당히 열렬하게 우리 셋이 프랑스 남부에서 같이 살 것이라고 표현했기 때문이다! 만일 그가 나와 함께 있으면 그녀도 나에게 올 것이고, 그렇게 되면 우리 셋은 마치 타이터스와 내가 바닷속에서 경험한 갑작스러운 환희 같은 정신적인 해방감을 얻을 것이다. 나는 그녀를 행복하게 해 줄 것이다. 꼭 그럴 것이다. 그리고 그를 행복하게 해 주고, 성공시킬 것이며, 자유롭게 해 줄 것이다.

타이터스가 또다시 비꼬면서 '인질'로서 남아 있겠다고 동의한 뒤에 또 다른 사건이 우리 사이에 일어났다. 만일 내가 원한다면 '얼마 동안' 머물겠다고 그가 동의한 뒤에 나는 지나가는 말로 용감하게 "어디선가 너를 기다리는 사람이 아무도 없니? 여자 친구라도?"라고 물었다.

그는 단호하게 대답했다. "없습니다. 전에 한 명 있었는데, 이젠 끝났습니다."

나는 궁금했다. 그렇다면 그는 외로움과 절망 때문에 나에게 온 것일까? 만일 그렇다면 더욱 내 제안(내 사랑)을 받아들이기 쉽지 않을까?

같은 날 저녁이었다. 더 오래 기다릴 필요가 없는 것 같았다. 물론 타이터스한테 내 계획을 부분적으로 숨겼다. 그러나 한편 나는 길버트한테까지 내 계획을 대략 말해 주었다. 나는 길버트가 중요한 역할을 맡아 할 것이라는 사실을 이미 알았다. 그는 이 모든 드라마를 점잖게 즐기고 있었다. 나는 숲에 숨어서 하틀리가 나타날 때까지 거의 한 시간이나 기다렸다. 벤은 전혀 모습을 드러내지 않았다.

나는 잠깐 동안 그녀를 관찰했다. 그녀는 갈색 꽃무늬의 노란 원피스를 입었고 그 위에 헐렁한 푸른색 작업복을 걸쳤다. 그녀는 어깨를 움츠리고, 머리를 숙이고, 작업복의 호주머니에 두 손을 넣고 약간 거북하게 걸었다. 정원의 끝까지 걸어온 그녀는 마치 동물처럼 잔디를 멍하니 바라보며 잠깐 서 있었다. 그러고는 머리를 들어 접근할 수 없는 자유의 상징인 바다를 바라보기 시작했다. 그리고 한 손을 호주머니에서 꺼내 얼굴을 만졌다. 울고 있는 것이 틀림없었다. 나는 견딜 수가 없었다.

조심스럽게 거울을 꺼낸 나는 해가 비치도록 거울을 기울였다. 조그맣게 움직이는 밝은 반사광이 마치 작은 생물처럼 정원 바로 밑 언덕 위를 비추었다. 집에는 빛을 비추지 않도록 조심했다. 그리고 밝고 조그만 빛이 그녀의 발치를 향하여 언덕 위로 천천히 올라가도록 했다. 잠시 후 그녀가 빛을 보고 그것이 무엇을 의미하는지 알아차린 것을 알 수 있었다. 이것은 우리가 어릴 적에 여름이면 서로에게 하던 장난이었다. 나는 잠시 빛을 그녀의 얼굴에 비추었다. 그리고 빛을 이용해 풀밭 위를 지나 숲 쪽으로 선을 그어 그녀를 인도했다.

하틀리는 물끄러미 내 쪽을 바라보고 서 있었다. 나는 무릎을 꿇고 반쯤 일어나 가만히 크림색 꽃이 핀 딱총나무 가지를 흔들었다. 하틀리는 손을 목에 올려 신호를 보냈다. 그리고 돌아서서 집 안으로 들어가 버렸다. 나는 애가 타서 소리 내어 부르고 싶었다. 그러나 그녀가 벤의 행동과 거처를 알아보러 간 게 아닐까 생각했다. 아마 그는 도자기를 붙이는 작업을 하고 있을 것이다. 나는 걱정하며 기다렸다. 그러자 작업복을 벗고 다시 밖으로 나온 그녀가 울타리로 뛰어가서 몸을 숙이고 풀밭을 지나 나에게로 뛰어왔다.

나는 숲 속에 있는, 물푸레나무 아래 작은 빈터로 조금 후퇴했다. 겨울 폭풍 때문에 큰 나뭇가지가 비틀려 있었고, 그 사이로 햇빛이 생기 없는 들장미 꽃과 시들어 가는 야생 파슬리와 미나리아재비 꽃을 비추고 있었다. 나는 물푸레나무 곁에 서 있었다. 반들반들하고 견고한 회색 나무줄기는 하틀리와 연관이 있는 유년기의 아련한 기억을 되살렸다. 나는 이제 그녀가 딱총나무의 크고 넓적한 두상화를 옆으로 밀치는 것을 볼 수 있었다. 잠시 후 그녀는 내 앞에 서 있었다. 그녀가 본능적으로 햇빛이 비추는 곳을 피해 왔다는 것을 알 수 있었다.

나는 그녀를 두 팔로 안았다. 그녀는 약간 긴장했으나 고개를 숙이고 내게 안겨 있었다. 손으로 그녀의 목덜미를 잡고 가까이 당기자 내 무릎이 그녀의 무릎에 닿았고, 그녀의 부드럽고 따뜻한 체온이 내게 옮겨 왔다. 그녀는 한숨을 쉬고 고개를 옆으로 돌렸으나 두 손은 그대로 늘어뜨린 채였다. 얇은 원피스 아래로 그녀의 따뜻한 체온을 느끼며 나는 눈을 감았고, 내 계획과 긴박한 상황을 잠깐 동안 잊었다.

"아, 하틀리, 내 사랑, 내 분신."

"여기 오지 말았어야 해."

"너를 사랑해." 나는 나무 밑에 앉아 나무에 기대며 그녀를 내 곁으로 끌어당겼다. 그녀가 내 가슴 위에 머리를 얹고 편안하게 누워 있기를 원했다. "자, 내 곁에 누워. 우리는 가끔 이러고 있었지, 그렇지? 기억나?" 그러나 그녀는 누우려 하지 않았다. 햇빛으로 생긴 그늘 아래에서 그녀의 원피스는 가슴 때문에 단추가 뜯어질 것 같았다. 마치 숲 속의 마술이 그녀를 다시 젊게 만든 것처럼 그녀는 너무나 아름다웠고 옛날 모습 그대로였다.

그녀는 내 곁에 무릎을 꿇고 내 한 손을 잡은 채 침울한 큰 눈으로 나를 바라봤다. 그러더니 갑자기 부드럽게 내 손을 들어 입을 맞추었다.

그녀의 이런 행동이 나를 너무나 감동시키고 당황하게 해서 나는 다시 제정신으로 돌아왔다. 그녀를 데려가는 것이 급했다. 그런데 나는 아직까지 얘기도 꺼내지 않았다.

"하틀리, 내 사랑, 넌 날 사랑해. 아, 얼마나 기쁜지 몰라! 그런데 내 말 잘 들어. 할 말이 있어. 그는 어디 있지?"

"외출했어. 확인하고 나왔어. 하지만 이렇게 찾아오지는 말았어야 해."

"어디에, 얼마나 오랫동안 나가 있는 거지?"

"개 때문에 사람을 만나러 갔어. 시간이 꽤 걸릴 거야."

"개라고?"

"응, 상당히 먼 곳이야. 아몬 농장까지 갔거든. 날씨가 너무 좋아서 걸어간다고 했어."

"걸어서? 그는 발을 저는 줄 알았는데……. 다리를 다쳤잖아……."

"다리가 뻣뻣하니까 천천히 가겠지. 하지만 그는 걷기를 좋아해. 운동이 되니까. 상점에 공고가 났는데, 원하는 사람이 없으면 개를 처분하기로 했대. 웨일스산 콜리인데, 강아지가 아니라 다 자란 개야. 양 떼는 돌보지 못하지만, 그래도 가서 보기로 했어. 전화를 걸었는데 사람들이 매우 친절한 것 같았어. 아크라이트 집안사람이었어."

"아, 아크라이트. 당신은 가지 않았군. 혹시 내가 올까 봐 집에 있었던 거야?"

"벤은 내가 거기 가지 않는 게 낫다고 생각했어. 나는 개를 너무 좋아하니까 차라리 자기가 혼자서 결정하겠다고 했어. 다 자란 개를 기르는 것은 위험이 따르니까……."

"하틀리, 내 말 들어. 타이터스가 돌아왔어. 지금 우리 집에 있어."

그녀는 풀밭으로 서너 걸음 물러서며 내 손을 놓았다. "설마……."

"맞아. 하지만 타이터스는 그를 만나고 싶어 하지는 않아……. 다만 너를…… 너를 매우 보고 싶어 해. 어서 가자."

"타이터스……. 그런데 그 애가 왜 너한테 갔지? 아, 이상도 하지. 참으로 놀랍네……."

"반가워할 줄 알았는데!"

"그러나 그 애가 너한테 간 것이…… 아, 난 어떻게 하지? 뭘 해야 되지……." 그녀는 갑자기 정신을 놓고 어린아이처럼 울먹였다.

"가서 그 애를 만나자. 어서 일어나." 나는 그녀를 일으켜 세웠다. "왜 그래? 아들을 보고 싶지 않아? 그가 돌아온 것이 놀랍지 않은 거야?"

"그래, 아주 놀랍고 기뻐. 하지만 나는 여기 있어야 해. 그 애에게 여기로 오라고 말해 줘. 그 애에게 너와 있었다는 건 말하지 말라 하고……."

"그 애는 여기 오지 않을 거야. 그게 문제야! 어서, 하틀리! 몽유병자처럼 굴지 마. 움직여! 그는 여기로 절대 오지 않아. 알잖아! 어서 가자. 그가 우리를 기다려. 벤이 돌아오기 전에 그를 만날 시간은 충분해. 언덕 밑에 차가 있어." 나는 그녀를 들판과 오솔길 쪽으로 잡아끌기 시작했다. 그러나 그녀는 반항했다. 그리고 미친 것처럼 땅바닥에 다시 주저앉았다.

"말해 줘. 타이터스가…… 그 애는……."

"이런! 서둘러! 타이터스가 벤에게 나를 만나지 않았다고 말하기를 원한다면 가서 직접 말해!"

이 말은 모호했지만 그녀에게 어느 정도 인상을 남긴 것 같았다. 어쨌든 놀란 가운데에서도 두려움이 그녀를 자극한 모양이었다. "좋아. 하지만 잠시만 머무르겠어. 나를 당장 다시 데려다 주어야 해!"

"그래, 그렇게. 그렇게." 나는 그녀를 다시 일으켜 세웠다.

"그리고 누가 볼지 모르니까 숲을 벗어나서도 안 돼."

"이 동네에 아는 사람은 없다고 했잖아! 자, 어서 서둘러"

우리는 숲길을 따라 내려갔다. 어떤 곳은 잡초가 무성하고 어두웠으므로 비틀거리기도 하고 나뭇가지에 긁히기도 했다. 가시덤불에 찔리기도 하고 오솔길 한가운데서 자라는 키 작은 어린 나무들 때문에 애를 먹기도 했다. 이렇게 어리석고 불편하게 가야 하는 것이 못마땅해서 나는 소리라도 지르고 싶었다. 내 옆에서 따라오는 하틀리는 꿈지럭거리고 한없이 굼떴다. 마치 나무토막을 끌고 가는 것 같았다.

우리는 더러워지고 숨이 가빠져서는 해변 도로로 나왔다. 길버트가 폭스바겐을 풀밭 끝에 대기시키고 있었다. 우리가 나온 것을 보자 그가 시동을 걸고 우리 쪽으로 후진하기 시작했다.

며칠 동안 해변에서 휴일을 보낸 길버트는 변해 있었다. 그는 더 젊어 보였고, 더 건강해 보였으며, 백발의 곱슬머리도 더 부드럽고 자연스러워 보였다. 그는 어부들의 가게에 들러 운동화와 얇은 무명 바지와 지금 흰 셔츠 위에 입은 크고 헐렁한 면 스웨터를 샀다. 보기 흉한 화장도 하지 않았다. 길버트의 전성기였다. 그는 필요한 사람이었다. 그는 나를 도와서 리지가 아닌 다른 여자를 구해 주었으며 매력 있는 청년으로 색다른 모험을 즐기고 있었다. 그의 눈은 생기 넘쳤고 호기심에 불타올랐다. 나는 하틀리를 뒷좌석에 앉히고 차에 올랐다. 그러면서 갑자기 그들 두 사람의 눈에 서로가 각각 어떻게 비칠지 살폈다. 길버트는 휴양 온 잘생긴 부잣집 신사처럼 보였다. 시종의 직책을 잠시 버린 그는 요트를 소유한 사람 행세를 했다. 그러나 나는 길버트가 내 애인을 어떻게 보았는지 혹은 그가 '하나의 사랑'이 어떤 것이라고 기대했는지 상상할 수가 없었다.

"이 사람은 내 친구 오피언 씨야. 이쪽은 피치 부인. 길버트, 운전해."

하틀리는 차가 속력을 내고 해변 도로를 달리자 아무 말 없이 나를 바라보았다. 그리고 무의식적으로 내 재킷 소매를 잡았다. 나는 긴장을 풀고 그녀의 손가락과 무릎의 감촉을 느끼며 만족스럽게 앉아 있었다. 그녀의 눈은 보라색이었고 긴장한 얼굴은 지나치게 흥분한 표정이었다. 그런 표정은 그녀가 젊었을 때는 매우 매력적이게 야성적으로 보이게 했으나 지금은 다소 정신 나간 사람처럼 보이게 했다. 나는 자동차 안에서 에워싸인 안전한 느낌과 속력을 느끼며 기쁨의 미소를 지었다. 성공적으로 도피했다는 안도감이 압도적이었다. 나는 그녀를 보고 미친 사람처럼 미소를 지었다.

자동차가 둑길에 도착하자 그녀는 내리기를 꺼렸다. "그 애는 내가 오는 것을 알아? 그 애가 자동차까지 올 수 없을까?"

"하틀리, 내 사랑, 내가 말한 대로 해!"

내가 그녀를 차에서 내리게 하자 길버트는 내가 지시한 대로 차를 몰아 가 버렸다. 차는 레이븐 호텔 방향의 길모퉁이로 사라졌다.

나는 타이터스에게 주방에 있으라고 말했다. 그러나 우리가 둑길을 반쯤 건너왔을 때 그가 현관문을 열고 나왔다.

나는 내 계획의 세부적인 사항에 너무나 정신을 집중해서 이 만남이 어떨지 사실 생각해 보지 않았다. 내 의도는 이 만남보다 훨씬 더 앞서 갔고, 더 자연스러운 미래를 희망했다. 그러나 지금은 현재로 다시 되돌아왔고, 내가 초래한 사건의 놀랍고도 혼동스러운 느낌에 걱정스러웠다.

하틀리는 타이터스를 보자마자 멈춰 섰고 그녀의 얼굴에 무서운 변화가 일어났다. 그녀의 입은 벌어지고 마치 울려는 것처럼 보기 흉하게 늘어졌다. 눈은 반쯤 감겼고 이마에는 마마 자국 같은 주름이 깊게 만들어졌다. 이전에도 나는 이런 표정을 본 적이 있었다. 다만 이 표정이 드러내는 것은 충격이나 어떤 슬프고 달랠 길 없는 기쁨이 아니라 죄의식과 간청이었다. 그녀는 무의식적으로 양팔을 크게 벌렸으나 그것도 안으려는 것보다 애원하기 위해서였다.

나는 이 모든 것을 빨리 눈치챘으며 순간적으로 마음이 아파서 '그만해!' 하고 소리 지르고 싶었다! 나는 상대가 되지 않는 두 투사의 싸움을 자비롭게 방해하고 싶었다. 그러나 나는 이미 이 장면에서 제외되어 있었다. 타이터스는 인상을 찌푸리더니 남자답게 앞으로 다가섰다. 감정을 숨기려는 듯 침착하고 딱딱하게 행동했고, 눈을 가늘게 뜨고 있었다. 그러나 그는 곧 애원하는 이에 대한 마음을 감추지 못하고 그녀를 일으켜 세우기로 마음을 바꾸었다. 그의 몸짓에, 그의 걸음걸이에 이것이 고스란히 나타났다. 그는 하틀리에게 다가와서 약간 거칠게 그녀를 문 쪽으로 데리고 들어갔다. 그가 그녀의 등에 손을 대고 문 안으로 밀고 들어가는 것을 보고 나는 급히 뒤따랐다.

내가 들어가자 그들은 이미 현관 안에 서서 이야기를 나누고 있었다. 나는 그들이 아들과 어머니 사이처럼 느껴지지 않았다. 그럴 수도 있다. 가족 관계라는 것은 모두 어색하고 이상한 법이다. 아니면 하틀리가 결코 그의 어머니 역할을 제대로 하지 못했던 것일까? 그들은 무슨 말을 할까?

"우리는 네가 어디 있는지 몰랐어. 네가 어디로 갔는지도 몰랐어. 널 찾으려고 무척 애를 썼단다. 정말 노력했어. 사방에 물어보고……." 이 말은 타이터스가 자신을 찾지 않았다고 그녀를 비난해서 나온 대답처럼 들렸다.

"알아요, 알아요. 전 괜찮아요. 아주 건강히 잘 있었어요." 그는 아직 물어보지도 않은 질문에 대답하고 있었다.

"잘 지내고 직장도 있니? 아니면 아직……. 어디 사니?"

"직장도 없고, 정확한 거처도 없어요."

"혹시 네가 잃어버렸을까 봐 우리는 주소를 남겨 두었어. 네가 돌아올 경우를 생각해서 말이야. 그리고 편지도 썼단다……."

"메리, 괜찮아요. 걱정 마세요."

어쩐지 마음에 들지 않는 (그가 그녀를 안심시키며 '메리'라고 부르는 것을 나는 견딜 수가 없었다.) 이 대화를 막기 위하여 내가 끼어들어 말했다. "어서들 주방으로 들어가지그래? 뭘 좀 마실래?" 나는 한잔 마셔야 했다. 내가 그들의 처지라면 미칠 것만 같아서 꼭 한잔 마시고 싶었을 것이다. 그러나 둘 다 그럴 생각이 없는 듯했고, 사실 그들은 내 말을 무시했다.

타이터스가 주방으로 들어가자 하틀리도 따라 들어갔다. 그들은 탁자 곁에 기대어 서서 서로를 괴로운 듯 물끄러미 바라보고 있었다. 하틀리의 표정은 애원과 공포를 나타냈고, 그의 표정은 일종의 수치스럽고 혐오스러운 연민을 나타냈다. 주방 안에서 그들은 너무나 큰 고통을 겪고 있었고 이 고통은 장벽처럼 손으로도 만져질 것만 같았다. 나는 그들을 지켜보면서 도움을 주고 싶었다. 이야기를 중단시키고 싶었다. "저녁식사를 좀 할까? 우리 저녁 같이 먹자. 그러고 나서 이야기하지……."

타이터스가 말했다. "물론 주소는 잃어버리지 않았어요."

하틀리가 말했다. "난 여기 더 머무를 수 없어. 집에 같이 가겠니? 그러나 여기 왔었다고는 말하면 안 돼. 그러겠니?"

타이터스는 고개를 저었다.

그녀가 말을 이었다. "벤은 네가 여기 온 걸 몰라. 개를 보러 농장까지 외출했어."

"개요?" 타이터스가 물었다.

"그래, 개를 한 마리 기르려고 해."

"무슨 종류의 개죠?"

"웨일스산 콜리."

"그가 개를 데리고 돌아올까요?"

"모르겠다."

적어도 이것은 대화 같았다.

나는 보이지도 않고 들리지도 않는 존재로 남아 있기가 지루해서 목소리를 높였다. "한잔들 마셔. 저녁도 먹자!"

타이터스가 나를 보지 않은 채로 내 쪽으로 손을 흔들었다. 그리고 하틀리에게 말했다. "여기로 들어오세요." 그녀가 작고 붉은 방으로 따라 들어가자 그는 내 면전에서 문을 닫았다.

나는 뒤늦게 그들을 내버려 두는 것이 좋겠다는 생각이 들었다. 뿐만 아니라 이제 하틀리가 여기 있으니 나는 더 세밀하게 위험하고 결정적인 다음 단계를 생각해야 했다. 나는 현관에서 잠시 생각에 잠겨 서 있었다. 그러고 나서 위층 응접실로 뛰어 올라가 백지 한 장을 꺼냈다. 서랍에서 슈러프엔드라고 볼록하게 글자를 새긴 편지지를 발견했다. 초니 부인이 쓰던 것이 틀림없다. 나는 반들반들한 종이에 글을 썼다.

친애하는 피치 씨에게

메리가 여기 나와 함께 있다는 걸 알려 드립니다. 타이터스도 있어요.

찰스 애로비

나는 이것을 봉투에 넣고 집 밖으로 뛰쳐나왔다.

여름날 저녁이 더 더워진 것을 알고 나는 약간 놀랐다. 아마 집 안이 추웠거나 내가 추위를 느끼고 있었거나, 아니면 이제 평범한 시간이 끝났다고 느꼈기 때문인지도 모른다. 길 건너 풀밭은 에메랄드 색으로 번져 갔고, 풀밭 여기저기에 솟은 바위들은 조그만 다이아몬드처럼 눈부시게 빛났다. 훈훈한 바람이 흙과 풀과 꽃 냄새를 짙게 풍기며 물결치듯 나를 맞았다.

나는 둑길을 건너서 탑과 레이븐 호텔 쪽으로 이어진 도로를 따라 뛰어갔다. 그리고 길모퉁이를 돌아 만이 보이는 곳까지 왔다. 그곳에서 길버트가 내 명령에 따라 차를 주차해 놓고 있었다. 나중에 하틀리에게 차에 대하여 거짓말을 할 경우를 대비하여 차를 숨겨 두고 싶었다.

길버트는 바위 위에 앉아 찬란하게 빛나는 푸른 바닷물을 바라보고 있었다. 그는 벌떡 일어나서 나에게 왔다.

"길버트, 이 편지를 곧장 니블레츠에 전해 줘. 도로 맨 끝에 있는 방갈로야."

"네, 주인님. 거기 일은 어떻게 되어 가요?"

"잘되고 있어. 어서 가. 그리고 돌아와서는 다시 여기에서 기다려."

"내 저녁 식사는 어쩌고요? 집 안에 들어갈 수 없어요?" 호기심에 가득 찬 길버트는 참견하고 싶어 죽을 지경이었다.

나는 허락해 줄 수가 없었다. "아니, 아직은 안 돼. 블랙라이언에서 샌드위치나 사 먹어. 그리고 다시 여기로 와 있어. 무슨 일이 일어날지 나도 모르겠어."

"폭력적인 일은 일어나지 않았으면 좋겠어요."

"나도 그래. 이제 서둘러."

"하지만……."

"어서 가."

"술집에서 한잔해도 되겠지요? 한잔 마시고 싶어 죽겠어요."

"그래. 하지만 오래 있지는 마. 4분 동안만 마셔."

길버트의 불만스러운 얼굴을 보자 프레디 아크라이트의 모습이 불쾌하게 떠올랐다. 이제 아크라이트 식구들은 사방에 깔려 있고, 그들은 벤을 붙들고 있었다.

나는 다시 뛰어갔다. 차는 둑길 부근에서 나를 지나쳤다. (추운) 집 안으로 들어온 나는 주방으로 가서 드라이 셰리주를 반 잔 따랐다. 작은 붉은 방의 문에 귀를 기울이지는 않았다. 나는 잔디밭으로 나와서 바위 위로 조금 올라가 바다가 보이는 곳에 앉아 셰리주를 조금씩 마셨다.

지금까지는 아무 문제가 없었다. 그러나 내가 나사를 죄기 시작하면 하틀리는 어떻게 행동할 것인가? 그리고 벤이 내 편지를 받으면 어떻게 할까? 언제쯤 그가 편지를 볼까? 아몬 농장까지 걸어갔다 온다면, 그리고 개 때문에 30분을 할애한다면 니블레츠에는 9시 30분쯤에 돌아올 것이다. 지금은 8시가 조금 지났다. 나는 배가 고프다는 것을 깨달았다. 셰리주를 마셨더니 어지러웠다. 못된 아크라이트가 벤을 차로 데려다 준다면 벤은 8시 30분 직후에 귀가할 수 있을 것이다. 반면에 그가 개를 데리고 걸어서 온다면 10시경까지는 집에 돌아오지 못할 것이다. 도대체 그가 어째서 갑자기 개를 원하는 것일까? 개를 훈련시켜 나를 공격할 셈인가?

다시 생각해 보니 벤이 몇 시에 귀가하든 그가 오늘 밤에는 아무런 행동도 하지 않을 것이기 때문에 큰 문제가 되지는 않을 것 같았다. 그는 우선 하틀리와 타이터스가 나타나기를 고대하며 기다릴 것이고, 그런 뒤에 이를 갈 것이다. 나는 그가 북받쳐 오르는 분노에서 악의에 찬 만족감을 느낄 것이라는 상상까지 했다. 그는 좋은 사람이 아니다.

셰리주를 다 마시고 나는 안으로 들어갔다. 작은 붉은 방에서는 속삭이는 소리가 계속 들렸다. 나는 그들이 오래 얘기할수록 더 좋다고 생각했다. 시간이 흐를수록 그들은 서로 가까워질 것이고, 그만큼 위험한 시간을 더 많이 써 버릴 것이다. 시장기가 돌면 그들은 밖으로 나올 것이다. 그러나 너무 흥분하여 배고픈 것을 느끼지 못할지도 모른다.

나는 두렵기는 했지만 배고픔을 느꼈다. 잠시 앉아서 비스킷과 올리브를 먹었다. 그러고는 남은 케저리를 긁어모아 접시에 담은 뒤 백포도주 한 잔을 함께 들고 밖으로 나와 바다 경치를 감상했다. 나는 기분이 매우 묘했고, 흥분되고 긴장됐다. 약간 술에 취했으나 정신은 맑았다.

그러나 곧 타이터스가 소리 지르는 것을 들었다. 그는 '찰스'나 '애로비 씨'라고 부르지는 못하고 여러 번 "여기요!"라고 다급하게 소리를 질렀다.

나는 그 외침을 무시할까도 생각해 보았지만 그러지 않기로 마음먹었다. 벤이 귀가할 시간은 아직 멀었다. 나는 접시와 술잔을 들고 조심스럽게 잔디밭으로 돌아왔다.

타이터스와 하틀리는 문 밖에 서 있었다. 그녀는 이제 나에게도 익숙해진 괴롭고 두려움에 찬 표정을 짓고 있었다.

타이터스가 말했다. "메리는 돌아가는 게 좋겠어요. 시간이 충분히 있다고 말했는데도 지금 가고 싶답니다. 괜찮지요?"

하틀리가 말을 받았다. "차를 당장 오게 해 줘요." 그녀는 화난 사람처럼 거칠게 말했다.

타이터스가 말했다. "앞쪽을 살펴보았는데 차가 안 보이네요. 메리는 매우 걱정이 되나 봐요."

"걱정할 거 없어." 나는 이렇게 말하고 주방으로 들어갔다. 그들은 나를 따라 들어왔다. "저녁을 먹지 않을래?"

"난 가야 해." 하틀리가 말했다. 그녀가 타이터스와 함께한 순간은 그것이 어떤 것이었든지 간에 이제 지나갔다. 그리고 그녀의 머리에서 타이터스는 이미 사라졌다. 잔인한 남편이 독점하는 시간이 되돌아와서 이제 노예로 돌아가야 하는 것이다. 옛날의 공포가 다시 그녀를 엄습했다. 나는 그녀의 얼굴에 격렬하게 드러나는 가차없는 공포의 표정이 무척 싫었다. 그

표정은 그녀를 미워 보이게 했다. 그와 반대로 그녀가 숲에서 내 손에 키스했을 때는 몹시 아름다웠다.

타이터스가 말했다. "어서요, 차가 어디 있어요? 메리는 집에 가야 해요."

타이터스는 하틀리를 슈러프엔드에 붙잡아 두어야 하는 것이 그의 의무라는 것을 확실히 잊고 있었다. 아니면 그도 그녀의 공포에 전염이 되었는지 모른다. 내가 타이터스에게 너무 교묘하고 모호하게 설명했나 보다. 나는 그가 어떤 반응을 보일지 몰라서 내 마음속에 있는 말을 전부 하지 못했다. 다만 그에게 하틀리가 머물고 싶어 할 것이고, 그가 설득을 더해 주면 좋겠다고 말했다. 그러나 이제 와서 생각하니 더 명확하게 말했어야 했다.

"갈 필요 없어." 내가 말했다.

"내가 생각한 것보다 훨씬 오래 머물렀어." 하틀리가 말했다. "그는 9시 30분에 온다고 했지만 더 일찍 올 수도 있어. 그러니까 제발, 난 지금 당장 가야 해."

"그럴 필요 없다니까. 쪽지를 써서 오피언에게 들려 보냈어. 여기에서 타이터스와 함께 있을 거라고. 그러니까 벤도 걱정하지 않을 거야. 그가 여기로 오겠지. 그러면 길버트가 차로 모두 데려다 줄 수 있어."

타이터스는 휘파람을 불었다. 그는 내가 얼마나 엄청난 짓을 저질렀는지 안 것이다.

하틀리는 그 말을 이해하는 데 시간이 걸렸다. "네가……네가 그에게 말했단 말이야? 일부러 그에게 말했다고? 아, 고약한 사람 같으니……. 어리석은 짓을 했어……. 넌 몰라…… 넌 몰라……." 분노와 절망의 눈물이 그녀의 눈에 고였고, 그녀가 매우 화난 얼굴로 나를 쏘아보았다. 나는 뒤로 물러섰다.

나는 태도를 일관하며 진심으로 말했다. "하틀리, 그를 무서워할 것 없어! 그 못된 놈을 대하는 네 태도에 진절머리가 나. 왜 그에게 항상 거짓말을 해야 한다고 생각해? 왜 네가 타이터스와 여기 있으면 안 되지? 이것은 매우 자연스럽고 정당한 일이야!"

타이터스는 흥미로우면서도 염려스러운 듯 하틀리를 바라보았고, 난처한 표정으로 나를 바라보았다. "그래서 그를 여기로 초대했다는 말씀인가요? 맙소사!" 그는 덧붙였다. "그는 아직 집에 오지 않았을 테니 편지도 보지 못했을 거예요."

하틀리 역시 시계를 보고 그 사실을 깨달았다. "아, 그렇네. 그가 편지를 보아서는 안 돼. 보지 말아야 해! 지금 당장 가면 그가 보기 전에 편지를 처리할 수 있어. 그러면 모두 괜찮아질 거야. 그가 편지를 보아서는 절대로 안 돼. 제발! 난 당장 가야 해. 차를 가져와, 차를!"

나는 화를 돋울 만큼 침착한 태도로 말했다. "대단히 미안하지만 차는 여기 없어. 엔진이 고장 나서 레이븐 호텔 옆에 있는 정비소에 갔으니까."

"언제 올 수 있나요?" 타이터스가 물었다.

"모르겠어. 아마 곧 올 거야."

"전화를 걸지요."

"여기에는 전화가 없어."

하틀리가 외쳤다. "난 가야 해. 가야 해. 가야 한다고. 뛰어가면 시간 안에 닿을 수 있을 거야."

"내가 대신 뛰어갈게요." 타이터스가 말했다.

"아니, 넌 안 돼." 나는 그를 노려보며 말했다. "하틀리, 여기 탁자에 앉아. 그리고 미친 사람처럼 행동하지 마. 차는 곧 올 거야. 난 네가 그에게, 그의 집으로 다시 돌아가는 것이 싫어. 여기서 타이터스와 나와 함께 있기를 원해." 나는 타이터스에게 또 한 번 의미 있는 눈짓을 보냈다. 내가 그녀의 머릿속에 제정신을 불어넣어 주는 것 같았다.

하틀리는 자리에 앉았다. 그녀는 겁에 질린 동물처럼 시선을 나에게서 타이터스에게로 옮겼다가 다시 나를 보았다. 나는 그녀 곁에 앉았다. 그녀는 몸을 떨고 있었다. 나는 그녀의 공포에 휩싸인 눈에서 그녀가 무엇인가를 이해하기 시작했다는 것을 눈치챘다. 위기가 엄습했다.

타이터스가 말했다. "메리는 가기를 원해요. 제가 같이 가겠어요. 그렇게 마음먹었어요."

나는 아직 시간을 벌려고 노력하며 말했다. "안 돼, 안 돼. 둘 다 여기 있어. 하틀리, 내 사랑, 그는 네가 어디 있는지 알 거야. 네가 익사했다고 생각지는 않을 거야. 그는 여기 와서 타이터스를 만날 수 있어. 타이터스가 여기 있으니까. 여기 살고 있으니까. 타이터스, 너 정말 거기 가고 싶은 건 아니지?"

타이터스는 눈에 띄게 고민하며 말했다. "메리는 돌아가고 싶어 해요. 벤이 편지 보는 것을 원치 않는다고요. 아직 시간이 있어요. 20분 안에 거기까지 갈 수 있어요. 바로 마을 너머지요?"

"그래, 제발 가거라, 제발." 하틀리가 소리쳤다. "지금 가거라. 문이 잠기지 않았으니까 그냥 들어갈 수⋯⋯."

"아니면 호텔로 달려갈까요? 어느 편이 가까워요?"

나는 타이터스에게 말했다. "그가 편지를 봤으면 좋겠어. 그리고 두 사람 다 여기 있어야 해. 우리가 그 사람의 노예야? 나는 네 어머니를 그 새장에서 나오게 하고 싶어."

하틀리는 비명을 질렀다.

"왜 그가 편지를 보기를 원해요?" 타이터스가 말했다. "이 모든 상황을 이해하지 못하겠어요. 이건 계략 같아요. 선생님께서 그녀가 여기서 저를 만나기를 원한 건 잘 알아요. 그러나 모든 계략을 동원하여 그녀를 속이리라고는 생각하지 않았어요."

"아, 안 돼!" 하틀리는 벌떡 일어나서 문 쪽으로 달려갔다.

나는 후다닥 그녀를 뒤따라가서 그녀의 어깨를 잡았고, 그 때문에 그녀가 입은 원피스의 목 부분이 조금 찢어져 버렸다. 옷이 찢기는 것을 느낀 그녀는 그 자리에 멈추었다. 그러고는 다시 탁자로 와서는 두 손에 얼굴을 파묻고 앉았다.

"이것 보세요, 저는 이런 건 싫어요. 본인 의사에 반해 이곳에 붙들어 둘 수는 없어요."

"난 네 어머니가 자유롭게 결정할 수 있기를 원해."

"자유롭게요? 그럴 수는 없어요." 타이터스가 말했다. "메리는 자유를 잊어버린 지 오래되었어요. 뿐만 아니라 선생님께서 여기에 붙잡아 두면 그녀는 너무 겁이 나서 생각조차 할 수가 없어요. 선생님께서는 모르세요. 그녀는 미칠 수도 있어요. 제가 오해를 했나 봐요. 선생님께서는 말씀하시지 않으셨지만 전 그녀와 선생님 사이에 모종의 이해가 있는 줄 알았어요. 메리가 마음의 준비가 되어 있는 줄 알았어요. 그러나 몇십 년씩이나 같이 살아온 사람을 갑자기 떠날 수는 없을 거예요."

"해결 방법이 그 하나뿐이라면 사람들은 몇십 년씩 같이 살다가도 헤어질 수 있어. 나는 네 어머니가 원하는 것을 하도록 도와주고 있어. 도움 없이는 할 수가 없으니까. 알겠니?"

"잘 모르겠어요."

"곧, 아마 내일이면 네 어머니는 마음을 진정하고 생각할 수 있을 거야."

"내일요? 여기서요?"

"그래."

"밤새도록 그녀를 여기에 붙잡아 두시려고요?"

"그렇다."

"만일에 벤이 오면 어떻게 하실 거예요?"

"그는 오지 않을 거야. 조금 전 네 질문에 대답을 한다면 나는 그를 초대하지 않았어."

"아, 이런! 그가 어떻게 생각할까요?"

"그가 어떻게 생각하든 내가 상관할 바가 아니야." 나는 말을 계속 이었다. "사실 그가 나쁘게 생각할수록 더 좋아. 그의 악랄한 상상력으로 가능하면 뭐든지 생각하라고 해."

"그건…… 모든 것을 파멸시킬 생각인가요?"

"그래."

"하느님 맙소사!" 타이터스는 계속해서 말을 이었다. "그것은 혐오스러운 짓이에요. 그녀를 마치 어린애나 정신병 환자로 취급하는 것도 견딜 수 없군요. 저는 수영이나 하러 가겠습니다."

"타이터스, 날 너무 나쁜 놈으로 생각하지 마라."

"아, 선생님을 나쁘게 생각하지는 않습니다. 한편으로는 숨이 막힐 만큼 존경합니다. 단지 저라면 도저히 할 수 없는 일이라서요."

"편지를 가지러 달려가진 않겠지?"

"그래요, 이미 늦었어요."

"나로부터 도망가지도 않겠지?"

"도망가지는 않습니다."

그는 뒷문으로 나갔다.

밖은 늦은 저녁이라서 안개가 더 짙어졌고 바위 그림자는 잔디밭까지 길어졌다. 나는 시계를 보지 않았다. 그리고 하틀리 곁에 앉았다.

그녀는 얼굴에서 두 손을 떼고 기운 없이 앉은 채로 탁자를 물끄러미 바라보고 있었다. 그녀의 원피스를 잡아당긴 곳은 작은 삼각형으로 찢겨 있었다. 목덜미로부터 아래쪽으로 불그레하게 햇볕에 탄 자국을 볼 수 있었다. 또한 그녀의 브래지어와 그 안의 둥그런 젖가슴을 볼 수 있었다. 그녀는 가쁘게 숨을 쉬고 있었다.

이것은 정말 혐오스러운 짓이었다. 이 계획의 시초부터 나는 필요하면 완력을 사용해서라도 하틀리를 여기에 데리고 있을 작정이었다. 그러나 나는 세부적인 면까지는 전혀 생각하지 못했다. 나는 그녀가 타이터스를 우리 집에서 만나자마자 거대한 정신적 도약, 직감, 필요한 추측을 하리라고 희망했다. 즉 자신의 자유, 타이터스와 나와 함께 살 수 있으리라는 가능성을 보리라고 생각했던 것이다. 그리고 일단 그녀에게 자유가 주어지면 나에게로 올 것이라는 강렬하고 합리적인 희망을 지니고 있었다. 타이터스가 어떻게 행동할지 알 수 없더라도 말이다. 아마도 나는 이 소년이 신의 섭리로 나에게 나타났다고 생각하고는 너무 서둘러 일을 진행시켰는지 모르겠다. 마지막 30분 동안의 공포가 내 결심을 너무도 흔들어 놓았으므로 나는 결국 그녀를 다시 집으로 데려다 줄 생각을 했다. 그러나 지금 그럴 수 있을까? 벤은 이제 확실히 귀가했을 것이고 그 편지를 읽었을 것이다. 내 계획이 완전히 성공하여 이제는 나 자신까지 올가미에 묶였다. 나는 시계를 보았다. 9시 25분이었다.

나는 그녀의 손을 잡아 얌전히 포개 놓은 뒤 그 위에 내 손을 얹었다. 그리고 그녀의 얼굴을 돌려 나를 보게 하였다. 그녀는 울지 않았다. 내가 매우 두려워하던 거칠고 초조한 눈빛이 아니라 조용하고 부드러우며 명상하는 듯한 새로운 표정을 보았을 때 나는 말할 수 없이 안심이 되었다. 비록 매우 슬퍼 보이긴 했지만 그래도 옛날의 모습이 살아난 듯 더 젊어 보였다. 또한 더 생기 있고 더 지적이고 덜 냉담하게 보였다. 나는 다시 확신했다. 결국 그녀의 마음속 자유가 깨어서 움직이게 된 것이다. 내 계획이 옳았나 보다. 문제는 치료, 심리적인 치료였다. 지금 나약한 면을 보이는 것은 매우 치명적이다. 나는 완벽해야 한다. 나는 타이터스로부터 숨 막힐 만큼 존경을 받는 완전한 존재가 되어야 한다.

"하틀리, 너를 보내지 않을 거야. 오늘 밤은, 아니 영원히. 하여튼 오늘 밤에는 못 가. 편지를 가져오기에도 너무 늦었어. 이미 그가 가지고 있을 거야. 그가 좋을 대로 생각하게 두자. 왜 그를 무서워하고 그에게 거짓말을 해야 하지? 그것은 내 마음을 아프게 해. 나도 타이터스도 그것을 못 견디겠어. 타이터스는 너를 원하지만 벤을 원하지는 않아. 이게 무슨 뜻인지 모르겠니? 나는 타이터스를 좋아하고 타이터스도 나를 좋아해.

그런데 왜 타이터스가 내 아들이 되고 네가 내 아내가 될 수 없지? 하틀리, 이건 운명이야, 운명. 타이터스가 왜 하필 지금 나타나서 나에게 왔겠어? 또 내가 왜 여기 왔겠어? 모든 일이 매우 기묘하게 돌아가고 있다는 것을 알아차려야 해. 타이터스는 너와 함께 있기를 무척 원하지만 그 집에 가지는 않았을 거야. 결코 안 갔을 거야. 그 애를 만나서 반가웠지? 그렇지? 그와 얘기를 나눌 수도 있었잖아. 무슨 얘기를 했어?"

"개 이야기……."

"개?"

"타이터스는 어릴 때 우리가 기르던 개를 기억하고 있었어. 동물을 좋아하거든."

"아, 그래. 하틀리, 긴장을 풀고 그냥 내버려 둬. 이제 그만두자."

"무엇을 그만두라고?"

"알잖아……. 그 짐, 아무 소용없고 헛된 그 충성, 그 무의미한 희생을 말이야. 너는 그의 인생도 고통으로 만들고 있어. 놓아 버려! 그를 놓아 버려. 넌 반쯤 죽은 사람 같아."

"그래." 그녀는 생각에 잠겨 말했다. "나도 내가 반쯤 죽은 사람처럼 느껴져……. 그래……. 많은 사람들이 그렇게 느낄 거야. 그러나 사람은 그런 상태에서도 살 수 있고, 그런 삶에서도 즐거움이 있어."

그녀의 후회하는 듯한 말투에 나는 기뻐서 노래라도 부르고 싶었다. 나는 그녀에게 다가갔고, 그녀는 마음을 열고 말했다. 나는 잠자는 공주를 깨우고 있었다. "시장하겠어. 포도주 좀 마셔. 케저리도 먹어 보고. 조금 남아 있어."

"포도주만 조금 마실게. 그리고 그 빵 조금하고."

"치즈도 먹어. 올리브도."

"올리브는 좋아하지 않아. 전에도 말했잖아."

그녀는 빵과 치즈를 몇 조각 먹고는 옆으로 밀어 놓았다. 포도주도 조금 마셨다. 나도 약간 마셨다. 나는 식사를 할 수 없었다.

"하틀리, 알아? 너는 이제 루비콘 강을 건넌 거야. 강 건너에는 무엇이 있지? 자유와 행복이야."

"확실히 무엇인가 중대한 일이 일어나긴 했어." 이렇게 말하면서 그녀의 얼굴 표정은 더 차분해졌다. 그녀는 손으로 이마를 쓰다듬더니, 양 볼을 쓰다듬어 얼굴 표정을 가다듬었다. 더 차분하고 솔직해 보였다. 그녀의 얼굴에는 나의 용기를 북돋우는 힘과 가능성이 나타났다. 그녀의 '격정'이 일종의 평온함인 것을 나는 다시 깨달았다. "하지만 그것은 네가 생각하는 것이 아니야. 행복과는 무관한 거야. 찰스, 너와 싸울 생각은 없어. 내 말뜻은 육체적으로 싸우거나, 도망가려 하거나, 울고불고 소리 지르거나 할 생각은 없다는 거야. 지금 마음속으로는 이렇게 울고 소리 지르고 있지만. 난 깍지를 끼고 가만있어야 하는 순간이 있다는 것도 알아. 네가 무엇을 왜 하고 싶은지 난 알 수 있어. 넌 내 결혼이 깨지고 폭발하기를 원해. 그러나 그렇게 되지는 않아. 내 결혼은 파괴될 수 없어."

"너는 결혼이 마치 감옥인 것처럼 말하네."

"사람들은 감옥에서 살지."

"빠져나올 수만 있다면 그 안에서 살지 않을 거야."

"그렇다고 해도 때로는 감옥에서 그냥 살기도 해. 하지만…… 너는 이해하지 못해. 넌 일을 더 악화시킬 거야. 그리고 오늘 밤 그렇게 했어."

이제 그녀의 말은 마치 침착한 재판관이 사형 선고를 내리는 것처럼 무섭게 들렸다. 만일 그녀가 결사적으로, 정말로 돌아가고 싶었다면 울고불고 소리를 질러서라도 내가 포기하게 할 수도 있었으리라. 그러므로 비참할 정도로 그녀가 침착하긴 했지만, 그녀는 강제로 머무르게 된 것을 조금은 반가워했음이 틀림없다. 그녀의 감정이 심하게 혼란스러워지고 확실히 누그러진 것이 분명했다.

주방은 이제 조금 어두워져 가고 있었다. 타이터스는 안으로 들어와 난로 쪽으로 왔다. 그는 우리를 쳐다보지 않았다. 그는 케저리가 남아 있는 접시를 찾아냈다. 나는 아직 밖에 있을 길버트가 갑자기 떠올랐다. 그래서 케저리를 가지고 현관으로 사라지려는 타이터스를 불렀다. "나가서 길버트보고 들어오라고 해. 탑 옆에 차를 세워 두고 있을 거야. 그리고 앞문을 잠가."

나는 그녀에게 포도주를 조금 더 따라 주었다. 그녀의 포기한 듯한 조용함에는 어딘가 무서운 느낌마저 있었다. 결국 그녀는 내가 갑자기 마음을 바꿔서 집까지 데려다 주기를 기대하는 것일까? 어쩌면 이러한 전망에 대한 두려움 때문에 저렇게 조용한 것일까?

나는 그녀의 말에 당장 대꾸하지 않고, 일어나서 바깥문을 잠그고 열쇠를 호주머니에 넣었다. 막연히 벤이 오늘 밤에는 나타나지 않을 것이라는 확신이 들었다. 나는 이제 힘이 생겨서 그가 오든 말든 상관하지 않았다. 길버트가 타이터스에게 큰 소리로 불평하며 들어오는 소리가 들렸다. 그리고 현관문이 잠기는 소리가 이어 들렸다. 웬즐리데일 치즈 빛깔의 둥근 달이 떠 있어서 밖은 아직 환했지만 나는 촛불을 켜고 커튼을 쳤다. 시간의 제약을 받지 않고 하틀리와 같이 있는 것은 처음이었다. 그녀와 함께하는 고독과 시간의 연장이 신비스럽게 느껴졌다. 나는 기쁘기도 하고 비현실적인 느낌도 들었다. 포도주를 조금 더 마셨다.

"하틀리, 네가 떠난 후로 난 진짜로 행복한 적이 한 번도 없어. 그때 내가 얼마나 고통스러웠는지 상상도 못 할 거야. 우리는 행복했지, 그렇지? 우리가 자전거를 타고 다닐 적에 말이야. 그때는 청춘이었고, 즐겁고, 모든 것이 완벽했어. 난 너 외에는 아무도 사랑하지 않았어. 그러니까 만일 내가 조금 심한 행동을 해도 눈감아 줘……." 나는 그녀에게서 부드러운 반응을 얻어 내기 위해 가벼운 어조로 얘기했다. 그리고 만일 내가 그녀를 전쟁 중에 발견했더라면, 만일 레스터의 한 거리에서 그녀와 우연히 만났더라면 얼마나 좋았을까 하고 생각했다. 마치 영화 속의 장면이 바뀌듯이 내 상상은 빠른 속도로 질주했다. 내가 그녀를 어떻게 만나는지, 그녀가 어떻게 자기 결혼이 실패라고 말하는지, 혹은 벤이 영웅적인 죽음을 당했다든지……. 나는 클레멘트에게 모든 것을 설명하는 장면까지 상상했다. 그때 하틀리가 다시 말을 꺼냈다.

"내가 이렇게 조용한 것이 이상하다고 생각하지? 일종의 평화 같아. 가끔 나는 더 나아갈 수 없을 것 같은 기분이 들어."

"그게 무슨 뜻이야?"

"가끔 나는 벤이……."

"그가 어떻다는 거야? 그가 너를 협박했어?"

"아니, 아니야……. 내가 말하려던 것은 그게 아니야."

"그럼 무슨 뜻이야? 이봐, 넌 그에게 돌아갈 수 없어. 내가 그렇게 두지 않을 거야. 나와 같이 있기를 원하지 않는다고 해도." 그렇다면 나는 어떻게 할 생각일까? 그녀에게 꽃 가게라도 차려 줄 셈이었나?

"하틀리, 넌 나와 타이터스와 함께 있어야 해. 이곳이야말로 네가 머무를 곳이야. 다른 것은 차치하고라도 타이터스가 나를 찾아왔다는 사실이 그가 내 아들이라는 벤의 생각을 확신 시켜 줄 거야."

"넌 그 생각만 했어?"

"아, 하틀리, 내 사랑, 그렇게 거리를 두지 말고 내게 부드럽게 대해 줘. 나를 제외하고는 아무도 진정으로 사랑하지 않는다고 인정해. 넌 마침내 집에 돌아온 거야. 자동차 전조등에 비친 너를 보았던 날 너는 여기 왔었어. 오지 않을 수 없었던 거야. 나를 사랑한다고, 모든 것이 잘될 거라고, 우리는 행복해질 거라고 말해 줘. 제발! 너를 사랑하고, 아끼고, 네 말을 믿는 사람과 같이 살면서 행복하기를 원하지 않아? 하틀리, 나를 봐. 아니야, 이리 들어와. 왜 우리가 이 바보 같은 탁자에 앉아 있는지 모르겠어."

나는 촛불을 들고 그녀를 작은 붉은 방으로 이끌었다. 그리고 커튼을 쳤다. 의자에 앉은 나는 그녀를 무릎에 앉혀 안고 싶었으나 그녀는 내 발치에 미끄러져 앉아 내 손을 잡았다. 나는 매우 천천히 조심스럽게 그녀에게 키스하기 시작했다. 그런 뒤에 그녀의 젖가슴을 어루만졌다. 우리는 사춘기 어린애들 같았다. 나는 그녀에게 욕망을 느꼈다. 이것은 순결한 사랑과 구분할 수 없는 공손하고 강렬한, 그녀를 보호하고자 하는 극도의 욕망이었다. 이것은 어설프고, 미숙하고, 겸손한 소년의 욕망이었다. 나는 어떻게 그녀를 안아야 할지, 어떻게 그녀의 마른 입술이 반응하도록 할지 몰랐다. 마침내 나도 마룻바닥으로 내려와서 그녀 곁에 반듯이 누워 그녀를 붙잡고 그녀의 얼굴을 어색하게 바라보았다.

"하틀리, 날 사랑하지, 그렇지, 그렇지?"

"아…… 그래……. 하지만 그게 무슨 소용이 있겠어?"

"우리는 가깝고 서로를 잘 알아."

"그래, 매우 이상하지. 어떻게 보면 나는 너를 알아. 그리고 이렇게까지 나와 가까운 사람은 없어. 그땐 우리가 어렸기 때문이야. 그 뒤엔 사람들을 알 수 없었어."

"넌 나를 알고, 난 너를 알아."

"난 스스로 존재하지 않는 것같이 느꼈어. 마치 내가 이 세상으로부터 멀리 떨어져 보이지 않는 존재 같았어. 평생 얼마나 외로웠는지 상상도 못 할 거야. 이것은 누구의 잘못도 아니야. 내 잘못이지."

"하틀리, 넌 엄연히 여기 존재하고 난 널 볼 수 있어. 널 사랑해. 타이터스도 널 사랑해. 우리는 모두 같이 있게 될 거야."

"타이터스는 오래전부터 나를 사랑하지 않아."

"울지 마. 그는 널 사랑해. 그가 너를 사랑하는 것을 난 알아. 그가 나에게 그렇게 말했거든. 그 가증스러운 남자로부터 벗어났으니 모든 일이 잘될 거야."

나는 그녀의 볼에 조용히 흐르는 눈물을 계속 닦아 주었다.

마침내 나를 반쯤 밀치고 그녀가 내 얼굴을 쓰다듬기 시작했다. "아, 찰스…… 찰스…… 너무 이상해."

"우리가 옛날 숲 속에 누워 있던 때 같아……. 하틀리, 오늘 밤 나와 같이 있어 줄래? 그냥 조용히 같이 있어 줘. 여기 이렇게 밤새도록 누워 있을 필요는 없어, 그렇지?"

그녀는 경직된 자세로 일어나 앉았다. "포도주 탓인가……. 난 포도주에 익숙하지 않아……. 내가 취했나 봐…… 취했어……."

"이제 와서 나보고 데려다 달라고는 말하지 마! 너무 늦었으니까. 아무리 봐도 늦었어!"

그녀는 무릎을 꿇더니 힘들게 일어났다. 나도 일어나서 그녀와 마주 보며 손가락 끝으로 그녀의 팔꿈치를 부드럽게 어루만졌다.

"찰스, 넌 무슨 일을 저질렀는지 몰라. 물론 난 내일 돌아갈 거야. 이제 자야겠어. 혼자서 자고 싶어. 자다가 죽어 버렸으면 좋겠어. 아니면 밖으로 뛰쳐나가 바다에라도 빠져 죽었으면 좋겠어."

"무슨 바보 같은 소리를 하는 거야? 수영할 줄 알아?"

"아니."

"위층에 데려다 줄 테니 밤중에 도망가지 않겠다고 약속해."

"내일은 꼭 돌아가야만 해. 이것은 정말 어리석은 짓이야. 아, 나는 너무 바보야. 항상 어리석어. 집에서 나오지 말아야 했어. 너에게 화가 난 것은 아니야. 이건 내 잘못이니까. 모든 것이 내 잘못이야. 그래, 나도 너를 사랑해. 너를 잊은 적이 결코 없어. 너를 보았을 때 다시 사랑을 느꼈어. 그러나 그것은 어린애 같은 감정이야. 현실에서는 있을 수 없는 일이지. 이 세상에서 우리의 사랑이 결코 이루어질 수 없어. 만일 이루어질 수 있었다면 헤어지지도 않았을 거야. 내 탓이 아니야. 너 때문이었어. 네가 떠나 버렸어. 그때 내 기분이 어땠는지 너는 모를 테고 기억도 못 할 거야. 지금 이 세상에는 우리 사랑이 들어설 자리가 없어. 이것은 부질없고 소용없는 꿈에 지나지 않는 거야. 우리는 꿈속에 있고, 내일이면 이곳을 떠나야 해. 너는 이것이 우리 운명이라고 말했고, 어쩌면 그럴 수도 있어. 그러나 네가 생각하는 것과 같지는 않아. 이것은 악연이고, 그것이 내 운명이야. 어쨌든 내가 이 혼란, 이 공포를 만든 거야. 왜 여기 왔어? 그래, 어쩌면 내가 널 여기로 오게 했는지 모르지. 마치 사람들이 멸망의 길로 유혹을 받듯이. 아무 이익도 없는 큰 불행과 죽음으로. 그것이 내가 일생 동안 한 일이야. 가정도 아니고 아기도 아니고 그저 공포만 생산해 냈어."

나는 타이터스가 한 말이 생각났다. "어머니는 약간 몽상가 기질이 있어요." 그녀는 분명히 많이 취해 있었다. 그녀가 엉뚱하게 지껄인 말을 가지고 언쟁할 필요는 없었다. 나는 그녀를 힘껏 껴안았다. "그만해, 이 바보야. 내 사랑스러운 하틀리. 내가 떠난 것이 아니야. 넌 변명을 하고 있을 뿐이야! 두고 봐. 우리 사랑은 이 세상에서 다시 자리를 찾을 거야. 이제 네가 여기에 와 있으니까 모든 것이 간단해. 그냥 아침이 되어 해가 뜰 때까지 기다려 봐. 그러면 용감해질 거야. 위층으로 올라가서 자고 싶은 곳에서 잠을 자."

나는 촛불을 들고 그녀를 주방에서 위층으로 인도했다. 우리가 계단에 다다랐을 때 타이터스가 자는 앞방 문 밑에 희미한 불빛이 보였고 무언가 중얼거리는 소리가 들렸다. 타이터스와 길버트가 옆에 촛불을 켜 놓고 바닥에 방석을 깔고 앉아 있는 광경을 생각하고 잠시 질투를 느꼈다. 하틀리와 나는 위층으로 올라갔다.

나는 그녀에게 욕실을 보여 주었다. 그리고 그녀를 기다렸다. 그녀를 내 침실로 안내했지만 그녀가 나와 같이 자지 않을 것은 분명했다. 어쨌든 지금은 그녀를 혼자 내버려 두는 것이 더 좋을 것 같았다. 미신적인 공포에 휩싸인 그녀는 어떤 의식도 없는 상태를 미친 듯이 갈망했다. "난 자고 싶어. 자야만 해. 잠자는 것만이 중요해. 난 잘 거야." 나는 이런 상황이 일어날 것을 예상하고 위층의 가운데 작은 방 바닥에 소파 겸용 침대에서 매트리스를 내려놓고 침대를 만들어 두었다. 또한 촛불과 성냥과 요강까지 준비해 두었다. 잠옷을 빌려 주었으나 그녀는 자기 옷을 입은 채로 누워서 마치 시체처럼 머리끝까지 이불을 덮었다. 그녀는 순식간에 잠이 든 것 같았다. 오랫동안 불행해 온 사람에게서 볼 수 있는 망각으로의 급한 도피였다.

나는 그녀를 그곳에 두고 물러나왔다. 그러고는 문을 닫고 조용히 밖에서 잠갔다. 광란에 빠진 여자가 바다에서 익사하는 악몽을 떨쳐 버릴 수가 없었다. 나는 내 방으로 가서 구두를 벗어 던지고 침대로 기어 들어갔다. 완전히 지쳤지만 너무나 흥분이 되어 잠을 잘 수가 없을 것 같았다. 그러나 내 생각이 틀렸다. 나는 몇 초 만에 깊은 잠에 빠졌다.

⋅ ⋅ ⋅ ⋅ ⋅ ⋅ ⋅

다음 날 아침 눈을 떴을 때 나는 마치 전쟁이 터진 첫날처럼 완전히 변한 두려운 세상을 맞이했다. 기쁨과 희망도 있었지만 공포가 맨 처음에 찾아왔다. 그리고 우주의 깊은 원리가 갑자기 어긋난 것 같은 어두운 혼돈이 찾아왔다. 내가 그토록 확실하게 느끼고 자신만만하던 것이 과연 무엇이었나? 정확히 무엇을 하려 했던가? 내가 과연 어제 정신병자처럼 무서운 짓을 저지른 것인가? 마치 술 취했을 때 저지른 범죄를 정신이 들어서야 깨달은 격인가? 또한 기대되는 벤의 방문도 있을 것이다.

하틀리가 내 집에 있다는 것 자체가 꿈만 같았다. 그녀가 밤새 죽지 않고 살아 있는지 확인하는 것이 지금은 무엇보다 급박하고 중대한 문제였다. 나는 새로 사 온 애완동물의 죽은 시체를 보게 될까 두려워하며 우리로 뛰어가는 어린아이처럼 아픈 배와 뛰는 가슴을 안고 복도로 뛰어가 구슬 커튼을 헤치고 조용히 손잡이를 돌리면서 문을 두드렸다. 아무런 반응이 없다. 밤사이에 붙잡힌 동물처럼 죽었나? 아니면 도망을 나가서 바다에 익사라도 했나? 나는 문을 열고 들여다보았다. 그녀는 거기 있었다. 잠에서 깨어난 그녀는 베개를 벽에 밀쳐두고 고개를 떨어뜨리고 매트리스 위에 앉아 있었다. 담요를 입까지 끌어당겨 덮고 있었다. 처진 눈꺼풀 밑으로 그녀는 나를 응시했다. 고개가 계속 흔들렸다. 알고 보니 그녀는 몸을 떨고 있었다.

"하틀리, 내 사랑, 괜찮아? 잘 잤어? 춥지 않았어?"

그녀는 담요를 조금 내리고 입을 움직였다.

"하틀리, 너는 나와 영원히 같이 있을 거야. 오늘은 우리의 새로운 세계의 첫날이야. 그렇지? 아, 하틀리……."

그녀는 여전히 담요 뒤에 몸을 숨긴 채 매우 거북하게 몸을 일으켜 등을 벽에 기댔다.

그녀는 나를 보지 않은 채 알아듣기 힘든 빠른 말로 중얼거렸다. "난 집에 가야 해."

"그 이야기는 다시 하지 마."

"핸드백도 없고, 아무것도 안 가지고 왔어. 화장할 것이 아무것도 없어."

"그게 지금 무슨 문제야!"

하지만 나는 그녀에게 그것이 중요한 문제인 것을 알 수 있었다. 응접실 쪽 유리창을 통해 들어온 침침한 아침 햇빛이 방 안을 비추자 단정치 않은 그녀의 모습이 드러났다. 얼굴은 붓고 기름기가 돌았으며, 이마는 주름이 지고, 입가도 잔주름이 둘러싸 초췌해 보였다. 헝클어진 머리카락은 거칠고 정전기가 일어서 헌 가발 같았다. 그녀를 바라보고 있으려니 나는 연민과 애정으로 뒤섞인 어떤 새로운 힘을 느꼈다. 그녀의 초라한 모습을 내가 조금도 개의치 않는다는 것을 보여 주려고 생각했을 때 어마어마한 내 사랑은 더 큰 배려도 베풀 수도 있다고 느꼈다.

"이리 와." 내가 말했다. "일어나. 내려가서 아침 먹자. 그러고 나면 내가 길버트를 니블레츠에 보내서 너한테 필요한 걸 다 가지고 오라고 할게. 매우 간단한 일이야." 적어도 그녀에게 이것은 간단한 것처럼 보여지길 바랐다.

그녀는 천천히 몸을 일으키고는 손발을 이용해 간신히 일어섰다. 그녀의 노란색 원피스는 형편없이 구겨져 있었다. 그녀가 구김살을 펴 보았으나 아무 소용이 없었다. 그녀는 굉장히 고통 받는 사람의 수치와 거북함을 온몸으로 드러냈다.

"내 가운을 빌려 줄게. 아주 좋은 게 있어." 나는 침실로 뛰어가서 빨간 장미 무늬가 있는 내 최고급 검은색 실크 가운을 가지고 왔다. 그녀는 방문에 서서 구슬 커튼을 바라보고 있었다.

"저게 뭐야?"

"물어볼 줄 알았어. 구슬 커튼이야. 이걸 입어. 욕실이 어디 있는지 기억하지?"

그녀는 내가 가운을 입혀 주자 천천히 욕실로 걸어갔다. 나는 계단에 앉아서 기다렸다. 욕실에서 나오자 그녀는 다시 늙은 여인처럼 몸을 무겁게 움직이며 방으로 올라갔다.

"기다려. 빗을 갖다 줄게. 아니면 직접 가서 내 방에 있는 거울을 봐도 좋아. 거기가 더 밝으니까 그렇게 해."

그녀는 자기가 원래 있던 방으로 들어갔다. 나는 빗과 손거울을 갖다 주었다. 그녀는 거울은 보지 않고 머리를 빗은 뒤 다시 매트리스 위에 앉았다. 방에 다른 가구는 아무것도 없었다. 타이터스가 바위에서 가져온 탁자는 아직 아래층에 있었다.

"아래층으로 내려가지 않을래?"

"아니, 여기 있겠어."

"그럼 뭘 좀 갖다 줄게."

"토할 것 같아. 포도주 때문이야."

"차나 커피를 마실래?"

"정말 토할 것 같아." 그녀는 다시 누워 담요를 뒤집어썼다.

나는 실망하여 그녀를 바라보다가 밖으로 나왔다. 그리고 문을 닫고 잠갔다. 이렇게 무감각하게 보이다가 그녀가 갑자기 집 밖으로 뛰어나가 바위들 사이로 사라져 바다로 몸을 던질 수도 있다는 가능성을 배제할 수 없었다.

아래층에 내려가니 길버트가 주방 탁자에 앉아 있었다. 그는 내가 들어가자 존경을 표하며 일어섰다. 타이터스는 조리대에 서서 달걀을 요리하고 있었다. 그는 집 안에서 아주 편안하게 행동했다. 그 모습에 나는 한편으로는 기쁘고 또 한편으로는 불쾌했다.

"안녕히 주무셨습니까, 주인님." 길버트가 말했다.

"안녕하세요, 아빠."

나는 타이터스의 이런 즐거운 농담에 개의치 않았다.

"나와 가깝게 지내고 싶으면 찰스라고 불러."

"죄송합니다, 애로비 선생님. 오늘 아침 어머니는 어때요?"

"아, 타이터스, 타이터스……."

"달걀 프라이 하나 드세요." 길버트가 권했다.

"위층에 차를 갖다 줄 거야. 어머니가 우유와 설탕을 차에 넣어 드시니?"

"기억이 없는데요."

나는 쟁반에 차, 우유, 설탕, 빵, 버터, 마멀레이드를 챙겨 위층으로 가져갔다. 그리고 쟁반을 한 손으로 받쳐 균형을 잡고 자물쇠를 열었다. 하틀리는 아직 담요 밑에 누워 있었다.

"봐, 훌륭한 아침 식사야."

그녀는 연극 속 불행한 여인처럼 나를 노려보았다.

"잠깐 기다려. 탁자와 의자를 가져올게." 나는 아래층으로 뛰어 내려가서 조그만 탁자와 의자를 가지고 다시 올라온 뒤 쟁반의 식사를 탁자 위에 옮겨 놓았다. "어서 먹어. 차가 식게 두지 말고. 그리고 이것 봐. 아주 예쁜 조약돌을 선물로 가져왔어. 해변에서 가장 아름다운 돌이야." 나는 접시 곁에 타원형 돌을 놓았다. 내가 최초로 찾아낸 돌이었다. 내 수집품 중에서 가장 자랑스럽게 여기는 돌이었다. 손 안에 쥘 수 있는 크기였고, 얼룩덜룩한 분홍색에 불규칙적인 흰 줄이 그어져 있었다. 클레나 몬드리안이 머리가 땅에 닿도록 엎드려 절할 만큼 멋진 무늬다.

하틀리는 기어오다가 천천히 일어서서 탁자 곁으로 다가왔다. 그러고는 가운을 여몄다. 돌은 바라보지도 만지지도 않았다. 나는 잠시 그녀를 두 팔로 감싸안고 가발 같은 그녀의 머리카락에 키스했다. 그러고 나서 실크 잠옷을 입은 그녀의 따뜻한 어깨에 키스했다. 그런 뒤 그녀를 두고 방을 나와 문을 잠갔다. 아무튼 그녀는 집에 돌아가겠다는 말은 하지 않았다. 틀림없이 그녀는 두려워하고 있었다. 만일 그녀가 지금 돌아가는 것을 두려워한다면 그녀를 여기 잡아 두는 시간이 길어질 테고 그럴수록 내 뜻을 이해하는 데 도움이 될 것이다. 그러나 그녀의 냉담하고 불행한 얼굴을 보면 두려웠다. 나중에 나는 그녀가 차를 조금 마셨을 뿐 아무것도 먹지 않은 것을 보고도 크게 놀라지 않았다.

나는 시계를 보았다. 아직 8시도 안 되었다. 언제, 그리고 어떻게 벤이 찾아올지 궁금했다. 그가 군대에서 쓰던 권총을 가지고 있다던 하틀리의 말이 기억나 불안했다. 나는 지시를 하려고 아래층으로 내려갔다.

길버트는 달걀 프라이와 기름에 튀긴 빵과 구운 토마토를 먹고 있었다.

"그 애는 어디 있지?"

"수영하러 갔어요. 하틀리는 좀 어때요?"

"아, 형편없어. 내 말은 괜찮다는 뜻이야. 내 말 들어 봐, 길버트. 밖에 나가서 망을 좀 봐 주겠어? 우선 아침 식사를 끝내고 나서. 자네는 잘하고 있어, 그렇지?"

"망을 보라니 무슨 뜻이에요?" 길버트는 의심스러운 표정으로 물었다.

"그냥 서 있으면 돼. 앉고 싶으면 길가나 둑길 끝에 앉아 있어. 그리고 그가 오는 것이 보이면 들어와서 내게 알려 줘."

"내가 어떻게 그를 알아보죠? 채찍이라도 들고 오나요?"

"틀림없이 알아볼 수 있을 거야." 나는 벤을 상세히 묘사했다.

"그가 나를 덮치지는 않을까요? 그다지 기분이 좋을 리가 없을 텐데. 그가 건장하고 악당 같다고 말했잖아요. 당신을 사랑하지만 그와 싸울 생각은 없어요."

"아무도 싸우지 않을 거야." 나는 그러기를 희망했다.

"차 안에 앉아 있는 것도 괜찮지요?" 길버트가 말했다. "차 안에서 문을 잠그고 앉아서 도로를 지켜볼게요. 그리고 그를 보면 자동차 경적을 울릴게요."

좋은 생각 같았다. "그렇게 해. 하지만 짧게 해야 해."

나는 뒷문으로 나가 잔디밭을 가로지른 뒤 바위를 기어올라갔고, 곧 작은 절벽까지 갔다. 마침 타이터스의 기다랗고 창백한 다리가 공중으로 치솟았다가 초록색 바닷물 속으로 다이빙해 들어가는 것을 목격할 수 있었다. 그는 브뢰겔이 그린 이 카루스를 연상시켰다. 이것이 나쁜 전조가 되지 않기를!

나는 수영이 내키지 않았다. 적어도 나는 벤이 왔을 때 바지를 벗고 있는 것을 보여 주기 싫었다. 게다가 내게는 너무 큰 파도가 일고 있었으므로 물에서 나오기도 힘들 것 같았다. 물론 타이터스는 괜찮을 것이다. 난간에 밧줄을 하나 더 매야겠다.

해는 이미 높이 솟았고, 바위 근처의 바다는 투명한 초록색이었다. 더 멀리는 반짝이는 하늘색이었고 마치 거대한 흰 접시들이 수면에 떠다니며 반짝이는 것 같았다. 수평선은 황금빛 선이었다. 크고 부드러운 파도가 천천히 나에게로 다가오더니 조용히 바위 사이에서 거품을 만들었다. 우아하면서도 기계적인 힘을 가진 파도의 힘차고 규칙적인 움직임에 조용한 위협을 느꼈다.

나는 어린 타이터스가 수영을 끝내기를 조바심을 내며 기다렸다. 위기의 순간에 그가 꼭 이런 기분 전환을 할 필요는 없다고 생각했다. 그는 나를 보았고 손을 흔들었지만 서두를 생각은 전혀 없어 보였다. 그가 나에게 물에 들어오라고 소리쳤으나 나는 고개를 저었다.

나는 타이터스가 빨리 땅 위에 올라왔으면 하고 바랐다. 주방에서 우리가 어리석게 나누던 대화를 지워 버리고 싶어서였다. 또한 나는 그 신사가 나타났을 때 옷을 입고 제정신을 차린 유능한 타이터스가 내 곁에 있기를 원했다. 벤이 실제로 나타나서 우리 모두를 살해하리라고는 상상하고 싶지 않았지만, 어떤 힘을 보여 주기 위해서라도 그가 내 머리를 치고 싶어 할지 몰랐다. 나는 건장하고 힘은 꽤 세었지만 공격은 결코 내특기가 아니었다. 나는 전쟁터에서 어떻게 사람들이 다른 사람을 마주 보면서 죽일 수 있었는지 가끔 의아해했다. 훈련 덕분이며, 또 공포 때문이었으리라. 내 운명이 그렇지 않았다는 것을 나는 다행으로 여겼다.

타이터스가 돌고래처럼 까불고 노는 것을 못마땅하게 바라보면서 나는 그가 어떤 반응을 보일지 생각했다. 그는 자기 양아버지를 싫어한다고 분명히 나에게 말했다. 그러나 젊은 사람의 마음은 알 수 없는 법이다. 벤과 마주치게 되면 그는 겁을 먹을지도 모르고 갑자기 동정심을 느낄지도 모른다. 혹은 반항할 수 없는 깊은 효성을 느낄지도 모른다. 타이터스가 편을 바꿀까? 타이터스 자신은 알까?

마침내 그가 가파른 바위 쪽으로 헤엄쳐서 돌아왔다. 그리고 바위에 손가락과 발가락으로 매달려서 몸을 쉽사리 끌어올려 힘차게 오르내리는 파도를 헤치고 나왔다. 그는 바위를 기어올라와서 그 끝에 매달렸다가 숨을 헐떡이며 누웠다.

"타이터스, 어서 옷을 입어라. 여기 수건이 있다."

그는 나와 눈을 마주치자 복종했다. "무슨 일이 있어요? 어디 갈 데가 있나요?"

"아니. 하지만 네 아버지가 곧 도착할 것 같다."

"어머니를 찾으러 오겠군요. 아마 그럴 거예요. 어떻게 하시겠어요?"

"모르겠다. 네 아버지가 어떻게 할까? 타이터스, 내가 어설프게 서두르는 것을 용서해라. 네게 할 말이 무척 많아. 타이터스, 우리는 한편이 되어야 해. 너와 내가……."

"아, 그래요. 저는 매우 중요한 자산인 데다, 미끼고 인질이니까요!"

"아니, 내 요점은 이거야. 이 말을 네게 하려고 여기 온 거야. 다 너를 위해서야. 내 말은 내가 널 원한다는 뜻이야. 나는 네 아버지가 되고 싶고 네가 내 아들이 되기를 원해. 무슨 일이 있더라도. 만일 네 어머니가 나와 같이 있지 않더라도……. 하지만 난 네 어머니가 나와 같이 있기를 바라고 그렇게 될 거라고 믿고 있단다……. 그러나 만일 그러지 않더라도 나를 네 아버지로 받아 주었으면 해."

"이상한 상황이에요." 그가 말했다. "다 자란 다음에 어떤 사람을 자기 아버지로 받아들인다는 것 말이에요. 저는 어떻게 해야 할지 모르겠어요."

"시간이 지나면 어떻게 해야 할지는 알 수 있다. 너는 의지와 뜻만 있으면 돼. 제발 부탁이다. 우리 사이에는 진정한 유대가 있어. 이 유대는 시간이 가면 자연히 더 강해질 거야. 너를 내가 이용한다고 생각지 마. 그렇지 않으니까. 네게 애정을 느낀단다. 내가 서툴고 거북하게 말하는 것을 용서하렴. 멋있는 연설을 준비할 시간이 없었거든. 난 운명이나 신이나 혹은 다른 무엇이 우리를 묶어 준 것 같아. 어리석게 이 기회를 놓치지 말자. 바보 같은 자만심이나 의심, 혹은 상상력이나 희망의 부재 때문에 이것을 묵살하지 말자. 지금 그리고 앞으로 우리 둘은 서로에게 속해 있는 거야. 그것이 정확히 무슨 뜻인지, 무엇을 더 뜻할지는 신경 쓰지 마. 그것까지는 아직 모르니까. 이것을 받아들일 수 있겠니? 한번 노력해 보겠니?"

이렇게 열정적인 애걸을 준비했던 것은 아니었다. 나는 그에게 강한 인상을 심어 주었기를 희망하면서 그를 걱정스럽게 바라보았다.

이제 그는 옷을 입고 있었다. 그리고 우리는 바닷물 위로 솟은 높은 바위 위에 함께 서 있었다. 그는 얼굴을 찌푸리고 눈을 가늘게 뜬 채 나를 바라보았다. 그러고는 시선을 돌렸다. "좋아요…… 제 생각엔…… 그래요…… 좋아요. 사실 저는 약간 갈피를 못 잡겠어요. 저를 위해서 저를 원한다고 말씀하신 것은 기쁩니다. 저는 확신이 서지 않았어요. 선생님을 믿어요…… 이상하게도 일생 동안 줄곧 선생님 생각을 해 왔어요. 그리고 언젠가는 꼭 만나러 가려고 했어요. 그러나 두려움이 늘 앞서곤 했지요. 저를 거절하시면 어쩌나 하고…… 저를 돈이나 바라며 구걸하러 다니는 거렁뱅이로 아시면 어쩌나 하고요…… 그렇게 생각하는 것이 당연해요. 그러지 않은 게 오히려 이상하지요…… 심한 타격이었을 거예요. 그렇게 되면 어떻게 제가 회복할 수 있겠어요. 너무나 창피스럽고 기가 막혔을 거예요. 영원히 그 불행에서 벗어나지 못할 거라고 생각했지요. 많은 것이 부담되었어요."

"그래, 그랬겠지. 그러나 적어도 여기에선 모든 것이 잘될 거야. 서로 오해하지 말자. 서로를 잃지 말자."

"모든 일이 너무 빨리 진행되었어요."

"옳은 일이기 때문에 빨리 진행된 것이고, 옳은 일이기 때문에 쉬운 거야."

"그렇다면 그렇게 해 볼게요. 선생님 말씀대로 어떻게 될지는 모르지만 받아들이겠어요. 적어도 노력은 해 보겠어요."

그가 손을 내밀었고 나는 그 손을 잡았다. 그리고 잠시 동안 우리는 감동을 받은 채 얼떨떨하게 거기 서 있었다.

그때 길가 쪽에서 길버트의 크고도 급박한 경적 소리가 들렸다.

"그가 왔다!" 나는 몸을 벌떡 일으켜 집 쪽으로 걸어갔다. 타이터스는 나를 앞질러서 잔디밭 위로 달려갔다. 내가 주방 문에 도착하자 길버트가 타이터스를 붙잡고 있었다.

"그가 여기 왔어요. 그는 도로를 따라 걸어와서 둑길에서 잠시 멈추어 섰어요. 내가 차 안에 있는 것을 보았거든요. 내가 경적을 울리자 그는 다시 걷기 시작했어요."

"집을 지나서 걸어갔어?"

"그래요, 아마 바위 너머로 뒤쪽에서 올 모양이에요." 길버트는 정말로 놀란 모양이었다.

나는 현관을 지나 뛰쳐나가서 둑길로 나온 뒤 곧 도로로 나왔다. 벤의 흔적은 없었다. 길버트는 자기의 은신처를 보호하기 위하여 둑길 끝에 자동차를 가로질러 주차해 놓았다. 마치 자동차로 바리케이드를 친 것 같았다. 틀림없이 그것 때문에 벤이 계속 걸어갔을 것이다. 아직 머뭇거리며 주위를 살펴보고 있을 때 타이터스가 집의 다른 쪽에서 소리 지르는 것이 들렸다.

나는 문에서 무엇인가 지껄이는 길버트를 지나쳐서 다시 주방을 통해 밖으로 뛰쳐나갔다. 타이터스는 가장 높은 바위 꼭대기에 올라서서 무언가를 가리키고 있었다. "그가 저기 있어요! 저기! 저한테는 그가 보여요. 탑 쪽에서 오고 있어요."

그때 나는 타이터스가 누구 편인지 확실히 알았다. 천만다행이었다.

나는 타이터스에게 소리쳤다. "내가 가서 그를 만날 테니 거기서 기다려라. 네가 필요하면 소리를 지를게."

나는 탑에서 눈을 떼지 않고 바위 위로 기어올라가기 시작했다. 잠시 후 벤이 역시 인상적인 날랜 솜씨로 집을 향해 기어올라오고 있는 것이 보였다.

우리의 두 행로가 만나고, 집에서 탑으로 가는 가장 쉬운 길은 바다가 가마솥으로 들어가는 민의 다리였다. 이 자연스런 만남의 장소를 향해서 우리는 다리까지 둘 다 비틀거리며 기어갔다. 그리고 다리 위에 이르러 3미터쯤 거리를 두고 서로를 마주 보았다. 나는 약간 걱정이 되어 높은 바위 위에 있는 타이터스가 우리를 볼 수 있기를 바랐다. 나는 서둘러 돌아보았다. 그는 보이지 않았다.

벤은 어부들의 가게에서 구입한 듯한 거무스름한 코르덴 바지와 흰 셔츠를 입고 있었는데, 무릎이 하얗게 닳아 있었다. 아침 날씨가 쌀쌀했는데도 재킷은 입지 않았다. 아무런 무기도 가지고 오지 않았다는 것을 확신시키려고 웃옷을 안 입은 것인지, 혹은 싸움할 태세로 간단한 복장을 택했는지는 알 수 없었다. 그는 우람했다. 바지가 조금 끼는 듯했으나, 다부진 체격에 단단하고 빈틈이 없어 보였다. 그는 면도를 한 것 같았으나 나는 그렇지 못했다. 갑자기 텅 빈 집에서 거울을 들여다 보며 면도를 할 때 그는 무슨 생각을 했을까? 짧게 깎은 회색 머리카락, 크고 남자애 같은 머리통, 넓은 어깨 그리고 땅딸막한 체구는 작은 숫양이나 작지만 공격적인 다른 수컷 동물을 연상시켰다. 그의 건장하고 튼튼한 모습과 대조해 나는 매우 흐트러지고 허술한 모습에 머리도 빗지 않아 단정치 못했다. 그리고 나는 내가 줄무늬 잠옷 윗도리를 그대로 걸치고 있다는 것을 갑자기 깨달았다.

나는 다리로 조금 전진했다. 그도 조금 다가왔다. 조수가 들어오고 있었으며, 강하고 높은 파도가 밀려와 가마솥의 깊고 매끄러운 공간에서 탐욕스럽게 출렁이고 있었다. 낮게 쉬쉬 하는 소리가 났으나 말하는 것을 못 들을 정도는 아니었다. 나는 잠옷의 단추를 확인하며 그가 먼저 말하기를 기다리고 서 있었다. 출렁거리는 파도 소리가 나를 조금 안심시켜 주었다. 나는 그 소리가 벤을 당황시키기를 희망했다. 소음은 항상 내 친구였다.

나는 밝은 빛 아래에서 처음으로 벤의 얼굴을 자세히 봤다. 전에 상상했던 것보다 그는 더 잘생겼다. 기다란 갈색 눈에 기다란 속눈썹, 그리고 크고 잘생긴 입. 다만 그 입이 지금은 약간 조소를 머금고 신경질적으로 보였다. 턱은 두꺼운 목에 파묻혀 있었다. 나는 단번에 그가 대단히 화가 났으면서도 몹시 초조하다는 것을 알아채고 마음이 놓였다. 혹시 그가 조금은 나를 무서워할까? 죄의식? 죄의식은 공포를 낳는다.

"아내는 어디 있지?"

"여기, 내 집에 있어. 그녀는 내 집에 있고 싶어 해. 그리고 타이터스도 있어. 당신도 분명히 알다시피 그는 내 아들이 아니었지만 지금은 내 아들이야. 내가 양자로 삼았으니까."

"뭐라고?"

"그래!"

"뭐?"

나는 벤이 조금 귀가 먹었다는 것을 알고 더욱 만족했다.

하여튼 나보다는 소리를 잘 못 들었다. 소음은 그를 괴롭혔다. 내가 말을 빨리 지껄인 것은 사실이다. 나는 모욕을 주기 위해 큰 소리로 분명하게 말했다. "그녀는…… 여기 있어. 타이터스도…… 여기 있어. 그들은…… 여기 머물고 있다고."

"난 아내를 데리러 왔어."

"이봐, 당신은 타이터스가 정말 내 아들이라고 믿지는 않겠지? 분명히 해 두겠는데 그는 내 아들이 아니야."

"난 아내를 원해."

"당신이 흥미를 가질 이야기를 하고 있는 거야. 타이터스는 내 아들이 아니야."

"그 이야기는 이제 관심이 없어. 그건 지난 일이야. 난 메리를 원해."

"그녀는 여기 있고 싶어 해."

"난 당신을 믿지 않아. 강제로 여기 붙잡아 두고 있을걸. 그녀를 납치한 거지. 아내가 자유의지로 여기 있지 않다는 걸 난 알아. 안단 말이야."

"그녀가 내게 왔어. 내게 달려왔어. 예전에 당신이 목공 강습을 받으러 간 날 밤처럼. 내가 당신 집에서 그녀를 강제로 데려올 수 있다고 생각하는 거야?"

"아내가 핸드백을 두고 갔어."

"당신은 그녀를 사랑하지 않아. 그녀도 당신을 사랑하지 않지. 당신을 무서워해. 왜 그걸 인정하지 않는 거지? 어째서 이 어마어마한 거짓 결혼 생활을 계속하는 거지?"

"메리를 내놓지 않으면 경찰에 신고하겠어."

"경찰이 당신을 비웃을 거야. 경찰은 이런 종류의 사건에 끼어들지 않으니까."

"내 아내를 내놓아."

"그녀는 당신에게 가고 싶어 하지 않아. 지겹다더군. 그녀의 물건을 가지러 차를 보내겠어."

"아내가 무슨 거짓말을 했지?"

"이젠 그렇게 말하는 건가? 그녀를 비방해! 그녀 탓이라고 해 봐! 아주 멋지게 당신 자신을 폭로하는군!"

"아내는 히스테리가 있어 많은 것을 상상하는 사람이야. 그녀는 건강하지 못해."

"그녀는 당신의 잔인함에 진저리를 치고 있어. 좋아, 경찰에 가 봐. 어떻게 되나 보자고!"

"당신은 자신이 무슨 일에 참견하고 있는지 모르는군. 당신은 이해하지 못해. 그녀는 내 아내고 난 그녀를 사랑해. 나는 아내를 집으로 데리고 갈 거야. 그녀는 거기에 속하고 거기 있고 싶어해. 어째서 느닷없이 나타나 우리의 생활을 방해하는 거지? 왜 여기 와 살면서 우리들을 귀찮게 하는 거지? 우리는 당신을 원치 않았고, 지금도 원치 않아. 당신이 어떤 종류의 인간인지 난 잘 알아. 당신에 대한 기사는 다 읽어 보았지. 당신은 타락한 인간이고, 더러운 파괴자이며, 쓰레기야. 메리는 당신네들이 만드는 쇼의 매춘부들과는 달라. 그녀는 고상한 여자야. 당신네들은 만질 자격도 없어. 다치고 싶지 않거든 우리를 내버려 둬. 경고하겠어. 우리를 내버려 둬."

벤은 자기 분노에 맞는 어휘를 두서없이 찾느라고 그의 숫소 같은 큰 머리통을 내밀고 침에 젖은 힘센 이를 드러냈다.

힘차고 규칙적이고 기계적인 파도 소리가 잠시 동안 나를 황홀하게 했다. 나는 내려다보지 않고도 바위 밑 구덩이에서 파도가 회전하는 것을 느낄 수가 있었다. 나는 정확하게 한 발짝만 앞으로 내디디면 온몸으로 그 혐오스러운 작자를 밀어 던져 버릴 수 있다고 생각했다. 그가 나보다 힘이 셀지는 몰라도 나는 몸이 더 민첩하다. 그는 수영을 못 하며, 능숙한 수영 선수라도 그 들끓는 소용돌이 속에서는 살아남기 힘들 것이다. 아무도 우리를 보지 않는다. 그가 나를 공격했다고 말하면 된다. 그를 밀치기만 하면 내 모든 고통은 해결된다.

그런 생각을 하며 나는 벤을 지켜보았다. 나는 내 몸속에서 아직 실현되지 않은 미세한 움직임을 느꼈다. 물론 실제로 눈에 띄게 움직이지 않았다. 그러나 벤은 내 눈에서 충분히 그런 의도를 읽었다. 이것은 의도라고 부를 수밖에 없다. 왜냐하면 나는 그것을 행동으로 옮길 수 없었으니까. 그는 다리 끝으로 물러섰고, 나는 주먹을 풀고 눈을 내리깔았다. 나도 물러섰다.

"아내를 데리고 와!" 그가 목소리를 높이며 말했다. 바닷물의 소음이 우리 사이에 벽처럼 울렸다. "오늘 아침에 아내를 돌려보내! 그러지 않으면 가능한 모든 방법을 동원해서 당신을 매장시켜 버릴 테니까. 다시 말하지만 꼭 그렇게 할 거야."

나는 아무 말도 하지 않았다. 그는 갑자기 혼란스럽고 목이 메인 듯이 말했다. "그녀 생각을 해 봐. 그녀는 집에 오고 싶어 해. 그녀가 그러리라는 걸 난 알아. 당신은 몰라. 더 이상 계속하지 말자고. 그녀에게는 더 해로울 뿐이야. 결국은 그녀가 집에 와야 해. 그러지 않은가?"

나는 들리지 않게 말했다. "개소리 마."

그는 돌아서서 물러가기 시작했다. 그러더니 다시 돌아서서 소리쳤다. "아내에게 어젯밤 개를 데려왔다고 전해. 그녀가 매우 기뻐할 거야."

나는 그가 이제는 절름발이처럼 천천히 바위 위를 기어올라가서 큰길에 도착할 때까지 나타났다 사라졌다 하는 것을 지켜보았다. 그리고 몽롱한 정신을 가다듬고 되도록 빨리 집을 향해 걸어가기 시작했다. 그가 정말로 돌아가는지 확인하고 싶었다.

여태 높은 바위 꼭대기에 앉아 있던 타이터스는 몸을 일으켜 따라왔다. 길버트는 잔디밭에 앉아 있었다. 그들은 나에게 질문을 퍼부었으나 나는 그들을 지나쳐 뛰었다. 그들이 내 뒤를 따라 뛰어왔다. 우리 셋은 길버트의 차가 있는 둑길까지 갔다. 차는 그 자리에 아직 있었다. 우리는 차 뒤에 한 줄로 섰다. 벤은 우리를 향하여 도로를 따라 걸어오고 있었다. 타이터스는 잠시 그를 물끄러미 바라보더니 몸을 돌려 도로를 등지고 섰다. 매우 의도적인 행동이었다. 벤은 어두운 얼굴로 아무 말도, 아무 표정도 없이 우리를 지나쳐 마을 쪽으로 계속 유유히 걸어갔다.

"무슨 일이 있었나요?" 타이터스가 동요하여 겁먹은 표정으로 물었다.

"아무 일도 없었다."

"어째서요? 아무 일도 없었다고요?"

"그는 하고 싶은 말을 다 했어."

"뭐라고 말했나요?"

"거짓말. 그는 네 어머니가 히스테리 증상이 있고 헛된 상상을 잘한다고 말하더구나."

"히스테리 증세는 조금 있어요." 타이터스가 말을 이었다. "증세가 한 시간 정도 계속될 때도 있었어요. 정말 무서웠어요. 그럴 수밖에 없지요."

"만일 벤이 네 아버지라고 생각한다면 지금 그와 함께 집으로 갈 수 있다. 너를 막지는 않겠다."

"제게 그렇게 말씀하시지 마세요. 전 그녀가 가엾을 따름이에요."

"위층에 올라가서 어머니를 만날래?"

"아니요……. 지금은 싫어요."

"아……." 나는 살인이라도 저지를 것 같은 맹렬한 분통을 느끼며 집으로 달려간 뒤 위층으로 올라갔다. 그리고 하틀리가 있는 방의 자물쇠를 열었다.

검은 가운을 입은 그녀는 벽에 등을 기대고 무릎을 세운 채 매트리스 위에 앉아 있었다. 그녀는 내가 문을 들어서기도 전에 퉁퉁 부은 눈으로 나를 바라보고 단조로운 목소리로 말했다. "제발, 나를 집에 보내 줘. 집에 가고 싶어. 꼭 집에 가야만 해. 다른 갈 데가 없어. 집에 보내 줘, 제발."

"여기가 집이야. 나와 같이 있는 곳이 네 집이라고. 넌 집에 있어!"

"지금 가게 해 줘. 나한테 왜 이렇게 고약하게 구는 거야? 오래 머무르면 그만큼 더 나빠져."

"그 지긋지긋한 곳에 왜 가고 싶어 하는 거야? 최면에라도 걸렸어? 그것도 아니면 뭐야?"

"죽어 버렸으면 좋겠어. 난 곧 죽을 것만 같아. 가끔 잠들 때 죽기를 원하면 죽을 수 있을 것도 같았지만 항상 다시 깨어났어. 매일 아침 내가 살아 있는 것을 발견하는 것은 지옥이야."

"그럼 지옥에서 나와! 문은 열려 있고 내가 붙잡고 있어!"

"그럴 수가 없어. 나 자신이 지옥인걸."

"아, 하틀리, 일어서! 내려가서 햇볕에 앉아서 나와 이야기해. 타이터스하고도 얘기해. 넌 포로가 아니야. 제발 바보처럼 비참해하지 마. 내가 미쳐 버릴 것 같다! 난 너에게 자유와 행복을 주려는 거야. 너와 타이터스를 데리고 파리로, 아테네로, 뉴욕으로, 아니면 네가 원하는 어느 곳에라도 가고 싶어!"

"난 집에 가고 싶다니까."

"왜 그래? 어제는 이러지 않았잖아."

"난 죽을 것 같아."

내 눈을 피하는 그녀의 눈은 희망을 잃으려고 결심한 사람처럼 방어적인 냉담함을 보였다.

·······

이후 며칠 동안 아주 이상한 일들이 뒤따랐던 것이 기억에 남는다. 하틀리는 아래층에 내려오기를 거부했다. 그녀는 마치 아픈 동물처럼 방에 숨어 있었다. 혹시나 그녀가 물에 빠져 죽을까 봐 그녀의 방문을 잠갔고, 그녀가 불에 타 죽을까 봐 초와 성냥도 남겨 두지 않았다. 그녀의 안전과 행복 때문에 나는 두려웠지만 감히 그녀와 많은 시간 같이 있지는 못했다. 그녀와 어떻게 같이 시간을 보낼지 몰랐다. 밤에는 혼자 내버려 두었는데, 그녀가 일찍 잠자리에 들어 곧 잠이 들었기 때문에 밤이 무척 길게 느껴졌다. (그녀의 코 고는 소리를 들을 수 있었다.) 그녀는 밤이나 오후의 많은 시간을 잠자는 데 할애했다. 적어도 망각은 부르면 바로 달려오는 그녀의 가까운 친구였다. 한편 나는 말로 표현할 수 없는 이론하에 내가 등장할 적당한 시간을 신중히 계산하면서 그녀를 지켜보고 기다렸다. 나는 그녀를 말없이 욕실로 안내했다. 그리고 복도에서 오랫동안 그녀를 지키며 앉아 있었다. 꿈에 초니 부인이 자기 집을 다시 찾겠다고 나타났던 비밀 문이 있는, 비어 있는 벽감에는 방석을 갖다 놓았다. 나는 방석에 앉아 하틀리의 방을 지켜보며 귀를 기울였다. 가끔 그녀가 코를 골 때 나도 깜빡 잠이 들 때도 있었다.

물론 나는 방 안에서 그녀와 함께 자주 앉아서 대화를 나누거나 말을 걸려고 시도했고, 혹은 침묵을 지켰다. 그녀 곁에 무릎을 꿇고 앉아서 그녀의 손과 머리카락을 어루만지거나 조그만 새를 쓰다듬듯이 그녀를 쓰다듬기도 했다. 그녀는 다리와 발에는 아무것도 걸치지 않았지만 원피스 위에는 내 가운을 입겠다고 고집했다. 그러나 약간의 접촉으로 나는 그녀의 몸을 남몰래 알 수 있었다. 그녀의 몸무게와 몸통 크기, 탐스러운 젖가슴, 통통한 어깨, 허벅지. 나는 기꺼이 그녀와 같이 누워 잠을 자고 싶었다. 그러나 그녀는 아주 조금이라도 내가 다가서려는 기척을 보이거나 옷을 벗기려고 하면 눈치를 채고 거부했다. 그녀는 화장을 하지 않은 것에 대하여 안달했다. 그래서 나는 길버트를 마을로 보내 그녀가 원하는 것을 사 오도록 했고, 화장품을 받은 그녀는 내가 보는 앞에서 화장을 했다. 허영에 대한 이 작은 양보가 나에게는 희망의 전조 같았다. 그러나 나는 여전히 그녀를 두려워했고 그녀 때문에 두려웠다. 그녀를 가지 못하게 하는 내 조용하고 무자비한 거절은 폭력 그 자체였다. 더 이상의 압력은 어떤 반항을 넘어선 광기를 불러일으킬 수도 있고 더 극단적으로 물러나게 할 수도 있을 것이었다. 그것은 그녀 못지않게 나도 미치게 할 수 있었다. 왜냐하면 나는 순간적으로 그녀가 미쳤다고 생각했기 때문이다. 그리하여 우리는 일종의 미친, 알 수 없는, 위태로운 서로의 관대함 속에 존재했다. 가끔씩 그녀는 집에 가고 싶다고 되풀이하여 말했다. 그러나 그녀는 나의 완강한 거절을 수동적으로 받아들였으며, 이것은 나에게 용기를 북돋아 주었다. 물론 시간이 지날수록 돌아가지 못하리라는 생각으로 그녀의 공포는 더 커졌다. 그리고 그런 사실 자체가 나에게 희망을 주었다. 그녀가 가진 공포의 집합이 그녀를 자연스럽게 나의 것으로 만들어 주지 않겠는가?

사실 우리는 묘한 막간에 조리에 맞지 않는 대화를 나누었다. 내가 옛날 이야기를 꺼낼 때 그녀가 항상 반응을 보이는 것은 아니었다. 내가 그녀를 '어루만지는' 어떤 순간에는 내가 그녀를 너무나 사랑하고 동정하여 약간의 진전이 있다고 느끼기도 했다. 한번은 느닷없이 그녀가 물었다. "에스텔 숙모는 어떻게 되었어?" 나는 그녀에게 에스텔 숙모에 대하여 말한 기억이 없었다. 그 정도로 나는 숙부의 가족에 대하여는 말을 삼가고 있었다. 또 다른 때에는 그녀가 이렇게 말했다. "필립은 너를 정말 좋아하지 않았어." 필립은 그녀의 오빠였다. "지금 필립은 무얼 하고 있어?" "그는 전사했어." 그녀가 덧붙여 말했다. "너야말로 진정한 내 오빠였어." 그녀는 연극에 대해서는 아무것도 물어보지 않았고 나도 그녀에게 아무 얘기도 하지 않았다. 정말로 그녀는 연극에 대해서는 조금도 호기심이 없는 듯해 보였다. 어쨌든 지금 생각해 보건대, 그녀는 유명한 남자와 결혼하지 못한 것에 대하여 별로 후회하는 것 같지 않았다. 한두 번 그녀가 내게 어느 유명한 배우를 만났는지 물어보곤 했다. 그러나 분명히 그녀는 연극에 대하여 별로 아는 것이 없었고 내 얘기를 계속 귀담아듣지도 않았다. 언젠가는 이렇게 물었다. "클레멘트 메이킨이라는 여배우를 알아?" 잠시 동안 나는 회상을 하다가 대답했다. "그래, 그녀를 잘 알아. 그녀가 날 사랑했지. 우리는 잠깐 함께 살았어." "무슨 뜻이야……?" "그녀는 내 애인이었어." "하지만 그녀는 너보다 몇 살이나 나이가 많잖아." "그래, 하지만 그런 것은 큰 문제가 되지 않았어." "그 여자는 나이가 꽤 많았을 텐데……." 이 말을 하고 나서 잠시 뒤에 그녀는 울기 시작했고, 내가 그녀를 포옹하도록 내버려 두었다. 그녀는 다시는 클레멘트에 대한 이야기를 하지 않았다. 연민과 사랑에 힘입어 나에게 희망이 찾아오는 순간이었다. 나는 하틀리가 나처럼 큰 의식과 긴 역사를 가지고 있을 거라고 여기고 그 감춰진 비밀에 대하여 생각해 보았다. 그녀의 내적인 부분에 대하여는 내가 접근할 수도, 알 수도 없었다. 물론 나는 참을성이 없었다. 절망 끝에 그녀가 다른 아무 곳에도 의지할 수 없게 되면 나에게 완전히 돌아올 수밖에 없을 것이라고 기대했다. 그녀가 마음대로 움직여 주지 않아서 나는 너무나 당황했다.

이런 때에 나는 타이터스가 날 도와주기를 기대했다. 그러나 그는 도울 마음이 없어 보였다. 아마도 도울 수가 없었을 것이다. 그는 하틀리를 두려워하는 것 같았다. 그녀의 상황과 그녀가 잡혀 있다는 사실을, 그녀의 어쩔 수 없는 무력함과 그녀의 마음속을 상상해 보고 두려워했다. 그는 그녀의 굴욕을 참지 못했고, 이 일에 관여하는 것을 원치 않았다. 그는 이 모든 일을 내 '계략' 혹은 '장난'이라고 불렀고, 일종의 혐오감과 함께 공범이라는 죄의식을 가지고 있었다. 그리고 틀림없이, 적어도 겉으로 보기에는 벤을 두려워했다. 그는 하틀리의 방 냄새를 불평했고, 거기에서는 숨을 쉴 수가 없다고 말했다. 그러나 그는 그녀를 그곳에서 나오라고 설득하지는 않았다. 그는 그녀와 대화를 나눌 때 나더러 같이 있어 달라고 애걸했고 만일 내가 그를 그녀 곁에 남겨 두면 곧 뛰쳐나와 버렸다. 문제는 그들이 벤에 대하여는 이야기할 수가 없었고, 그와 관계없는 주제는 별로 없었기 때문인 것 같았다. 또한 타이터스는 집을 떠난 뒤 무엇을 하고 지냈는지에 대하여 숨기고 싶어 했고, 그 주제에 대하여 내가 질문을 하면 대답하기를 매우 꺼렸다. 그러니 이러한 회피가 또 하나의 가능한 대화 주제를 걸러 내는 결과를 낳았다. 사실 하틀리는 그가 한 일에 대하여 집요한 호기심을 보이지 않았다. 그들은 정말 예의 바르게 말을 나누었다. 적어도 첫날은 그랬다. 그 이후로 타이터스는 점차 그녀를 만나기 꺼려했다. 그녀는 점점 제정신을 잃었기 때문에 그에게 그녀를 만나라고 하기도 어려웠다.

나는 그가 자기 어머니를 '메리'라고 부르는 것에 익숙해질 수가 없었다.

"메리, 햇볕에 나와 앉아요. 여기는 추워요."

"아니, 괜찮아."

"기분이 좀 나아졌어요?" 그녀는 으레 아픈 사람처럼 여겨졌다. 그들은 진부한 자기만족으로 방갈로에 대한 이야기를 했다. 그러나 그들은 자신들이 무슨 말을 하고 있는지조차 모르는 것 같았다.

"훌륭한 정원이 있어요? 34번지에 살 때에는 변변한 정원이 없었잖아요. 그렇지요? 그냥 뒷마당뿐이었어요."

"그래, 34번지에선 고작 마당뿐이었어."

"헛간에 있던 구닥다리 압착기도 항상 생각나요. 그 오래된 압착기 기억하세요?"

"그럼……."

"그러면 지금은 장미를 기를 수 있겠네요. 늘 기르고 싶어 했지요?"

"그래, 장미가 많아. 온갖 색깔의 장미가 있지."

"창밖으로 바다를 바라볼 수 있겠군요. 우리는 그것을 늘 꿈꾸었지요."

나는 그 말이 하틀리에게 무슨 영향을 주었는지 알 수 없었다. 나는 순진하게도 어머니와 아들이 서로 껴안고 당장 사랑의 언어를 찾아내리라고 상상했다. 글쎄, 아마도 그것이 사랑의 언어였는지도 모르겠다. 분명히 그들 사이에는 사랑이 존재했다. 그러나 둘 다 서로 놀라울 정도로 어색했고 말을 잇지 못했다. 주로 타이터스가 억지로 대화를 이끌었다. 그들은 곧 방갈로에도 매력을 잃었다. 나에게는 다행한 일이었다. 그들이 가장 성공적으로 이어 나간 대화는 타이터스가 어렸을 때 살았던 집과 정원을 유치할 정도로 자질구레하게 회상하는 것이었다.

"우리가 67번지에 살 때 내가 담에 뚫린 구멍으로 밖을 내다보던 것이 생각나요?"

"그럼……."

"나는 상자 위에 올라갔었지요. 그렇죠?"

"그래, 상자 위에."

어째서 그들은 대화를 할 수 없는 것일까? 타이터스를 향한 그녀의 연민이 그동안 사라진 것일까? 타이터스도 그녀에게 연민을 느끼지 못하는 것일까? 무서운 생각이었다. 나중에 알게 되었지만 그들이 말을 못 한 것은 그 모든 상황 때문이었다. 그런 상황은 다름 아닌 내가 만들었고 그대로 유지되고 있었다.

하틀리를 감금했던 그 시간들은 마치 정신적인 드라마의 어마어마한 발단, 변화, 정지, 놀라움, 전개, 역전, 위기의 역사를 모두 포함하는 것처럼 내 기억 속에 확대되어 펼쳐졌다. 사실 그 기간은 겨우 4~5일에 지나지 않았다. 하지만 그동안에 역사와 드라마와 변화가 진정으로 다 포함되어 있었다. 이상하게도 나는 첫날 이후부터는 벤에 대하여 별로 걱정하지 않았다. 물론 그를 잊어버리지 않았으며 그가 다시 오리라고 생각했다. 밤에는 조심스레 문을 잠갔다. 그가 집에 불을 지를지 모른다는 생각도 들었다. 이런 생각을 하면 참으로 섬뜩했다. 그의 직업은 일종의 소방수가 아니었던가! 그러나 벤에 대한 생각에 사로잡히지는 않았다. 왜냐하면 지금은 나 자신이 정신적으로 감옥에 갇혀 있는 것과 다름없었으므로 벤이 주는 위협은 덜 현실적으로 느껴졌다. 왜 그가 움직이지 않을까? 고심하며 계획을 세우는 것일까? 아니면 기다림으로써 자신을 괴롭히며 분노를 쌓는 것일까? 그가 타이터스를 두려워하는 걸까? 나는 곧 그런 의문들을 그만두었다.

타이터스와 길버트는 하틀리와 나의 곁을 벗어나기만 하면 휴가 중인 것처럼 행동했다. 타이터스는 어머니나 아버지에 대하여 말하는 것을 싫어했다. 그는 이런 문제들에 관여하지 않기를 원했다. 그는 매일 작은 절벽에서 수영을 하며 즐겼다. 가끔은 하루에 두세 번씩이나 뛰어내렸다. 그러고는 자신의 온몸에 선탠로션을 바르고 바위 위에 나체로 누워 있었다. 자기가 하고 싶은 일을 구걸하지 않고 조금도 망설이지도 않았다. 그는 내 호의를 권리로 받아들였고, 그 답례로 어떤 도움이나 따뜻함도 되돌려 주지 않았다. 물론 이것은 공정하지 못한 판단이다. 나는 타이터스가 위층에서 일어나는 일을 '알고 싶어 하지 않는다'고 그를 탓할 수는 없었다. 그저 깊이 생각하지 않았을 뿐이다. 정말로 그렇게 하기가 어려웠을 것이다. 뿐만 아니라 내가 그에게 신경을 쓰는 시간이 별로 없었고, 그가 결정적으로 이 점에 대해 자기를 무시한다고 불쾌해했는지도 모른다. 이제 나는 타이터스가 처음에 상상했던 것보다 더 단순한 아이라고 판단했다. 혹은 그는 두려움 앞에서 단순해지기로 마음먹었는지도 모르겠다.

길버트는 점점 더 큰 호기심과 착한 마음으로 나를 돕고 싶어 했다. (그는 심지어 하틀리의 방에다 꽃까지 갖다 놓고 싶어 했다.) 하지만 내가 그러지 못하게 했다. 그는 물론 내게 꼭 필요한 존재였다. 그는 요리를 맡아 했으며 타이터스가 일광욕을 즐기는 동안 장을 보았다. 그러나 나는 그에게 위층 층계참에는 절대로 접근하지 못하게 했다. 기묘한 그 기간의 특징 가운데 하나는 길버트와 타이터스가 둘 다 뛰어난 성악 솜씨를 보였다는 것이다. 아직도 생생하게 기억이 난다. 길버트는 훌륭한 바리톤이었고, 타이터스는 꽤 괜찮은 테너였고 가성도 낼 수 있었다. 더구나 그들은 둘 다 잘 아는 곡이 상당히 많았다. 내가 나가 부르라고 바위로 사납게 내쫓기 전까지 그들은 집 안을 소음으로 가득 채웠다. 물론 그들은 더욱 뽐내고 싶은 마음에 내가 청중이 되기를 원했다. (모든 성악가들은 허영심이 많다.) 그리고 밤늦게까지 앉아서 노래를 부르고 내 포도주를 마시기를 원했다. (그들은 둘 다 포도주를 상당히 마셨다. 그래서 길버트를 레이븐 호텔에 보내서 포도주를 더 사 와야 했다.) 멀리 떨어진 바깥에서도 그들의 노랫소리가 들렸다. 그들의 목소리는 매우 우렁찼고 그들은 자신들의 재능을 표현하는 것을 너무나 즐겼다. (하틀리는 타이터스가 노래 부르는 것에 대하여 한 번도 언급하지 않았다. 아마도 그녀는 개의치 않았거나 자기 남편처럼 약간 귀머거리였나 보다.) 그들은 오페라 가곡, 희가극, 마드리갈, 유행 가요, 민요, 돌림노래, 외설적인 발라드, 사랑 소곡 등을 영어로, 불어로, 그리고 이탈리아어로 우렁차게 불러 댔다. 내 생각에 이 무렵 그들은 완전히 음악에 취해 있었다. 아마 집 안의 긴장에 대한 자연스러운 반응이었을지도 모른다.

　나는 방금 타이터스가 처음 내가 생각했던 것보다 더 단순하다고 말했다. 이것은 그의 어머니와 나의 문제에 관련해서 그렇다는 뜻이다. (아마도 '입장이 모호하다', '관심이 적다'라는 뜻으로 '단순하다'라고 말했을 것이다.) 그러나 이것은 확실히 눈에 두드러졌다. 길버트도 타이터스가 표면상 일찍 학교를 그만두고 기술 전문 학교에서 '전기를 공부한' 아이치고는 우리가 예상한 것보다 더 교양이 있다고 생각했다. 지난 한두 해 동안 타이터스는 어디에 있었을까? 그것은 여전히 알 수 없다. 나는 그의 커프스단추와 단테의 연애 시집을 기억했다. 나는 그가 자기보다 나이 많은 여자와 동거했으리라고 추측했다. 그는 내가 클레멘트에게 납치당했을 때와 나이가 비슷하다. 흔히 어린애 훔쳐 가기라고 하듯이 어느 누군가가 타이터스를 낚아채 갔다가 최근에 그를 차 버린 것일까? 놀랄 일은 아니지만 길버트는 타이터스가 남자와 동거했을 거라고 추측했다. 타이터스는 이 주제에 대하여 아무 말도 하지 않았다. (여기서 페리가 나와 프리치 에이텔과의 관계를 잘못 알았다는 것도 언급해야 될 것 같다.)

나는 역사와 변화에 대하여 이야기해 왔다. 얼마 후에 다시 생각해 보니, 그 당시에 나는 하틀리를 향한 내 사랑의 역사를 다시 되살고 있는 것 같았다. 옛날뿐만 아니라 중간의 시기도 모두 포함해서 말이다. 날마다, 시간마다 나는 더 많은 것을 기억해 냈다. 이틀째 되던 날 저녁 하틀리는 잠시 동안 말이 더 많아졌고, 숙고하는 듯한 태도를 보였으며, 그 숙고 결과를 이야기했다. 그 대화는 가장 고통스러운 결론으로 발전했다.

우리는 바닥에 앉아 있었다. 그녀는 매트리스 위에, 나는 맨바닥에 다리를 뻗고 응접실 쪽 높은 창문을 바라보며 앉아 있었다. 가운데 방은 보통 때는 어둠컴컴하지만, 지금은 황혼이 깃들어 있었다. 저녁 햇빛은 희미하고 따뜻한 조명을 선사했다. 나는 하틀리의 손을 어루만졌다. 그러자 머리끝부터 발끝까지 그녀와 연결되어 있는 것처럼 느껴졌다.

"내 실크 가운이 너에게 잘 어울려. 하지만 가끔 벗으면 안 될까?"

"난 추워."

"네가 여기 살고 있다는 느낌이 들지 않아?"

"넌 내가 너와 결혼하지 않은 것이 큰 잘못이라도 되는 것처럼 생각해."

"그것은 잘못이었어. 하지만 이제 더 중요한 것은 그 결혼을 취소하는 거야."

"넌 그저 과거를 함께 기억해 줄 사람을 원하는 거야."

"그 말은 매우 불공평해. 나는 미래에 대하여 이야기하고 싶은데, 넌 그렇지가 않아."

"내가 떠나 버린 것 때문에 넌 나를 원망하고 있을 뿐이야."

"그러니까 네가 떠난 것을 인정하는 거야?"

"그래. 오래전 일이지만."

"넌 내가 충실하지 못할 거라고 말했어."

"내가 그랬어? 기억이 안 나." 나는 그녀의 말을 되새기며 살아왔는데 그녀는 그 말을 기억조차 못 한다니! "지금 기억하기론 죄의식 때문에 떠난 것 같아."

"내 마음을 아프게 한 것 때문에 죄의식을 느꼈나?"

"그래. 늘 죄의식을 느꼈고 네가 나를 탓하리라고 생각했어. 그리고 이상하게 들리겠지만 네가 나를 미워한다고 생각하면서 나 자신을 보호해야 했어."

"그것이 어떻게 너를 '보호'할 수 있어?"

"마을에서 너를 만났을 때 네가 나를 보고도 미워서 못 본 척하는 줄 알았어."

"하지만 난 너를 한 번도 미워한 적이 없어. 단 한순간도!"

"난 그렇게 생각할 수밖에 없었어."

"그건 왜지?"

"네가 진정으로 가 버렸고, 모든 것이 끝났다고 확신하기 위해서지. 내 마음속에서 그 사랑은 죽었다고 여기고 싶었어."

"아, 하틀리, 나는 우리 사랑이 결코 끝났다고 생각하지 않았어. 내 마음속에서는 결코 죽지 않았다고. 그러니까 네가 나를 원했단 말이지? 나를 그리워했군. 내 생각을 하기가 두려웠어? 그건 여전히 네가 나를 사랑한다는 증거가 아닐까?"

"그래도 난 네가 나를 미워하고 원망한다고 생각해."

"지금? 미쳤구나."

"그렇지 않고서야 이토록 고약할 수가 없어."

"하틀리, 내 마음을 아프게 하지 마. 제정신이라면 그렇게 생각하지 못해."

"아니면 일종의 호기심이야. 관광객처럼 나를 찾아와 내 생활을 보고 우월감을 느끼고 있어."

"하틀리, 제발 그만해! 내 마음을 괴롭히려고 작정한 거야? 고약한 사람은 바로 너야. 우리 사이에는 영원한 결속이 존재해. 그건 너도 알아. 그것은 이 세상에서 가장 분명한 진리야. 예수보다 더 확실한 거지. 난 네가 내 아내가 되기를 원해. 네가 내 안에서 안식을 찾기를 원해. 영원히 너를 돌봐 주고 싶어. 죽을 때까지."

"차라리 내가 죽었으면 좋겠어."

"아, 그런 말 하지 마……."

"모든 것이 끝났으면 좋겠어. 난 내 인생을 누렸어. 누군가가 나를 그만 죽여 주었으면 좋겠어……."

"그가 너의 목숨을 위협하기라도 했어?"

"아니, 아니야. 모두 내 마음속 생각이야……."

"이젠 너는 돌아갈 수 없어. 네가 나를 원하지 않더라도 보내지 않을 거야. 아주 간단한 일인데 네가 매우 복잡하게 만들고 있어."

"너야말로 네 식으로 일을 복잡하게 만들고 있어. 넌 뱀장어처럼 몸을 비틀어 빠져나가고 있지. 너는 늘 그런 면이 있었어."

"이젠 내가 뱀장어 같다고? 너와의 관계에서 난 피하거나 빠져나간 적이 없어. 난 항상 너만을 원했지, 다른 사람은 안중에도 없었어. 충실한 사람은 나야. 난 결혼도 하지 않았잖아."

"그래, 하지만 너는 다른 여자들과 동거했잖아. 그 나이 많은 여배우하고도 같이 살았지."

"그랬어. 하지만 난 너를 찾을 수가 없었잖아! 내가 원했던 사람은 너야! 너를 찾느라고 무지 애를 썼어. 너를 찾아다니느라 헤매었고, 한 번도 희망을 버리지 않았어……. 그래서 지금 이렇게 너를 찾은 건지도 몰라."

"난 벤에게 충실하지 못했어."

"맙소사, 벤은 이제 잊어버릴 수 없겠니? 벤은 끝났어."

"그는 타이터스가 사라졌을 때도 많은 고통을 받았어."

"아마 그랬겠지. 하지만 그는 고통을 받아 마땅했어. 그가 타이터스를 내쫓은 거니까. 어쩌면 타이터스가 사라진 게 반가웠을 테지."

"아니, 내가 말한 것처럼 그는 타이터스에게 그렇게 나쁘게 굴지 않았어. 그는 엄해서……."

"그는 난폭했어. 너에게도. 그를 옹호하지 마. 그 못된 놈에 대해서는 말하지 말자."

"아동 보호 센터에서도 사람이 나온 적이 없어. 내가 그렇게 말했지만 사실이 아니야."

"그들이 오든 말든 내가 무슨 상관이야?"

"내가 왔다고 말했지만 사실이 아니라고."

"그들이 오지 않았더라도 와야 할 상황이었지."

"그러나 그건 사실이 아니야."

"왜 너는 그 악하고 잔인한 사람을 두둔하는 거야? 타이터스는 그를 증오해. 그것이 그가 나쁘다는 증거가 아닌가? 내가 보기엔 그래."

"벤은 이 세상에 나 외엔 아무도 없어. 그는 가진 것이 아무것도 없어."

"그래도 그는 살아남을 거야. 그럼 나는 어때? 마음을 바꾸어 나를 동정하지그래? 나는 기막힐 정도로 오래 기다렸잖아. 늙은 배우처럼 사회에서 버림받은 사람도 없어. 추억 말고 내가 가진 것이 뭐야? 난 모든 권력과 영광을 버렸어. 그 무언가를 위해서. 그것이 무엇인지도 모른 채. 그런데 알고 보니 그것이 바로 너였어. 이제 와서 네가 나를 실망시킬 수는 없어."

"넌 신을 믿어?"

"아니."

"난 예수 그리스도를 믿어. 너도 누군가를 믿고 그것에 의지해야 해. 신이 존재하지 않는다면 사람들은 미쳐 버릴 거야. 우리는 그런 걸 토론하곤 했지. 그렇지 않아?"

"네가 그런 얘기를 잊지 않았다니 반갑네. 우리가 견진성사를 받은 것 기억나? 그건 중요한 의미가 있어, 그렇지? 성령이

여, 왕림하소서. 우리 영혼을 일으켜⋯⋯.”

“나는 죄의 사함을 믿어.”

“우리는 모두 그 점이 필요해.”

“사랑이 구원을 가져온다는 것은 매우 깊은 의미가 있어. 그렇지?”

“네가 벤을 사랑으로 구원하고 싶다고 말하지 마! 난 벤이라면 신물이 나니까. 나를 구원해 주는 것은 어때?”

“누구도 그를 구원해 주거나 사랑해 주지 않을 거야.”

“예수가 그를 사랑할 거야.”

“아니, 벤에게는 내가 예수야.”

“이건 미친 소리야. 넌 정말 미쳤어. 생각해 봐. 네가 떠난다면 벤이 안도의 한숨을 쉴 것이라는 생각은 들지 않아? 제기랄, 이미 넌 그를 떠났어. 넌 그렇게 필요한 사람이 아니야. 그가 너를 보내고 싶지 않았을지 모르지만 지금은 네가 가출한 것을 매우 즐거워하고 있을 거야.”

“넌 자꾸 그가 실재하지 않는 사람처럼 얘기하지만 그는 실재하는 인물이야.”

“진실의 세계에서는 실재적인 사물이 비실재적인 존재가 돼.”

“우리 사랑은 실재가 아니었어. 그것은 어린애 장난이었지. 우리는 오누이 같았어. 그때 우리는 사랑이 뭔지도 몰랐어.”

“하틀리, 우리가 서로 사랑한 것을 너도 알잖아.”

“하지만 우린 제대로 관계를 맺지도 않았어. 차라리 그랬으면 좋았을 텐데⋯⋯.”

“난 원했지만 네가 원하지 않는 줄 알았어⋯⋯. 아, 세상에!”

"우리는 어린애였어. 넌 내 진정한 삶의 일부가 되지 못했어."

"네 진정한 삶이라고 부르는 것이 왜 지상의 지옥처럼 보이는지 모르겠군! 제기랄! 너 자신이 그렇게 말했어. 행복한 여인은 죽음을 이야기하지 않는 법이야."

"너에게 이야기하지 말걸. 후회가 돼. 물론 내 삶이 혼란스럽긴 해. 하지만 그 혼란 속에 내가 살고 있고, 그것이 바로 나 자신이야. 난 깨진 조개 껍데기처럼 모든 것이 깨어지고, 흐트러진 채로 버려 두고 도망쳐 나올 수는 없어."

"넌 그럴 수 있어! 도망쳐! 모든 것을 뒤로하고 뛰어나와! 그러면 고통이 멈춘다는 것을 알게 될 거야!"

"그럴 수 있을까? 정말 고통이 멈출까?"

그녀가 갑자기 눈을 크게 뜨고 당황스러워하며 나를 물끄러미 바라보았을 때 내 머릿속에는 여러 가지 생각이 스쳤다. 그녀가 미쳤나? 마음이 흔들리나? 그녀는 그냥 가련한 사람일 뿐인가? 아니면 고통으로 순화된 정령이 된 것인가. 내가 그렇게 사랑하고 숭배했던 그녀의 젊고도 야성적이고 묘한 아름다움은 불가사의한 영성(靈性)의 첫 번째 전조였던가? 기묘한 운명을 가진 숨은 성인들이 있다고 들었다. 그러나 아니다. 그녀는 가엾은 사람이며, 가련하게 부러진 나뭇가지다. 그녀의 순수함과 최후의 정체성은 그녀로 하여금 타이터스를 포기하게 한 잔인한 힘에 의하여 파괴되었다. 그러나 그녀가 무엇이든지 간에 나는 그녀를 사랑했고, 그녀에게 충성을 맹세했다. 바위 위에 누워 있던 날 밤, 금빛 하늘이 천천히 우주의 겉과 속을 뒤집어 놓던 그날 밤에 별들을 넘어 또 별들을 넘어 나는 그녀에게 맹세했다.

"그래, 내 사랑, 내 여왕, 내 천사여, 고통은 멈출 수 있어."

아, 내가 그녀의 마음을 어루만져서 자유롭게 해 줄 수만 있다면! 나는 그녀가 희망을 갖기를 원했고 희망이나 욕망이 싹트고, 사랑의 소중함과 행복한 인생에 대한 욕망을 갖기를 원했다. 그러나 그녀는 지금 당황하여 얼굴을 찌푸리고 벤에게로 다시 주의를 돌렸다.

"난 그에게 결코 잘해 주지 못했어."

"틀림없이 너는 성인이었어. 아주 오랫동안 고통 받는 성인이었지!"

"아니야, 난 나쁜 사람이었어."

"아, 좋아, 네가 그렇게 말하고 싶다면! 어쨌든 그것이 무엇이든지 간에 그것은 다 끝난 일이야."

과거에 남자들이 수녀원에 들어간 처녀들을 보고 "우리들은 동물이지만 그들은 때묻지 않은 순수한 천사다."라고 생각했듯이 그 순간 그녀는 순진해 보였다. 아름답고, 순진하고, 티 없고, 어리석고, 아무것도 이해하지 못하는 그녀는, 허영심 많고 이기적인 남자들과 시건방지고 잘난 척하는 여자들 사이에서 일생을 살아온 나에게는 책망과 같았다. 나는 그녀의 죄의식을 실질적인 실패에 대한 실질적인 죄의식으로 간주했다. 그럴 수밖에 없었다. 아무리 불합리하더라도 죄책감을 느끼는 사람은 다른 상대의 노예가 되며 도덕적 우위를 차지할 수가 없다고 한 페러그린의 말을 기억했다. 그녀는 자신의 사소한 과오는 물론 그의 죄까지 자신이 짊어지고 있었다. 그가 그녀와 타이터스에게 지은 죄에 대하여 그녀는 죄책감을 느끼고 있었다. 나는 그것을 모두 알 수 있었다. 그녀는 그 죄를 자신의 탓으로 돌리고 나서 죄인을 우러러 받들고 그를 거룩하다고 여겼다. 아, 만일 내가 해롭고도 무용지물인 죄의식과, 남편을 향한 허황된 존경으로부터 그녀를 해방시켜 줄 수만 있다면! 그녀는 나에 대해서도 죄책감을 느끼고 있었고, 내가 그녀를 미워한다고 생각함으로써 위안을 얻으려고 했다! 그녀는 주문에 걸렸으며, 자기 방어의 마술에 걸렸다. 악하고 미친 듯이 질투하고 괴롭히는 악당과 결혼한 무서운 고통을 이기기 위하여 그녀는 몇 년 동안이나 그 주문을 발전시켜 온 것이다. 그에 대한 공포를 통해, 그리고 그녀의 잘못이며 언제나 그녀의 잘못이라는 말을 여러 번 되풀이하여 들음으로써 세뇌당해 온 것이다. 타이터스가 이런 장면을 상기하느니 차라리 바위 위에서 노래하기를 원한 것을 충분히 이해할 수 있겠다.

그녀는 조금 울었다. 늙은이의 눈물은 젊은이의 눈물과는 다르다. "하틀리, 울지 마. 어렸을 때도 그랬지만 꼭 『이상한 나라의 앨리스』에 나오는 돼지 아이 같아."

"내가 보기 싫은 줄은 알아. 형편없이……."

"아, 제발 그만둬, 당장 그만둬. 악몽에서 깨어나라고."

그녀는 내 손수건으로 두 눈을 닦고 잠시 내가 손을 잡고 있는 동안 다시 생각에 잠겼다.

"그런데 너는 어째서 내 결혼이 그렇게 불행하다고 생각하는 거야?" 그녀는 이제 나를 거의 교활한 표정으로 보고 있었다. 마치 내가 대답하는 말에 당장이라도 반박을 하려는 태세였다.

"하틀리, 내 사랑, 너는 혼란에 빠져 있어. 너 스스로 불행하다고 인정했어. 방금 그 고통에 대하여 언급했잖아!"

"고통은 다른 거야. 어느 결혼에도 고통은 있어. 인생이 고통이니까…… 그러나 너에게는 아마도…… 그것이 모두 비켜 갔는지도 몰라."

"그랬나 봐, 다행히도."

"그거 알아? 나는 혼자 조용히 수없이 많은 밤을 지새면서 노동 수용소에 있는 사람들을 생각하곤 했어."

"적어도 네가 노동 수용소에 있지 않다고 생각하면서 위안을 받으려 했다면 그거야말로 네가 그다지 행복하지 않다는 증거야!"

"하지만 왜 내 결혼이 그렇게 불행하다고 생각하는 거야? 네가 그걸 어떻게 판단하지? 너는 몰라. 너는 이해하지 못해……."

"난 판단할 수 있어. 난 알아."

"어떻게 알 수 있지? 그건 그냥 네 생각이야. 너는 결혼에 대해 이해하지 못해. 넌 여자들과 같이 살기만 했잖아. 결혼은 달라. 증거 같은 건 없어."

"그와 너에 대해서라면…… 물론 난 증거가 있어."

"그럴 리 없어. 넌 불과 얼마 전에 우리를 만났어. 우리를 아는 사람들도 전혀 모르잖아. 물론 아무도 우리에 대해 알지 못하니까 당연히 증거도 없을 거야."

"있어. 나는 너와 네 남편이 서로 이야기하는 것을 들었어. 어떤 식으로 말하는지……." 나는 마침내 화가 치밀어 이 말을 하고 말았다. 그녀를 마음 상하게 하고 싶은 의도가 있었음을 고백한다. 침착하고 완강한 고집과 그 우세하고 교활한 표정이 나를 몹시 화나게 했다.

"무슨 뜻이야?"

"내가 엿들었다니까. 유리창 밖에 숨어서 너와 그가 말하는 것을 들었다고. 그 거친 목소리와 난폭하고 괴롭히는 듯한 태도라니! 그는 너에게 소리쳤고, 너는 '미안해요, 미안해요.'라고만 되풀이하더군. 유리창을 깨고 들어가 그의 목을 부러뜨리고 싶었어. 그놈을 죽일 거야. 그놈을 바다에 떠밀어 버렸으면 좋았을걸."

"엿들었다고? 네가? 언제?"

"아, 기억 안 나. 일주일 전, 2주일 전인가……. 너무 화가 나서 언제인지도 모르겠어. 그러니까 이제 더 이상 행복한 체하지 마. 그의 죄를 감출 수도 없고 내게 행복한 결혼 생활을 했다고 말할 수도 없을 거야. 왜냐하면 난 진실을 알고 있으니까!"

"진실……. 아, 너는 이해하지 못해! 넌 엿들은 것뿐이야. 얼마나 오랫동안 엿들었어?"

"아, 아주 오랫동안. 한 시간, 아니 기억이 안 나……. 두 사람은 서로 소리를 지르고 있었어. 아주 무서웠지. 아무튼 그는 소리를 질렀고, 너는 애처롭게 울고 있었어. 그 광경은 정말 끔찍했어……."

"어떻게 네가……. 넌 네가 무슨 짓을 했는지도 몰라……. 어떻게 우리를 몰래 염탐할 수가 있지? 그것은 너와 아무 상관도 없는 일이야. 넌 결코 이해할 수 없는 비밀스러운 일에 참견한 거야……. 이것은 내게 저지른 최악의, 최고로 비열한, 가장 못된 짓이야."

"하틀리, 난 그저 너를 도와주려고 그런 거야. 내가 더 확신하고 분명하게 알아야 했기 때문에……."

"마치 네가 뭔가 알기나 하듯이……. 아, 넌 내 마음을 너무 아프게 했어. 결고 용서하지 않을 거야. 결코! 이것은 살인과 같아. 날 죽인 거나 다름없어. 넌 이해하지 못해……. 아, 너무 마음이 아파. 가슴이 찢어지는 기분이야……."

"내 사랑, 미안해, 정말 미안해. 난 그런 생각까진 미처 하지 못했어……."

그녀는 이제 몸을 꼿꼿이 벽에 기대고 앉아서 울고 있었다. (여자들이 우는 것을 많이 봤지만) 그렇게 우는 여자는 본 적이 없었다. 눈물이 두 눈에서 분수처럼 솟았고, 젖은 입은 벌어져서 고통당하는 동물처럼 목이 죄인 듯한 울음소리를 냈다. 그런 뒤에 그녀는 몸을 떨며 흐느껴 울었다. 그리고 옆으로 쓰러지더니 목을 쥐어 뜯으며 숨이 막힌 것처럼 가운을 잡아당겼다. 그녀의 울음소리가 점점 헐떡거림으로 변하더니 단숨에 히스테리 발작을 일으켰다.

나는 깜짝 놀라 몸을 일으켜 그녀를 지켜보았다. 그제야 타이터스가 히스테리에 대하여 말한 것이 이해가 되었다. 진정 놀랍고 무서웠다. 그럴 수밖에 없었다. 가장 맹렬한 공격으로 내 영혼과 내 멀쩡한 정신을 강타하는 느낌이었다. 전에도 히스테리를 부리는 것을 목격한 적이 있긴 하다. 그러나 이런 것은 본 적이 없었다. 나는 다시 무릎을 꿇고 그녀를 안아 흔들어 보았다. 그러나 그녀는 갑자기 너무 강해지고 나는 너무나 약해져서 그녀를 잡는 것이 매우 힘들었다. 그녀는 무시무시한 파괴력과 함께 뻣뻣하게 굳은 몸을 떨고 있었다. 얼굴은 붉고 눈물범벅이 되었으며, 입에서는 침이 흐르고 있었다. 그녀의 거칠고 찢어지는 듯한 목소리는 마치 겁먹고 화난 사람이 외설적인 욕설을 퍼붓듯이, 미친 듯 공포에 떠는 비명처럼 길게 "아아아!" 하는 소리를 내뱉었다. 그 소리는 다시 "오오……오오…… 오오!" 하는 흐느낌으로 변하더니 부드럽게 속삭이는 것처럼 "오오오!" 하는 소리를 길게 내며 가라앉았고, 그런 뒤에 다시 반복했다. 이것은 마치 인간이 외부에 있는 악마 같은 기계의 마술에 걸린 것처럼 기계적이고 자동적으로 계속되었다. 나는 나와 그녀에 대해서 공포, 두려움, 기분 나쁜 수치심을 느꼈다. 나는 타이터스나 길버트가 이런 불쾌하고 반복적이고 공격적인 슬픔의 소음을 듣는 것을 원치 않았다. 그들이 멀리 바위 위에서 노래하고 있기만을 바랐다. 나는 "그만해. 그만, 그만해!"라고 소리쳤다. 그 소리를 1분만 더 들으면 내가 완전히 미쳐 버릴 것 같았다. 그녀를 죽이는 한이 있더라도 그녀를 침묵하게 하고 싶었다. 그녀를 흔들고, 그녀에게 소리를 지르고, 문 쪽으로 달려갔다가 다시 돌아왔다. 볼썽사나운 그녀의 얼굴을 잊을 수가 없다. 그 가면 같은 얼굴과 지독하고 반복적인 소리를 결코 잊을 수가 없으리라…….

죽음만이 그것을 끝낼 수밖에 없을지라도 모든 두려운 것들은 끝나게 마련이고, 마침내 그 소리도 끝났다. 나의 존재, 내 외침은 그녀에게 아무런 영향도 끼치지 못했다. 내가 거기 있는 것을 그녀가 알았는지조차 의심스럽지만, 한편으로는 그녀의 발작이 모두 나 때문이었고 그 난폭함도 나를 향한 것이 아니었을까 생각한다. 그녀는 갑자기 지쳐서 소리를 멈추고 기절한 것처럼 뒤로 넘어졌다. 나는 그녀의 손을 붙잡았다. 손은 차가웠다. 나는 겁에 질려 밖으로 뛰쳐나와 의사를 부르고 싶었지만 너무나 놀라서 그녀를 떠날 수가 없었으며, 너무나 지쳐서 아무런 결정을 내릴 수가 없었다. 그래서 그녀 곁에 누워서 그녀를 안고 이름을 반복해서 불렀다. 마치 잠이 든 것처럼 그녀의 숨소리는 깊고 규칙적으로 변했다. 그렇게 그녀를 바라보고 있자니, 그녀가 눈을 뜨고 있었다. 그녀는 '발작'의 효과를 평가라도 하듯이 그 이상하고 교활한 표정으로 다시 나를 보고 있었다. 한참 뒤에 그녀는 다시 말짱하고 매우 이성적인 목소리로 말하기 시작했다. 정말 이전보다 훨씬 더 정신이 또렷해 보였다.

"아, 찰스, 정말 미안해……."

"내가 미안해……. 내가 바보야. 내가 무정한 얼간이였어."

"아니, 아니야……. 나야말로 정신을 잃고 그렇게 흥분해서 소리를 질러 미안해……. 내가 충격을 받았나 봐."

"정말 미안해."

"괜찮아. 이 집에 내가 얼마나 오래 있었지?"

"이틀."

"내 남편이 여기 왔었어? 아니면 편지라도 보내지 않았어?" 그 질문은 처음이었다.

"그는 편지를 보내지 않았어. 보냈다면 너에게 주었겠지. 네가 여기 온 다음 날 아침에 그가 여기 왔어."

"그가 뭐라고 했어?"

"네가 집에 오기를 바라고, 그리고……."

"그리고 또 뭐래?"

나는 너무나 감정을 억누르는 한편 혼란스러운 상태여서 바보처럼 계속해서 말했다. "개를 집으로 데려왔다고 말했어."

"아…… 그 개…… 개를…… 잊고 있었어……." 눈물이 또 고였다가 그녀의 볼을 타고 흘러내렸다. 울어서 퉁퉁 부은 볼 때문에 그녀의 얼굴은 알아볼 수 없을 정도였다. 그러나 그녀는 자제하고 말했다. "아, 맙소사…… 아…… 개를 데려왔을 때 내가 있어야 했는데……."

"이봐, 하틀리." 내가 말했다. "넌 이 일에 대하여 생각을 할 수 없으니 대신 내가 생각해 줄게. 우리는 이런 식으로 계속할 수가 없어. 난 테러리스트가 된 기분이야. 네가 나를 악역으로 만들었어. 나는 그런 역을 가장 싫어해. 좋아, 너의 결혼이 어땠는지 난 몰라. 아마 그렇게 불행하지 않았는지도 모르고, 또 그가 그렇게 나쁜 사람이 아니었는지도 모르지. 그러나 분명히 그 결혼이 성공한 것은 아니라고 봐. 왜 네가 그처럼 난폭하고 불쾌한 사람과 참고 살아야 하는지 모르겠어. 그렇게 하지 않아도 되는데 말이야. 넌 그냥 걸어 나오면 돼. 어디든지 갈 데가 있었다면 이미 걸어 나왔을 테지. 이젠 그럴 곳이 있어. 우리 런던으로 가자. 이 상황이 나를 미치게 해. 내가 그냥 이렇게 가만히 있는 것은 너에게 강요하기 싫어서야. 나중에라도 네가 스스로 결정한 일이 아니라고 말하는 것을 듣고 싶지 않기 때문이야. 너를 강요하고 싶지 않아. 나와 타이터스 입장을 좀 생각해 줘. 난 타이터스를 매우 좋아해. 그를 내 아들로 생각하고 있어. 정말 그래. 하지만 타이터스는 그 작자를 미워해. 만일 네가 그에게 다시 돌아가면 타이터스는 못 보게 될 거야. 이건 네가 나와 너의 소름 끼치게 실패한 결혼 중 하나를 선택하는 문제일 뿐만 아니라 타이터스도 끼어 있어. 제발 내 무례한 언사를 용서해. 우리 런던으로 가자. 우리 셋 모두. 그러고 나서 어디든지 다른 곳으로 가자. 우리는 이제 한가족이야. 나는 부모님 집을 떠난 후로 한 번도 가족을 가져 보지 못했어. 네가 원하는 곳으로 어디든지 가서 행복을 찾자. 타이터스가 행복한 것을 보고 싶지? 그는 배우가 되고 싶대. 내가 도와줄 수 있어. 그가 행복한 것을 보고 싶지 않아?"

그녀는 내 말에 귀를 기울였다. 그러나 내가 말을 끝낼 때쯤 고개를 저으며 말했다. "제발, 제발 나더러 어디 가자고 강요하지 마. 나를 죽일 셈이야? 난 집에 돌아가야 해. 너도 알잖아. 내가 돌아가야 하고, 여기 머물고 싶지 않다는 것을. 네가 원하는 것은 아무것도 해 줄 수 없어. 그것은 내 마음속에 간직한 기적 같은 거야."

"아, 그래, 하틀리, 내 사랑! 그 기적을 기다려. 그 사랑이라는 기적을 기다리자."

"아니, 그것은 사랑이 아니야. 그것은 오지도 않았고, 앞으로도 오지 않을 거야. 네가 나를 파멸시키려 한다는 것을 알아? 이제는 그가 나를 절대 믿지 않을 거야. 다 너 때문이야. 네 죄야. 이것은 살인과 같아. 절대, 그는 절대로 날 믿지 않을 거야."

이렇게 말한 뒤 그녀는 곧 매우 피곤하다며 자고 싶다고 했다. 나는 그녀를 두고 방을 나왔다.

．．．．．．．．

나는 갑자기 잠에서 깨어났다. 블라인드를 내리는 것을 잊어버려서 내 침실에 달빛이 쏟아지고 있었다. 바다가 찰랑대는 소리와 달그락대는 자갈 소리도 조용히 들려왔다. 가마솥 구덩이에서 파도가 물러날 때 자갈들을 부드럽게 스치는 소리였다. 간조인 모양이다. 침묵이 지붕처럼 뒤덮고 있는 광활한 공간을 깊이 의식했다. 그 안에서 내 심장은 무척 빠르게 뛰고 있었다. 나는 숨이 차올라서 똑바로 앉아 있어야 했으며, 숨을 헐떡거려야 했다. 눈을 뜰 때마다 항상 그러듯이 하틀리가 내 집에 있다는 사실이 나에게 걱정과 사랑과 공포가 섞인 강렬한 아픔을 느끼게 했다. 동시에 가장 무서운 공포, 어떤 재앙에 대한 공포가 있었고, 정말로 그것이 이미 닥친 듯한 확신이 들었다. 나는 심하게 몸을 떨며 침대에서 나와 촛불을 더듬어 찾은 뒤, 촛불을 켜고 그대로 서서 귀를 기울였다. 텅 비고 어두운 집은 너무 조용하여 불길한 느낌마저 들었다. 급히 침실 방문을 열고 층계참을 내려다보았다. 벽감에서 흐릿한 빛이 나오는 것 같았다. 그러나 그것은 달빛의 장난일지도 모른다. 귀를 기울이니 묵직하고 깊은 소리가 아주 멀리서 속도를 높이며 다가오는 것 같았다. 나는 바닥이 삐걱거리지 않도록 조심스럽게 한 발 한 발 천천히 움직였다. 이제 하틀리가 자는 방의 문과 자물쇠를 분명히 볼 수 있었다. 나는 열쇠를 잡고 싶었으나, 그 무서운 방에 서둘러 들어가기가 두려웠다. 열쇠를 손에 넣고 돌린 뒤 촛불을 들고 문을 열고 들어갔다. 방에 들어갈 때마다 방바닥에 먼저 보이는 매트리스가 비어 있었고, 침구는 구겨져 있었다. 하틀리는 사라졌다……. 나는 주위를 살펴보았다. 놀람과 공포로 울음을 터뜨릴 뻔하였다. 그러고 나서 그녀를 보았다……. 그녀는 방구석에 서 있었다. 그녀가 얼마나 키가 큰지를 잊었다는 것이 이상하다고 생각했다. 그러고는 이상하게도 그녀가 의자인지 탁자인지 모르지만 무엇인가에 올라서 있다는 생각이 들었다. 곧 그녀가 벽 램프에 매달려 있는 것을 목격했다. 그녀는 목을 매어 자살했다.

. . . . .

나는 그 순간 잠에서 깨어났다. 꿈을 꾸었다는 생각이 번개처럼 스치고 지나갔다. 나는 침대에 누워 있었다. 하틀리의 방에는 가지도 않았으며, 그녀가 죽은 것을 발견하지도 않았다. 그녀는 탁자 위에 올라가서 벽 램프에 스타킹 한 짝을 묶어 목을 매어 자살하지도 않았다. 나는 깊은 안도감을 느꼈다. 그러면서도 이것이 만일 사실이면 어땠을까 하는 생각이 들었다. 속이 메스꺼워지고 몸이 떨렸다. 나는 몸을 일으켜 촛불을 켜고 조용히 내 침실 방문을 열었다. 촛불이 구슬 커튼을 비추었으나 그 너머는 볼 수가 없었다. 커튼은 분명히 문틈으로 들어온 외풍 때문에 부드럽게 찰랑대고 있었다. 나는 조심스럽게 구슬 커튼을 젖히고 하틀리의 방 앞으로 미끄러지듯이 갔다. 그리고 조용히 열쇠를 돌렸다. 문간에 서서 안을 들여다보았다.

촛불을 비추자 그녀가 매트리스 위에 몸을 웅크리고 누워 있는 것이 보였다. 그녀는 담요를 덮고 얼굴에 손을 얹고 있었다. 숨소리가 고르고 조용하게 들렸다. 나는 살짝 물러서서 문을 다시 잠갔다. 구슬 커튼을 소리 나지 않게 지나서 무심코 응접실에 들어갔다. 나는 하틀리를 가두어 둔 이후로 응접실에는 가 보지 않았다. 응접실에는 하틀리의 방을 볼 수 있는 기다란 유리창이 있으므로 예의를 지키고 싶어서였다. 나는 그곳에 아무도 없는 것을 확인하겠다는 막연한 생각으로 그 방에 들어섰다. 물론 아무도 없었다. 나는 촛불을 들고 기다란 안쪽 유리창을 바라보며 서 있었다. 유리창은 반들반들한 검은 거울 같아 보였다. 내가 응접실을 피한 것은 예의를 지키기 위해서가 아니라, 하틀리가 실제로 바깥을 내다보고 있을지도 모른다는 무서운 가능성 때문이었음을 깨달았다. 그 순간 갑자기 어두운 유리창을 통해서 나를 보고 있던 얼굴이 기억났다. 그리고 그 얼굴이 너무 높았던 것도 생각이 났다. 마루에 서 있는 사람의 얼굴일 수는 없었다. 만일 하틀리가 목을 매 자살했더라면 하틀리의 얼굴이 있었을 법한 위치였다.

그러자 내 촛불이 그녀의 방에 있는 희미한 유령을 비추고 있는 것 같았다. 가엾게도 그녀가 잡혀 와서 밤중에 깨었다면 얼마나 무섭고 두려웠을까? 그녀는 의자 위에 올라가 어둡고 텅 빈, 달빛이 비친 응접실을 바라보았을까? 아니면 조용히 잠긴 방문을 열고 아래층으로 내려와 칠흑처럼 어두운 밤 속으로 도망치기를 바랐을까? 나는 급히 내 침실로 돌아와서 문을 닫았다. 그리고 침대에 앉아서 부들부들 떨면서 시계를 보았다. 2시 30분이었다. 내가 무슨 짓을 하고 있나? 내게 무슨 일이 일어나고 있는가? 두 손으로 머리를 감쌌다. 나는 매우 무기력하고 아무것도 할 수가 없었다. 내 인생과 내가 관여하고 있는 인생들을 조종할 수가 없었다. 두려움과 무서운 숙명을 느꼈고 비통한 슬픔, 오래전에 하틀리가 나를 떠난 이래로 한번도 내 인생에서 느껴 보지 못했던 비통한 슬픔을 느꼈다.

나는 잠들어 있던 악마를 깨웠으며, 치명적인 기계를 작동시킨 것이다. 무슨 일이 벌어진대도 나로서는 이제 어쩔 도리가 없다.

· · · · · · · ·

다음 날 새로운 사건이 일어났다. 로시나가 나타난 것이다.

나는 지난밤 무서운 꿈을 꾼 뒤 겨우 잠이 들었다. 아마 순수한 숙명론이 나를 잠들게 한 것 같았다. 벤이 올 테면 오라지, 불을 지르려면 지르라지, 날 죽이려면 죽이라지. 난 죽어 마땅했다. 아침에 일어났을 때 나는 숙명론적인 생각이 가시고 걱정이 더 많아졌다. 급하게 결정을 해야 할 것 같았으나 뭔가를 결정할 아무런 근거도, 자료도, 증거도 없었다. 나는 하틀리를 런던으로, 혹은 아무 곳으로나 데려가고 싶은 마음이 간절했다. 그리고 당장 행동에 옮길 만큼 내 욕망이 충분해지길 바랐다. 그러나 그녀의 의지에 상관없이 그래야 할까? 그럴 수 있을까? 반항하며 소리치는 여인을 길버트의 차에 밀어넣어 데려갈 수 있을까? 그녀를 집으로 데려다 준다고 속일 수 있을까? 내가 그렇게 하도록 길버트가 내버려 둘까? 타이터스는 그렇게 하도록 내버려 둘까? 만일 내가 강제로 그녀를 데려간다면 그녀는 나에게 더 모질게 굴 것이다. 그리고 내가 참을성 있게 기다려 온 그녀의 의지로 인한 고귀한 행동을 방해할지도 모르겠다.

그러나 이런 상황이 계속될 수 있을까? 만일 계속될 수 없다면 어떤 일이 일어날 것인가? 나는 하틀리 스스로 절대 그녀를 믿지 않을 것이라고 했던 그 작자에게 그녀를 돌려보내는 것은 절대로 생각할 수 없었다. 가령 내가 그녀를 그에게 보내서 그가 그녀를 살해한다면 내가 그녀를 살해한 것이나 다름없을 것이다. 내가 스스로 문을 열고 '그래 좋아. 내가 포기할 테니 집에 돌아가.'라고 말하는 것을 상상이나 할 수 있을까? 아니다. 내가 매달릴 수 있는 단 하나의 이성적이며 가치 있는 대화는 하틀리가 아직 자기 마음속에 일어나지 않은 기적에 대해서 한 말뿐이다. 그녀가 그런 말을 했다는 것은 그녀의 마음에 갈등이 일어나고 있고 나에게도 약간의 희망이 있다는 것이 아니겠는가? 내가 원하는 바를 그녀도 원한다는 순수한 작은 속마음이 아니겠는가? 다른 모든 사람들처럼 그녀도 자유롭고 행복하기를 원하는 것이 틀림없다. 그녀의 고통스러운 영혼 어느 곳에서는 내가 그녀를 불행으로부터, 속박으로부터 데려가 주기를 원하는 것이 틀림없다. 그녀는 타이터스에 대한 내 생각에 감동을 받았으며, 그를 향한 사랑이 회복 되었고, 새 가정, 새로운 세계에 마음이 움직였을 것이다. 그녀는 눈을 뜨고 손을 벌리며 좋다고 말하기만 하면 된다. 그녀를 해방시키는 힘이 어딘가에 갇혀 있어서 곧 폭발할 수밖에 없을 것이다. 그녀를 여기에 데리고 있으면서 시간이 그녀의 의지를 계몽시키기만 기다리면 되는 것이다.

나는 그녀에게 아침 식사를 주고 여기에 기록한 것을 이야기하고 설명하려고 했다. 하지만 그녀는 오직 집에 가고 싶다는 말만 계속했다. 눈가에 낀 검은 기미와 부은 얼굴, 무기력한 태도를 보고 그녀가 어디 아프지는 않은가, 의사를 불러야 하지는 않은가 염려했다. 나는 그녀를 동정하기보다 오히려 화가 나서 퉁명스럽게 대하는 것이 더 나으리라 생각하고는 그녀를 남겨 두고 획 나와 버렸다. 그러고는 곧 미안해했다. 구슬 커튼 곁에 서서 커튼을 만지작거리며 다음에는 어떻게 할까 생각하고 있는데, 바로 그 순간 아래쪽에서 웃음소리가 들려왔다. 그리고 노래하는 것 같은 여자의 목소리가 들렸다.

　나는 주방으로 달려갔다. 로시나가 탁자 위에 다리를 흔들며 앉아 있었고, 길버트와 타이터스는 그녀를 숭배하고 있었다. (다른 말로는 표현할 수가 없다.) 그녀는 아주 멋지고 가벼워 보이는, 가느다란 짙은 회색 체크 코트 안에 치마와 흰 실크 블라우스를 입었으며, 매우 길고 주름이 잡힌, 흰색 하이힐 부츠를 신고 있었다. 그녀의 윤기 나는 검은 머리는 짧게 잘랐는지, 혹은 유능한 미용사가 부분적으로 둥글게 말아 올렸는지 복잡하면서도 자연스러워 보였다. (호라티우스*는 이런 머리를 좋아했을 것이다.) 그녀의 강렬하고 동물적인 얼굴은 건강미와 생명력이 넘쳐흘렀고 야성적인 호기심에 불타고 있었다. 다른 두 사람은 아마도 계속 긴장을 해서 그런지 이제 자제하지 못하고 미친 듯 낄낄거리고 있었고, 그녀는 그 상황을 전적으로 지배하고 있었다. 내가 나타나자 또 한 번 병적인 웃음이 터졌고, 그들은 모두 동시에 노래를 부르기 시작했다. 그들은 돌아가면서 노래를 불렀고, 멈출 기색을 보이지 않았다. 타이터스와 길버트가 이전에도 이탈리아어로 줄기차게 부르던 돌림노래도 불렀다. 타이터스가 그것을 길버트에게 가르쳐 주었고 이제 로시나도 배웠다. 노랫말은 다음과 같았다. Eravamo tredici,

---

* 기원전 65~8, 로마의 서정 시인.

siamo rimasti dodici, sei facev ano rima, e sei facevan, prima-poma-pima-poma.* 도대체 무슨 뜻인지 알 수가 없었다. 노래 부르기는 물론 공격의 한 형태다. 가수들의 벌어진 축축한 입과 반짝이는 이는 희생자인 청중을 당장 잡아먹을 태세다. 가수들은 동물들이 먹이를 갈망하듯이 청중을 간절히 원한다. 그들은 자신들의 목소리에 취해서 더욱 소리를 높여 돌림노래를 불러 댔다. 길버트의 감미로운 바리톤, 타이터스의 가짜 나폴리식 테너, 그리고 로시나의 강하고 거친 콘트랄토가 끊이지 않았다. 나는 "그만해! 그만해! 제발 그 시끄러운 소리 좀 집어치워!" 하고 소리쳤다. 그러나 그들은 반짝이는 눈과 축축한 입에 머금은 웃음을 유지하며 손으로 박자를 맞추며 계속 노래했다. 얼마 후 마침내 그들은 지쳐서 멈추었다. 그리고 또 한 번 미친 듯이 웃음을 터뜨렸다.

나는 의자에 앉아 그들을 지켜보았다.

드디어 제정신을 차리고 로시나가 눈물을 닦으며 말했다. "찰스, 당신은 정말 재미있어. 친구들에게 끊임없는 흥밋거리를 제공하고 있어. 당신의 사랑하는 애인을 여기 위층에 숨겨놓았다면서? 당신은 아주 재주가 비상해!"

"도대체 이 여자에게 왜 그런 말을 했어?" 나는 길버트와 타이터스에게 말했다.

길버트는 얼굴에 웃음 때문에 생긴 주름을 지우려 했으나 성공하지 못하고 내 시선을 피했다. 그 대신 두 눈을 굴리며

---

* '처음에 우리는 열세 명이었는데 이제는 열두 명이 남았네. 여섯 명은 노래하고 여섯 명은 통탕통탕 장단을 치네.'라는 뜻.

두리번거리기 시작했다.

타이터스는 시무룩해서 말했다. "말하지 말라고 하시지 않았잖아요." 그러고는 로시나와 눈이 마주치자 상냥하게 미소 지었다.

길버트는 이전에 로시나를 만난 적이 있었으므로 그녀를 조금 알았다. 그는 이제까지 몇몇 남자 동성애자들이 매우 여성적인 매력을 지닌 약탈자 같은 여성들에게 본능적으로 가지는 새침한 적의를 로시나에게 느껴 왔다. (반면에 리지처럼 부드럽고 친절한 여자들과는 잘 어울린다.) 그러나 지금 그는 순간적으로 마음이 바뀐 것 같았다. 타이터스는 단순히 유명한 여배우를 실물로 만나게 된 것을 무척 감격스럽게 받아들이는 소년에 지나지 않았다. 그는 그녀가 자신을 주목할 뿐만 아니라 젊음의 매력을 찬양한다는 사실을 알고 몹시 들떠 있었다. 그들은 서로를 마주 보고 있었다. 그는 수줍은 듯, 그녀는 대담하게 즐기는 듯. 길버트처럼 타이터스의 외모도 햇볕과 바다 덕택에 더 멋져 보였다. 불그레한 금발은 윤기가 나고 생기가 돌아서 둥글게 곱슬거렸으며, 셔츠의 단추를 거의 채우지 않아서 빛나는 살결과 붉고 곱슬거리는 가슴 털도 보였다. 바지는 걷어 올려서 길고 우아한 구릿빛 종아리를 내보이고 있었다. 거기다 맨발이었다. 갈라진 입술은 아름다운 입에 비틀린 남성적 매력을 더했다. 로시나는 매우 매력 있어 보였고 자기 힘을 행사하며 즐기고 있었다. 청중의 주의를 끌기 위해 그녀의 꿰뚫는 듯한 사팔눈이 황홀하여 넋이 나간 남자들의 시선 사이에서 이리저리 움직였다. 그들은 그녀의 매력에 도취된 것 같았다. 이것은 분명히 슈러프엔드의 묘지 같은 분위기를 바꾸어 놓았다.

"로시나, 뭣 때문에 왔어?"

"뭣 때문에 오다니, 그게 무슨 뜻이야? 방문객을 그렇게 맞이하나? '뭣 때문에 왔어?'라니." 그녀는 내 말을 흉내 냈다. "그런 질문이 어디 있어?"

두 남자는 껄껄 웃어 댔다. 그들은 로시나가 말하는 것은 무엇이나 재미나고 영리하게 들리는 모양이다.

"왜 여기 왔어?"

"옛 친구에게 좀 친절하게 대할 수 없어?"

"난 지금 사교 모임을 할 기분이 아니야."

"그런 것 같네. 이미 두 명의 매력적인 손님, 아니 애인을 포함해서 세 명의 손님이 와 있으니까. 좋아, 난 여기 머물 생각은 없어. 이 집은 내가 발을 들여놓은 최악의, 가장 불친절하고 가장 불쾌한 집이니까."

"기분 나쁜 분위기가 있지요." 타이터스가 말했다.

"그 말에 동의해." 길버트가 말했다.

그들은 한패가 되어 나에게 대항하고 있었다.

"그런데 당신의 이상한 숙녀가 정말로 위층에 있어? 그녀를 어떻게 할 거야? 당신의 흥미진진한 애정 생활에 무슨 일이 있는지 나에게 말해 주기로 약속했지? 물론 당신이 약속을 지키지 않았다는 것을 알겠어. 어쨌든 당신이 어떻게 지내는지 보고 싶어 왔어. 그동안 난 열심히 일했고 휴가가 필요했거든. 난 레이븐 호텔에 있어요. 만과 이상한 큰 돌들이 마음에 들어. 당신 취향은 아니겠지만 음식도 훌륭하고."

"레이븐 호텔에서 즐겁게 지내기를 바라."

"런던에는 당신에 대한 무척 놀라운 소문이 떠돌고 있어."

"모든 사람들이 흥미로워하겠군."

"글쎄, 실제로는 그렇지 않아. 당신에 대한 기억을 다시 떠올리도록 나도 소문을 퍼뜨렸지. 사람들은 이미 당신을 잊어버렸더군. 우리와 같이 있을 때도 당신은 이미 시대에 뒤떨어진 사람이었지. 지금은 고대 역사에나 나올 법하고. 찰스, 젊은 사람들은 이제 당신 이름도 몰라. 당신은 끝장났고, 신화도 아니야. 이제 나도 알겠어. 사랑하는 찰스, 당신은 늙었어. 우리가 말하던 그 매력은 다 어디로 갔지? 사실은 권력 때문이었던 거야. 이제 권력을 잃으니 매력도 잃은 거지. 수염 난 숙녀를 붙잡고 늘어지는 것이 놀랍지도 않다니깐."

"당장 꺼져, 로시나!"

"찰스, 그런데 무슨 일이 일어나고 있는 거야? 궁금해서 죽을 지경이야. 두 사람 얘기를 들으니 그녀가 여기 갇혀 있는 것 같던데……. 위층에 올라가서 창살을 통해 그녀를 찔러 볼까?"

"로시나, 제발……."

"어쩌려고 그래, 찰스? 그녀에겐 남편이 있는 걸로 아는데……. 당신은 남편이 있다고 걱정할 사람은 아니지만. 하지만 당신은 그녀를 빼앗을 수도, 그녀와 결혼할 수도 없어. 정말 당신은 우스꽝스러워졌어. 옛날에는 그렇지 않았는데. 위엄과 멋스러움이 있었지."

타이터스와 길버트는 별로 재미가 없는지 당황한 표정으로 주방 바닥의 큼직한 판석을 물끄러미 관찰하고 있었다.

"길까지 바래다줄게, 로시나. 차가 거기 있겠지?"

"아, 아직 가고 싶지 않아. 노래를 더 부르고 싶어. 저 예쁜 소년은 누구지?" 그녀는 타이터스를 가리켰다.

"내 아들 타이터스야."

타이터스는 얼굴을 찌푸리고 갈라진 입술을 만지작거렸다. 길버트는 눈썹을 추켜올렸다. 얼굴색이 변한 로시나는 악의 있는 표정으로 나를 쏘아보고 나서 곧 웃어 버렸다. "알았어, 알았어. 그렇군. 갈게. 차는 밖에 있어. 차까지 바래다줘. 안녕, 둘 다 잘 있어. 노래 즐거웠어." 그녀는 핸드백을 흔들며 힘차게 주방을 나갔다. 나는 그 뒤를 따랐다.

로시나는 곧장 현관문을 나와서 뒤도 돌아보지 않고 둑길을 건넜다. 나는 그녀의 보기 흉한 빨간색 차가 있는 곳까지 그녀를 따라갔다.

거기서 그녀는 나를 돌아보았다. 그녀의 여우 같은 얼굴에는 화가 치밀어 있었다. "그 아이가 정말 당신 아들이야?"

"아니, 내가 그를 아들로 삼았어. 항상 아들이 있었으면 했거든. 그는 그들의 아들이야. 하틀리와 그 남편의 입양아지……."

"그렇군. 어리석은 농담이라는 것을 알아챘어야 했는데. 잠시 동안 정말 사실이 아닐까 생각했어……. 그 여자를 어쩌려고 그래? 이제 와서 반미치광이 여자를 당신이 데리고 살 수는 없어. 그녀를 미친 사람처럼 쇠사슬에 묶어 둘 수는 없지. 아니면 내가 모두 잘못 생각하고 있나?"

"그녀는 잡혀 있는 게 아니야. 그녀는 날 사랑해. 그녀는 세뇌당하고 있었던 거야."

"결혼은 세뇌지. 꼭 나쁘다고는 말할 수 없지만. 두뇌는 세뇌당할 수 있지. 아, 너무 피곤해. 먼 길을 운전하고 왔더니……. 내 생각에 당신은 제정신이 아닌 것 같아. 치매인지 생

각해 봐. 아주 나쁜 꿈속에서 살고 있어. 내가 깨어나게 해 줄
까?"

"아니, 그럴 필요 없어."

"당신은 늘 아들을 원했다고 말했지. 그것은 매우 감상적인
거짓말이야. 당신은 문젯거리를 원하지 않았어. 알고 싶어 하
지도 않았어. 진짜 아들을 가질 수 있는 상황에 얽히고 싶어
하지도 않았지. 당신이 꿈꾼 아들들은 환상일 뿐이야. 그래야
더 다루기 쉽지. 진정으로 저 어리석고 교육받지 못한 청년을
아들로 삼을 수 있다고 상상하는 거야? 다른 모든 것처럼 그
도 당신 인생에서 사라질 거야. 왜냐하면 당신은 현실을 붙잡
을 수 없기 때문이지. 그는 꿈속의 아이가 될 거야……. 당신이
손을 대면 그는 사라질 거라고……. 두고봐."

"그래, 알았어. 이제 가 봐."

"아직 시작도 안 했어. 그때도 이 말을 하지 않았고, 앞으로
도 말하지 않을 생각이었거든. 나는 당신 아이를 가진 적이 있
어. 하지만 나는 그 아이를 지워 버렸지."

나는 자동차의 라디에이터 위에 덮인 먼지 위에 원을 그렸
다. "왜 내게 말하지 않았어?"

"왜냐하면 내가 말하려고 했을 때 당신은 없었어. 리지인지
누군지 모르겠지만 당신의 다음번 꿈의 여인과 사라지고 없었
거든. 아, 남자들의 지긋지긋하고 무심하고 야만적인 잔악성이
라니……. 뒤에 남은 여자들은 혼자서 고민스러운 결정을 해야
하지. 나는 혼자 그 결정을 내렸어. 정말 그러지 않기를 바랐
어. 하지만 제정신이 아니었지. 한편으로는 당신을 증오하기 때
문에 그랬는지 몰라. 왜 내가 아기를 그냥 낳지 않았을까? 낳

았다면 지금쯤 어른이 됐을 텐데…….”

“로시나…….”

“그 애에게 당신을 미워하라고 가르쳤을 거야……. 그렇게 하면 조금은 위안이 되었을 텐데…….”

“미안해.”

“아, 미안하다고? 나 혼자 당한 것도 아니야. 당신은 내 결혼을 고의적으로, 부지런히, 열심히 일을 꾸며서 깨지게 했어. 그런 뒤에 아무런 미련 없이 나를 버리고 내 인생에서 걸어 나갔어. 나 혼자서 그 무서운 죄를 저지르도록 내버려 두고. 난 몇 달을, 몇 년을 두고 울었어……. 눈물이 멈추지 않았지.” 잠시 그녀의 검은 눈에 눈물이 고였다. 그러고는 마술처럼 눈물이 사라졌다. 그녀가 자동차 문을 열었다.

“아…… 로시나…….”

“당신을 미워해. 당신을 증오해. 그 일 이후로 당신은 내 마음속에서 악마였어…….”

“이봐, 그래, 내가 당신을 떠났어. 그러나 당신이 나를 그렇게 만들었으니 당신 책임도 있어. 여성해방운동은 여자들이 편의에 따라 남자들에게 모든 탓을 돌리는 것을 멈추지 못했지. 이제야 그 무서운 이야기를 나에게 하고 있으니…….”

“아, 입 닥쳐. 그 여자 이름이 뭐지?”

“하틀리 말이야?”

“그게 그녀의 성인가?”

“아니, 그녀의 성은 피치야.”

“피치. 알았어. 피치 씨에게는 내가 갈거야.”

“도대체 무슨 뜻이야?”

"그가 여기 살지? 그렇지? 그가 어디 사는지 찾아낸 뒤 찾아가 위로할 거야. 늙은 할망구 대신에 진짜 살아 있는 여자를 만나면 그도 좋아할 거야. 그는 아마 여자가 어떻다는 것을 잊어버렸을 거야. 그에게 피해를 주려는 건 아니야. 그냥 기분을 돋우어 줄 거야. 당신이 그녀에게 하는 것보다는 내가 그에게 해를 덜 끼칠걸. 휴가 동안에 나도 재미 좀 봐야겠어. 예쁜 소년을 유혹해 볼 생각도 했지만 그건 너무 쉬워. 그의 아버지를 유혹하는 것이 더 흥미진진할 것 같군. 어쨌든 인생은 놀라운 일로 꽉 차 있어. 한심해진 것은 당신뿐이야, 찰스. 한심해. 안녕."

그녀는 차에 타고 문을 쾅 닫았다. 차는 마을 쪽을 향해서 빨간 로켓처럼 쏜살같이 달렸다.

나는 그녀의 뒤를 노려보았다. 곧 길 위에는 아무것도 보이지 않고 먼지만 남았다. 그 위로 엷은 푸른색 하늘이 보였다. 과거에 있었던 일에 대해 로시나가 내게 말한 것을 지나치게 생각하다가는 내가 미쳐 버리고 말겠다는 생각이 잠시 들었다.

· · · · · · · ·

나머지 시간은 (저녁때 또 다른 일이 생기기 전에) 열병을 앓을 때 꾸는 꿈처럼 지나갔다. 날씨는 내 기분을 알아차렸는지, 혹은 내 기분에 전염되었는지 점점 더워졌고, 바람 한 점 없는 기분 나쁜 열기가 천둥과 번개를 예고했다. 구름 없는 하늘에서는 햇빛이 비추고 있었지만 날은 서서히 어두워졌다. 나는 독감에 걸렸는지 맥이 빠지고 몸이 떨렸다. 하틀리도 어딘지 아픈 것 같았다. 그녀의 눈은 번뜩이고, 손에는 열이 있었다. 그녀가 있는 답답하고 냄새나는 방은 마치 병실 같았다. 그녀는 이성적이었고, 제정신을 잃지도 않았으며, 나와 언쟁을 하기도 했다. 나는 그녀에게 아래층으로 내려와 햇빛을 쬐고 바람을 쐬라고 졸랐지만 그녀는 그 생각만 해도 지치는지 다시 누워 버렸다. 그녀는 이성적인 행동에마저 확신을 잃은 것 같았다. 그것은 그녀가 조용히 미치광이가 되고 있다는 증거이거나 혹은 그런 척 흉내 내는 것 같았다. 그녀는 끊임없이 집에 가고 싶다고 말했다. 그것밖에 다른 선택이 없는 것처럼 보였다. 그러나 내가 보기에 정말 가고 싶은 결단력은 없어 보였다. 나는 이 의지의 결핍을 희망적인 요소로 간주하려고 애썼다. 그러나 어쩐지 그것이 나를 두렵게 했다.

그리고 벤의 침묵도 나를 침울하게 했다. 무슨 의도일까? 다시 생각해 보고는 하틀리를 원하지 않는다고 결정한 것일까? 개와 함께 행복한 홀아비로 살려는 것일까? 아니면 그가 숨겨 놓은 여자가 있어서 이제 안심하고 같이 도망을 간 것일까? 아니면 그녀를 구하기 위하여, 혹은 나에게 무서운 복수를 하기 위하여 복합적인 계획을 세우고 있는 것일까? 군대 시절의 거친 옛 친구들을 소집해서 나를 혼내 주려고 곧 들이닥칠 것인가? 변호사에게 간 것일까? 아니면 그냥 음흉한 심리전을 펼치면서 신경이 극에 달한 내가 그를 찾아가기를 기다리는 것일까? 혹은 그 자신도 넋을 잃고 무감각한 상태에 이르러 무엇을 원하고, 무엇을 해야 하는지조차 모르는 것일까? 나 자신도 어떤 순간에는 차라리 경찰에 의해 강압적으로 어떤 행동을 취하는 것이 이렇게 쓸데없는 주의를 기울여야 하는 공허한 상태보다 나을 거라고 느낀 적이 있었다.

나는 이제 집으로 데려간다고 속여 하틀리를 차까지 데려간 뒤 그대로 런던으로 데려가기로 단단히 마음을 굳히고 있었다. 이것이 올바른 것인지는 확신할 수 없었지만 때가 왔다고 생각했다. 슈러프엔드는 타이터스가 말했듯이 '기분 나쁜 분위기'가 있을지 모르지만 그래도 내 집이며, 나는 이 집에 익숙해 있다. 그리고 여기서는 하틀리와 조용히 만나 약하게나마 순수한 교류를 나눌 수 있었다. 특히 우리가 과거 이야기를 나눌 때는 더욱 그랬다. 이상스럽게도 어느 한편으로 우리는 같이 있으면 편안했다. 분명히 어떤 돌파구가 곧 생길 것이다. 어떤 발전적인 변화가 있을 것이다. 도대체 런던의 그 지저분한 작은 아파트에서 미친 듯이 울고 있는 하틀리와 내가 무엇을 할 수 있단 말인가? 아직 탁자 위에는 의자가 올려져 있고 살림살이도 풀지 않은 상태인데 말이다. 런던에서 우리가 누구와 만날 수 있단 말인가? 아무리 도움을 줄 수 있다고 해도 속으로는 몰래 하틀리를 비웃는 사람들에게 그녀를 광고하고 싶지는 않았다. 사실은 내가, 아니 어쩌면 우리 둘 다 우리를 돌보아 줄 사람을 원하고 있었다. 적어도 우리를 보호해 주거나 우리를 여느 때와 같이 취급해 줄 수 있는 사람이 런던에 있기를 원했다. 타이터스와 길버트는 별로 소용이 없을 것 같았다. 그러나 그들의 존재 자체가 이 상황을 그나마 견딜 만하게 만들어 줄 수도 있을 것이다.

그러나 로시나가 방문한 이래로 타이터스와 길버트는 반항을 억누르고 있었다. 벤의 침묵도 다른 각도로 그들을 혼란스럽게 했다. 그들은 최종적 결말을, 대단원을 원했다. 마음이 편안해지도록 이 상황이 어서 끝나기를 바랐다. 길버트는 단순히 벤을 무서워했으며, 싸움과 암살을 두려워했다. 타이터스가 어떻게 느끼는지는 확실치 않았다. 가끔은 타이터스가 무슨 생각을 할까 두려웠다. 하틀리가 내게 온 이래로 그와 제대로 이야기를 나누지 못했다. 그와 이야기를 나누어야 하고, 또 그러고 싶었으나 그러지 못했다. 타이터스가 긴장과 우유부단한 고민에 싸여 있을 가능성도 있었다. 아버지에게 뛰어가 화해하든지 벌을 받든지 어머니와 나로부터 도망치고 싶어 할 수도 있었다. 그 청년의 마음속에 그렇게 엄청난 생각이 존재할 수 있기 때문에, 게다가 많은 계획을 마음속에 그려 결정해야 했기 때문에 나는 그를 면밀히 조사하기 두려웠다. 그러는 동안 그는 나에게서 더 멀어지고 시무룩해졌으며, 내가 다가가기를 원하고 있었다. 곧 그에게 다가가 달래는 주겠지만 현재로서는 그렇게 할 재주도 기운도 없었다. 또한 나는 그에게 실망하고 있었다. 나는 하틀리뿐 아니라 그의 도움과 애정 어린 지지와 재간과 직접적인 참여를 원했다. 그러나 그는 이러한 이상한 상황 때문인지 어머니의 문제를 포기했다는 것을 명확하게 보여 주었다. 그는 어머니가 갇혀 있다는 혐오스럽고 당황스러운 상황을 돌이켜 생각하려 하지 않았다. 그는 교도관인 나와 아무런 연관을 맺고 싶어 하지 않았다. 이해할 만하다. 그러나 희희낙락하는 그의 모습은 나를 화나게 하였다. 그는 수영을 하고, 노래를 부르고, 길버트와 함께 백포도주와 블랙커런트 주스(이것은 최근에 마셨다.)를 바위 위에서 마셔 댔다. 그는 자신이 그토록 자부심을 가지고 부인하던 좀도둑처럼 행동했다. 길버트가 이제는 혼자서 물건을 사러 가기 두렵다고 선언하자 타이터스가 함께 가서 내 돈으로 비싼 음식과 음료를 많이 사 왔다. 그들이 벤과 마주치는 일은 없었다. 혹시 벤이 떠나 버린 건가? 어디로? 누구에게로? 이런 알 수 없는 사실들이 내게는 전혀 도움이 되지 못했다.

길버트와 타이터스가 보인 반항의 한 가지 형태는 벤에 대하여 무엇인가 해야 한다고 나에게 암시하기 시작한 것이었다. 암시는 길버트가 했지만 타이터스도 확실히 거기에 동조했다. 내가 무엇을 해야 하는지는 명확하지 않았다. 그러나 그들은 내가 앞장서서 해결하기를 원했다. 그들은 이제 노래를 자주 부르는 대신 주방에 앉아 뭔가를 꾸미는 시간이 더 많아졌다. 나는 다른 일로 걱정이 많았지만 그들이 같이 있는 것을 보면 어리석고 얼빠진 질투심을 느꼈다. 그들은 내가 들어가면 예민하게 침묵해 버렸다. 그들은 항상 편지가 오는지 나가 보았다. 길버트는 커다랗고 네모난 상자를 사서 개집 안에 있는 돌 위에 올려놓았다. 편지들이 젖거나 날아가지 않도록 하기 위해서였다. 나는 토론을 피했다. 왜냐하면 타이터스가 니블레츠에 가서 조사를 하고 오겠다고 공표할까 봐 두려워서였다. 만일 타이터스가 니블레츠에 가서 돌아오지 않는다면? 물론 나는 다른 사람들에게 로시나의 말도 안 되는 계획을 말하지 않았다. 그녀가 그저 나를 화나게 하려는 의도로 말했을 뿐이라고 생각했기 때문이다. 내 마음으로부터 지워 버리려고 노력했지만 그녀가 나에게 한 다른 말도 자꾸 생각났다. 나는 그녀가 런던으로 돌아갔기를 바랐다.

그날 저녁때쯤 나는 만일 벤이 아무런 움직임도 보이지 않는다면 다음 날 내 쪽에서 무슨 일이든 해야겠다는 결론을 내렸다. 아직 뚜렷한 해결 방법은 없었지만 분명하고 결정적인 무언가를 해야 했다. 하틀리와 타이터스를 런던으로 데려가는 것이 가장 좋은 해결책일 것이다. 나는 하틀리의 의지를 충분히 오랫동안 기다렸고, 그녀가 나의 강요를 바란다고 믿기 시작했다. 내가 결정해야겠다고 생각하자 조금 마음이 놓였다. 그러나 내가 결정을 해야 할 내일은 내가 바라는 형태로 오지 않았다.

. . . .

저녁 6시 30분쯤, 태양은 여전히 찬란하고 하늘은 얼룩 한 점 없었지만 짙푸른 하늘이 점점 어두워지고 후텁지근해졌다. 마치 해가 하늘에 가득 찬 검푸른 작은 물방울로 이루어진 안개 속에서 빛나는 것 같았다. 그날 저녁 으스스한 분위기가 떠오른다. 선명하고 어두운 빛, 바위의 찬란하게 진동하는 여러 가지 색깔들, 도로 건너편의 풀밭, 길버트의 노란 차. 바람 한 점 없었다. 부드러운 순풍도 없었다. 바다는 위협적일 만큼 고요하고, 매우 잔잔하고, 유리같이 반짝거리고 매끄럽게 미끄러졌으며, 전체가 한결같이 담청색이었다. 그리고 수평선 전체를 밝히는 고요한 섬광이 있었다. 마치 멀리서 쏘아 올린 거대한 불꽃이나 무시무시한 핵 실험 같았다. 구름 한 점 없었으며, 천둥 소리도 나지 않았다. 그저 거대한 황백색 빛이 빠르고 조용히 비출 뿐이었다.

나는 희미하지만 순수한 옛 이야기를 하틀리와 편안하게 즐기고 있었다. 나는 스스로 우리의 이야기 폭이 점점 넓어지고 깊어 가고 있다고 여겼다. 사실 우리가 나누는 대화는 서로에게 예외적인 편안함을 안겨 주었으며 묘미 또한 비길 데 없었다. 여기서 나는 내 사랑의 깃발을 게시하여 알리고 점점 그녀를 확신시킬 수 있기를 희망하였다. 그녀를 사랑한다는 것이 이 시기에는 너무나도 강렬한 욕망과 연민과 동정의 형태로 나타났다. 아껴 주고 싶고, 상처를 치료해 주고 싶고, 그전에는 없었던 행복에 대한 욕망을 자극하여 자라게 해 주고 싶었다. 이 목적을 달성하기 위하여 나는 집으로 돌아간다는 생각을 그녀에게 지우려고 교활하게 노력하였다. 이제는 귀가가 불가능하다며 슬쩍슬쩍 그녀를 타일렀다. 그러면서도 한편으로는 집으로 돌아간다는 환상을 남겨 두어 하틀리 스스로 마음을 진정시키게 했다. 그러나 귀가는 얼마 안 가서 곧 생각할 수도 없고, 원하지도 않게 될 것이다. 나는 은밀하게 압력과 설득의 강도를 증가시켰다. 내 점진주의 정책은 옳았으며, 얼마 지나지 않아 성공할 것이 확실했다. 하틀리는 계속 남편에게로 돌아가야 한다고 노래를 불렀지만 전보다는 꽤 침착하게 말했으며, 횟수도 줄었고, 단어들도 공허하게 들렸다.

나는 마침내 그녀의 곁을 떠나 있을 수 있게 되었다. 이제 낮에는 방문을 잠그지 않았다. 그럼에도 그녀의 숨고 싶은 욕망, 길버트와 무엇보다 타이터스로부터 숨고 싶은 그녀의 욕망이 낮에는 효과적으로 그녀를 가둬 두었다. 어쨌든 그녀가 들키지 않고 얼마나 멀리 도망갈 수 있겠는가? 밤의 절망은 또 다른 문제였다. 초인종 소리가 들렸다. 내가 현관으로 나갈 때쯤 주방에서 부드러운 종소리가 들렸다. 나는 벤이 아닐까 생각했다. 그러면서 그가 혼자 왔을지 궁금했다. 나는 문 쪽으로 급히 움직여 두려움을 앞질러 막았다. 나는 문에 쇠사슬을 거는 대신 활짝 열어 젖혔다. 밖에 서 있는 남자는 사촌 제임스였다.

제임스는 미소 짓고 있었다. 그가 가끔 보이는 침착하고, 공허하고, 자기만족에 취한 미소였다. 그는 여행 가방을 들고 있었다. 길버트의 폭스바겐 곁에 세워 둔 그의 벤틀리를 볼 수 있었다.

"제임스, 도대체 여긴 웬일이지?"

"잊어버렸어? 성신 강림 축일 주일이야. 나를 초대했잖아."

"네가 오겠다고 한 거지. 물론 나는 까맣게 잊어버렸어."

"그냥 돌아갈까?"

"아니, 아니야. 들어와, 잠시라도."

나는 혼란스럽고, 화도 나고, 깜짝 놀라기도 했다. 사촌은 항상 나를 무기력하게 만드는 불길한 징조였다. 그가 집에 있으면 모든 것이 변한다. 주전자까지도. 그가 여기 있는 한 나는 내 생활을 계속 꾸려 갈 수가 없다. 나는 제임스를 여기 있게 할 수도 없고, 그를 다룰 수도 없다.

그는 안으로 들어와서 여행 가방을 내려놓은 후 호기심에 찬 눈으로 주위를 둘러보았다. "여긴 위치가 좋은 것 같아. 둥근 바위들이 있는 저쪽 만이 멋지던걸. 물론 나는 해변을 끼고 왔어."

"물론 그랬겠지."

"바다 한가운데 있는 큰 바위를 바다 오리들이 완전히 뒤덮었던데…… 어디를 말하는지 알겠지?"

"아니."

"그것을 보지 못했어? 그것은……. 그래, 신경 쓰지 마. 원형 포탑이 있던데, 그것도 형의 소유야?"

"그래."

"이곳의 장점을 알겠다. 이 집은 지은 지 얼마나 되었지?"

"아, 잘 모르겠어. 1900년쯤일 거야. 그보다 조금 전이거나 후일 수도 있고. 아, 이런!"

"왜 그래? 이런, 미안해. 내가 편지로 미리 알렸어야 하는데……. 전화를 걸려고 했지만 여긴 전화가 없잖아. 꼭 여기 머물지 않아도 돼. 2~3킬로미터 전에 꽤 근사한 호텔을 지나쳤어……. 찰스 형, 괜찮아?"

"일단 주방으로 들어와."

이상한 빛 때문에 주방은 좀 어두웠다. 우리가 들어가는데 길버트와 타이터스가 밖에서 안으로 들어오고 있었다. 그들 뒤에서 이상하고 소리 없는 한여름의 벼락이 내리쳤다.

그들을 소개해야 했다. "아, 이쪽은 지나가다 들른 내 사촌 제임스야. 그리고 이쪽은 길버트 오피언. 이 아이는 내 젊은 친구 타이터스. 그 외에는 아무도 없어. 이게 다야." 이렇게 말하면서 나는 마치 우연인 것처럼 손가락을 입술에 대었다. 너무 어둡지 않아서 그 신호를 그들이 보기를 원했다.

"타이터스라니……." 제임스가 말했다. "그래, 돌아왔나 보군. 잘됐어."

"무슨 뜻이야?" 내가 제임스에게 물었다. "넌 그를 모르잖아."

내가 보기에 타이터스도 아는 사이처럼 제임스를 쳐다보고 있었다.

"모르지. 형이 저번에 얘기해 줬잖아. 기억 안 나?"

"아, 그래……. 자, 한잔 마실래, 제임스? 가기 전에 말이야."

"고마워. 뭐든 좋아. 따 놓은 백포도주가 있군."

"우리는 그것을 블랙커런트 주스와 섞어 마셔요." 타이터스가 말했다.

"외사촌인가요, 아니면 친사촌인가요?" 길버트가 물었다. 그는 그런 일을 정확히 알고 싶어 한다.

"우리 아버지들이 형제였어요."

"찰스는 언제나 가족이 없는 척하지요. 그는 숨기는 게 너무 많아요."

길버트는 두 눈을 상냥하게 굴리면서 포도주를 네 잔 따랐다. 그는 고무창을 댄 새 운동화를 신고 바위 위를 기어오르느라 체중이 약간 줄어 보였다. 또한 더 젊어 보였고 여유가 있었다. 타이터스가 백포도주에 블랙커런트 주스를 약간 섞었다. 그는 미소 짓고 있었다. 그들은 둘 다 분명히 이런 기분 전환을 즐기고 있었다. 또 한 명의 물들지 않은 외부인이 나타나 말 상대가 생긴 것도 반가워했고, 긴장된 분위기를 약화시키는 것도 반가워했다. 그리고 또 한 명의 투사가 생긴 것도 좋아했다.

"그래, 형은 아주 이상스럽고도 재미있는 집을 샀구나." 제임스가 말했다.

"기분 나쁜 분위기를 느끼지 않니?"

제임스는 나를 바라보았다. "전에 누가 이 집주인이었어?"

"초니 부인. 그녀에 대해서는 난 아무것도 몰라."

"위층 창에서 바다를 볼 수 있어?"

"그래. 하지만 바깥 바위에서 보는 전망이 더 좋아. 시간이 있다면 내가 안내할게. 어떤 신발을 신고 있지? 자칫하면 발목을 부러뜨리기 딱 좋은 곳이거든."

나는 제임스를 집 밖으로 데리고 나오고 싶었다. 그래서 급히 그를 잔디밭으로 내쫓았다. 그는 나를 따라 지름길을 통해 바다 경치를 볼 수 있는 따뜻한 바위 위에 앉았다. 바다는 이제 색이 변해서 약간 회색이 도는 반짝이는 하늘색이었고, 잔잔하게 찰랑대고 있었다.

"무척 후텁지근하구나. 제임스, 미안하지만 그 호텔로 가면 좋을 것 같다. 레이븐 호텔이라고 하는데, 네가 좋아하는 아름다운 전망들을 실컷 볼 수 있을 거야. 해변 도로를 따라 운전해 가면 갈매기 같은 것들도 볼 수 있지. 사실은 침대가 없어서 너를 재울 수가 없어. 집이 만원이거든. 타이터스는 마룻바닥에서 자고 있어."

"사정은 이해하겠어."

천만에! 너는 이해 못 해, 이 녀석아. 나는 속으로 이렇게 생각했다. 그리고 잠시 후에 그를 다시 차로 데려가리라고 생각했다.

나는 내 사촌을 바라보았다. 무섭도록 명확하게 모든 윤곽을 드러내는 밝고도 어두컴컴한 빛 속에서 그의 모습을 뚜렷하게 볼 수 있었다. 제임스는 바위 위에까지 술잔을 들고 와서 아주 만족한 태도로 포도주를 홀짝거리면서 바다를 바라보고 있었다. 그는 자주색 셔츠의 옷깃을 열어 젖히고 얇은 검정색 바지와 흰색 여름 재킷을 입고 있었다. 그는 복장에 신경을 쓰지 않는 편이나 그 나름대로 멋이 있었다. 매부리코가 돋보이는 얼굴은 제멋대로 난 턱수염과 눈동자가 살짝 올라간 듯한 몽롱한 갈색 눈이 주는 인상 때문인지 구름이 낀 것처럼 항상 거무스름해 보였다. 갈색 머리카락은 단정치 못하게 엉켜 있었다.

나는 갑자기 그가 군대가 아닌 다른 곳에서 일을 구했을지 모르겠다는 생각이 들었다. 그렇지 않다면 도로에 자동차가 꽉 차 있는 휴일에 왜 나를 보러 오겠는가?

"지금 무슨 일을 하니?" 내가 물었다. "내 말은 다른 직장을 구했냐는 거야."

"아니, 이 한가한 신사야."

이상했다. 문득 제임스가 실제로 군대를 떠난 것이 아닐지도 모른다는 생각이 번개처럼 스쳤다. 그는 지하 조직에 들어간 것이다. 그는 일급 비밀 업무를 위해서 준비 중이며, 아마도 티베트에 다시 돌아가야 할지도 모른다. 왜 그는 자기 방에서 내가 그 이상한 동양인을 본 것에 신경을 곤두세웠을까? 내 사촌은 비밀 정보원이 되었나 보다!

나는 그가 다시 말할 때까지 어떤 교묘한 방법으로 내가 짐작한 것을 그에게 알릴까 생각했다.

"그런데 메리 하틀리 스미스는 어떻게 되었어?"

"메리 하틀리 스미스?"

"그래, 형의 첫사랑 말이야. 그녀가 여기서 남편과 같이 산다고 말했잖아? 저 청년이 그녀의 아들이고. 내가 그의 이름을 물어봤잖아. 타이터스. 그것도 잊어버렸어?"

이상한 일이지만 나는 제임스에게 그 이야기를 했던 것을 까맣게 잊고 있었다. 왜 제임스는 타이터스의 이름을 알고 싶었을까? "내가 미쳤나 봐." 나는 말을 이었다. "난 잊고 있었어. 이제야 기억이 나. 네가 좋은 충고를 해 주었지."

"그 충고를 받아들였어?"

"그럼. 물론 네가 옳았어. 헛된 상상일 뿐이었어. 그녀를 만난 충격에 옛날 기억이 되살아난 거야. 이젠 회복했고, 물론 그녀를 사랑하지도 않아. 말이 되지 않지. 하여튼 그녀는 이제 지루한 할망구야. 아들은 가끔 여기 들르지. 그 녀석도 약간 지루해."

"그렇구나. 끝이 좋아야 모두 좋은 거지."

"혹시 넥타이 있니?"

"넥타이? 있지."

"레이븐 호텔 식당에 들어갈 때 넥타이가 필요해. 차까지 바래다줄게."

나는 주방에서의 대화를 피하기 위해 그를 집 옆으로 돌아서 바래다주었다.

"좋은 차구나. 새로 샀니?"

"그래, 잘 굴러가. 어디서 차를 돌리지?"

"저 바위 넘어서 바로. 어두워졌네. 전조등을 켜야겠는걸."

"그래, 오늘은 이상한 날이야. 폭풍이 오려나 봐. 포도주 고마웠어. 몸 조심해." 그는 빈 술잔을 돌려주었다.

"잘 가. 운전 조심하고."

검은색 벤틀리가 움직이더니 돌아서 도로를 달려갔다. 제임스는 손을 흔들었고, 이내 길모퉁이로 사라졌다. 그가 돌아올까? 그렇지는 않을 것이다.

나는 천천히 둑길을 건너 집으로 들어가 문을 닫았다. 내가 그에게 말했던 것을 잊어버리다니 참 이상하다. 내가 술에 취했나 보다. 자, 내일은 운명의 날이다. 내일은 행동에 옮길 것이다. 하틀리를 런던에 데리고 갈 생각이다. 이곳은 어쩐지 악귀가 씌인 것 같다.

나는 현관에 잠시 서 있었다. 나 혼자 있고 싶었다. 제임스가 마시던 술잔을 계단에 내려놓았다. 주방에서 음모를 짜는 길버트와 타이터스의 낮은 목소리를 들을 수 있었다. 내일 타이터스에게 말하리라. 타이터스와 하틀리와 나만이 다른 곳에 가서 살게 될 것이다. 나의 행동, 나의 의지가 새로운 가정을 이룰 것이다.

그때 희미하게 무언가를 긁어 대고 잡아당기는 소리가 들렸다. 고개를 들어 보니 현관문의 초인종에 연결된 쇠줄이 떨리고 있었다. 그런 뒤에 시끄럽게 울려 퍼지는 소리가 들렸다. 벤인가? 나는 재빨리 몸을 돌려 문을 밀어젖혔다.

페러그린 아블로가 여행 가방을 들고 밖에 서 있었다.

"안녕, 찰스. 정말 이상한 집이군."

"페리!"

"페러그린이라고 불러 주면 좋겠어. 이 얘길 얼마나 여러 번 했는지 알아? 천 번쯤 되려나?"

"도대체 여긴 어떻게 온 거야?"

"어떻게 왔냐니! 자네가 초대장을 보냈잖아. 나는 그걸 수락했고. 지금 성신 강림 축일 주일이잖아. 기억나? 너무 오래 운전했더니 피곤하군. 160킬로미터 전부터 자네가 두 팔을 벌리고 기뻐서 소리 지르는 장면을 고대했어."

조금 전 제임스의 벤틀리가 서 있던 곳에 이제는 페러그린의 하얀 알파 로미오가 주차되어 있었다.

"페러그린, 대단히 미안한데 여기 머물 수는 없어. 침대가 없거든. 그리고……."

"이런, 일단 좀 들어가도 될까?" 그는 들어왔다.

페러그린의 큰 목소리가 주방의 공모자들에게 경계 태세를 취하게 하였다.

"페러그린!"

"길버트! 뜻밖이군. 만나서 반갑네. 찰스, 내가 길버트의 침대를 쓰면 되겠는걸."

"그렇게는 절대로 안 돼요. 소파는 내 침대예요."

"자네의 매력적인 남자 친구를 소개해 봐, 길버트."

"타이터스 피치예요. 불행히도 내 남자 친구는 아니지요."

"안녕, 타이터스. 난 페러그린 아블로야. 길버트, 마실 걸 좀 주겠어? 착하지?"

"그러지요. 그런데 여긴 포도주와 셰리주밖에 없어요. 찰스는 위스키를 안 마시거든요."

"제기랄! 그걸 잊었군. 내가 술을 가져올걸."

"페러그린." 내가 말했다. "자넨 여기서 즐겁게 지내지 못할 거야. 마실 술도 없고 잘 곳도 없어. 자네가 올 날짜를 잊어버린 것은 미안하지만 사실 내가 자네를 초대하지는 않았어. 조금만 도로를 내려가면 훌륭한 호텔이 하나 있는데……."

그 순간 현관문 초인종이 다시 울렸다. 페러그린이 돌아서서 문을 열었고, 그의 어깨 너머로 나는 사촌 제임스를 볼 수 있었다.

"어서 오시오!" 페러그린이 인사했다. "자선 호텔에 온 것을 환영합니다. 소유주는 찰스 애로비입죠. 마실 것도 없고 잘 곳도 없지만……."

"안녕하세요." 제임스가 인사했다. "찰스 형, 다시 와서 미안한데 레이븐 호텔이 만원이야. 그래서 혹시나 하고……."

"그곳이 찰스가 나에게 가라고 한 곳인가 보군." 페러그린이 말했다.

"주방으로 들어가지요." 길버트가 말했다.

길버트가 제일 먼저, 그다음엔 타이터스, 그다음엔 페리, 그다음엔 제임스가 들어갔다. 나는 잠시 서 있다가 술잔을 계단에서 집어 든 뒤 그들의 뒤를 따랐다.

"난 페러그린 아블로라고 합니다."

"이름을 들어 본 것 같아요." 제임스가 말했다.

"아, 잘됐군요."

"이쪽은 내 사촌 애로비 장군이야." 내가 소개했다.

"장군이라고는 말하지 않았잖아요." 길버트가 말했다.

"자네에게 사촌이 있는 줄도 몰랐어." 페러그린이 말했다. "안녕하세요, 장군님."

나는 제임스의 깔끔한 흰색 코트 소매를 붙잡고 현관으로 끌고 갔다. "이봐, 넌 여기 머물 수가 없어. 너는……."

그 순간 제임스의 두 눈이 내 어깨 너머로 향하면서 휘둥그레졌다. 나는 하틀리가 계단에 서 있는 것을 알아챘다.

우리가 갑자기 침묵을 지키자 다른 세 사람이 쫓아 나왔다. 모두 하틀리를 바라보면서 멍하니 서 있었다.

그녀는 아직도 붉은 장미 무늬가 있는 내 검은색 실크 가운을 입고 있었다. 가운은 발치까지 닿았고 옷깃은 위로 세워져 머리카락을 감싸고 있었기 때문에 꼭 이브닝원피스 같은 효과를 내었다. 놀라서 휘둥그레진 두 눈은 보라색이 감돌았다. 그리고 희끗희끗한 머리카락이 헝클어져 있어서 늙고 미친 여자 같았으나, 그 긴장된 순간에는 여왕처럼 보였다.

나는 곧바로 정신을 차리고 계단 쪽으로 갔다. 그녀는 내가 움직이는 것을 보고 돌아서서 도망갔다. 그녀의 맨발과 발목이 보였다. 나는 계단 모퉁이에서 그녀를 잡은 뒤 위층 층계참으로 그녀를 급히 데려갔다.

우리는 거의 뛰다시피 층계참을 지나갔고 나는 방으로 그녀를 밀어 넣었다. 그녀는 방에 들어가서 마치 말 잘 듣는 개처럼 매트리스 위에 앉았다. 그녀가 내 집에 붙잡혀 와 있는 동안 나는 한 번도 그녀가 의자에 앉는 것을 보지 못했다.

"하틀리, 어디로 가려고 했어? 나를 찾아 아래층으로 내려온 거야? 아니면 벤이 찾아온 줄 알았어? 그것도 아니면 도망가려고 했었나?"

그녀는 가운을 더 당겨 여미고 여러 번 머리를 저을 뿐이었다. 그녀는 흥분하여 숨을 가쁘게 내쉬고 있었다. 그러고는 슬프면서도 수줍고 상냥한 표정으로 나를 올려다보았다. 그 모습을 보니 아버지가 떠올랐다.

"아, 하틀리, 난 널 너무나 사랑해!" 나는 의자에 앉아 얼굴을 손에 파묻은 채로 얼굴을 찌푸렸다. 나는 어쩔 수 없이 무력하게 내 어린 시절로 돌아간 것 같았다. "하틀리, 날 떠나지 마. 네가 떠나면 난 어떻게 해야 할지 모르겠어."

하틀리가 말했다. "그 사람은 누구야?"

"어떤 사람?"

"내가 계단에 있을 때 같이 있던 사람."

"내 사촌 제임스야."

"아, 그래……. 에스텔 숙모의 아들."

뜻밖의 기억에 나는 큰 충격을 받았다.

아래층 주방에서는 생기에 차서 웅얼거리는 목소리들이 들려왔다. 길버트와 타이터스는 하틀리가 나타나서 이제 조심할 필요가 없어진 것에 마음이 놓인 듯 그들이 아는 모든 이야기를 제임스와 페러그린에게 말하고 있었다.

나는 얼굴을 가린 채 신음했다.

그날 밤 우리는 다음과 같이 잠자리를 배정했다. 나는 내 방에서, 하틀리는 가운데 방에서, 길버트는 소파에서, 페러그린은 서재에 쿠션을 깔고, 제임스는 작은 붉은 방의 의자 위에서, 타이터스는 바깥의 잔디밭 위에서 잤다. 무척 후텁지근한 밤이었으나 비바람은 없었다.

• • • • • • • •

다음 날 아침에는 손님들 사이에 휴가 분위기가 조성되었다. 타이터스는 보통 때처럼 '절벽'에서 뛰어내려 수영을 했다. 제임스는 탑을 둘러본 후 여러 가지 역사적인 추측을 하였고, 탑의 계단에서 바다로 들어가 수영했다. (나는 아직 밧줄을 매 놓지 않았으나 만조 때라 수위가 높았다.) 뚱보 페러그린은 반나체로 흰옷을 걸치고 잔디밭 위에서 일광욕을 즐기며 살을 까맣게 그을렸다. 길버트는 마을에 차를 몰고 가서 내 이름으로 많은 음식과 위스키를 여러 병 사 왔다. 잠시 뒤에 제임스가《더

타임스》를 사러 마을까지 차를 몰고 갔으나 사지 못하고 돌아왔다. 내가 '뉴스' 없이 사는 것에 모두들 놀라는 기색이었다. 뉴스는 그저 '누가 죽고, 누가 납치당했으며, 누가 파업 중'인 것이라고 페리가 요약해 주었다. 그는 트랜지스터라디오를 가지고 왔지만 나는 그것을 치워 두라고 말했다. 제임스는 레이븐 호텔에 가서 크리켓 세계 결승전을 시청하자고 했고, 모두가 그 계획에 찬성했다. 그런데 길버트가 페러그린의 선탠로션을 사러 갔다가 전파 방해로 그 지역에 텔레비전이 나오지 않는다는 소식을 가져왔다. 길버트와 타이터스는 함께 노래를 부를 사람을 물색하다가 페리가 거칠고 쉰 목소리로 베이스를 맡을 수 있는 것을 알았다. 그러나 제임스는 전혀 노래를 부르지 못했으므로 끌어들이지 못했다. 나는 그 전날 밤에 타이터스와 길버트에게 로시나의 방문을 페러그린에게 말하지 말라고 경고할 수 있었다. 이것은 잘한 일이었다. 다음 날 아침에는 내 머릿속에서 무엇인가가 끈이 끊어지기나 한 것처럼 이성적으로 생각할 수가 없었기 때문이다. 뇌종양이라도 터진 것 같았다.

나의 이러한 절망적인 상태는 제임스가 왔기 때문이었다. 그는 나머지 세 사람을 자석처럼 끌어당겼다. 그들은 각기 나에게 제임스를 얼마나 좋아하게 되었는지를 말했다. 틀림없이 그들은 내가 기뻐하리라 생각하며 그런 정보를 준 것이리라. 타이터스는 말했다. "이상하게도 그를 전에 만난 것 같은 느낌이 들어요. 하지만 저는 그를 만난 적이 없어요. 꿈에서라도 봤나 봐요." 또 한 가지 나를 반쯤 미치게 한 것은 하틀리의 달라진 말투였다. 그녀는 여태까지 집에 가야 한다고 말해 왔다. 그러나 최근에는 집에 가는 것이 불가능하다는 것을 아는 듯이 무기력하게 말했다. 이제는 그걸 진심인 것처럼 말했으며, 확신하듯이 거의 이성적인 추리를 하기 시작했다.

"나는 네가 나에게 친절하게 대한다고 생각하는 것을 알아……."

"친절하다고? 난 너를 사랑해."

"너는 이것이 가장 좋은 방법이라고 생각하지. 그래, 난 그게 고마워……."

"고맙다고? 아, 잘됐군!"

"그러나 이것은 어리석은 짓이고, 우연하고 우발적인 사건일 뿐이야. 우리는 함께 지낼 수 없어. 말이 안 돼."

"난 널 사랑해. 너도 나를 사랑하고."

"너를 좋아하지만……."

"그런 변덕스러운 말은 하지 마. 넌 날 사랑해."

"그래, 하지만 비현실적으로, 꿈속에서 그랬을 뿐이야. 실제로 이 모든 게 오래전에 끝났어. 우리는 꿈꾸고 있을 뿐이야."

"하틀리, 넌 현재에 대한 감각이 없니? 현재에 살 수 없어? 잠에서 깨어나려고 노력해 봐!"

"나는 갑작스러운 현재의 순간이 아니라 긴 세월 속에 살고 있어. 모르겠어? 난 기혼자야. 내가 속한 곳으로 돌아가야 해. 지금 말한 것처럼 날 런던으로 데려가면 난 네게서 도망칠 거야. 넌 만사를 점점 어렵게 만들고 있어. 넌 전혀 이해하지 못해."

"그래, 넌 기혼자야. 그래서 어떻다는 거야? 넌 행복하지 않았어."

"그건 상관없어."

"내 생각에는 상관이 많아. 그보다 더 중요한 것은 없어."

"난 있어."

"나를 사랑한다고 인정했잖아."

"사람은 꿈을 사랑할 수 있어. 넌 그것이 행동으로 옮겨질 수 있다고 생각하는데…….."

"동기! 그래!"

"아니야. 왜냐하면 그것은 꿈이기 때문이야. 꿈은 거짓으로 만들어졌어."

"하틀리, 우리에게는 미래가 있어. 그건 우리가 모든 것을 현실로 만들 수 있다는 뜻이야."

"난 돌아가야 해."

"그가 너를 죽이려고 할 거야."

"그것이 내게 유일한 길이라면 그 문을 통해서라도 가야 해."

"내가 못 가게 할 거야."

"제발…….."

"타이터스는 어쩌고? 그는 나와 있을 텐데. 타이터스와 함께 있고 싶지 않아?"

"찰스, 난 집에 꼭 가야만 해."

"아, 그만해. 좀 더 나은 생각을 하고 좀 더 나은 것을 원할 수는 없는 거야?"

"사람은 자기 마음대로만 할 수 없어. 넌 나와 벤 같은 사람이나 다른 사람들을 이해하지 못해. 너는 하늘을 나는 새와 같고, 바다에서 헤엄치는 물고기 같아. 넌 움직이고, 주위를 돌아보고, 이것저것을 원해. 하지만 이 세상에는 조금만 움직이고 주위를 돌아보지 않는 사람들도 있어."

"하틀리, 날 믿어 줘. 나와 함께 가자. 내 등에 업혀. 그러면 너도 움직일 수 있고, 이것저것을 볼 수 있어."

"난 집에 가고 싶어."

나는 그녀를 내버려 두고 문을 잠갔다. 그리고 집 밖으로 뛰쳐나왔다. 바위를 한두 개 넘어간 나는 가마솥 위의 다리에 내 사촌이 서 있는 것을 보았다. 그가 손을 흔들며 나를 불러서 그에게로 갔다.

"찰스 형, 저 바닷물의 힘 좀 봐. 놀랍지 않아? 무시무시해."

밀려 나가는 파도 소리 때문에 그의 목소리를 겨우 들을 수 있었다.

"그래."

"이것은 숭고해. 엄격한 의미에서 숭고해. 칸트가 봤다면 사랑했을 거야. 레오나르도도 사랑했을 테지. 호쿠사이*도 사랑했을 거야."

"그랬겠군."

"그리고 새들…… 저 유럽쇠가마우지들 좀 봐……."

"난 그냥 가마우지인 줄 알았어."

"유럽쇠가마우지야. 붉은부리까마귀도 몇 마리 보았어. 검은머리물떼새도 있고. 만에서는 마도요가 우는 소리도 들었어."

"언제 떠날 거야?"

"난 형의 친구들이 좋아."

"그들도 널 좋아해."

"그 청년은 착해 보이더군."

---

* 1760~1849, 일본 에도 시대에 활약한 목판 화가.

"그래……."

"와! 저 바닷물 좀 봐. 저렇게 휘몰아치다니!"

우리는 집 쪽으로 걸어갔다. 만일 때에 맞추어 식사하는 관례가 아직도 존재한다면 지금은 거의 점심 시간이다.

바닷가에서 휴가를 보낼 생각으로 적당한 옷들을 가져온 제임스는 아주 오래된 카키색 면바지를 발목까지 걷어 올려 입고 있었다. 그리고 깨끗하지만 해진 하늘색 셔츠를 단추를 채우지 않은 채 헐렁하게 입어서 여위고 드문드문 털이 난 분홍색 가슴을 볼 수 있었다. 또한 샌들을 신어서 마르고 하얀 발이 드러났다. 그의 길쭉하고 앙상한 발가락은 물건을 잡기에 적당하게 생겨서 어릴 적 내 시선을 종종 사로잡았다. ("제임스의 발은 손 같아요."라고 어머니에게 말한 적이 있다. 마치 그의 비밀스러운 기형을 찾아내기라도 한 것처럼.)

집에 가까이 오자 그가 말했다. "어떻게 하려고 그래?"

"무엇을?"

"그녀 말이야."

"나도 모르겠어. 넌 언제 갈 거야?"

"내일까지 있어도 돼?"

"그렇게 해."

주방으로 들어선 나는 길버트가 하틀리를 위하여 준비한 식사가 담긴 쟁반을 자동적으로 집어 들었다. 그리고 위층으로 쟁반을 들고 올라가서 잠긴 문을 열고 안으로 들어가 보통 때처럼 쟁반을 탁자 위에 놓았다.

그녀는 울고 있었으며 나에게 아무 말도 하지 않았다.

"아, 하틀리, 그런 슬픈 모습으로 나를 괴롭히지 마. 너야말로 나에게 어떻게 하는지 넌 몰라."

그녀는 아무 말도 하지 않고 표정도 없이 그저 계속해서 울었다. 벽에다 몸을 기대고 앞을 멍하니 바라보면서 가끔 손등으로 눈물만 닦았다.

나는 잠시 동안 아무 말 없이 그녀와 앉아 있었다. 의자에 가만히 앉아 있는 아주 평범한 그 일이 그녀에게 위안을 주리라 여기고 주위를 둘러보고만 있었다. 천장에 젖은 얼룩이 보였고, 긴 유리창의 한 군데가 금이 가 있었다. 바닥에는 자주색 부스러기가 있었다. 틀림없이 초니 부인의 가구에서 나온 것이리라. 이윽고 나는 가만히 그녀의 어깨에 손을 얹었다가 방을 나왔다. 그녀가 식사를 하는 것을 한 번도 보지 못했다. 나는 방문을 잠갔다.

주방에 들어서자 네 사람이 모두 길버트가 점심으로 준비한 햄과 소 혓바닥 요리 그리고 푸른색 야채 샐러드와 햇감자가 놓인 탁자 주위에 둘러서 있었다. 제임스를 위해서는 완숙 달걀이 준비되어 있었다. 이제 나는 그들의 식사뿐 아니라 나 자신의 식사에도 별로 관심이 없었다. 싱크대에는 마개를 딴 백포도주 두 병이 찬물에 담겨 있었다. 페러그린은 옷을 입은 모습이 조금 나아 보였다. 그는 위스키를 마시며 트랜지스터라디오로 크리켓 경기 중계 방송을 듣고 있었다. 그들은 내가 들어가자 조용해졌다. 페리는 라디오를 껐다. 무엇인가 기대하는 듯한 분위기가 돌았다.

나는 포도주 한 잔을 따르고 햄 한 조각을 들었다. "계속들 먹어. 난 밖에서 먹을 테니까."

"도망가지 마. 우린 자네와 얘기하고 싶어." 페러그린이 말했다.

"나는 말하고 싶지 않아."

"우리는 당신을 도와주고 싶어요." 길버트가 말했다.

"집어치워."

"제발 잠시라도 있어 줘." 제임스가 말했다. "타이터스가 형에게 할 말이 있대. 그렇지, 타이터스?"

타이터스는 얼굴이 새빨개져 나를 보지 않으며 우물우물 말했다. "어머니를 집에 돌려보내야 한다고 생각합니다."

"여기가 네 어머니 집이야."

"하지만 진심으로 말하자면……." 페러그린이 말했다.

"자네 충고는 원치 않아. 아무도 자네를 여기에 오라고 청하지 않았어."

제임스가 앉자 다른 세 사람도 따라 앉았다. 나는 계속 서 있었다.

"우리는 방해하려는 게 아니야……." 제임스가 말했다.

"그럼 방해하지 마."

"사실 어떤 말로도 강요하고 싶지 않아. 우리는 이 상황을 제대로 이해하지 못해. 우리가 어떻게 알겠어? 내 생각에는 형 자신도 이 상황을 이해하지 못하는 것 같아. 설득하고 싶지 않아……."

"그렇다면 왜 타이터스가 그런 말을 하게 했지?"

"그것이 증거 중 하나고, 타이터스가 생각하는 바니까. 그는 형에게 말하기를 두려워했던 거야."

"아, 허튼소리 마!"

"형은 지금 매우 어려운, 그리고 내가 보기에는 매우 절박한 결정을 내려야 해. 우리와 얘기를 나누면 이성적인 결정을 내리고, 또 그것을 실행에 옮기는 데도 도움이 될 거야. 형에게 도움이 필요하다는 것을 깨달아야 해. 형은 도움이 필요해."

"난 운전기사가 필요해. 다른 것은 필요 없어."

"형은 우리의 도움과 지지가 필요해. 난 형의 하나뿐인 친척이야. 길버트와 페러그린은 형의 절친한 친구고."

"절친하긴."

"타이터스는 형을 아버지같이 생각한대."

"모두가 내 얘기를 재미나게 했구나."

"화내지 마, 찰스." 페러그린이 끼어들었다. "우리도 이런 곤경에 끼어들기를 원하진 않았어. 우린 휴가를 즐기러 온 거야. 하지만 자네가 곤란한 처지에 있는 것을 보니, 도와주고 싶은 거지."

"나를 위해 해 줄 수 있는 일은 아무것도 없어."

"있지." 제임스가 말했다. "자세한 부분은 아니더라도 전체 상황을 토론하는 것이 도움이 될 거야. 형은 어떤 배신도 하지 않고 일을 해결할 수 있는 거야. 지금 그러니까 대략 두 가지 가능한 행동 방침이 있어. 그녀를 데리고 있을 것이냐, 아니면 그녀를 돌려보낼 것이냐. 그렇지? 만일 그녀를 돌려보내면 어떻게 될 것인지 생각해 보자……."

"네 말처럼 그녀를 돌려보내지는 않을 거야. 그녀는 빈 병이 아니야."

"타이터스 말에 의하면 그녀가 돌아가기를 원한다 해도 자네가 그녀를 데려다 주지 않는 이유 중 하나가……."

"그녀는 돌아가고 싶어 하지 않아."

"남편이 그녀에게 난폭하게 굴까 봐 두려워서 그래?"

"그게 한 가지 이유이긴 해. 그 외에 백 가지도 넘는 이유가 있어."

"그러나 그의 폭행이 오해에서 비롯된 것이고, 그 오해가 풀린다면……"

"제임스, 바보 같은 소리 하지 마. 그것이 무엇이든지 간에 내가 한 행동에는 어떤 설명이나 변명도 할 필요가 없어. 그리고 충고하는데 함부로 말하지 마."

"형." 제임스가 대꾸했다. "난 두 가지를 말하는 거야. 첫째, 만일 그녀를 데려다 주려면 영리하게 행동해야 해. 형과 함께 우리가 모두 같이 가는 거야. 힘을 과시하기 위해, 또 형의 진술을 도와주기 위해."

"나의 진술?"

"그리고 둘째, 만일 폭력에 대한 두려움으로 형이 그녀를 돌려보내지 않는다면, 만약 그 두려움이 감해질 수 있다면, 그것이 결정에 잘 반영되어야 할 거야."

"무슨 말인지 알아듣겠나?" 페러그린이 말했다.

"당연하지! 그러나 제임스도 인정했듯이 아무도 이 상황을 이해할 수 없어! 설명하거나 진술을 하라고 하지만…… 그것은 소 귀에 경 읽기나 마찬가지야. 하여튼 이런 논쟁은 별로 의미가 없어. 왜냐하면 두 가지 가능성은 없으니까. 그녀를 남편에게 돌려보내는 것은 가능한 일이 아니야."

"그렇다면 우리 함께 다른 방법을 생각해 보자……" 제임스가 다시 제안했다.

"아무것도 고려하지 않을 거야! 난 아무도 이 문제에 관여하는 것을 원치 않아. 너희들 모두 매우 건방져. 그 점이 나는 몹시 유감스러워. 기왕 말이 나와서 타이터스에게 묻고 싶은데, 왜 네 어머니를 집으로 돌려보내야 한다고 생각하니?"

타이터스는 여태껏 햄을 쳐다보고 있다가(아마 그는 배가 고팠나 보다.) 얼른 대답을 하지 못하고 얼굴을 붉혔고, 나를 쳐다보지도 못했다. 그가 말했다. "글쎄요…… 사실…… 책망을 들어야 할 사람은 저인 것 같아요……."

"도대체 왜?"

"매우 어렵네요……. 사람들은 여러 가지 감정을 가지고 있으니까요……. 아버지와 어머니에 대해서도 일종의 편견을 가지고 있었지요. 아마 제가 사실보다 더 나쁘게 생각하도록 했는지 모르겠어요. 정말 힘들기는 했지만요. 그리고 어머니는 환상과 상상으로 머리가 꽉 차 있어서 과장을 잘해요. 저는 잘 모르겠어요. 아마 어머니가 그와 함께 있기를 더 원할 수도 있어요. 나는 사람들을 강요하는 것은 반대합니다. 사람들은 자유로워야 한다고 생각해요. 선생님께서는 너무 한꺼번에 일을 해결하려고 서두르고 계셔요. 그러나 만일 어머니가 선생님께 오기를 원한다면 곰곰이 생각한 뒤에 결정해서 오는 것이 더 좋다고 봐요."

"타이터스, 말 잘했다." 제임스가 말했다.

타이터스는 내가 늘 경계하고 내게 질투심을 일으키는 그런 표정으로 제임스를 바라보았다.

페러그린이 말했다. "자넨 결혼을 이해하지 못해, 찰스. 자넨 한 번도 결혼해 본 적이 없잖아. 결혼은 심오한 거야. 자넨 사소한 언쟁이 파멸이며 끝장이라고 생각하지만 사실은 그렇지 않아."

내가 말했다. "애초부터 '자유롭다'는 말은 여기에 적용이 안 돼. 우리는 두려움에 떠는 사람, 자유를 빼앗긴 사람에 대해 얘기하는 거야. 그녀를 빼내 와야 한다고! 그녀는 결코 자진해서 걸어 나오지 않아. 그러니까 지금 결정을 해야 해. 만일 그녀가 돌아간다면 그녀는 다시는 그를 떠나지 못할 거야. 그녀는 결코 도망칠 수 없어."

제임스가 말했다. "그래, 하지만 그것 역시 의미심장하지 않아? 그건 그녀가 돌아가야 한다는 것을 인정하는 게 아니야? 그녀가 거기 머무르기를 선택하는 것. 형이 생각하는 것보다 사람들은 더 흔히 실제로 그들이 원하는 것을 행동으로 옮기지."

"그녀는 거기 머무를 수도 있어. 그러나 그것을 '선택한다'고? 이것은 페리의 우스꽝스러운 말을 빌린다면 '작은 언쟁'이 아니야. 페리는 상황을 전혀 몰라. 그녀는 괴롭힘당하고 공포에 떠는 여자야. 남편과는 결코 행복하지 못했다고 그녀가 직접 나에게 말했어."

"그녀의 결혼이 행복하지는 못했을망정 오랫동안 지속되어 온 것은 사실이야. 찰스 형, 형은 행복에 대하여 너무나 집착해. 그것은 꼭 그렇게 중요한 것만은 아니야."

"그녀도 그렇게 말했지."

"그것 봐."

"타이터스." 내가 물었다. "행복이 중요하냐?"

"네, 물론 중요하지요." 그가 대답했다. 그리고 마침내 나를 마주 보았다.

"그것 봐." 이번엔 내가 제임스에게 말했다.

"젊은 청년의 대답이지." 제임스가 대꾸했다. "자, 이제 더 중요한 이야기를 하자……."

"찰스, 자네 문제는 말이지." 아직까지 위스키를 마시던 페러그린이 말했다. "전에도 말했듯이 여자들을 멸시하고 그들을 소유물로 취급한다는 거야. 이 여자도 지금 소유물로 취급하고 있어."

"한 걸음 더 나아가서 이 연극은 매우 급격히 진전이 되고 있어. 감정과 이성이 엉겨붙어 소용돌이치듯 돌아가고 있지. 형은 몇십 년 동안이나 순결한 첫사랑의 이미지를 간직했다고 말했어. 그것만이 최상의 가치라고 믿고, 다른 모든 사랑은 실패했다고 보는 표준으로 삼게 되었어……."

"맞는 말이야."

"그러나 이런 식의 표준은 비판해야 하지 않을까? 그것을 허구라고 부르지는 않겠어. 꿈이라고 부르자. 물론 우리는 꿈 속에서, 꿈에 의해서 살고 있으며, 엄격히 훈련을 받은 정신적인 생활에서도 어떤 면에서는 꿈과 현실을 구분하기 어려울 때가 있어. 일상적인 인간의 삶에서는 겸허한 상식이 도움이 돼. 대부분의 사람들에게 상식은 도덕이야. 그러나 형은 고의적으로 이 겸허한 빛의 근원을 배제한 것 같아. 자신에게 물어 봐. 그렇게 오래전에 사람들에게 무슨 일이 일어났는지를. 형은 그것을 이야기로 꾸몄어. 이야기는 진실이 아닌 거짓이지."

(이 시점에서 타이터스는 더 이상 견디지 못하고 슬며시 햄 한 조각과 빵을 집어 들었다.)

"그리고 형은 아주 옛날에 있었던 일을 미래에 형이 제안하려는 아주 중요하고도 다시 되돌릴 수 없는 행동의 지침으로 사용하려 해. 위험한 귀납법인 셈이지. 귀납법이란 최상일 때에도 불안정한 거야. 러셀의 병아리를 생각해 봐……."

"러셀의 병아리?"

"농부의 아내는 매일 병아리에게 모이를 주지만 어느 날 그녀는 이 병아리의 목을 비틀어 버리지."

"난 이해하지 못하겠어. 병아리 얘기는 집어치워."

"내 말은, 내가 보기에 형이 학창 시절의 어떤 목가적인 추억들로 매우 추상적인 근거를 내세우고 있다는 뜻이야. 그녀를 데리고 어디론가 사라지면 그녀를 사랑할 수 있고 그녀를 행복하게 해 줄 수 있다고, 그리고 그녀도 형을 사랑하고 또 행복하게 해 줄 수 있다고 믿는다는 뜻이야. 그런 경우는 실제로 매우 드문 일이고 성취하기도 어려운 거야. 더 나아가서 형은 그것을 그렇게 귀중하게 여기는 행복으로부터 떼어 놓을 수 없는 사실로 여겨서 그녀의 동의가 명백히 없는데도 그녀를 구원하는 것이 도덕적으로 옳다고 생각하고 있어. 그러니까 형은……."

"제임스, 제발 그 잘난 추측으로 나를 모욕하지 마. 네가 얼마나 나에게 도움이 안 되는지 알기나 해? 네 말대로 이 일은 빨리 진전되었어. 그리고 극심한 혼란에 빠져 있긴 해. 좋아, 내가 이 혼란의 장본인이야. 그 안에는 완벽한 도덕성 같은 건이미 존재하지 않아. 인생이 다 그런 거야. 아마 세상으로부터 격리된 군인들은 그런 일들을 모를 테지."

제임스는 미소 지었다. "'세상으로부터 격리된 군인들'이란 표현이 맘에 들어. 그러니까 형은 이 구원이 좋은 일이라는 것을 확신하지 못하는구나."

"어떻게 확신하겠어? 그러나 너는 이 경우에 맞지 않은 다른 추론 속으로 나를 끌어들여서 강요하고 있어. 네가 말하는 것은 모두 별개의 이야기고 추상적인 해설에 불과해. 너야말로 '이야기를 꾸미는' 사람이야. 나는 실제 사건이 일어난 곳에 있고."

"형의 경우에 맞는 추론이란 게 뭐지?"

"내가 그녀를 사랑한다는 것과 그녀도 나를 사랑한다는 거야. 그녀가 그렇게 말했어. 그리고 사랑은 '근거'나 '귀납적 추론'에 의지하지 않아. 사랑은 그냥 아는 거야. 그녀는 오랫동안 매우 불행했고, 나는 그 폭군에게 다시는 그녀를 돌려보내지 않을 거야. 그 녀석은 앞으로 더더욱 그녀에게 잔인하게 굴 테니까. 더 나빠질 거야. 그래, 내가 그렇게 만들었어. 그러나 사실은 변함없어. 그의 잔인함에 대한 증인이 여기 있어. 그 증인이 증언하기를 꺼리고 있긴 하지만."

"그것은 추론이 아니야." 제임스가 말했다. "차라리 혼란스러운 진술에 가깝지."

"이것은 내가 행동하려고 제안하는 거야. 왜 내가 이런 어리석은 토론에 끌려 들어왔는지 모르겠다."

"좋아, 그럼 내 개인적인 생각은 이미 다 얘기했어. 물론 형에게는 아무런 흥밋거리가 아니겠지만. 그러나 부언하자면, 만일 형이 그녀를 어딘가로 데려가겠다고 결심을 하면, 나는 그것이 현명하지 못하다고 생각하지만, 가능한 한 우리 모두가 형을 도울 거야. 그렇죠?"

"그래." 페러그린이 대답했다.

"난 어떤 점에서는 찰스에게 동의해요." 길버트가 말했다.

"예를 들면, 어디로 그녀를 데리고 갈 건가요? 자세한 계획을 생각해야 해요. 그녀가 하루 종일 무얼 하겠어요?"

"그 문제 하나만으로도 남자들은 결혼을 단념하기에 충분하지." 페러그린이 말했다.

"찰스 형, 제발 내가 건방지다거나 특히 매정하다고는 생각지 말아 줘. 나는 그냥 가만히 앉아서 형이 일을 망치는 것을 볼 수가 없어. 이런 일은 합동 작전이 필요한 거야. 내가 그녀에게 말해 보면 어떨까? 한 번만, 아니 아주 잠시 동안만이라도."

"네가? 그녀에게 말한다고? 미쳤어?"

바로 그 순간 나는 무서운 소리를 들었다. 사실 내가 위험한 모험을 시작한 이래로 내내 두려워하던 소리였다. 위층에서 하틀리가 갑자기 소리를 지르고 문을 두드리기 시작했다. "날 내보내 줘! 날 내보내 줘!"

나는 주방을 뛰쳐나와 내 뒤로 문을 탕 닫고 계단을 올라갔다. 하틀리의 방에 도착했을 때에도 아직 그녀는 소리를 지르고 발길로 문을 차고 있었다. 그때까지 그녀는 그런 짓을 한 번도 하지 않았다. "날 내보내 줘! 날 내보내 줘!"

나 자신도 소리를 지르고 싶은 충동을 받았다. 나는 주먹으로 미친 듯이 문을 두들겼다. "아, 그만해! 그만해! 입 닥쳐! 그만 소리 질러."

침묵이 흘렀다.

나는 다시 아래층으로 내려갔다. 주방에도 역시 침묵이 흘렀다. 나는 현관문을 나와 둑길을 건너 길을 따라 탑 쪽으로 천천히 걷기 시작했다.

． ． ． ． ． ． ．

그날 저녁 때쯤, 나는 제임스와 함께 바위 위에 앉아서 이제
는 피치 못할 것처럼 보이는 일에 동의하기에 이르렀다.

"찰스 형, 이것은 정말 난처한 상황이야. 그러니까 끝내야
해. 끝내는 방법은 단 한 가지야. 이제는 그걸 알겠지?"

"그래."

"그럼 편지를 쓸 거지?"

"그래."

"내 생각도 편지가 나은 것 같아. 편지에는 형이 명확하게
설명할 수가 있을 테니까."

"그는 편지를 읽지 않을 거야. 아마 편지를 찢어서 발로 밟
아 버릴 거야."

"글쎄…… 형에게 불리하도록 증거로 가지고 있을지도 모르
지. 그러나 어찌 되든 한번 해 보자고. 난 그가 호기심에서라
도 편지를 읽으리라고 믿어."

"그는 호기심 따위는 안중에도 없는 저질 인간이야."

"우리가 함께 가는 데 동의해?"

"네가 가는 데는 동의한다."

"내 생각엔 많이 갈수록 더 좋을 것 같아."

"그래도 타이터스는 안 돼."

"타이터스도 가야 해. 그가 자기 아버지에게 5분만 공손하
게 군다면 그녀나 스스로에게 도움이 될 거야."

"공손하게? 다과회에라도 가나?"

"다과회처럼 분위기가 좋다면 더욱 좋지."

"타이터스는 동의하지 않을 거야."

"그는 벌써 동의했어."

"아!"

"그럼 이제 페러그린이 마을에 가서 전화를 걸어도 되지?"

나는 주저했다. 최후의 순간이었다. 만일 내가 좋다고 말하면 모든 상황이 내 지휘에서 벗어난다. 나는 전적으로 새롭고 예측할 수 없는 미래를 시인하는 것이다. "그래."

"좋아. 형은 여기 있어. 내가 가서 페러그린에게 간단히 설명할게."

그날 오후에 나는 하틀리와 이야기를 나누었다. 제임스에게 인정하지는 않았지만 그와의 '토론'은 어떤 사실들을 더욱 명확하게 볼 수 있도록 도와주었고 억지로나마 납득할 수 있게 해 주었다. 그렇지 않았더라면 나는 절망의 상태에서 어떤 결정이든지 내려야 할 지점에 도착했을 것이다. "날 내보내 줘! 날 내보내 줘!" 하던 하틀리의 외침 소리가 내 믿음과 희망을 박살 냈다. 나는 진정으로 집에 가고 싶은지 그녀에게 물었다. 그녀는 그렇다고 대답했다. 나는 좋다고 말했다. 나는 더 이상 아무런 애걸도 하지 않았고 언쟁도 하지 않았다. 서로 말없이 마주 보는 동안 단호한 그 말에 또 다른 말을 덧붙이려고 애쓰지도 않았다. 나는 우리 사이에 새로운 장벽이 있음을 느꼈다. 전에는 우리의 의사 소통에만 문제가 있다고 느꼈다. 지금에 비하면 그때 우리가 얼마나 가까웠는지 알 것 같다.

계획에 따르면 페러그린이 마을에 가서 벤에게 전화를 걸고 애로비 씨와 그의 친구들이 '메리'를 데리고 간다고 말하기로 했다. 벤이 '지옥에나 떨어져라. 이제 나는 그녀를 원치 않아.'

라고 말하진 않을까? 아니다. 그럴 가망성은 희박하다. 그가 최종적으로 무엇을 원하든지 간에 그런 행동으로 나에게 호의를 베풀지는 않을 것이다. 어쩌면 그가 멀리 떠났거나, 어디론가 사라졌는지도 모른다. 그렇게 되면 하틀리의 마음이 변할지도 모른다……. 그러나 지금은 무엇이든지 희망을 걸 만한 게 없다.

제임스가 다시 바위를 뛰어넘으며 나타났다.

내 심장은 맹렬하게, 슬프게 뛰었다.

"잘됐어. 그가 그녀를 데려오래. 오늘 밤 말고 내일 아침에."

"이상하군. 왜 오늘 밤은 안 된다는 거야?" 아마 목공 강습 때문인가 보다!

"개의치 않는 척하고 싶은 거야. 그가 할 수 있는 유일한 무례함이지. 그는 자기 편리한 시간에 맞추어 우리가 움직였으면 좋겠다는 뜻을 분명히 밝히고 싶은 거야. 그럴 수도 있지. 형도 편지를 쓸 시간을 더 버는 거야. 우리가 도착하기 전에 편지를 갖다 주면 그가 편지를 읽을 확률이 더 많지."

"아, 제임스……."

"걱정하지 마. Sic biscuitus disintegrat."

"뭐라고?"

"비스킷은 그런 식으로 부스러진다고."

· · · · · · · ·

친애하는 피치 씨에게

이 편지를 쓰는 것은 쉬운 일이 아닙니다. 나는 그냥 몇 가지 사실을 분명히 해 두고 싶을 뿐입니다. 가장 중요한 사실은 내가 당신 부인의 의지와 상관없이 내 집에 데려와서 붙잡아 두었다는 것입니다. 부인이 자기 핸드백을 가져오지도 않았다는 것이 그녀가 '도망 나온' 것이 아니라는 증거겠지요. 증거가 필요하다면 말씀입니다. (너무 빤한 것을 말하고 있다면 양해해 주십시오. 나는 이 편지가 그동안 일어났던 사건의 마지막이자 결정적인 해명이기를 바랍니다.) 나는 그녀에게 타이터스가 내 집에 있다고 말함으로써 그녀를 차로 유인했습니다. 사실 타이터스는 내 집에 있었습니다. 그녀가 집에 오자마자 나는 그녀를 가두었습니다. 그러므로 당신이 나더러 그녀를 '납치했다'고 비난한 것도 맞는 말입니다. 그녀는 끊임없이 집에 가게 해 달라고 졸랐습니다. 내가 그녀와 아무런 '관계'를 가지지 않았다는 것은 두말할 필요도 없습니다. 그녀는 여기 있는 동안 내내 결사적으로 내 제안과 계획에 반대했습니다. 오로지 집에 돌아가기만 원했습니다. 그러므로 이번 사건에서 그녀는 조금도 잘못이 없습니다. 내 친구인 오피언 씨와 아블로 씨, 그리고 내 사촌 애로비 장군이 계속 내 집에 함께 있었으므로 그들이 내가 하는 말을 입증해 줄 것입니다.

사과를 하는 것은 중요하지 않고, 또 더 이상 설명을 하는 것도 별 의미가 없어 보입니다. 나는 헛된 망상에 빠져 있었으며, 부인과 당신에게 공연히 고통을 준 것에 대하여 유감스럽게 생각합니다. 악의는 아니었지만 이제 생각해 보니 현재 상황과는 아무런 관련이 없는 옛날의 낭만적인 충동 때문에 그런 행동을 했습니다. 그리고 이 시점에서 (확실한 것이지만) 그녀가 어린 소녀였던 시절 이래로 내가 어떤 방법으로든지 만나거나 연락을 한 적이 없었다는 것을 덧붙여 말해 둡니다. 최근에 다시 만나게 된 것은 전적으로 우연이었습니다.

당신은 이성적이고 올바른 사람이기 때문에 전혀 죄가 없는 부인에게 보복 행위를 하지 않으리라고 당연히 믿습니다. 이것은 나와 내 사촌 그리고 내 친구들이 굉장히 걱정하는 일입니다. 그녀는 말과 행동에서 완벽하게 당신에 대한 충절을 지켰으며 당신의 존경과 감사를 받을 자격이 있습니다. 나로 말할 것 같으면, 내 어리석은 행동으로 충분한 굴욕을 당했다는 것을 당신도 알 것입니다.

찰스 애로비

이 편지를 쓰는 데 저녁 시간을 다 썼으므로 여유가 있는 것은 잘된 일이었다. 이 편지는 정말 쓰기 힘들었다. 그리고 마지막 결과물에도 전혀 만족할 수가 없었다. 처음 편지는 상당히 호전적인 투로 썼다. 내가 그것을 제임스에게 보이자 그는 만일 내가 벤에게 남을 괴롭히는 폭군이라고 비난하면 당장 하틀리가 그렇게 말했다는 것을 암시하지 않겠느냐고 지적했다. 또한 그렇게 내 행동을 정당화시킨다면 '완벽한 충절'도 근거가 없게 된다고 했다. '완벽한 충절'이란 문구는 내가 꾸며 낸 것이 되는 셈이었다. 물론 이 문구를 없애면 나 자신을 방어할 게 없어진다. 제임스가 내게 말하지 않았더라도, 만일 벤과 내가 다른 시대에 태어났다면 관습과 명예 때문에 목숨을 걸고 결투하지 않으면 안 되었을 것이다. 다른 시대라고 했지만 벤과 같은 사람의 경우에는 아마 지금도 예외는 아니리라. 내 빈약한 '사과'를 적절한 말로 표현하는 것도 어려웠다. 벤이 용서할 의향이 생기도록 나는 비위를 맞추며 엎드려 기기라도 해야 할 판이었기 때문이다. 그러면서도 만일 그가 싸우기를 더 원한다면 이쪽에서도 그것을 무시하지 않겠다는 태도를 보여 주어야 했다. 나는 다만 벤 자신의 죄책감이 그의 공격적인 본능을 약화시키기를 기대할 뿐이었다. '내 사촌과 내 친구들'이라는 과장된 언급은 제임스의 생각이었다. 하틀리가 나와 함께 있는 동안 그들이 '내내' 같이 머물렀다는 거짓 주장은 내가 지어 냈다. 제임스는 초연하고 훨씬 점잖은 사람들의 존재가 벤에게 자기 행동을 지켜보는 사람이 있다는 사실을 느끼게 하여 그의 폭력적인 행동을 무마할지도 모른다고 생각했다. 나는 그것을 믿지 않았다. 그의 행동은 나 이외의 모든 종류의 훌륭한 사람들에게 '깊은 관심사'일지도 모른다. 그러나 결혼한 부부가 대문을 닫으면 벤은 자기 하고 싶은 대로 행동할 것이다. 제임스는 하틀리와 얘기하게 해 달라고 다시 요청하지 않았다. 어쨌든 시간이 너무 늦었다. 길버트는 내 편지를 그날 밤 10시경에 니블레츠의 편지통에 넣었다.

나는 잠시 하틀리와 시간을 보냈다. 매우 이상한 기분이 들었다. 그녀에게 내일 집으로 돌아갈 것이라고 말해 주었다. 그녀는 눈을 현명하게 깜박거리며 고개를 끄덕였다. 아래층에 내려와서 다른 사람들과 저녁을 같이 먹을 것인지 그녀에게 물었다. 다행히도 그녀는 거절하였다. 그녀에게 집에 가게 되어 만족하느냐고 다시 물어보지는 않았다. 우리는 바닥에 앉아서 어렸을 때 우리끼리 만들어 낸 일종의 '스냅' 카드놀이를 했다. 집 안의 모든 사람들은 일찍 잠자리에 들었다.

5

다음 날은 내 일생에서 가장 불길한 날 중 하나였다. 아마 최악의 날이었을 것이다. 나는 사형 집행을 당하기 위해서 눈을 떴다. 타이터스를 제외하고는 아무도 아침 식사에 관심이 없었다. 덥고도 숨막힐 것 같은 날씨가 계속되었고, 가끔 멀리서 천둥 소리가 나기도 했다.

하틀리의 외관은 엉망진창이었다. 그녀는 특별히 신경을 써서 화장을 했는데 가엾게도 그것이 그녀를 더 늙어 보이게 했다. 그녀의 노란 원피스는 더럽고, 구겨지고, 찢겨져 있었다. 내 가운을 입혀서 그녀를 남편에게 돌려보낼 수는 없었다. 내 옷을 뒤져 해변에서 입을 만한 남녀 겸용 코트를 찾아 그녀에게 입혔다. 머리에 쓸 가벼운 스카프도 찾았다. 마치 어린아이에게 옷을 입히는 것 같았다. 우리는 서로에게 감히 말을 건네려고 하지 않았다. 나는 이제 모든 사건이 끝나기를 바랐다. 그녀가 '난 이제 가고 싶지 않아.'라고 말할지도 모른다는 생각에 견딜 수가 없었다. 그렇다면 당장이라도 나는 '입 닥쳐!'라고 충동적으로 소리칠 것이다. 그것은 고통이며, 그러지 않기를 원했다. 아마 그녀도 그렇게 느꼈을 것이다. 어느 한 순간 나는 이것이 그때와 똑같은 상황이라고 생각했다. 나는 그녀를 위하여 내가 할 수 있는 모든 것을 했다. 모두. 그런데 그녀는 나를 떠나려 하고 있다. 나는 플라스틱 가방에 그녀의 화장품과 내가 그녀에게 주었던 흰 줄이 있는 얼룩덜룩한 분홍빛 돌을 넣었다. (그녀는 분명히 그 돌을 한 번도 쳐다보지 않았을 것이다.) 그녀는 아무 말도 하지 않았으나 내가 돌을 가방에 넣는 것은 보았다. 길버트가 차가 준비되었다고 소리쳤다.

하틀리가 욕실에 있는 동안 나는 가방을 들고 아래층으로 내려가 현관에서 기다렸다. 페러그린이 소위 '대표단'이라고 이름 붙인 사람들은 페러그린의 흰색 알파 로미오 차를 타고 가야 한다고 결정하였다. 제임스와 페리와 타이터스는 이미 밖에 나와 있었다. 길버트도 주방에서 나왔다. 그는 나에게 말했다. "말은 하지 않았지만 어젯밤 이상한 일이 있었어요."

"무슨 일?"

"내가 편지를 그 집에 배달했을 때 집 안에서 여자 목소리를 들은 것 같아요."

"텔레비전이었겠지."

"그렇지 않아요. 찰스, 싸움이 일어나진 않겠지요? 오늘까지 우리더러 오지 말라고 한 의도가 뭘까요? 그가 우리를 때리려고 자기 친구들을 모두 소집한 건 아니겠지요?"

나도 그런 생각을 했다. "그는 친구가 없어." 혹시 목공 강습소 동료들일까?

하틀리가 계단을 내려오기 시작했다. 나는 길버트를 밀었고 그는 밖으로 나갔다. 그녀는 걷기가 힘든지 계단 난간을 붙들고 천천히 내려왔다. 내가 의도한 대로 머리에 스카프를 두르고 있어서 얼굴에 그늘이 졌다. 그녀가 베일을 썼더라면 더 좋았을 것이다. 우리가 단둘이 있는 마지막 순간, 마지막 몇 초 동안 나는 그녀의 손을 꽉 잡으며 볼에다 키스했다. 그리고 아무렇지도 않은 보통 일처럼 말했다. "이것은 이별이 아니야. 너는 나에게 올 거야. 기다리고 있을게." 그녀는 내 손을 꽉 쥐었으나 아무 말도 하지 않았다. 눈물을 흘리지는 않았지만 먼 곳을 바라보고 있었다. 우리는 함께 둑길로 나왔다. 다른 사람들은 차 옆에서 기다리고 있었다. 이상스럽게도 이 광경은 신부와 신랑이 입장하는 것과 같았다.

우리가 차에 가까이 가자 모두들 눈을 피했다. 앉을 자리는 미리 정해 두지 않았다. 타이터스는 뒷문을 열었고 나는 하틀리를 밀어 넣고 그 뒤를 따랐다. 타이터스가 들어와 내 곁에 앉았다. 나머지 세 사람은 앞자리에 끼어 앉았다. 하틀리는 얼굴을 가리려고 스카프를 앞으로 내렸다. 앞의 세 사람은 돌아보지 않았다.

운전을 하던 페러그린이 말했다. "똑바로 가다가 오른쪽으로 가는 거지?"

길버트가 대답했다. "마을을 통해 가야 해요. 내가 가르쳐 줄게요."

하틀리는 내게 딱 붙어 있었다. 그녀의 몸이 매우 뻣뻣했다. 타이터스 역시 뻣뻣했다. 그의 눈은 멍하니 앞쪽을 응시하고 있었고, 분홍색 입은 약간 벌리고 있었다. 그가 가쁘게 숨을 쉬는 것을 느낄 수 있었다. 모두들 정면을 응시하고 있었다. 나는 두 손을 겹쳤다. 해가 빛나고 있었다. 결혼식에 어울리는 화창한 날이었다.

우리는 큰 바위에 접근했다. 여기를 지나서는 내가 카이버 고개라고 부르는 좁은 길로 들어서게 되어 있었다. 바로 그때 큰 돌 하나가 앞쪽 유리를 세게 때렸다. 차 안의 모두가 몽환 상태에 있다가 갑자기 퍼뜩 깨어났다. 그러자 또 다른 돌이 차를 때렸고, 곧바로 또 하나의 돌이 뒤따랐다. 페러그린은 차를 세웠다. 다른 사람이 기사였다면 속력을 더 냈을 것이다. 그러나 페리는 그러지 않았다. "도대체 무슨 일이지? 누군가가 우리에게 돌을 던지고 있어. 고의로 말이야." 그는 차에서 내렸다.

우리는 길 양쪽에 누런 바위들이 쌓인 좁은 협곡 사이에 있었다. 제임스가 페러그린에게 무언가를 말하고 있었다. 아마 차에 다시 타라고 하는 것 같았다. 나는 잠시 생각했다. 벤이 영리하게도 기습할 수 있는 기막힌 잠복 장소를 준비한 것이리라. 아주 적당한 장소를 택한 것이다. 그 순간 갑자기 앞쪽 유리가 박살이 났다. 머리 위 바위에서 밀어뜨린 상당히 큰 돌하나가 위쪽에서 정면으로 차에 떨어진 것이다. 와장창 소리를 내며 유리는 하얗게 갈라지고 불투명해졌다. 돌은 라디에이터 위로 흠집을 내며 튀었다가 다시 길에 떨어졌다. 페러그린은 분노의 외침을 토했다.

타이터스는 차에서 뛰쳐나왔고 나도 그 뒤를 따랐다. 길버트는 제자리에 그냥 있었다. 제임스는 운전석으로 옮겨 앉아 손에 손수건을 감아 유리를 두들겨 구멍을 냈다. 그런 뒤에 그도 밖으로 나왔다.

"저기! 저기!"페러그린이 소리치며 위를 가리켰다.

돌 하나가 내 머리를 스치며 지나갔다. 고개를 든 나는 푸른 하늘에 모습을 드러낸 로시나를 보았다. 그녀는 가장 높은 바위에 한쪽 무릎을 꿇고 앉아서 던질 돌들을 미리 준비하고 있었던 것이다. 그녀는 농사짓는 여자들이 쓰는 숄 같은 것을 두르고 있었는데, 마치 검은 마녀처럼 보였다. 고함을 지르는 그녀의 입과 이를 볼 수 있었다. 그녀의 주된 목표물이 페러그린이라는 것이 곧 판명되었다. 돌 하나가 그의 가슴을 쳤으며, 또 하나는 어깨를 내리쳤다.

그는 피할 생각은 하지 않고 소리를 지르며 돌을 던졌다. 로시나의 머리 위로 돌들이 날아갔지만 하나도 그녀를 때리지는 못했다.

"저 여자가 누구지?"제임스가 상당히 까칠한 어조로 물었다.

"페러그린의 전처야."

"우리를 못 가게 하는 이유가 뭐야?"

"페리, 차 안으로 들어가. 차 안으로 들어가라니까!"나는 그의 코트 자락을 잡았다. 그는 화가 나서 내 손을 뿌리치더니 더 많은 돌을 주우려고 몸을 굽혔다.

돌 하나가 내 손을 아프게 내리쳤다. 나는 급히 차를 향해 돌아갔다.

"로시나! 로시나!"타이터스는 손을 흔들며 소리쳤다. 마치 전쟁터에서 지르는 소리 같았다. 그는 손짓을 하고 춤을 추었다. 나는 그를 잡아당겼다. 제임스는 페리를 꽉 잡았다. 곧 우리는 모두 차 안으로 들어갔으며, 페러그린은 맹렬하게 속력을 냈다. 차는 앞으로 돌진했고 모퉁이를 돌아 마을 도로가 두

갈래로 갈라지는 곳까지 왔다.

여기서 페러그린은 갑자기 차를 정지시켰다. 그리고 차 트렁크에서 책을 가지고 와서 나머지 유리창을 난폭하게 때려 부쉈다. 흰 유리 조각이 우리에게 마구 튀었다. 그는 라디에이터의 찌그러진 부분을 조사하며 말했다. "도대체 저 몹쓸 계집이 여기서 무얼 하고 있는 거야?" 그러나 대답을 요하는 말은 아니었다. 잠시 후에 그는 생각에 잠겨 말했다. "학생 때 크리켓을 했다더니⋯⋯."

불가사의하고 난폭한 사건은 내 혼을 다 빼 놓았다. 이 사건이 일어나는 동안에도 하틀리는 전혀 꼼짝도 하지 않았으며 무슨 일이 일어났는지도 의식하지 못한 것 같았는데 나는 하틀리의 그런 모습에 더 심한 충격을 받았다. 그 순간 갑자기 길버트가 어젯밤 방갈로에서 어떤 여자의 목소리를 들었다고 말한 것이 생각났다. 그렇다면 로시나가 벤을 '위로'하기 위해 그녀의 음란한 위협을 행사한 것일까? 그래서 벤이 하틀리를 어젯밤에 받아들일 준비가 되지 않았던 것일까? 그렇지 않았다면 어떻게 로시나가 우리가 오는 것을 알았을까? 이 생각을 하자 나는 어찌할 바를 모를 만큼 큰 분노와 혼란에 빠졌다.

이제 우리는 마을을 빠져나와 오래전에 하틀리와 내가 매우 수줍어하며 이야기를 나누었던 교회를 지나쳤다. 그리고 방갈로를 향해서 언덕을 올라갔다. 페러그린은 얼굴이 붉게 달아올라 난폭하게 운전했다. 그리고 전적으로 자기 생각에만 골몰하여 더 이상 사건의 경과에 참여하지 않았고, 무슨 일이 있는지조차 모르는 것 같았다.

나는 하틀리가 집에 간다고 상상했을 때에 자동차 문을 열고 그녀를 안내하여 데리고 나온 뒤 대문의 빗장을 열고 마당의 보도를 걸어가는 상상을 할 수가 없었다. 그러다가도 어느 순간에 '안 돼! 더 이상은 안 돼!'라고 소리치며 그녀의 손을 잡고 다시 끌어당길 것만 같았다. 그러나 나는 그렇게 하지 않았다. 그녀를 만지지도 않았다. 그녀는 스카프와 푸른색 코트를 벗어 버리고 차에서 급히 빠져나갔다. 나는 그녀를 위해서 대문을 열어 주었고 그녀의 뒤를 따라 좁은 길을 걸어갔다. 제임스가 내 뒤를 따랐다. 그 뒤에 타이터스가 두려워하며 따라왔고, 역시 두려움에 떠는 길버트가 그 뒤를, 그리고 페러그린이 맨 뒤에 혼자 화를 내며 따라왔다.

하틀리가 초인종을 눌렀다. 부드러운 종소리가 들리자마자 사납게 개 짖는 소리가 들리고 그다음 누군가의 욕설이 들렸다. 문이 쾅 하고 닫히는 소리에 개 짖는 소리가 덜 들렸다. 그러고는 벤이 문을 열었다. 내 생각에 그는 그녀를 들여보내고 곧바로 문을 닫고 싶었겠지만, 제임스의 지시에 따라 내가 잽싸게 그녀를 바싹 따라 들어갔고 다른 사람들도 내 뒤를 따랐다.

나는 집 안의 장면을 상상하지 못했다. 아니 상상했다 하더라도 순간적인 fracas*나 엄숙한 토의를 그리는 게 고작이었다. 물론 이 두 가지에는 하틀리가 주역일 것이라고 생각했다. 그러나 하틀리는 문 안으로 들어서자마자 사라져 버렸다. 순식간에 그녀는 생쥐처럼 도망가더니 침실로 들어가서 문을 닫았다. (내가 벤과 이야기했던 작은 방이 아니라 주인용 침실이었다.)

몸집이 상당히 커 보이는 개는 현관에서 일어나는 일에 동

---

* '소동', '싸움'이라는 뜻의 프랑스어.

조하듯 계속 짖어 대고 있었다. 벤은 거실 문 쪽으로 물러섰고, 길버트는 이제는 닫힌 현관문에 기대 있었으며, 페러그린은 화난 표정으로 갑옷 입은 기사 그림을 째려보고 있었다. 제임스는 흥미에 차서 벤을 바라보았으며, 벤과 타이터스는 서로를 노려보고 있었다.

벤이 먼저 입을 열었다. "그래, 타이터스."

"안녕하세요."

"네 엄마와 같이 왔으니 이제 집에 머무를 거냐?"

타이터스는 몸을 떨며 입술을 깨물 뿐 아무 말도 하지 않았다.

"이제 여기 머무를 테냐, 응?"

타이터스는 고개를 저었다. 그는 목이 죄인 듯 나지막하게 속삭였다. "아니요……. 저는 여기 있지 않을 겁니다."

내가 말했다. "타이터스는 내 아들은 아니지만 내가 입양하려고 합니다." 내 목소리는 긴장하여 떨렸고, 단어는 설득력 없이 거의 경솔하게 들렸다. 벤은 내 말을 무시했다. 아직도 타이터스를 노려보고 맹렬하게 뭔가를 던지는 듯한 동작을 하였다. 타이터스는 움찔했다.

벤은 거기 있는 사람 중 가장 키가 작았다. 그러나 체격은 가장 건장했다. 그의 굵은 목덜미와 넓은 어깨는 낡은 카키색 셔츠에 너무 꼭 끼어 금방이라도 터져 나올 것 같았다. 검은색 벨트가 약간 불거진 뱃살 밑에 꽉 매어져 있었지만 그는 매우 건강해 보였다. 햇볕에 그을린 살갗은 빛났고 짧게 깎은 머리는 털처럼 삐죽삐죽 서 있었으며, 최근에 면도를 했는지 말끔했다. 손은 옆으로 늘어뜨리고 있었는데, 손가락을 꿈틀거리며 발꿈치를 약간 들고 있는 것이 마치 무슨 곡예를 하려는 것처럼 보였다. 내가 기억했던 대로 현관 복도는 답답한 느낌이었으나 냄새는 조금 달랐다. 더 고약했다. 여러 개의 꽃병에는 시든 장미가 잔뜩 꽂혀 있었다. 개는 이제 조용했다.

내가 말을 걸었다. "내 편지를 읽었습니까?"

벤은 내게 주의를 기울이지 않았다. 그는 이제 제임스를 바라봤으며, 제임스도 그를 봤다. 제임스는 깊은 생각에 잠겨 얼굴을 찌푸렸다. 그러더니 입을 열었다. "피치 하사."

"그렇습니다. 맞습니다."

"왕립 공병대."

"그렇습니다."

"자네가 바로 아르덴에서 그 작전에 참여한 사람이군."

"그렇습니다."

"참 훌륭했었네." 제임스가 말했다.

벤의 얼굴이 경직되었다. 아마 감정을 억제하기 위해, 조금은 만족스러운 표정을 숨기기 위해서인 것 같았다. "당신이 그의 사촌입니까?"

"그렇네."

"아직 복무 중입니까?"

"얼마 전에 퇴역했네."

"저도 더 복무하기를 원했습니다만……."

마치 과거를 생각하고 회상하듯 잠시 그들 사이에 침묵이 흘렀다. 금방이라도 회고담을 시작할 태세였다. 그런 뒤에 제임스가 급히 말했다. "이 사건에 대하여 매우 미안하게 생각하고 있네. 나는……. 이것은 그녀의 잘못이 아니네. 그녀는 조금도 죄가 없어. 그리고 아무 일도 없었네. 내 명예를 걸고 말할 수 있네."

벤은 아무 표정 없이 말했다. "좋습니다." 그는 고개와 어깨를 움직여 가도 좋다고 암시했다.

제임스는 막연히 나를 돌아보았다. 마치 의장이 유명한 연사에게 더 이야기할 것이 있느냐고 무언의 질문을 던지는 것 같았다. 나는 그의 표정에 대꾸하지 않고 떠나려고 돌아섰다. 길버트가 문을 열었고, 페러그린은 주저하지 않고 나갔으며, 그 뒤에 길버트, 그다음에 타이터스, 그리고 나, 그다음에 제임스가 밖으로 나왔다. 우리 뒤에서 문이 조용히 닫혔다.

· · ·

자동차에 다다르기 전에 나는 하틀리의 화장 도구와 돌이 담긴 플라스틱 가방을 내가 아직 가지고 있다는 사실을 깨달았다. 나는 자동적으로 돌아섰다. 제임스가 나를 붙잡으려고 했으나 나는 그를 피해서 보도를 꿋꿋이 걸어갔다. 그 가방을 하틀리에게 돌려줘야 한다는 것, 그것을 내가 가져가서는 안 된다는 것, 그리고 그것이 불행의 징조가 되면 악마의 오점을 수집하는 결과가 되므로 그것을 슈러프엔드로 가져가서는 안 된다는 것이 거의 미신처럼 강력하게 작용하였다. 그 가방을 문턱에 두고 올 수도 있었다는 생각이 든 것은 나중이었다. 나는 초인종을 누르고 기다렸다. 사납게 개 짖는 소리가 다시 들렸다. 벤이 소리쳤다. "입 닥쳐, 이 못된 새끼!"

잠시 후에 그가 문을 열었다. 무표정한 얼굴은 사라지고 없었다. 그는 증오에 가득 찬 얼굴을 잔뜩 찌푸리고 있었다. 내가 경솔하다는 느낌이 들었으나 꼭 해야만 하는 일이었다. 또한 앞으로 벌어질 장면을 방해해야 한다고 생각했다. 침실 문이 열려 있었다.

나는 가방을 건네주었다. "이건 부인 것입니다. 두고 가는 것을 잊었어요."

벤은 가방을 잡아채 뒤쪽의 현관 복도에 내던졌다. 가방이 바닥에 부딪혀 딸그락거렸다. 그는 얼굴을 찌푸리고 나에게 머리를 들이댔다. 나는 뒤로 물러섰다. "당장 꺼져. 그렇지 않으면 죽여 버리겠다. 그리고 그 비열한 애 녀석도 다신 얼씬거리지 말라고 해. 네놈을 죽여 버릴 거야!"

거칠게 문이 닫히는 바람에 종이 울렸다. 개는 이제 거의 발악을 하고 있었다. 나는 좁은 길을 걸어서 차로 돌아왔다. 이곳에서는 벤의 말소리가 들리지 않았다.

길버트와 타이터스는 뒷좌석에 앉아 있었다. 차 안의 좌석에는 커다란 진주알 같은 불투명한 흰색 돌들이 흩어져 있었다. "이게 뭐지?" 내가 물었다.

"유리가 깨진 거 기억 안 나?" 제임스가 말했다. "자, 이제 집에 갈까요, 페러그린?"

발동이 걸린 차는 붕붕 소리를 내며 언덕을 올라갔다가 돌아서 다시 매우 빠른 속도로 언덕을 내달렸다. 깨진 앞쪽 유리창을 통해서 바람이 세차게 들어왔다. 아무도 입을 열지 않았다.

해변으로 가는 교차로에 접근했을 때 타이터스가 말했다. "차를 세워 줄 수 있어요? 저는 여기서부터 걸어가겠습니다."

페러그린이 급정거를 하는 바람에 우리는 모두 앞으로 곤두박질하였다. 타이터스는 이미 내리기 시작했다.

"타이터스, 다시 그 집에 가는 것은 아니지?" 나는 그의 셔츠를 잡으며 소리쳤다.

"아니요!" 그는 차에서 내려 몸을 돌리며 말했다. "꼭 알고 싶으세요? 저는 지금 토할 것 같습니다." 그는 항구 쪽으로 걸어가기 시작했다. 페러그린은 다시 차를 난폭하게 몰았다.

길버트가 제임스에게 물었다. "아까 말한 아르덴에서 있었던 사건이란 게 뭡니까?"

제임스는 긴장한 것 같았으나 약간 즐거워하는 듯한 표정이었다. 벤과 만나 기분이 좋았나 보다. 그가 말했다. "이상한 사건이었어요. 그 피치라는 사람은 아르덴 포로 수용소에서 포로로 붙잡혀 있었어요. 아마 1944년에 붙잡혔을 거예요. 그곳엔 장교가 하나도 없었어요. 아마 그가 고참 부사관이었을 거예요. 아무튼 그가 지도자 격이었어요. 1945년 5월, 독일군은 우리가 도착하기 전에 그 수용소를 철수시키려고 했는데, 그가 독단으로 전쟁을 일으켰지요. 그는 병사들을 휘어잡았고, 포로들 중 힘센 녀석들이 그와 힘을 합쳤어요. 모두들 거기에 가담했지요. 아주 잘 구성된 조직이었어요. 계획도 아주 기막혔고 대형 수송기도 파괴했지요. 기차를 점령했다는 얘기도 들었어요. 그들은 무기를 탈취하여 독일군에게 사격을 시작했어요. 굉장히 무지막지한 사태였어요. 아마도 어떤 개인적인 원한이 있었던 것 같아요. 어쨌든 아군이 도착했을 때에는 남아 있던 독일군은 포로가 되어 있었고, 젊은 피치는 수용소를 자기 지휘하에 완전히 장악한 뒤 우리를 환영하려고 문앞에 서 있었지요. 한 사람의 용감함과 지도력을 보여 준 행위였어요. '불필요한 잔학성'에 대하여 일부 사람들은 왈가왈부하였지만 그런 논란은 곧 사라졌고, 그는 육군 훈장을 받았어요."

"당신이 거기 있었어요?" 길버트가 물었다.

"아뇨, 난 다른 곳에 주둔하고 있었어요. 그러나 그 부대를 구제한 것이 우리 부대였고, 누군가가 내게 그 사건에 대해 말해 주었어요. 그 사람 사진을 본 적이 있었는데 전혀 변하지 않았군요. 모든 것이 내 기억에 남아 상상력을 자극했기 때문에 그 이름을 기억하고 있었지요. 그는 용감한 남자였어요. 그를 이런 식으로 만나게 되다니 참 묘하군요!"

"마음에 들지 않는 용기야." 내가 말했다.

"마음에 들지 않는 전쟁이기도 했지." 제임스가 대꾸했다.

"그 녀석은 살인자야."

"다른 사람들보다 사람을 더 잘 죽이는 사람들이 있긴 하지만 그렇다고 성격이 다 악한 것은 아니야. 그는 유능한 군인답게 행동했어."

우리는 집에 도착했다. 페러그린이 바위에 차를 부딪히는 바람에 차가 덜컹거리며 멈췄다. 우리는 모두 차에서 내렸다. 시계를 보니 10시였다. 긴 하루가 끝나려면 아직 멀었다.

나는 집 안으로 들어가서 그대로 주방을 지나쳐 잔디밭으로 나왔다. 내 뒤를 바로 뒤따라오던 제임스는 주방 문에 서서 나를 바라보고 있었다. 내가 말문을 열었다. "도와줘서 고맙다. 여기서 할 일을 끝냈으니까 이제 가고 싶겠지?"

그가 대답했다. "글쎄, 괜찮다면 내일까지 있겠어."

"좋을 대로."

. . . .

　나는 민의 다리를 건넌 뒤 바위들을 가로질러 탑 쪽으로 갔
다. 레이븐 만을 바라볼 수 있는 바다 끝 한 장소를 발견했다.
바다로부터 더운 바람이 불어오고 약간 위협적인 파도가 일고
있었다. 그러나 천둥이 칠 것 같지는 않았다. 아마 폭풍이 그
냥 지나간 모양이었다.

　로시나의 돌에 맞은 손이 아팠다. 멍든 상처가 보였다. 나는
땀을 흠뻑 흘렸다. 더운 바람이 등에 달라붙어 있던 셔츠와 데
님 면 재킷을 말리고 있었다. 나는 재킷을 벗고 셔츠는 헐렁하
게 잡아당겼다. 만에는 아지랑이가 피어올랐다. 바닷물은 연한
푸른색이었으며, 가장자리의 잔잔한 물결은 예쁜 레이스 같았
다. 크고 둥근 바위들은 뜨거워 보였고, 그들이 발산하는 열기
덕분에 반짝거리는 것 같았다. 바위들은 엄숙하고 경건한 모습
이었다. 황갈색 해초가 바위 위에 늘어진 것이 마치 상형문자
처럼 보였다. 만의 다른 쪽 돌출부는 자줏빛으로 얼룩져 있었
다. 나는 파도가 내 발에 닿을락 말락 물결치는 누런 바위 위
에 앉아 있었다. 파도는 누런 바위에 부딪혀 왔다가 거품이 되
어 흩어졌다. 누런 바위는 금세 말랐다. 최근에 일어난 사건에
서 내가 바보짓을 했다는 생각이 들었으며, 또한 그렇게 어리
석은 일과 연관되어 내가 얼마나 우스꽝스럽게 보였을까 생각
하니 슬프기도 하였다.

　나는 조용한 발소리를 들었고 그림자를 보았다. 제임스가
내 곁에 와서 앉았다. 나는 그에게 주의를 기울이지 않았다.
우리는 잠시 침묵 속에 앉아 있었다.

제임스는 바위 위를 만지작거리더니 조그만 돌멩이를 찾아 바닷물 속으로 가볍게 던졌다. 드디어 그가 입을 열었다. "너무 걱정하지 마. 그녀는 괜찮을 거야. 난 그럴 거라고 확신해."

"어째서?"

"전반적인 상황을 고려해 보면 그래."

"알겠다."

"또 그 미묘한 일화도 있잖아."

"피치 하사가 애로비 장군에 대하여 갖는 존경심이 그렇게 대단해?"

"꼭 그렇지는 않아. 그러나 우리 사이에 무엇인가 오간 것은 사실이야."

"군인들만의 이심전심이군."

"그와 비슷해. 뭐라 설명하기는 어렵지만…… 명예가 걸린 일이니까……."

"아, 바보 같은 소리야." 내가 말했다. "제임스, 이상해. 네가 군대 이야기를 할 때면 언제나 어리석게 보이거든. 군인의 허영심 같아."

우리는 좀 더 오랫동안 침묵했다. 돌 몇 개를 발견한 나는 간직할 가치가 있는지를 자세히 살펴본 뒤 다시 떨어뜨렸다. 벤은 아마도 플라스틱 가방에 있는 예쁜 돌을 그 자리에서 던져 버릴 것이다. 어쩌면 그것을 개한테 던질지도 모른다. 개가 불쌍했다.

제임스가 말했다. "더 좋은 판단을 할 수 있었는데 우리가 괜한 영향을 주었다고는 느끼지 않았으면 좋겠어."

"그렇지 않아." 나는 그 점을 논쟁할 생각이 없었다. 물론 그가 나에게 영향을 미치긴 했다. 그러나 더 좋은 판단은 둘째 치고 내가 무슨 판단을 내릴 수 있었겠나?

"타이터스는 어떻게 할 작정이야?"

"뭐라고?"

"타이터스를 어떻게 할 거냐고."

"나도 모르겠어. 아마 그는 여길 떠날 거야."

"형이 붙잡으면 떠나지 않을 거야. 형이 그를 잡아야 해. 그는 배우가 되고 싶다던데……."

"이상하게 나에게도 그렇게 말했어."

"연극 학교에 입학시킬 수 있어?"

"있겠지."

"타이터스에게 신경을 써 봐."

"그런 것까지 생각해 주어 고맙다."

"이제 이 집을 떠나겠지?"

"어째서 내가 떠나야 한다는 거야?"

"글쎄, 떠나는 게 더 낫지 않을까?"

"여긴 내 집이야. 난 여기가 좋아."

"아, 그래……."

우리는 돌을 몇 개 더 집어던졌다.

"계속 이야기해도 될까, 찰스 형?"

"그럼."

"나는 이런 생각을 했어……. 진짜 얘기해도 괜찮겠어?"

"어서 얘기해 봐. 무슨 상관이야."

"세월은 우리를 현실로부터 떼어 놓을 수 있고, 사람들을 갈라놓아 그들을 유령으로 만들 수도 있어. 아니, 그들을 유령이나 악마로 만드는 건 우리야. 쓸데없이 과거에 집착하다 보면 그런 환영을 창조할 수 있어. 그리고 마치 트로이 전쟁에서 헬레네의 유령을 얻기 위해 영웅들을 싸우게 한 것처럼 그것들은 힘을 행사할 수도 있어."

"넌 내가 유령 헬레네을 얻기 위해 싸운다고 생각하니?"

"그래."

"그녀는 나에게 실체야. 너보다 더 진짜야. 어떻게 그처럼 불행하게 고통 받는 사람을 유령이라고 부르며 모욕할 수 있니?"

"난 그녀를 유령이라고 부르지 않았어. 그녀는 실체야. 다른 인간들처럼. 그러나 그녀가 가진 실체는 다른 곳에 있어. 그녀는 형의 꿈속에 있는 여인과 일치하지 않아. 형은 그녀를 변형시킬 수 없었어. 형은 노력했으나 실패했다는 것을 인정해야 해."

나는 그 말에 아무 대꾸도 하지 않았다. 확실히 나는 무엇인가 하려고 노력했으나 실패했다. 그러나 그 실패가 무엇을 증명했는가?

"노력은 해 보았으니까 이제 마음을 쉽게 할 수 없겠어? 이 일로 자신을 더 이상 괴롭히지 마. 좋아, 형은 노력해 봐야 했어. 그러나 이젠 끝났어. 그리고 그녀에게도 심한 상처를 주지 않았어. 이제 다른 일을 생각해 봐. 군대에서는 고의로 자신의 의무를 다할 수 없도록 자해를 하면 죄가 돼. 그런 짓은 하지 마. 타이터스를 생각해 봐."

"왜 자꾸 타이터스를 끌어들이지?"

"미안해. 하지만 이 시점에서 심각하게 따져 봐. 그녀가 소녀였을 때 그녀에 대한 형의 사랑은 어떤 충격으로 가사(假死)

상태가 되었어. 이제 그녀를 다시 만난 충격이 그녀에 대한 옛날의 감정을 부활시킨 거야. 이것은 정신적인 숨바꼭질이어서 나름대로의 필연성을 가지고 있을지 몰라도 형이 생각하는 것과는 달라. 물론 당장 그 감정을 극복하기는 어렵지. 그러나 몇 주 혹은 몇 달이 지나면 모든 것을 다시 돌이켜 생각하고, 다시 느끼고, 잊어버릴 거야. 이런 감정은 영원한 게 아니야. 인간적인 것은 아무것도 영원하지 않아. 우리에게 영원은 환상일 뿐이지. 그것은 동화에나 있는 일이야. 시계가 12시를 치면 모든 것은 산산히 부서져 사라져 버리는 거야. 그러고 나면 그녀로부터 자유로워진 형을 보게 될 거야. 그녀로부터 영원히 자유로워지고, 그때가 되면 가엾은 유령을 놓아줄 수 있어. 남는 것은 일상의 의무와 일상의 관심거리지. 그러면 마음이 가벼워지고 자유를 느낄 거야. 현재 형은 망상에 사로잡혀 있고, 최면에 걸려 있는 거야."

제임스는 얘기를 하면서도 바닷물 위로 몸을 굽혀 납작한 돌멩이들로 물수제비를 뜨고 있었다. 수면에서 돌이 튀었다. 그러나 큰 파도 때문에 멀리 가지는 못했다. 물 위를 스쳐 지나가는 돌을 바라보며 나는 심한 고뇌에 빠졌다. 왜냐하면 바로 이 게임을 하틀리와 우리 집 근처 연못에서 즐기던 기억이 났기 때문이다. 그녀는 나보다 돌을 더 잘 던졌다.

"네 이론은 매우 현명하지만 공허해. 사랑은 그런 시시한 심리학을 어리석게 만들어 버리지. 넌 사랑이 참고 인내할 수 있다는 것을 상상하지 못하는 것 같구나. 그 인내가 사랑의 기적과 같은 본질에 속하는 거야. 아마 넌 아무도 그만큼 사랑해 본 적이 없는 모양이지."

이 말을 하면서 제임스가 동성애자인지 궁금해하던 나에게 토비 엘즈미어가 해 준 이야기가 떠올랐다. 토비는 제임스가 인도에서 졸병으로 데리고 있던, 산에서 사고로 죽은 네팔의 셰르파에게 깊은 애정을 가지고 있었다고 말해 주었다. 물론 사람은 다른 사람들의 사랑에 대하여 알 수가 없으며, 나도 제임스의 사랑에 대하여 결코 아는 바가 없다. 나는 내 어색한 말을 무마하려는 듯이 말을 이었다. "넌 과거는 비현실적이고 유령으로 가득 찼다고 생각하는 모양인데, 내게는 과거가 무엇보다도 가장 현실적이며, 과거에 대한 충성이야말로 가장 중요한 일이야. 이것은 옛날 애인에 대한 감상이 아니야. 이것은 삶의 원리이며, 계획이야."

"시도해 봤으면서도 아직까지 그 신념을 믿어? 그녀가 집에 돌아가고 싶어 했고 집에 가는 것이 더 낫다는 것을 인정하고서도?"

"그래. 그 때문에 난 이곳에 머물러 있어야만 해. 난 기다려야만 해. 내 자리를 지키고 있어야 한다고. 그녀는 내가 기다리고 내가 여기 있을 것을 알아. 그녀에게도 불확실한 것이 있을 거야. 모든 것이 너무도 갑작스레 일어났기 때문에 지금은 집에 가야 했던 거야. 그러나 이제 그녀는 곰곰이 생각하고 결국 쇠사슬이 끊어진 것을 발견하겠지. 그녀는 조만간 여기 내게로 돌아올 거야. 그녀가 오리라는 것을 난 알아. 그녀는 여기 왔었고, 다시 여기로 돌아올 거야."

"만일 그녀가 오지 않는다면?"

"난 영원히 여기 있을 거야. 이것은 내 의무이자 내 자리야. 나는 끝까지 여기 있을 거야. 아니면 차라리…… 난 기다릴 거

야……. 그리고 나서…… 처음부터 모든 일을 다시 시작할 거
야."

"구출 계획 말이야?"

"그래. 돌 던지는 것 좀 그만해."

"미안." 제임스가 말했다. "아담 큰아버지와 마리안 큰어머
니와 형이 함께 찾아왔을 때마다 우린 샥스톤 근처의 연못에
서 돌을 던지곤 했었지. 기억나?

"난 기다려야만 해. 그녀가 이곳으로 나를 찾아올 거야. 그
녀는 내 일부야. 이것은 변덕이나 꿈이 아니야. 어린 시절부터
어떤 사람을 알았을 때, 그들이 거기에 없는 순간을 기억할 수
없다면, 그것은 환상이 아니야. 그녀는 내 안으로 들어와 있어.
한 사람이 다른 사람과 그처럼 완전하게 결속될 수 있다는 게
넌 이해되지 않니?"

"이해할 수 있어." 제임스가 대답했다. "자, 난 가야겠어. 자
동차 정비소에 페러그린과 같이 갔다가 다시 데려와야 하니까.
점심때 만나." 점심은 먹게 되겠지.

· · · · · · · ·

마음에서 우러난 정성 들인 식사는 아니었지만 점심은 준비
되어 있었다. 우리는 길버트가 어디선가 구해 온 신선한 고등
어를 먹었다. 그는 회향 열매도 구해 왔다. 물론 그가 조리를
맡았다. 타이터스를 제외하고는 아무도 많이 먹지 않았다. 나
는 타이터스가 돌아와서 마음이 놓였다. 그는 마치 개가 자기
집을 찾아오듯이 돌아왔다. 그렇다. 나는 그를 도울 것이며, 그

를 아껴 줄 것이며, 그를 내 마음의 위안으로 삼고 그에게 정
성을 쏟을 것이다. 다만 지금은 서로의 눈길을 피했다. 일종의
수치심이 우리 둘 사이에 맴돌고 있었다. 그는 자기 부모를 창
피해했다. 늙고 불행한 어머니를 창피해했고, 난폭한 아버지를
수치스럽게 생각했다. 나는 하틀리를 데리고 있지 못한 것과
그녀를 억지로 돌려보내야 했던 것을 수치스럽게 여겼으며, 그
녀를 지옥 같은 결혼 생활로 다시 돌려보낸 것에 대해 수치심
을 느꼈다. 그렇다. 나는 제임스에 의해서 억지로 그렇게 해야
했다. 제임스뿐만 아니라 길버트, 페러그린, 타이터스 때문에
그렇게 해야 했다. 만일 나 혼자였다면 신념을 버리지 않고 그
녀를 데리고 있는 데 성공했을 것이다. 나는 모든 구경꾼들에
의해서 사기가 꺾인 것이다.

　페러그린은 보통 때처럼 의욕적으로 침착함을 회복했다. 아
니면 회복한 듯 가장했는지도 모른다. 그와 길버트는 사사로
운 이야기를 주고받았다. 길버트는 아주 재미있는 모험을 했지
만 천만다행히 아무런 상처도 받지 않은 사람이 지니는 비밀
스러운 만족감을 드러냈다. 그는 이 이야기를 다른 기회에 퍼
뜨리게 될 날만을 고대하고 있었다. 제임스는 아마도 우울했는
지 조용히 멍하게 있었다. 타이터스는 창피해하고 분개하고 있
었다. 나는 다른 세 사람에게 이제 연극이 끝났으니 언제쯤 돌
아갈 것이냐고 물어보았고, 어서 가 주기를 원한다는 눈치를
주었다. 내일 출발할 것이라는 데 중의가 모아졌다. 페리의 자
동차도 그때까지는 수리가 될 것이다. 제임스가 그를 정비소에
태우고 갈 것이다. 길버트도 마지못해 떠나기로 동의했다. 그러
면서도 나에 대한 새 소식을 런던에 가져간다는 생각 때문에

즐거워했다. 그 뒤에 나는 타이터스와 단둘이 있게 될 것이다.

점심 식사 후에 나는 길버트의 총명한 제안에 따라 기다란 장보기 목록을 만들었다. 아직 자동차를 이용할 수 있을 때 식료품과 음료를 잔뜩 사다 두기 위해서다. 그래서 그는 다시 마을에 갔다. 타이터스는 '절벽'으로 수영을 하러 갔다. 페러그린은 이제 삶은 게 빛깔인데도 선탠로션을 잔뜩 바르고 탑 옆 풀밭에 누웠다. 제임스는 서재 바닥에 자리를 잡고 앉아 내 책들을 뒤적거리며 읽었다. 길버트는 잔뜩 장을 봐서 차에 싣고 돌아왔다. 그리고 상점에서 들은 소식도 전해 주었다. 프레디 아크라이트가 아몬 농장에 휴가를 보내러 왔다는 것이다. 페러그린은 두통이 심한지 비틀거리며 집 안으로 들어와서 서재에 커튼을 드리우고 누웠다. 제임스는 잔디밭으로 나와 바위 그릇에서 돌멩이를 집어다가 풀 위에 복잡한 원형 무늬로 나열했다. 찌는 듯한 무더운 오후가 저물어 가고 있었다. 멀리서 다시 천둥이 으르렁거렸다. 바다는 액체 젤리처럼 두텁고, 부드럽고, 육중하게 솟아올랐다 가라앉았다 했다. 타이터스가 수영을 끝내고 돌아온 뒤에 바다의 분위기가 달라졌다. 바람이 심하게 불기 시작했다. 부드럽던 파도가 험해지고, 높아지고 강렬해졌다. 바닷물이 가마솥으로 소용돌이쳐서 들어가는 소리를 들을 수 있었다. 수평선에는 솜구름이 낮고 길게 떠 있었지만 해는 구름 한 점 없는 푸른 하늘에서 서서히 지고 있었다. 길버트와 타이터스는 이제 풀밭 위에 펼쳐진 탑 그늘에 앉아 있었다. 그들이 「에라바모 트레디치」를 부르는 소리가 들렸다.

나는 화가 나고 상처 입은 마음 때문에 고의로 잠정적인 공백 기간을 갖기로 했다. 이런 사건이 일어난 것은 내 의지가 아니었고 제임스 때문에 벌어진 것이 확실했다. 내게 용기가 있었더라면, 내게 인내심이 있었더라면, 처음에 당장 그녀를 끌고 갔더라면, 하틀리는 나에게 자신을 맡겼을 것이다. 행복의 희망이 꺼져 버린 절망 속에서 그녀는 포기하고 양보했을 것이다. 그녀에게 삶에 대한 욕망을 가르치는 것이 내 의무이며 특권이었으니, 앞으로도 나는 그렇게 할 것이다. 나, 오직 나 혼자만이 그녀를 회생시킬 수 있는 운명으로 맺어진 왕자였다. 어떤 점에서는 이번에 잠시 그녀를 돌려보낸 것이 잘한 일인지도 모른다. 내 충동적 계략이 전혀 소용없지는 않았다고 본다. 그녀는 생각해 볼 시간을 가지고 두 남자를 비교해 볼 것이며, 또 다른 미래를 생각해 볼 수도 있을 것이다. 내가 그녀를 가르치려고 한 노력이 헛되지는 않을 것이다. 나와 함께 지내다가 벤에게 간 그녀는 마음속에 자유의 씨가 자라나서 도피에 대한 가능성을 깨우치고 도피를 하는 것만이 바람직하다는 것을 깨우칠 것이다. 벤과 잠시 함께 있는 동안 그녀는 이 문제에 집중하게 될 것이다. 사실상 이것이 더 나을 수 있다. 왜냐하면 일방적인 내 결정에 따르지 않고 그녀 스스로 확실한 결정을 내릴 수 있기 때문이다. 만일 그녀의 두려움이 가시고, 함정에 빠져 있다는 느낌도 덜어진다면, 그녀는 돌이켜 생각해 보고 나에게 올 결심을 할 것이다. 내 잘못은 너무 갑자기, 너무 냉혹하게 행동했다는 것이다. 그녀를 절대로 가두어 두지 말아야 했다. 그것을 이제야 알았다. 짧은 시간 그녀를 열렬히 설복시킴으로서 쉽사리 잡아 둘 수 있었을 것이다. 그랬다면 그녀의 이성을 감동시켰을 것이다. 그렇게 하지 못했기 때문에 그녀는 너무나 큰 충격을 받아 모든 것을 받아들이지 못한 것이다. 나는 그녀를 포로이자 희생자로 취급했고, 그 자체가 그녀 스스로 숙고할 능력을 잃게 만든 것이다. 이제 적어도 그 지긋지긋한 골방 같은 '집'에서 그녀는 생각할 수 있을 것이다. 그가 항상 그녀의 마음을 괴롭히고 그녀의 육체를 감독하지는 못할 것이다. 나는 기다릴 것이다. 그녀는 돌아올 테니까. 나는 집을 떠나지 않을 것이다. 그녀가 낮이나 밤이나 아무 때고 올지 모른다. 그리고 마지막으로 일이 꼬여 그녀가 오지 않는다면 제임스에게 말했듯이 처음부터 모든 일을 다시 시작할 것이다.

저녁때가 되었다. 타이터스와 길버트가 들어와서 차를 만들어 마신 뒤, 길버트의 자동차를 타고 블랙라이언으로 갔다. 페러그린은 두통을 위스키로 진정시키려고 나타났다가 다시 사라졌다. 제임스는 만다라를 만들기 위하여 돌을 더 찾으려고 어슬렁거렸다. 하틀리에 대하여 그런 생각을 하면서 마음이 약간 가벼워진 나는 마을 방향에 있는 바위 위로 기어올라갔다. 바다 끝에서부터 점점 더 사나운 파도가 올라와 물을 뿜었고 그 속에서 무지개를 볼 수 있었다. 물방울이 이슬비처럼 나한테까지 올라왔다. 나는 전에 내가 발견한 길게 움푹 들어간 바위 틈새로 기어들었다. 큰 바위들이 V 자 모양을 이룬 곳이었다. 한쪽 바닥에는 폭이 좁은 웅덩이가 있었고, 다른 한쪽은 자갈밭이 있었다. 반질반질한 바위들은 매우 따뜻했고, 그곳을 채운 온기가 내 몸을 위로해 주었다. 나는 자갈밭에 앉아 돌멩이를 몇 개 뒤집어 보았다. 아래 쪽이 젖어 있었다. 나는 조용히 앉아서 마음을 가라앉히려고 노력했다. 조그만 돌멩이가 바위에서 굴러 떨어져 내가 앉아 있는 자갈밭으로 떨어졌다.

나는 무심코 그것을 쳐다보았다. 잠시 후에 돌 한두 개가 또 굴러떨어졌다. 그러고는 또 하나가……. 나는 위를 올려다보았다. 누군가가 두 손으로 바위를 붙잡고 바위 꼭대기에서 나를 내려다보고 있었다. 곱슬거리는 갈색 머리카락 한두 가닥이 바람에 날렸다. 밝은 연갈색의 두 눈이 반은 웃고 반은 겁을 먹은 채 근시처럼 나를 내려다보고 있었다.

"리지!"

리지는 긁혀서 피가 약간 나는 갈색 다리 한쪽을 날카로운 바위 꼭대기에 걸쳤다. 그리고 다른 쪽 다리도 걸치려다 푸른색 원피스에 걸려서 균형을 잃고는 길고 매끄러운 표면을 타고 미끄러져 내려와 웅덩이 속에 빠졌다.

"어이쿠, 리지!"

나는 그녀를 끌어 올려 안으면서 격렬한 분노와 눈물이 혼합된, 고통에 가까운 웃음을 지어 보였다.

리지도 웃으면서 원피스 자락의 물을 비틀어 짰다.

"긁혔구나."

"아무렇지 않아요."

"구두도 한 짝 잃어버리고."

"웅덩이 안에 있어요. 그걸 주워 주세요. 아니면 내 구두를 수집할 건가요? 아, 찰스…… 내가 여기 온 것 괜찮지요?"

"길버트가 여기 있는 거 알아?"

"알아요. 그가 편지를 했어요. 당신과 함께 있는 것을 자랑하고 싶어 죽겠나 봐요."

"그가 널 오라고 했니?"

"아니요, 아니에요. 그는 당신을 독차지하고 싶어 했어요. 하지만 나는 갑자기 오고 싶었고, 못 올 이유가 없다고 생각했어요."

"못 올 이유가 없다고 생각했다고? 그래, 사랑스러운 리지? 운전하고 왔니?"

"아니요, 기차를 타고 오다가 택시로 갈아타고 왔지요."

"잘했어. 여긴 곧 주차할 장소도 없어질 거야. 집 안으로 들어가서 옷을 말리자. 또 미끄러지지 마. 이 바위들은 조금 위험해."

나는 그녀를 집 쪽으로 인도했고 잔디밭까지 왔다.

"이 돌멩이들은 뭐예요?

"아, 그냥 누군가 만든 그림이야. 너 말랐구나."

"살을 빼는 중이에요. 아, 찰스…… 당신은 괜찮아요?"

"왜 괜찮지 않을 거라고 생각하니?"

"글쎄요, 모르겠어요……."

우리는 주방으로 들어갔다. "여기 타월이 있다." 나는 길버트가 편지에 얼마나 천하고 버릇없이 사실을 왜곡하여 리지에게 전했는지 물어보지 않았다. 나에게 만일 더 큰 골칫거리가 없었더라면 그가 내 이야기를 어떻게 전했을까 하는 생각이 나를 괴롭혔을 것이다.

리지는 가볍고 얇은 옷감으로 만든 광택 있는 푸른색 여름 원피스를 입고 있었다. 목 부분이 V 자로 깊게 파이고 치마폭이 넓었다. 그녀는 정말로 전보다 야위어 있었다. 바람에 날려 타래송곳처럼 뒤엉킨 그녀의 길고 불그레한 곱슬머리는 밝은 푸른색 옷깃 위로 흩어졌다. 바람을 맞으며 촉촉하게 빛나는 그녀의 연갈색 눈은 부드러운 안도의 눈빛으로 나를 지켜봤다.

그녀는 어처구니없이 젊어 보였고, 생명력이 넘쳤으며, 알 수 없는 기쁨에 차 있었다. 동시에 마치 자기 주인의 미세한 동작을 읽는 애견처럼 매우 주의 깊게, 그리고 자신을 낮추고 나를 바라보았다. 이 발랄하고 건강한 사람이 우리 집에서 모든 것을 감추고 말없이 떠났던 사람과 얼마나 다른가를 느끼지 않을 수 없었다. 그러나 사랑은 스스로 목적을 발견하며, 스스로 매력을 알아보며, 또 그 매력을 꾸며 내기도 한다. 필요하다면 나는 이 점을 리지에게 설명해 줄 수도 있다.

리지는 의자에 앉아 샌들을 벗어 던지고 다리를 꼬았다. 그리고 통이 넓고 길게 끌리는 푸른색 치마를 들어 올린 채로 한쪽 발을 말렸다. 치마는 바닷물에 젖어 반쯤 얼룩이 져 있었다.

제임스가 들어오다가 놀라서 멈추었다.

나는 그에게 말했다. "또 한 명의 방문객이 왔어. 연극하는 친구지. 리지 셰러야. 이쪽은 내 사촌 제임스 애로비."

그들은 서로 인사를 나누었다.

현관문 초인종이 울렸다.

나는 하틀리가 바람에 부대끼며 문간에 서 있다가 미친 듯이 내 양팔로 쓰러지는 모습을 상상하며 달려 나갔다.

모자를 쓴 남자가 거기 서 있었다. "세탁물 주십시오."

"세탁물?"

"세탁물이요. 세탁소에서 사람이 오기를 원하셨다면서요. 세탁소에서 왔습니다."

"아, 그래요. 하지만 지금은 세탁할 게 없습니다. 다음 주에 다시 와 주세요."

나는 다시 주방으로 뛰어갔다. 페러그린이 와 있었다. 물론 그는 리지와 잘 알지 못했지만 안면이 있었다. 길버트가 타이 터스와 들어왔을 때 그들은 아직 인사를 나누고 있었다.

"리지!"

"길버트!"

"이게 당신 가방이야? 우리가 밖에서 발견했어."

현관문 종이 또다시 울렸다. 이번엔 하틀리일까? 아, 그랬으 면 좋으련만.

"전화?"

"전화를 설치해 달라고 했잖아요. 설치하러 왔습니다."

내가 전화를 설치할 곳을 지정할 때쯤 주방에 있던 사람들 은 「잘 익은 버찌」를 다 같이 노래하고 있었다.

· · · · · · · ·

그리고 그들은 계속하여 노래를 불렀다. 우리는 술에 취했 다. 길버트는 맛있는 샐러드를 만들었고 빵과 치즈와 버찌를 준비했다. 그리고 타이터스는 한가운데에 앉아 매우 행복해했 다. 탁자에 앉은 리지는 곁에 있는 타이터스에게 버찌를 먹여 주었다. 나는 마을 건너편의 숨 막힐 것 같은 방에서 하틀리 가 얼굴을 가리고 반복해서 "미안해요. 미안해요. 미안해요." 라고 빌고 있지는 않을까 생각했다. 나는 포도주를 더 마셨다. 길버트가 내 돈으로 포도주를 잔뜩 사다 두었다. 해가 지고 어두워지기 시작했다. 그들이 「나와 함께하소서」를 부른 뒤에 「주여, 당신이 주신 날이 끝났습니다」를 불렀을 때 우리는 모 두 바깥 잔디밭으로 나갔다. 제임스가 돌로 만들어 놓은 그림은 이미 사람들이 밟고 다녀 없어져 버렸다. 나는 리지에게 조용히 상황을 설명하고 싶었으므로 바위를 건너 그녀를 집에서 보이지 않는 곳까지 데려가 단둘이 앉았다. 그녀는 곧장 그녀 특유의 순결하면서도 노골적이고 끈끈한 키스를 퍼부었다.

"리지……."

"내 사랑, 당신은 취했어요!"

"리지, 넌 내 친구지, 그렇지?"

"그럼요. 영원히, 아주 영원히."

"왜 내게 온 거야? 뭘 원하지?"

"당신과 항상 같이 있고 싶어요."

"리지, 절대로 그럴 수는 없어. 너도 알잖니. 그렇게는 안 돼."

"당신이 나에게 요구했어요……. 나에게 무엇인가 요구했는데…… 잊어버렸나요?"

"난 너무나 많은 걸 잊었어. 자동차 유리창이 깨진 것도 잊었지."

"그게 뭔가요……?"

"아, 신경 꺼. 잘 들어, 들어 보라고, 리지. 잘 들어……."

"듣고 있어요!"

"리지, 그럴 수는 없어. 난 무척 불행한 그 여자를 돌봐 주어야만 해. 그녀가 나에게 다시 돌아올 거야. 길버트가 네게 말했겠지?"

"길버트가 무엇인가 편지에 쓰긴 했죠. 하지만 당신이 말해 봐요."

"네가 무엇을 아는지 난 몰라."

"로시나는 당신이 수염 난 여자와 결혼하려 한다고 말했죠.

당신은 당신이 과거의 그 여자를 만났으며, 나에게 전에 말한 것은 실수였다고 했고요……."

"리지, 난 너에게 사랑을 느껴. 그러나 그것과 같지는 않아. 난 그 여자에게 속박되어 있어. 매인 몸이라고. 이것은…… 이것은 절대적이야."

"하지만 그 여자는 결혼했어요."

"그녀는 남편을 버리고 나에게로 올 거야. 남편은 사악한 인간이고 그녀는 그를 증오해."

"그럼 그 여자는 당신을 사랑하나요?"

"그래……."

"그런데 그 여자가 그렇게 못생겼나요?"

"그녀는…… 리지, 그녀는 아름다워. 사람이 다른 어떤 사람을 보호해야 할 때, 모든 상처와 모든 악에 대항하여 그 사람을 보호해야 할 때, 신처럼 그들을 부활시켜야 할 때 어떤 기분이 드는지 네가 알까?"

"만일 그것이 모두…… 현실이 아니고…… 꿈이라 해도요?"

"그것은 현실이 될 수 있어. 꿈이 될 리 없어. 순결한 사랑이 그것을 현실로 만들어 주지."

"그거 알아요? 당신은 그녀를 동정해요……."

"이건 동정이 아니야……. 이것은 훨씬 더 위대하고 순결한 거야. 아, 리지…… 난 심장이 터질 것 같아……." 나는 머리를 무릎 위로 떨어뜨렸다.

"아, 내 사랑……." 리지는 마치 어린애나 작고 조용한 애완동물을 쓰다듬듯이 내 머리카락을 아주 부드럽고 다정하게 쓰다듬었다.

"사랑하는 리지, 너 울고 있니? 울지 마. 난 널 사랑해. 무슨 일이 일어나도 우리 둘은 서로 사랑하자."

"당신은 욕심이 너무 많아요. 그렇지요?"

"그래. 그러나 꼭 그렇지는 않아. 네가 편지에서 말했듯이 우린 자유스럽고 개방적으로 사랑하자. 자유로이. 미친 듯이 붙들지 말고……"

"그건 어리석은 편지였어요. 미친 듯이 붙들고 있는 것만이 내가 이해하는 단 한 가지 사랑이에요……"

"그러나 그녀와는, 하틀리와는…… 그것은 우리 둘보다 훨씬 위대하고 항상 존재하던 영원한 것이었어. 그녀는 내게 올 거야. 오지 않으면 안 돼. 그녀는 항상 나와 함께 있었으니까. 그녀 자신의 집에 오는 것과 같아. 내가 은퇴하고 여기에 온 것도 그녀를 위하여 온 세상을 포기한 것처럼 여겨져. 오래전에 나는 내 삶의 의미를 그녀에게 주었어. 그녀는 아직도 그것을 지니고 있어. 그녀가 그것을 의식하지 못할 수도 있지만 그것을 가지고 있는 건 분명해."

"그녀가 보기 흉해도 아름답고, 그녀가 당신을 사랑하지 않아도 사랑한다고 여기듯이……"

"하지만 그녀는 날 사랑해……"

"찰스, 이것은 아주 훌륭하고 고상한 것이거나, 아니면 당신이 미친 것이에요."

"사랑하는 리지…… 오늘 밤 난 그녀 때문에 깊은 사랑을 느껴."

"당신은 그 사랑을 내주어야 해요."

"그래. 하지만 아무에게도 주지 않을 거야. 자신의 생활이 충만하다고 느끼면, 다시 말해서 충성을 맹세하고 자신을 완전히 바치면 매우 자유롭게 느껴지는 법이야. 리지, 미래가 어떻게 될지 나는 몰라. 그냥 모든 것이 그녀와 관계가 있다는 것만 알 뿐이야. 그것은 존재하는 다른 사랑들을 어떤 점에서는 더욱 현실적으로 만들어. 왜냐하면 그 사랑은 순수하고, 이기적이 아니고, 아무것도 바라지 않으니까. 리지, 넌 아무 이유 없이, 아무것도 바라지 않고, 아무 데도 가지 않고, 그냥 있는 그대로 나를 사랑할 수 있니?"

"그건 현명한 지혜일 수도 있지만 기만일 수도 있어요. 당신은 확실히 술에 취했어요."

"그럴 수 있어, 사랑스러운 리지?"

"그럴 수 있어요." 그녀는 내 두 손을 잡고 키스하기 시작했다.

"리지! 리지! 어디 있어?" 길버트의 목소리였다.

어느새 깜깜해졌다. 지는 해가 일직선의 흰 구름을 비추고 있는 바다에는 아직 약간의 빛이 남아 있었다. 그 빛은 육지 쪽으로 몰려오는 파도 위에서 희미한 램프처럼 빛났다. 밀물이 들어오고 있었다.

"리지, 돌아와. 당신이 「당신은 아시나요」*를 불러 주었으면 해."

그녀는 잠시 후 기다란 다리를 뻗으며 나에게서 멀리 떨어졌다. 나는 이제 길버트를 볼 수 있었다. 그는 위에서 그녀에게 손을 뻗고 있었다. 나는 그곳에 그냥 있었다.

저녁 시간은 신비롭고 초자연적인 행복의 허상을 보여 준

---

* 모차르트의 오페라 「피가로의 결혼」에 나오는 아리아.

다. 마치 우울한 요정이 만들어 놓은 가면 같다. 나는 그 집에 폭풍우처럼, 퍼붓는 폭우처럼, 천둥처럼 갈 수도 없고, 그 안에서 무슨 일이 일어나는지 알 수도 없고, 그들의 생활에 뛰어들 수도 없는 것일까?

잠시 후에 나는 슈러프엔드로 돌아왔다. 슈러프엔드는 보통 때와 달리 유난히 밝게 불이 켜져 있었으며, 마치 인형의 집 같았다. 길버트가 내 돈으로 램프를 여러 개 더 사 왔음이 틀림없었다. 잔디밭 위에도 불빛이 비추고 있었다. 내가 집 가까이 왔을 때 리지는 아직 독창을 하고 있었다. 참되고 정직한 그녀의 작은 목소리는 공중에 높이 솟아 그녀를 둘러싼 남자들을 완전히 침묵하게 했다. 술에 많이 취한 페리는 주방 문 가까이에서 팔짱을 끼고 서 있었다. 그는 가끔씩 흔들리는 몸을 바로잡았다. 길버트는 감상에 젖은 미소를 지으면서 다리를 꼬고 앉아 있었다. 타이터스는 입을 벌린 채 무릎을 꿇고 앉아 있었는데, 두 눈을 크게 뜬 그의 얼굴은 감격과 즐거움으로 가득 차 있었다. 처음에는 제임스를 볼 수가 없었다. 그러나 그가 바로 내 아래 잔디밭에 누워 있는 것을 알아차렸다. 가족 파티였다.

「당신은 아시나요」는 끝이 났고 리지는 지금 「피카르디의 장미」*를 부르고 있었다. 이 노래는 에스텔 숙모가 피아노를 치면서 램즈덴스의 응접실에서 자주 부르던 곡이다. 그 기억이 아프게 되살아나면서 나는 제임스가 이 곡을 리지에게 청했으리라는 생각이 들었다. 그러자 이유는 말하지 않았지만 내가

---

* 1차 세계대전 당시 영국 병사들이 즐겨 부르던 사랑 노래.

리지에게 이 노래를 좋아한다고 말한 기억이 났다. 리지는 이 노래를 나를 위해 부르고 있었다.

「피카르디의 장미」는 너무 길었다. 내가 잔디밭으로 내려오자 제임스는 나를 의식하고 일어났다. 나는 그의 곁에 앉았다. 그는 이제 나를 바라보고 있었지만 나는 그와 마주 보려 하지 않았다. 잠시 후 그가 손을 뻗어 나를 어루만졌다. 그래서 나는 중얼거렸다. "그래, 그래, 그 노래야." 노래는 끝났다.

그런 뒤에 그 끔찍한 사건이 일어나기까지 저녁은 조용히 끝나 가고 있었다. 마치 재미있는 파티의 끝장처럼 산만하면서도 조용히 무질서해졌다고나 할까. 아니면 그저 내 기억 속에서 혼란스러운 것인지도 모르겠다. 어디서 왔는지는 기억이 나지 않지만 바위 너머로 불빛이 살짝 비추고 있었다. 아마 구름이 그때까지 빛을 발했는지도 모른다. 마치 구름처럼 제멋대로 생기고 얼룩덜룩한, 커다랗고 희미한 달이 모습을 드러냈다. 바닷가에서는 사나운 파도가 빛을 발했다. 나는 모습을 감춘 리지를 찾아 어슬렁거렸다. 모두들 위태롭게 유리잔을 손에 든 채로 각자 바위 위를 걷는 것 같았다. 육지 어딘가에서 부엉이가 울었다. 그리고 내 손님들의 목소리도 멀리서 약하고 공허하게 간헐적으로 들렸다. 나는 제임스도 찾고 싶었다. 내가 그에게 무례하게 행동한 것 같았기 때문이다. 무엇인지 확실히는 모르겠으나 그에게 에스텔 숙모에 대하여 말하고 싶었다. 그녀는 내 유년기에서 두드러지게 빛나는 존재였다. 정말 che cosa è amor.* 나는 '절벽'으로 가서 파도가 부서지는 것을 바라보았

---

* '사랑이란 무엇인가.'라는 뜻의 이탈리아어.

다. 천둥 소리가 부드럽게 으르렁거렸다. 먼바다에서 파도의 마루가 하얗게 빛나는 것을 볼 수가 있었다. 길버트의 웅얼대는 바리톤 목소리가 멀지 않은 곳에서 들려왔다. "아리따운 요정이여, 거기 머물러 말하오. 우리 술래잡기를 할까, 트라랄라?" 그리고 잠시 뒤에 또 다른 곳에서 타이터스가 혼자 「헤이즐딘의 병사」*를 부르는 소리가 들려왔다. 이들 술취한 가수들의 유아기적 자기 몰두와 자기만족에는 어딘가 부조리하고 감상적인 면이 있었다. 마침내 멀리서 리지가 「다섯 길 깊은 곳에」를 부르는 소리가 들려왔다. 나는 주의를 기울여 들었으나 방향을 알 수가 없었다. 쉴 새 없이 치는 파도 소리가 너무도 컸기 때문이다. 나는 그녀의 목소리가 매우 이상스럽게 메아리친다고 생각했다. 마치 확성기를 댄 것같이 들렸다. 탑 속에서 노래하는 것이 틀림없었다.

나는 아직 집에 꽤 가까이 있었으므로 이제 좀 더 어두컴컴한 장소로 걸어갔다. 빛나던 구름은 사라지고, 더 작아진 달은 아직 어렴풋이 빛나는 한여름 밤의 하늘에서 그다지 환하게 빛나지는 않았지만 더 밝아졌다. 계속 나를 부르면서 노래하는 리지의 목소리를 들을 수 있었다. "딩동딩동 종소리, 딩동딩동 종소리……." 나는 비틀거리며 바위 위를 돌아서 갔다. 이제는 그 길에 익숙했다. 민의 가마솥 위 다리에 도달했을 때 나는 잠시 멈추었다. 그리고 늘 그러듯이 거기서 구덩이를 내려다보았다. 밀려 들어오는 조수가 거품을 내며 몰아쳐서 자신을 파괴하는 분노의 힘으로 부서졌다. 바다로부터 분수처럼

---

* 스코틀랜드 시인 월터 스콧의 시에 멜로디를 붙인 노래.

빛이 올라왔다. 밑을 내려다보니 깊고도 진한 녹색 거울을 들여다보는 것 같았다. 그러자…… 갑자기…… 누군가가 내 뒤로 다가와서 나를 밀어 떨어뜨렸다.

· · · · · · · ·

이 이야기를 쓰고 있으니 내가 살아남은 것은 분명하다. 하지만 내가 겪은 일이 어땠는지, 얼마나 오래 이어졌는지, 얼마나 무서웠는지, 얼마나 절망적이었는지를 제대로 전할 수가 없다. 그것은 희망을 완전히 상실한 최초의 경험이었다. 어린이는 무서워하고 어른은 두려워하는 것, 즉 떨어진다는 것은 그 자체가 죽음의 개념이며, 육체의 무방비와 연약함과 죽어야 할 운명을 상징하는 것이다. 또한 전혀 용납할 수 없는 외부 원인에 완전히 굴복하는 것을 의미한다. 거리에서 아무런 상처 없이 넘어져도 사람은 자신의 힘으로 어떻게 할 수 없다는 것을 깨달으면서 약간의 공포를 느낀다. 그는 냉혹한 작용에 떠맡겨져서 마지막까지 끌려가야 하며 결과에 순응해야 한다. '내가 할 수 있는 일은 더 이상 아무것도 없다.'라는 죽음의 초상과 같은 생각을 하는 순간이 얼마나 길며 무제한으로 확장될 수 있는가. 허공으로 완전히 추락하는 것은 가끔 내가 비행기를 탔을 때 상상해 본 것인데, 물론 가장 무서운 일이다. 손, 발, 근육 등 육체의 모든 익숙한 보호 장치가 갑자기 아무 소용이 없게 된다. 이러한 사태는, 아마도 이 단단한 광물의 인력 작용 안에서 항상 이질적인 수밖에 없는, 약하고 다치기 쉽고 부서지기 쉬운 동물의 몸을 향해 적의를 드러낸다.

마치 육체의 각 부분이 따로따로 절망을 경험하는 것 같았다. 내 등과 허리는 갑작스러운 폭력과 분명한 의도로 나를 가장자리로 밀어붙이는 두 손을 느낄 수 있었다. 내 두 손은 무엇인가를 붙잡으려고 뻗었으나 허탕을 쳤다. 두 발은 아직 바위를 딛고 있었으나 바위에서 떨어지면서 마지막 안간힘으로 균형을 잡으려는 듯 힘없고 소용없는 경련을 일으키며 비틀렸다. 그러고는 두 발이 허공에서 비틀리고, 머리와 어깨는 납덩이로 만들어진 것처럼 무겁게 거꾸로 떨어져 내렸다. 마지막으로, 그와 동시에 나는 내 머리가 깨어지기 쉽다는 생각을 했으며, 두 손으로 머리를 보호하려고 애쓰는 것을 깨달았다. 내 몸통은 아프게 비틀렸고 제자리를 지키려는 헛된 노력을 했다. 나는 실제로 한여름 밤의 널리 퍼진 어둠 속에서 부드럽게 굽이치는 파도가 내 바로 밑 막힌 공간에서 소용돌이치는 것을 보았다. 그러고는 물속으로 빠져 들어갔는데, 무서운 냉기에 다시금 충격을 받고 놀랐다. 나는 본능적으로 수영하는 동작을 취하고 몸을 바로 세우려고 했다. 그러나 내 몸은 소용돌이 속에서 수영을 할 수 없다는 것을 이미 자각했다. 머리 위에서 파도가 희미한 초록색 지붕을 이루는 것을 보고 나는 목이 부러질 것 같다는 느낌을 받았다. 나는 숨이 막혔고, 물을 먹고 있었으며, 숨을 쉬기 위해 온 신경을 집중했다. 나는 이제 끝이라고 생각했다. 나는 싸웠다. 내 온몸이 싸웠다. 내 몸둥이를 토막 내려는 듯한 힘찬 소용돌이 속에서 아무런 감각 없이 몸부림을 치고 있었다. 그러고는 반듯한 바위에 머리를 강하게 부딪혔고, 의식을 잃었다.

．．．．．．

    나는 바위 위에 등을 대고 누워 있었다. 눈을 뜨고 별을 보았다. 이상하면서도 익숙한 꿈을 꾸었는데 과거에는 한 번도 꾼 적이 없는 꿈이었다. 꿈에 제임스가 내 입술에 키스를 했다. 나는 별을 알아보았고 놀랍게도 내가 숨을 쉰다는 사실을 알 수 있었다. 숨소리는 위대한 일종의 우주적인 움직임이며, 자연스럽고도 기적적인 것이었다. 나는 천천히, 부드럽고 깊게, 의식적으로 숨을 쉬고 있었다. 나의 아래쪽 어디선가 분명치 않은 소란스러운 고함 소리가 줄기차게 들렸고 나는 그 고함 속에 누워 별을 보고 있었다. 고통을 느꼈으나 그 고통에서 분리된 초연함을 느꼈다. 단꿈에서 깨어났다가 다시 자려는 것처럼 느긋하고 마음 편하게 누워 있었다. 눈을 감았다. 그리고 숨을 쉬었다.

    나는 스스로 소음과 뒤섞이기도 하고 또 소음에서 분리되기도 하면서 다른 소리를 들을 수 있었다. 그 목소리들을 알아들을 수 있었으며 내가 어디에 있는지도 알게 되었다. 나는 다리와 연결된 편편한 바위에 누워 있었다. 그리고 아주 초탈한 상태에서 나에게 무슨 일이 일어났는지를 알아차렸다. 누군가가 신음하는 소리가 들렸다. 아마 페리인가 보다. 누군가 훌쩍거리며 우는 소리도 들렸다. 타이터스이거나 리지인가 보다. 제임스의 목소리가 들렸다. "모여들지 말고 물러서요." 또 다른 목소리가 말했다. "그가 숨을 쉬고 있어." 나는 그들에게 내가 괜찮다고 말해야겠다고 생각했다. 과연 나는 괜찮은 것인가? 내가 곧바로 문장을 만들어 보았다. 난 괜찮은데 왜 법석을 떠는 거지? 그런데 이상하게도 말하기가 너무나 힘들어서 말하고 싶지가 않았다. 내 입이 벌어져 있는 것을 알았다. 나는 억지로 입을 다물었다 다시 열었고, "나는……."이라고 말하려다 더 이상 잇지 못했다. 다른 소리가 들려왔다. 나는 최초로 일어서려는 유아처럼 애써 몸을 움직였다. 나는 계속 숨을 쉬었다.

누군가가 외쳤다. "하느님, 감사합니다."

여러 목소리가 계속 말했다.

"이제 옮겨도 될 거야."

"하지만 어디 뼈라도 부러졌으면 어떡하죠?"

"몸을 따뜻하게 해 주어야 해. 그를 여기 둘 수는 없어."

이런 논쟁이 잠시 계속되었다. 그러더니 그들은 들것을 임시로 만들자고 했다. 그것이 최상의 방법이라고 했다. 마침내 그들은 나를 담요에 싸서 매우 거칠게 운반하였다. 아니, 끌어당겼다. 바위 위에서 이동하는 것은 악몽이었다. 나는 걸을 수 있다고 말하려 했으나 (나중에 알고 보니) 알아들을 수 없게 중얼거렸을 뿐이다. 모든 통증은 이제 제자리를 찾아갔다. 두통이 심했으며, 움직일 때마다 눈에서 불빛이 지나갔다. 팔에는 치통과 같은 심한 통증이 있었다. 팔이 부러져 뼈가 피부를 뚫고 나왔다고 생각했다. 등에서도 심한 통증을 느꼈다. 나를 운반하는 사람들은 매우 무능하고 혼란에 빠져 어느 길로 갈지를 끊임없이 언쟁하며 미끄러져서 자꾸만 나를 바위에 부딪히게 하였다.

마침내 그들은 나를 주방까지 데리고 왔다. 그리고 표현할 수도 없을 만큼 서투르게 내 옷을 벗기고 수건으로 내 몸을 닦은 후 다른 옷을 입혔다. 그리고 내게 수프, 브랜디, 아스피린 중 무엇을 먹일지에 대해 논쟁했다. 그들은 불을 지피려는 기발한 생각을 하였으나 마른 장작과 성냥을 찾을 수가 없어 쩔쩔맸다. 결국 그들은 작은 붉은 방 바닥에 쿠션을 깔고 나서 벽난로 앞에 나를 뉘었다. 몸이 따뜻해지자 고통은 덜고, 아무런 방해를 받지 않고 누워 있으려니 안심이 되고 졸음이 쏟아졌다. 나는 편안했고, 별을 바라보았을 때처럼 이상한 안도감을 느꼈다. 그리고 잠들기 직전에야 비로소 그것이 사고가 아니었다는 것을 기억해 내었다. 누군가가 나를 밀었던 것이다.

......

당시에는 꿈이었다고 생각했지만 얼마 뒤에 기억해 낸 것을 여기에 기록해야겠다. 나는 혼자 방바닥에 누워 담요 여러 장을 덮은 채 벽난로 불빛이 흔들리는 방을 둘러보고 있었다. 누군가가 들어오기 전에, 그리고 내 머릿속에서 사라지려고 하는 중요한 어떤 사실을 잊어버리기 전에 다급히 처리해야 한다는 생각이 들었다. 사라지기 전에 그 중요한 일을 붙잡아 두려면 기록을 해 두어야 했다. 나는 무릎을 꿇고 일어나서 내가 가끔 작업을 하는 탁자에서 펜과 종이를 찾아냈고, 절대적으로 기억해야 하는 그것을 적었다. 내가 쓴 글은 반 쪽이 될까 말까 했다. 글을 급히 써 내려갔으나 내가 모든 것을 기억하는지 확실치 않았다. 글을 쓴 종이를 조심스럽게 접어서 방의 어느 한 곳에 숨겨 두었다. 이 모든 것, 내가 무엇인가를 썼다는 것과 그것을 어딘가에 감추었다는 것을 다음 날 아침에 나는 어렴풋이 기억해 내었다. 그러나…… 내가 그렇게 중요하다고 생각했던 것이 무엇이었는지 혹은 그것에 대하여 무엇을 썼는지 기억할 수도 없었으며, 나중에 방을 샅샅이 뒤졌으나 종이를 찾을 수가 없었다. 극단적인 분위기와 결정적인 감정이 '그것'을 둘러싸고 있었지만 마음속을 아무리 헤집어 보아도 그것이 무엇인지 알아낼 수가 없었다. 종이는 흔적도 찾아볼 수 없었다. 아마 이 모든 사건이 꿈이었는지도 모른다. 물론 만일 그것을 찾아낼 수 있다면 무엇에 대하여 썼을지는 의심의 여지가 없었다. 그것은 나를 살해하려던 사람의 정체에 관한 것이었으리라.

· · · · · · · ·

"그런데 도대체 어떻게 나를 구했지?" 나는 리지에게 물어보았다. 나는 작은 붉은 방에서 차와 함께 앤초비를 바른 토스트를 먹으면서 안락의자에 앉아 있었다.

화가 난 의사가 새벽 2시경에 와서 나를 깨우고 거칠게 진찰해 보더니 말짱하다고 말했다. 뼈는 부러지지 않았고 뇌진탕에 정신적 충격을 받았을 뿐이라고 했다. 그러고는 휴식을 취하고 몸을 따뜻하게 해야 하며, 앞으로는 술을 많이 마신 뒤에 밤중에 바위 근처에서 배회하지 말라고 했다. 나는 그제야 살인자와 나를 제외하고는 이것이 사고가 아니라는 것을 아무도 모른다는 사실을 혼돈 속에서 깨달았다.

지금은 아침 10시쯤 되었다. 날씨는 매우 더웠고 천둥소리가 더 크고 가깝게 들려왔다. 번개는 보일 듯 말 듯 번쩍거렸다. 모두들 나에게 문병을 와서 괜찮은지 물어보고 큰 사고를 면한 게 다행이라고 했다. 이런 축하의 말 속에 약간 퉁명스러운 기색도 엿보였다. 어제저녁에는 상당히 동정적이었으나 지금은 그 사건에 대하여 의사와 같은 의견을 가져서인지 조금은 매정했다. 다시 말해서 내 어리석은 행동으로 본인들이 무척 괴로웠다는 느낌이 감돌았다. 아직 검토해 볼 시간은 없었지만 내가 떨어진 것이 사고가 아니었다는 사실을 아직은 알리지 말아야 한다는 생각이 본능적으로 들었다.

잠시 후에 무엇을 해야 할지 결정하지 않으면 안 되었다. 내 귀중한 종이를 찾지 못한 것이 유감스러웠다. 물론 살인자의 정체에 대하여는 의심할 여지가 없었다.

"제임스는 변덕스러운 파도가 당신을 치켜 올렸다고 생각해요." 리지가 말했다.

리지는 밝고 생기가 넘쳤다. 길고 곱슬곱슬한 머리카락은 건강한 식물이 자라듯이 엉켜 있었고 숱이 많았다. 그녀는 줄무늬 블라우스에 무릎까지 오는 리넨 바지를 입고 있었다. 살을 뺐다지만 이 옷을 입기에는 아직은 조금 뚱뚱한 편이었다. 그러나 나는 보기 싫다고는 말하지 않았다. 그녀의 피부는 건강미가 넘쳐흘렀다. 다만 눈 가장자리의 가느다란 주름이 그녀의 나이를 짐작할 수 있게 했다. 그녀는 다른 남자들과는 달리 내 무모한 행위에 대해 막연한 걱정 같은 것은 하지 않았다. 그녀는 다행스럽게 끝난 이 사건을 이미 즐겁게 회상할 준비가 되어 있었다. 또한 내가 살아남았다는 사실 때문에 자신이 나를 소유하고 있다는 느낌을 더 강하게 받는 것 같았다.

"그랬을 리가 없어." 내가 말했다. "구덩이는 매우 깊어. 누가 나를 끌어올린 것 아냐?"

"아, 모두가 했지요. 당신이 소리 지르는 것을 듣고 모두 달려갔어요. 내가 마지막으로 갔지요. 그때 타이터스와 제임스가 다리에서 편편한 바위 쪽으로 당신을 옮기고 있었어요. 길버트와 페러그린도 돕고 있었고요."

"그들이 얼마나 큰 도움을 주었는지 알겠군. 그런데 이상하게도 내가 소리 지른 기억이 나지 않아."

"의사 말에 의하면 당신은 사고 직전과 직후에 일어난 일을 기억하지 못할지도 모른대요. 뇌진탕 때문이래요. 뇌가 처리를 하지 못하는 거지요."

"기억이 다시 회복될까?"

"모르겠어요. 의사가 그 말은 하지 않았어요."

"집으로 옮겨 오던 것은 기억해. 물속에서만큼이나 옮겨 올 때도 많은 상처가 났을 거야. 어이쿠, 상처투성이야!"

"그래요, 정말 대단했어요. 당신은 시커멓고 물이 줄줄 흐르는 커다란 자루 같았어요. 엄청 무거웠어요. 바위틈으로 떨어뜨릴 뻔도 했어요. 그러나 그것은 훨씬 뒤의 일이었지요."

"얼마나 뒤에?"

"제임스가 입으로 인공호흡을 한 것 기억나지 않아요?"

"아…… 글쎄…… 약간……."

"그것 보세요. 우리는 당신이 익사한 줄 알았어요. 제대로 숨을 쉬기까지 제임스가 거의 20분 동안이나 인공호흡을 계속했어요. 정말 무서웠어요……."

"어쨌든 내가 여기 이렇게 살아나서 모두에게 더 고생을 시키고 있네. 어젯밤에는 모두들 어디서 잤어? 이곳은 레이븐 호텔처럼 되어 가고 있어."

"난 여기 가운데 방 소파에서 잤고, 제임스는 당신 침대에서, 페리는 서재에서, 길버트는 식당에서, 타이터스는 밖에서 잤어요. 다행히 쿠션이 충분히 있었어요!"

"제임스가 내 침대에서 자다니."

"계단을 통해 당신을 올릴 수도 없었고, 불도 여기밖에 지필 수가 없어서……."

"제임스가 아직 날 보러 오지 않았어."

"아직 자나 봐요. 지쳐 떨어졌어요."

"내 실수로 파티를 망쳐서 미안해. 네가 「알고 있는 당신」을 부른 건 기억해."

"당신이 들을 수 있기를 바랐어요. 아, 찰스……."

"아, 리지, 제발 이러지 마……."

"나와 결혼할래요?"

"리지, 제발 그만해……."

"난 요리도 할 수 있고, 차도 운전할 줄 알고, 당신을 사랑하고, 성격도 좋고, 신경질적이지도 않아요. 만일 간호사를 원한다면 난 간호사가 될 거예요……."

"그것은 농담이었어."

"지난번 편지에 나를 마음에 두고 있다고 썼지요?"

"난 꿈을 꾸고 있었어. 말했지, 난 다른 사람을 사랑한다고."

"그거야말로 꿈이 아닌가요?"

"아니야."

"그녀는 가 버렸어요."

"그래……. 그러나 이제…… 리지…… 난 이상하고 놀라운 징조를 발견했어……. 그리고 갑자기…… 길이 열렸어."

"비가 오기 시작해요."

"내가 어제 얘기한 것처럼 우리 서로 자유롭게 사랑하자."

"만일 당신이 그녀에게 간다면 다시는 나를 보고 싶어 하지 않을 거예요."

그것이 사실이라는 생각이 갑자기 뼈저리게 들었다. 만일 내가 하틀리를 소유하게 된다면 당장 그녀를 차지할 것이다. 그녀를 숨기고, 나도 그녀와 함께 숨어 버릴 것이다.

우리는 함께 파리나 로마나 뉴욕에 가지 않을 것이다. 이런 곳은 비현실적인 이상에 지나지 않았다. 나는 하틀리를 시드니 애시, 혹은 프리치 에이텔, 혹은 스스로 공주인 척 멋을 부리는 영리한 진에게 소개할 수가 없었다. 하틀리를 데리고 리지나 페레그린이나 길버트와 함께 저녁 식사를 하러 갈 수도 없었다. 그녀는 이런 화려한 발상에는 어울리지 않았다. 하틀리와 나는 단둘이 아무도 모르게 영국 어느 곳에서, 시골에서, 바닷가 작은 집에서 살 것이다. 그녀는 바느질을 하거나 장을 보러 가고, 나는 정원을 꾸미거나 현관에 칠을 하고, 내 인생에서 하지 못했던 모든 일들을 할 것이다. 그리고 우리는 서로 정답게 아끼고 사랑할 것이다. 끝없이 관대하고 평범하게 살면서 고요하고, 때묻지 않고, 부패하지 않은 공간을 누리며 살 수 있을 것이다. 나는 평범한 사람들과 어울리는 평범한 사람이 되어 휴식을 취할 수 있을 것이다. 얼마나 내가 휴식을 절실하게 원했던가! 어떤 의미에서 이것은 내 시작과 끝을 연결하는 것이다. 이것은 운명 지어진 것이고 옳은 것이다. 이것이, 바로 이것이 내가 일을 포기하고 이곳에 오면서, 모든 사람을 놀라게 하면서 내 본능이 갈구하던 것이었다. 하틀리와 나는 단둘이 있을 것이고, 사람들과 접촉을 거의 끊을 것이고, 서로의 충절을 되살릴 것이다. 옛날 어릴 적 순진한 세상이 조용히 우리 주위에 다시 찾아오게 될 것이다.

· · · · · ·

리지는 마침내 방을 나갔다. 그녀에게 나는 앞에서 생각한 바를 하나도 말하지 않았다. 내가 하틀리에 대해 무슨 말을 해도 그녀는 전적으로 믿지 못하고 여전히 희망을 가지고 견디어 내고 있었다. 다른 사람들, 적어도 페러그린과 길버트와 타이터스는 나에게 지속적으로 관심을 보였다. 이제는 아무도 떠나는 일에 대해 말하지 않았다. 휴일은 계속될 것 같았다. 또 무슨 재미있는 일이 일어날 것인가? 나는 제임스를 찾았으나, 길버트는 제임스가 위층 내 침대에서 아직도 쉬고 있다고 말했다. 완전히 녹초가 되었단다. 아마도 바위 위에서 물에 흠뻑 젖은 시체 같은 내 몸을 건지느라고 감기에 걸렸나 보다.

은빛 비가 마치 쇠막대기로 벌 주듯이 세차게 내리고 있었다. 집 위에, 바위 위에 소리 내어 떨어졌고 바다를 내리쳤다. 천둥은 아래층으로 떨어지며 그랜드 피아노가 부서지는 소리를 내었고, 계속하여 으르렁거리더니 빗소리에 잠겨 버렸다. 번갯불은 길버트의 자동차 색과 같은 노란색으로 빛을 내며 잔디밭을 섬뜩하게 빛나는 초록색으로, 바위는 불타는 황갈색으로 비추었다. 긴장과 흥분과 일종의 공포가 집 안에 퍼져 있었다. 내 불운의 사고에 대한 후유증이 폭풍우로부터 되살아나는 듯했다. 나는 안락의자에서 일어나 제임스를 보러 가겠다고 말했지만 제임스는 여전히 자고 있다고 했다. 길버트는 빗물이 계단을 내려와 욕실을 잠기게 하고 있다고 알려 주었다. 나는 주방에까지 갔으나 현기증을 느꼈다. 온몸에서 비명을 질러 댔고 차가운 냉기가 돌았다. 나는 불가로 다시 돌아왔다. 점심때가 되어 수프를 조금 먹고 나서는 혼자서 쉬고 싶다고 말했다. 그리고 안락의자에 앉아서 담요를 덮고 생각에 잠겼다. 비 내리는 소리가 너무나 커서 바닷소리를 들을 수가 없었다.

· · · · · · · ·

나를 공격한 사람은 물론 벤이었다. 그것은 의심할 여지가 없다. 그가 내게 마지막으로 한 말이 "네놈을 죽여 버릴 거야." 였다. 이 점에 대해 더 확신한 것은 내가 그 특정한 곳이 살인하기에 아주 적절한 곳이라고 벤에게 일깨워 주었기 때문이다. 나도 그를 밀고 싶은 충동을 느꼈고, 그도 확실히 내 의도를 감지했다. 여기에는 복수도 요인으로 포함되어 있다. 심리적으로 이제는 그가 확실히 행동했을 법한 시점이었다. 그는 수치스러운 습격을 견디어 냈지만 나중에 생각해 보니 그의 자존심 때문에 용서하거나 참을 수가 없었을 것이다. 미리 계획해 둔 것이었을까? 다리 곁에 숨어서 기다렸을까? 아니면 개인적인 증오심에 불타 기웃거리다가 저항할 수 없는 좋은 기회를 잡은 것일까? 어쨌든 그는 일을 완벽하게 해낼 수 있으리라 생각한 것이 틀림없다. 내가 살아남은 것은 진정 놀라운 요행이었고, 그에게는 구역질이 날 만큼 불길한 일이었다.

그러나 다음엔 어떻게 할 것인가? 문명 사회에서 어떤 사람이 당신을 살인하려 한다면 어떻게 할 것인가? 나는 법에 의존할 수가 없었다. 증거가 없기 때문이었다. 하틀리의 남편을 법정에 고발할 수도 없었고, 또한 법의 저속함이 이 상황에 끼어들게 할 수도 없었다. 그렇다고 친구들과 함께 가서 벤에게 못된 행패를 부릴 수도 없었다. 나는 어떻게 해서든지 그와 맞서고 싶었다. 그러나 그것 자체가 지난번에 벤과 만났을 때 남겼던 비굴한 인상들을 없애고 싶은 사치스러운 생각이었다. 나는 내가 알고 있는 것으로, 그리고 지금의 정당한 분노와 동기로 무슨 일이든지 해야 했다. 내가 리지에게 말한 이상하고 놀라운 징조는 이것을 의미한 것이다. 나를 보호해 준 신들이 문을 열어 주며 내가 그 문을 통해 지나가기를 의도한 것이다.

동일한 문제에 각도가 다를 뿐이다. 나는 하틀리를 꼭 데려올 것이다. 나에게 데려와서 그녀를 잠에서 깨우고 가능한 자유를 깨달아 떨게 하고 팔딱팔딱 움직이게 할 것이다. 그렇다. 단둘이 있는 것이 열쇠다. 그걸 이제야 이해했다. 곧 그녀와 단둘이 있어야 한다. 그리고 그다음엔 영원히 함께 있어야 한다. 그녀가 나에게 붙잡혀 있을 때 집 안에 다른 사람들이 있었다는 것이 그녀에게 얼마나 수치스럽게 느껴졌을까? 증인이 더 있어서는 안 된다. 그녀에게 그것을 말할 것이다. 그녀는 내 주위의 위협적인 낯선 사람들과 함께할 필요가 없었다. 거지 소녀와 결혼하기 위하여 임금님은 기꺼이 자신이 거지가 되어야 한다. 상처를 낫게 하는 그 겸손한 모습이 앞으로는 내 지침이 될 것이다. 이것이야말로 그녀를 자유롭게 할 수 있는 조건이다. 왜 이것을 전에는 알지 못했을까? 마침내 그녀의 얼굴이 변하는 것을 볼 것이다. 하틀리가 나와 같이 있으면 옛날의 아름다움을 되찾게 되리라는 것이 내가 생각한 미래의 일부다. 마치 강제 노동 수용소에서 풀려나온 포로가 처음에는 늙어 보였다가도 자유와 휴식을 찾고 좋은 음식을 먹은 뒤에는 다시 젊어지는 것과 같다. 고통과 걱정이 그녀의 얼굴에서 사라지면 그녀는 차분해지고 아름다워질 것이다. 나는 다시 젊어진 하틀리의 얼굴이 미래에서 등불처럼 빛나는 것을 보았다. 나는 연극계를 떠날 때 고독을 희망했다. 그런데 이제 그것은 나의 베아트리체 같은 형태로 내 앞에 있다. 오직 이곳에만 나를 위한 행복이 있다. 순결하고 내게 허용된, 더구나 숭고한 목표가 존재했다. 내가 추구한 다른 것들은 모두 허깨비나 부패의 형태였다. 진정한 짝을 찾는다는 것은 순전하고 순수한 행복을 함께 누릴 한 사람을 찾는 것이다.

그러나 눈앞에 있는 문제는 좀 더 까다로웠다. 어떻게 그녀를 빼내 올 것인가? 오래 기다린다는 것은 이제 말이 안 된다. 벤에 대한 내 새로운 힘이 아직 생생할 때 그것을 사용해야 하기 때문이다. 이번에 고안해 낸 방법은 그녀를 납치하는 것이 아니라 폭격이었다. 우선 하틀리에게 편지를 쓸 것이다. 그런 다음 타이터스와 함께 그 집을 방문할 것이다. 벤이 왜 우리를 들여보내겠는가? 왜냐하면 그는 죄책감을 느끼고 겁이 날 것이기 때문이다. 그는 우리가 무엇을 하려는지 보고 싶을 것이다. 증거가 없다는 것을 그가 어떻게 알겠는가? 목격자가 없다는 것을 그가 어떻게 알겠는가? 여기서 나는 잠시 멈추었다. 그럼, 목격자가 있어서 안 될 이유라도 있는가? 그에게 증인이 있다고 말할 수 있다. 누군가(길버트? 페리?)에게 무슨 일이 일어났는지 목격했다고 말해 달라고 청할 수 있다. 실제로 누구든지 목격할 수 있었고, 실제로 그럴 뻔했다! 이것이 그를 완전히 겁먹게 할 것이다. 하틀리를 보내도록 벤을 협박하지 말라는 법이 있는가? 만일 내가 그에게 '그럼 가라.'라고 말하게 할 수 있다면. 이렇게 말할 수밖에 없는 상황에 그가 얼마나 가까이 와 있는가? 그녀가 납치된 후 그가 오랫동안 침묵을 지킨 것은 그녀가 돌아오는 것에 대해 갈피를 잡지 못했기 때문은 아닐까? 만일 그가 동의만 한다면 쇠사슬은 풀어지고 내 천사는 자유로이 걸어 나올 것이다. 혹은 벤이 살인자라는 것이 탄로 난다면 그녀는 전적으로 그를 혐오할 것이며, 공포, 역겨움, 두려움 등의 감정이 더 난폭한 형태로 효과적으로 나타날 것이다. 그것 또한 나에게는 매우 희망적인 것이다. 다만 진짜 실마리가 있으면 더 좋을 텐데. 나도 못 찾도록 그렇게 영리하게 숨긴 종이에는 도대체 내가 무엇이라고 쓴 것일까?

그렇다. 벤이 회복하기 전에 빨리 행동으로 옮기는 것이 중요하다. 그는 상당한 충격에 빠져 있을 것이다. 불행히도 지금쯤은 라디오를 듣거나 텔레비전을 보지 않아도 그가 유명한 찰스 애로비를 살해하는 데 실패했다는 사실을 알았을 것이다. 그러나 리지와 제임스가 집에 있는 동안은 내가 하틀리에게 편지를 보내는 것 이상 또 다른 진전이 있을 수는 없다. 리지에게 증언을 시킨다든가 자신의 연적을 구해 달라고 하는 것은 옳지 못한 일이다. 제임스는 도덕적인 판단으로 나를 혼란스럽게 하였다. 그러니까 이 두 사람은 내쫓아야 한다. 길버트와 페러그린은 조금 더 필요할 것도 같다. 그리고 타이터스도…….

이 시점에서 나는 하틀리와 관련하여 내가 타이터스의 역할을 진정으로 잘못 생각하지 않았나 생각하고 의아해하기 시작했다. 내가 최근에 마음속에 그려 왔던 à deux* 천국에 타이터스가 끼어 있는 것이 적당할까? 아니다. 그 필요성은 물론 중요하지 않다. 사람들은 종종 부부 관계와 부모 자식 간의 관계를 별개로 취급해야 했다. 나 역시 타이터스와의 관계를 별개로 생각해 왔다. 그리고 그가 진정으로 원하는 것도 그런 관계다. 그래도 나는 하틀리가 타이터스를 우리의 그림 속에 포함시키기를 원한다고 추측하였다. 이것은 잘못된 추측이었을까? 바로 그 순간에 그 젊은 청년이 문을 열고 들어왔다.

· · · · · · · ·

나는 타이터스와 얼마 동안 편안하고 진지한 대화를 나누지 못했고, 그 때문에 나 자신을 나무랐다. 하틀리에 대한 나의 관심을 제외하고도 나는 그에게 전적으로 끌렸다. 그는 말 그대로 '하느님의 선물'이었다. 내가 그에게 '아버지' 역할을 얼마나 잘할 수 있을지는 두고 볼 일이었다. 이제 길버트와 페러그린까지도 나와 타이터스의 관계를 아주 다른 시각으로 보고 있다는 것을 안다!

내가 생각에 잠긴 동안 비가 그쳤다. 둔하게 움직이는 육중한 회색 구름 사이로 태양이 나와 완전히 젖은 세상을 비추고 있었다. 잔디밭은 물에 잠겨 버렸고 바위는 스펀지처럼 보

---

* '둘의'라는 뜻의 프랑스어.

였다. 지붕 밑 방에서 천장을 점검하던 길버트와 위층 욕실 바닥에 찬 물을 치우던 리지가 서로 소리치는 것을 들을 수 있었다. 타이터스가 나타나자 나는 방해받지 않고 남의 눈에 띄지 않기 위하여 그를 데리고 밖으로 나가기로 했다. 나는 약간 기운을 차렸고 어지럼증도 없었다. 그러나 그가 바위 위로 오르는 나를 천천히 부축할 때 나는 늙은이가 된 느낌이 들었다. 우리가 민의 다리에 도착하였을 때 나는 다리를 건널 수가 없었다. 내가 이 깊은 구덩이, 이 미끄러운 벽, 이 사나운 물살을 이기고 어떻게 살아남았을까?

바위들은 햇빛을 받아 김이 나기 시작했다. 마치 모든 곳에 온천이 있는 것 같았다. 우리는 레이븐 만이 보이는 바위 위에 수건을 깔고 앉았다. 타이터스가 현명하게도 주방에서 가져온 것이다. 제임스와 내가 얼마 전에 앉았던 곳에서 멀지 않은 곳이었다. 비가 온 뒤라 바다는 찬란하게 빛나고 잔잔하여 고요한 듯하였으나, 사실은 조용하면서도 위험하고 사나운 상태였다. 거대하고 매끄럽게, 곱사등 같은 파도가 굽이치며 밀려와서 크림빛 소용돌이를 일으키며 바위와 부딪쳤다. 회색 빗방울이 수평선을 흐리게 하였으나 햇빛은 계속 빛나고 있었다. 무지개가 땅과 바다를 연결했다. 레이븐 만은 짙은 녹색이었는데, 전에는 그런 색을 한 번도 본 적이 없었다. 나는 로시나가 어디에 있는지 잠시 궁금해졌다.

우리는 말없이 바위를 올라갔고, 침묵이 우리를 감쌌다. 나는 그를 계속 바라보았고, 그는 만을 물끄러미 응시했다. 그의 잘생긴 얼굴에는 불만스러운 표정이 담겨 있었고, 그의 젊은 입술은 불쾌한 듯 일그러져 있었다. 갈라진 입술 흉터는 더 깊어졌고, 입술은 무의식적인 버릇처럼 열렸다 닫혔다 움직이며 떠는 것처럼 보였다. 머리카락은 형편없이 엉켜 있었고 단정치 못했다.

"타이터스."

"네."

"나를 '찰스'라고 부를 수 있겠니? 그렇게 부르는 데 익숙해 질 수 있을까? 그러면 우리 둘에게 도움이 될 것 같구나."

"좋아요, 찰스."

"타이터스…… 나는…… 넌 내게 매우 중요해. 그리고 난 네가 필요해……."

타이터스는 얼굴의 흉터를 만지작거리더니 손가락을 얹어 약간씩 떠는 입술을 멈추었다. 그제야 나는 타이터스가 우리 관계의 모호함에 대하여 생각하고 있었다는 것을 짐작했다. 길버트를 신경 쓰이게 했던 우리 관계의 모호함은 길버트의 점잖지 못한 농 때문에 타이터스의 마음에 오해를 심어 준 것 같았다. 전에는 이처럼 빤한 사실을 생각조차 하지 않았다. 타이터스에게 마음을 쓰지 않았기 때문이기도 하고, 또 한편으로는 고통을 겪는 하틀리로부터 비롯한 순결함이라는 덮개로 그를 덮어 버렸기 때문이다.

"나를 오해하지 마." 내가 덧붙여 말했다.

미소인지 냉소인지 모르겠지만 타이터스의 불만에 찬 젖은 입술이 뒤틀렸다.

나는 말을 이었다. "네게 할 말이 있어." 나는 갑자기 타이터스에게 벤이 나를 살해하려 했다는 것을 말해야겠다고 마음먹었다.

"만일 메리에 대한 것이라면⋯⋯."

"그래⋯⋯." '대표단'과 함께, 잘못을 저지른 아내를 니블레츠에 있는 혐오스러운 남편에게 데려다 준 불쾌한 일을 겪은 후에 타이터스와 나는 대화를 전혀 하지 못했다.

"모든 것이 저를 역겹게 해요. 미안해요. 용서해 주세요. 그러나 저는 이 일에 관여하고 싶지 않습니다. 이와 같이 혼란스러운 상황에 더 이상 괴로워하지 않으려고 집을 떠났어요. 저는 혼란은 질색이에요. 그 두 사람과 줄곧 혼란 속에서 지냈거든요. 혼란, 혼란, 혼란. 그들은 사실 나쁜 사람들이 아니에요. 인생을 어떻게 사는지를 모를 뿐입니다."

"너의 어머니는 나쁜 사람이 아니다. 그건 동의한다."

"차를 타고 그 집에 갔을 때 얼마나 싫었는지 몰라요. 모든 것을 다시는 보지 않기를 얼마나 바랐는지 몰라요. 차라리 가지 말 것을 그랬어요. 이제 결코 잊을 수가 없어요. 정말 창피했어요. 그는 메리를 마치 자기 재산이나 어린아이같이 취급했어요. 남의 생활을 방해해서는 안 됩니다. 특히 결혼한 사람들의 생활은요. 어떤 면으로 보자면 결혼이란 매우 끔찍한 것이에요. 어떻게 사람들이 감히 결혼을 하는지 알 수가 없어요. 그들을 내버려 두셨어야 해요. 그들은 서로를 미워하고 서로를 마음 상하게 하면서 그걸 즐겨요."

"결혼이 그렇게 끔찍한 거라면 누군가가 방해를 해야만 해. 너처럼 냉소적이거나 비관적이어서는 안 돼."

"저는 냉소적이거나 비관적인 게 아니에요. 그게 바로 핵심이에요. 저는 상관하지 않아요. 제가 관심이 있다고 여기시나 본데, 그렇지 않아요. 저는 보고 싶지도 알고 싶지도 않아요. 그들의 불행을 눈곱만치도 신경 쓰지 않아요!"

"그래, 하지만 나는 상관이 있어. 난 네 어머니를 그 불행에서 구해 낼 거야. 당장 구해 낼 거야."

"벌써 시도해 보셨잖아요. 하지만 메리는 집에 가겠다고 비명을 지르며 울었어요. 저라면 그녀가 걸어 나가게 내버려 두었을 거예요. 죄송합니다. 그런 뜻이 아니에요. 실수를 하셨다는 뜻이에요. 그것뿐이에요. 이제 잊어버리세요. 정말이지 왜 그녀를 원하시는지 저는 도저히 이해할 수도, 알 수도 없어요. 감상적이라 그러신 건가요? 구세군이라도 되시나요? 아니면 다른 어떤 것? 그런 식으로 누군가를 원할 수는 없어요. 저는 알 수가 없어요. 찰스 당신을 엄청 좋아하는 리지 셰러가 있고, 또 로시나 밤버도 있고……."

"난 네 어머니를 사랑한다."

"아…… 사랑이요…… 그 뜻은……."

"넌 너무 어려서 이해하지 못할 거다."

"제가 정상적으로 아가씨들에게 관심이 있는 것이 자연스럽다고 할 수 있지요. 나이가 들면 달라지겠지만요."

나는 온몸이 뻣뻣하고 상처투성이였다. 이렇게 멀리 온 것은 어리석은 짓이었다. 나는 피곤하고, 힘이 없고, 화가 났다. 타이터스의 청춘, 그의 때묻지 않고 기운차고 희망에 찬 힘이 나를 화나게 하여 소리라도 지르고 싶었다. 불그레한 털로 뒤덮인 그의 기다란 구릿빛 맨다리가 아무렇게나 걷어 올린 바지 아래로 드러나 있었는데, 그것마저 나를 화나게 하였다. 나는 그와 접촉을 끊고, 그에게 신랄하게 대하고, 그 후엔 애걸을 하게 될지도 모르겠다.

"이 모든 것이 네게 큰 타격을 준 것에 대해 미안하게 생각한다. 나도 어느 정도는 이해해. 하지만 난 네 도움과 지지를 원해. 그리고 네 아버지에 대하여 매우 중요한 이야기를 해 주고 싶구나."

"벤에 대하여겠지요. 아버지가 아니에요. 나는 아버지가 누군지 몰라요. 영원히 못 알아낼 거예요. 벤에 대한 얘기는 하지 마세요. 난 그 일에 대해서는 기분이 좋지 않아요."

"그럼 무슨 얘기가 좋겠니?"

"차라리 우리 둘에 대하여 이야기를 나누어요. 그들에 대해서는 잊고 우리 둘에 대한 이야기를 나누어요."

"그러자. 그것에 대하여도 말하고 싶어. 타이터스, 나는 널 납치하려는 것이 아니야."

"네, 저도 알아요."

"우리 둘은 서로에게 자유로워. 아무것도 규정지을 필요가 없어."

"'아버지'는 규정이 아닌가요?"

"그건 개념이야. 네가 원한다면 우리 친구가 되자. 기다려 보자. 아무것도 불길한 것은 없어. 내 뜻을 알겠지만……."

"아, 그것은 저도 알아요!"

"난 그냥 유대나 특별한 관계, 특별한 유대를 느끼면 좋겠다고 생각해."

"왜 그래야 되는지 모르겠어요." 타이터스가 말했다. "죄송해요. 제가 고마움을 모르는 것 같군요……. 하지만 제가 여기와서 음식과 음료를 얻어먹은 것은 압니다. 생각해 봤는데……이 마당에 왜 저에 대하여 신경을 쓰시는 거죠? 만일 제 진짜 아버지라면 좋겠지만 그래도……. 글쎄요, 제가 말하고 싶은 것은 이거예요. 당신을 만난 것도 즐거웠고, 여기서 지낸 것도 즐거웠습니다. 괴로운 일도 있었지만요. 세월이 지나면 그때가 참 좋았다고 생각할지도 몰라요. 하지만 저도 혼자서 독립적인 생활을 하고 싶고, 제 삶을 누리며 제 힘으로 연극도 하고 싶어요. 저는 무대에 미친 어리석은 배우 지망생이 아니에요. 제가 유명한 배우가 되리라고는 상상하지 않아요. 제가 연기를 잘할 수 있을지도 아직 몰라요. 그러나 연극계 인물들과 일하고 싶어요. 그곳이 제가 갈 곳이에요. 이곳은 휴가를 보내기는 좋아요. 그러나 저는 진짜 사건이 일어나는 런던으로 가고 싶습니다."

"여기서 진짜 사건이 일어나고 있지 않니?"

"아…… 제 말뜻을 아시잖아요. 사촌은 어디 사시나요?"

"런던에." 또다시 질투의 유혹을 느꼈다. 제임스가 타이터스를 유혹한 것일까? 처음부터 둘 사이에는 어떤 결속력이 있었던 것 같았다. 나는 급히 말했다. "다른 사람들에게 이 이야기는 하지 마라……."

"물론 하지 않아요. 한마디도! 그런 말을 할 필요도 없어요!"

"좋아……."

"중요한 건 저에게 어떤 특별한 의무를 느끼시지 말았으면 좋겠다는 거예요. 제게 의무감을 가지고 계시면 저도 의무감을 느끼게 돼요. 여기서 더 이상 당신의 돈을 써 가며 살고 싶지 않아요. 저는 빨리 잘되었으면 좋겠어요. 원하시면 저를 도와주셔도 좋아요. 연극 학교에 입학하도록 도와주실 수도 있겠지요. 학교에 입학하면 장학금을 받을 것이고 그러면 독립할 수 있어요. 입학을 도와 달라는 것은 염치없지만 그 정도는 괜찮겠지요? 그러면 저는 독립할 수 있고, 그때엔 우리가 친구가 되거나 당신이 원하는 어떤 관계라도 될 수 있으니까요. 하지만 우선은 제가 독립을 해야 해요. 아시죠?"

그 무자비하고, 순진하며, 자유로운 힘 앞에서 나는 얼마나 약해지고 무력함을 느꼈던가! 내가 그를 어떻게 사랑할지를 알기도 전에, 그를 어떻게 잡아 둘지를 알기도 전에 그는 교묘히 빠져나가려 하고 있었다.

"그래, 연극 학교에 입학하는 것은 도와주마. 그러나 잘 생각해 봐야 한다. 나중에 런던에 너와 같이 갈게. 그동안 네가 여기서 나를 도와줄 수 있으면 좋겠어. 그보다 벤에 대하여 네게 말해 주고 싶은 게 있다. 네가 꼭 알아야 할 일이야. 넌 그가 나쁜 사람이 아니라 말하지만 그는 나쁜 사람이야. 악의를 지닌 난폭한 사람이지. 그가 나를 죽이려 했어." 나는 타이터스에게 깊은 인상을 주어서 나를 밀어 내는 그의 소름 끼치는 초연함을 뒤흔들고 싶었다.

"죽이려고 했다고요? 어떻게요?"

"그가 나를 밀어 떨어지게 했어. 나는 그 바다 구덩이에 사고로 떨어진 게 아니야. 그가 밀었어."

타이터스는 별로 감정을 나타내지 않았다. 그는 몸을 숙여 모기에 물린 발목을 긁었다. "그를 보았어요?"

"아니, 하지만 나는 그를 느낄 수 있었어."

"어떻게 그 사람이 벤인 줄 아세요?"

"다른 사람일 수가 없어. 지난번에 만났을 때 그는 나를 죽이겠다고 말했어!"

"그가 그랬으리라고 상상할 수 없어요. 그런 성격이 못 돼요. 그럴 수가 없어요." 타이터스는 끔찍할 정도로 소처럼 느릿느릿 말했다.

"나를 밀었어. 누군가가 뒤에서 나를 밀었어!"

"확실해요? 바위 위에서 뒤로 넘어지면서 물속으로 미끄러지셨다면 누군가가 밀친 것처럼 느꼈을 수도 있어요. 포도주도 조금 마셨지요. 그리고 의사 말로는 당신이 나중에 모든 일을 혼동할지도 모른다고 했어요."

나는 너무 피곤하고 몹시 불쾌하여 더 얘기할 수가 없었다. 이렇게 멀리 걸어온 것이 어리석은 짓이었다. "그래, 타이터스, 그 얘기는 그만하자. 내가 한 말을 아무에게도 하지 마라."

타이터스는 가느다란 자갈 빛 눈으로 나를 바라보았다. "기대하시는 것처럼 아버지와 아들 역할이 그렇게 재미있는 것은 아니에요." 이 말이 타이터스가 내게 한 말 중 가장 친절한 것이었다.

내가 말했다. "연극 학교 입학을 내가 도와주마. 그것에 대해서는 나중에 이야기하자. 자, 이제 가 봐라."

그가 일어났다. "제가 돌아가는 것을 도와 드릴게요."

"나 혼자 갈 수 있다."

"못 가세요. 거기다 비가 오기 시작해요."

그는 손을 내밀었다. 나는 그의 손을 잡았고, 그는 나를 일으켜 세웠다. 그리고 나서도 그는 계속 나를 붙잡고 있었다. 그리고 말했다. "언젠가는 우리가 서로를 더 알게 될 거예요. 아직 시간이 있잖아요."

"시간이 있지."

. . . .

하틀리, 내 사랑, 내 말 들어 봐. 여러 가지 말을 하고 싶어. 첫째로 내가 너를 그처럼 데려다가 붙잡아 두었던 건 미안해. 그것은 사랑의 행동이었지만 이제 생각해 보니 어리석은 짓이 었어. 그것은 너를 놀라게 하고 혼란스럽게 한 것 같아. 용서해 줘. 그것은 널 전적으로 걱정하고 진심으로 데려오고 싶은 내 감정의 표출이었다는 것만 최소한 알아줘. 넌 내게 속해 있고, 난 널 포기하지 않을 거야. 그러니까 나를 곧 다시 만나게 될 거야!

너도 돌아가서 이 상황에 대해 깊이 생각했을 것이고, 지금 은 조금쯤 내 입장에서 이 상황을 보고 있으리라고 기대해. 하 틀리, 왜 불행한 그곳에 살아야 해? 나는 네가 전혀 모르는 사 람이나 물건을 제공하는 낯선 사람이 아니잖아. 너 스스로 내 가 너의 단 하나뿐인 친구라고 말했잖아! 네가 내 집에 있을 때에는 거의 승낙할 것처럼 보였어……. 넌 그를 무서워할 뿐이 야. 공포도 결국 습관이니까. 그러나 이제 마음속으로 너도 변 화의 조짐을 느끼지 않아? 앞으로 넌 몇 년 동안이나 할 수 없 었던 행동을 하리라 믿어……. 곧 그 문을 박차고 나올 거야!

그리고 잘 들어 봐……. 이 말만은 꼭 하고 싶어. 난 배우들 과 유명 인사들이 가득한 어떤 화려하고 매력적인 세상으로 너를 데려가고 싶지 않아. 난 이제 그런 세상에서 살지 않아. 너도 조용한 생활을 좋아한다고 했지? 나도 그래. 그래서 내가 여기에 온 거야! 우리는 단둘이 멀리 떠나 영국의 어느 작은 시골 마을의 작은 집에서 소박하게 살 거야. 네가 좋다면 바닷가에서 단출하게 살면서 서로를 행복하게 해 줄 거야. 이것이 내가 항상 원하던 생활이었고, 연극계를 떠나 자유로운 지금 드디어 너와 함께 그 생활을 할 수가 있게 되었어. 하틀리, 우리는 조용히 살며 소박한 것을 즐길 수 있어. 괴롭힘을 당하고 사랑받지 못하는 집에서 걸어 나와 새 생활을 하고 싶지 않니? 물론 우리는 타이터스를 도와줄 것이고, 그도 자유롭게 우리에게 올 거야. 그러면 옛날의 상처도 낫게 될 거야. 우리가 그를 돌봐 줄 거야. 그러나 가장 중요한 것은 너와 나야.

이제 또 다른 얘기를 해야겠어. 좀 놀라운 얘기야. 이틀 전 밤에 벤이 나를 죽이려고 했어. 그가 어둠 속에서 무서운 바닷물이 소용돌이치는 구덩이로 바위에 서 있던 나를 밀었어. 내가 어떻게 살아남았는지는 신만이 아실 거야. 난 타박상을 입었고 온몸이 멍투성이야. 그동안 의사의 진료를 받았어. (하지만 걱정 마. 난 괜찮으니까.) 살인 혐의는 그대로 조용히 묵인하고 아무 일도 없었던 것처럼 넘어가기에는 곤란해. 아직 경찰에 신고하지는 않았어. 내가 경찰에 신고할지 안 할지는 벤에게 달려 있어. 덧붙여 말해 둘 것은 실질적으로 사건의 증인이 있다는 거야.

그러나 나는 복수에는 관심이 없어. 난 단순히 너를 데려오고 싶을 뿐이야. 다른 것은 몰라도 자신이 살인을 할 수 있다는 것을 증명한 남자와 네가 같이 살 수는 없을 거야. 제발 자청하여 고생하지 마. 그리고 제발 네 물건을 정리하길 바라. 무슨 옷을 가져갈지 따위 말이야. 널 재촉하지는 않을 거야. 그러나 나는 그 집 근처에 있을 것이고 규칙적인 침입자가 되어 드나들 거야! 만일 그게 싫다면 벤은 네가 떠나는 것을 동의해 주거나 내가 경찰에 신고하는 것을 지켜봐야 할 거야. 이것은 협박이 아니야. 결국 공평한 전투인 셈이지!

벤에게는 이 이야기를 할 필요가 없어. 이 편지가 도착한 후 내가 직접 그에게 찾아가 말할 거야! 내 죽음이 아직 발표되지 않았으므로 그는 지금쯤 계획이 실패했다는 것을 알 거야. 마음을 놔, 내 사랑. 그리고 걱정하지 마. 모든 것을 나에게 맡기고 옷이나 챙겨. 널 사랑해. 우리는 같이 있게 될 거야.

C.

나는 벤에게 직접 편지를 쓸까 고려해 보았다. 그러나 먼저 하틀리를 준비시키는 것이 좋을 것 같았다. 또 한 가지 어려운 점은 어떻게 편지를 그녀에게 전할 것인가였다. 직접 배달함으로써 기회를 망치고 싶지는 않았다. 타이터스에게 대신 가라고 청하기도 싫었다. 길버트의 마음을 타진해 보니 그는 두렵다고 할 것 같았다. 그리고 제임스나 리지나 페러그린이 이 일에 대하여 아는 것은 원치 않았다. 나는 주소를 타자기로 친 봉투에다 편지를 넣어 우편으로 보낼 생각도 해 보았으나, 물론 모든 편지를 그가 열어 볼 것이라고 생각하고 그만두었다. 아마 이 편지를 그가 열어 보는 것도 괜찮을지 모르겠다. 게임은 이제 거의 마무리가 되어 가고 있었다.

．．．．．．．．

다음 날이었다. 나는 편지를 오전에 썼는데 아직도 그것을 어떻게 해야 할지 결정하지 못하고 있었다. 이제는 제임스와 리지를 쫓아 보낼 일만 남아 있었다. 제임스는 그냥 가 달라고 말하면 된다. 리지에게는 좀 거짓말을 해야 할 것 같다.

놀랍게도 제임스는 그때까지 침대에 누워 있었다. 그는 잤다 깼다 하면서 꽤 오랫동안 잤다. 그 반면 정말 고통을 겪은 나는 이제 조금 몸이 나아졌다. 위층에 그를 보러 올라갔다.

"제임스, 이 게으름뱅이야, 괜찮아? 말라리아라도 걸렸어?"

제임스는 베개를 받치고 내 침대에 누워 있었다. 양팔은 담요 위로 쭉 뻗어 있었다. 그는 책을 읽고 있지도 않았다. 마치 생각에 잠겨 있는 것처럼 정신이 또렷해 보였다. 그러나 몸뚱이는 긴장이 풀렸는지 힘이 없어 보였다. 턱수염이 좀 자라서 얼굴 모양이 달라 보였다. 스페인 사람 같아 보였고, 성직자나 고행하는 전사처럼도 보였다. 그는 즐거운 듯 미소를 지어 보였다. 그의 그 공허한 미소가 얼마나 나를 초조하게 했는지, 또 그것이 내 앞에서 얼마나 거침없이 우월감을 드러냈는지 기억났다. 방 안은 고요했고 바닷소리는 잘 들리지 않았다.

"난 괜찮아. 감기가 들었나 봐. 곧 일어날게. 형은 기분이 어때?"

"기분 좋아. 뭐 좀 갖다 줄까?"

"아니, 먹고 싶지 않아. 리지가 차를 갖다 주었어."

나는 이마를 찌푸렸다.

"타이터스는 어디 있어?" 제임스가 물었다.

"모르겠는데."

"그 애를 잘 감시해."

"그 앤 자기 자신을 돌볼 수 있어."

잠시 침묵이 흘렀다. "앉아." 제임스가 말했다. "갈 것처럼 서 있지 말고."

나는 자리에 앉았다. 제임스의 느긋한 태도가 나에게도 영향을 미친 것 같았다. 나는 다리를 뻗었고, 등받이가 딱딱한 의자에 앉았는데도 마치 잠이 들 것 같은 기분이 들었다. 양 어깨와 팔이 힘이 빠져 무겁게 느껴졌다. 물론 나는 매우 지쳐 있었다.

"넌 아직도 타이터스가 벤에게 돌아가기를 원하니?" 내가 물었다.

"내가 그렇게 말했나?"

"그렇게 암시했어."

"그 아이는 어떤 면에서는 그들에게 속해 있어."

"그들에게?" 매우 가까운 장래에 '그들'이란 없을 것이다. 제임스는 이 말을 알아듣고 다시 이어서 말했다. "아직도 구출을 꿈꾸고 있어?"

"그럼!"

마치 우리 둘 다 잠이 들려는 것처럼 또다시 침묵이 흘렀다. 잠시 뒤 제임스가 말했다. "결국 그는 깊고 진정한 뜻에서 그들의 아이야. 나는 그 관계를 쉽게 벗어나지는 못할 거라는 인상을 받았어."

나는 그가 받은 '인상'에 화가 났다. 그 인상은 무엇에 근거를 둔 것인가? 무서운 대답이 생각났다. 타이터스와 대화를 나

눈 것이다. 나는 제임스의 출발을 재촉하기 위해 그를 만나러 왔고, 그에게는 벤의 범죄에 대해 아무 말도 하지 않으려고 마음먹었다. 그 비밀을 폭로하면 매우 흥미진진할 것이다. 그러나 지금 나는 그의 만족을 흔들어 놓고 싶은 유혹을 느꼈다. 그 생각을 하고 나서 내가 말했다. "난 타이터스를 양자로 삼으려고 해."

"법적으로 양자로 삼을 수 있나?"

"그럼." 사실 나는 그것을 몰랐다. "그를 출세시키고, 내 돈도 그에게 남겨 줄 거야."

"그렇게 쉽지는 않을걸."

"무엇이 쉽지 않단 말이야?"

"관계를 확립시키는 것은 쉽지 않아. 형 마음대로 사람을 선택할 수 없고, 생각하고 원한다고 다 되는 것이 아니야."

나는 '너는 물론 그것이 쉽지 않다고 보겠지!'라고 대답해 주고 싶었다. 그러자 타이터스가 "사촌은 어디 사시나요?"라고 묻던 것이 기억났다. 그리고 제임스가 좋아한, 산에서 죽었다는 셰르파에 대해 토비 엘즈미어가 내게 해 준 이야기도 생각이 났다. 나는 순간적으로 이런 '애정'에 대하여 그에게 물어보고 싶은 신경질적인 충동을 느꼈다. 그러나 이것은 위험하고 경솔한 짓이었다. 제임스에게는 나에게 상처를 줄 수 있는 큰 힘이 있다는 것을 나는 누구보다 잘 알았다. 지금도 나의 공포가 우리 대화의 한 구성 요소라는 것이 얼마나 괴상한가! Cousinage, dangereux voisinage. 그는 나를 거북하게, 그리고 무능하게 만드는 성가신 사람이었다. 나는 그의 졸린 듯한 침착함을 깨뜨리고 싶었다. 나는 그에게 벤에 대하여 말해야 할지 말지 결정을 내리지 못했다. 내가 그에게 말한다면 그는 출발을 늦출 것인가? 그래도 그에게 무척 말하고 싶었다. 아무리 하찮은 행동이라도 그 결과에 따라 굉장히 동떨어진 목적지로 향하는 갈림길을 만들 수가 있다는 사실은 정말로 경외심을 품게 했다.

제임스는 그 주제를 계속 끌어갔다. "대부분의 진정한 관계는 다른 사람에 의한 거야."

"타이터스의 가족처럼?"

"그래. 가끔 그들은 운명으로 묶인 것처럼 보여. 불교 신자라면 전생에 만났다고 말할 거야."

"네 자신이 미신적이라고 생각하지 않니? 미신이 무슨 뜻이냐에 따라 달려 있다고 말하지 마."

"그런 경우라면 나는 대답할 수 없어."

"넌 윤회설을 믿어? 사람이 악하게 살면 햄스터나…… 쥐며느리로 다시 태어난다고 생각해?"

"그것들은 상징에 불과해. 진실은 그 너머에 있어."

"내겐 소름 끼치는 사상일 뿐이야."

"타인의 종교는 흔히 소름 끼치게 보이지. 기독교가 외부인에게는 얼마나 소름 끼치게 보일지 생각해 봐."

"내게도 그렇게 느껴져." 그것에 대하여 전에 생각해 본 적은 결코 없었지만 나는 이렇게 말했다. "불교 신자들은 사후의 삶을 믿어?"

"그건 사람마다 다르지."

"아, 알았어!"

"어떤 티베트 사람들은 믿는데……." 제임스가 말했다. 그러고는 곧바로 말을 고쳤다. 그는 그 나라에 대해 말할 때 항상 사라진 문명처럼 과거 시제를 썼다. "그들은 믿었어. 다시 태어나기를 기다리는 죽은 이의 영혼이 호메로스의 하데스와는 다른, 일종의 림보*에서 헤매고 있다고 말이야. 그들은 그곳을 바르도라고 불렀어. 이곳은 상당히 불쾌할 거야. 거기서 모든 종류의 악마들을 만나니까."

"그러니까 그곳은 벌을 받는 곳이구나."

"그렇지. 그러나 그냥 자동적인 벌이야. 신자들은 이런 악마들을 주관적인 환영이라고 여기지. 죽은 사람이 살았던 삶에 따라 다르게 나타나는 거야."

"그 죽음의 잠 속에 무슨 꿈이 찾아올지……."**

"그래."

"하지만 신은? 아니면 신들은? 영혼은 신들에게 갈 수 없나?"

"신들? 신들도 꿈이야. 그들 역시 주관적인 환영일 뿐이지."

"그럼 사람들은 적어도 내세에는 어떤 행복한 환상을 꿈꿔야겠군!"

"그럴 수도 있겠지." 마치 기차를 탈 수 있을 것인가를 토론하듯이 제임스는 사려 깊은 태도로 말했다. "그러나 악마들을 곁에 데리고 있지 않은 사람들은 얼마 안 돼……."

"사람들은 누구나 바르도에 가나?"

"모르겠어. 사람들은 죽는 순간에 기회를 가질 수 있다고

---

* 기독교에서 세례를 받지 않아 원죄를 지닌 채 죽었으나 죄를 지은 적이 없는 사람들이 머무르는 곳을 가리킨다.
** 「햄릿」 3막 1장에 나오는 햄릿의 독백.

하더군."

"기회라고?"

"자유로워질 수 있는 기회. 죽는 순간에 모든 현실의 영상
이 번개처럼 보인다는 거야. 우리 대부분에게는 이것이…… 글
쎄…… 그냥 원자 폭탄 섬광처럼 번쩍할 거야. 무섭고, 눈부시
고, 이해할 수 없는 어떤 것이지. 그러나 만일 사람이 그것을
이해하고 파악할 수 있다면 자유롭게 돼."

"그러면 자신이 죽고 있다는 것을 알 수 있으면 유용하겠군.
그런데 네가 말하는 자유롭다는 건……."

"그냥 자유로운 거야……. 열반의 상태라는 건……. 운명의
수레바퀴에서 자유로워지는 거지."

"윤회의 수레바퀴?"

"그래. 애착, 갈망, 욕망 등 우리를 비현실적 세상에 잡아매
는 굴레지."

"애착? 네 말은…… 사랑까지도?"

"우리가 사랑이라고 부르는 것도."

"그러면 우리가 어떤 다른 곳에 존재하게 되는 거야?"

"그것들은 상징이야." 제임스가 말했다. "어떤 사람들은 열
반이 오직 여기 이 순간에만 존재한다고 말하기도 해. 상징이
상징을 설명하고 그림이 그림을 설명하지."

"진실은 그 너머에 존재하고."

그러고는 우리는 잠시 동안 침묵을 지켰다. 제임스의 눈꺼풀
이 내려왔지만 나는 아직 그의 눈에서 나오는 빛을 볼 수 있었
다. 나는 농담조로 물었다. "명상하니?"

"아니야. 만일 내가 진정으로 명상을 한다면 나는 보이지

않을 거야. 우리가 서로를 볼 수 있는 건 끊임없는 정신적 활동의 중심에 있기 때문이야. 명상하는 현자는 눈에 보이지 않아."

"그래, 확실히 소름이 끼친다!" 나는 제임스의 얘기가 진짜인지 알 수가 없었다. 그러나 그렇지 않을 거라고 생각했다. 이 대화는 나를 매우 불편하게 만들었다. 내가 말했다. "언제 떠날 거야? 내일? 다른 것은 제쳐 두고 난 침대가 필요해!"

제임스가 대답했다. "그래, 미안해. 오늘은 형 침대에서 자. 내일 떠날 거야. 런던에서 할 일이 많거든. 여행 준비를 해야 해."

그러니까 내 추측이 맞았다! 제임스는 군대를 진짜로 떠난 것이 아니다. 비밀리에 다시 티베트로 가려고 한다! 나는 알고 있었다는 사실을 그에게 재치 있게 말해 주고 싶었다. "아, 여행, 물론이지! 나도 알 것 같아……. 하지만 질문은 하지 않겠어……."

제임스는 말없이 면도하지 않은 거무스름한 얼굴을 들어 검은 눈으로 나를 바라보았다. 나는 흘깃 그를 보았으나 시선을 곧 돌려 버렸다. 벤에 대하여 그에게 말하기로 마음먹었다. "제임스, 너도 알다시피 내가 그 물구덩이에 빠진 것 말이야……."

"민의 가마솥? 그래."

"난 사고로 떨어진 게 아니야. 누가 나를 밀었어."

제임스는 생각에 잠겼다. "누가 형을 밀었단 말이야?"

"벤."

"그를 봤어?"

"아니. 그러나 누군가가 나를 밀었고, 그 사람은 벤이 틀림없어."

제임스는 생각에 잠겨 나를 바라보았다. 그러고는 잠시 후에 말했다. "확실해? 첫째, 누가 형을 밀었다는 것. 둘째, 그 사람이 벤이라는 것. 틀림없어?"

나는 제임스가 첫째, 둘째, 이렇다 저렇다를 따지는 것이 싫었다. 아무것도 그의 마음을 움직일 것 같지 않았다. 살인 기도까지도. "그냥 네게 말해야겠다고 생각했어. 좋아, 못 들은 걸로 해. 넌 내일 떠날 거라 했으니 잘됐지, 뭐."

바로 그 순간 나는 결코 잊을 수 없는 소리를 들었다. 가끔 아직도 대낮에 환청으로 그 소리를 듣는다. 그 소리는 어떤 무서운 사건의 직접적인 증거로 내 의식을 찢고 들어왔다. 방은 안개처럼 두려움으로 꽉 차 있었다. 그것은 리지의 목소리였다. 그녀는 집 앞 어디에서인가 비명을 질렀다. 잠시 후 그녀는 다시 비명을 질렀다.

제임스와 나는 서로를 응시했다. 제임스가 입을 열었다. "아, 이런……." 나는 밖으로 뛰어나가다 구슬 커튼에 휘말려 계단을 구르다시피 내려갔다. 나는 홀을 지나 숨 가쁘게 뛰었다. 그리고 심한 피로와 절망이 짓누르기라도 한 것처럼 현관문에서 거의 넘어질 뻔했다. 제임스가 내 뒤에서 계단을 뛰어 내려오는 소리가 들렸다.

도로 위에서 매우 놀라운 일이 일어난 것 같았다. 내가 처음 본 사람은 페러그린이었다. 그는 길버트의 차 곁에 서 있었으며, 탑이 있는 쪽을 길을 따라 보고 있었다. 그다음에 나는 리지를 보았다. 그녀는 길버트의 팔에 기대어 천천히 집 쪽으로 걸어오고 있었다. 탑 근처 위쪽에서는 차 한 대와 한 무리의 사람들이 서서 땅 위에 있는 무엇인가를 내려다보고 있었다. 나는 도로에서 차 사고가 난 줄 알았다.

페러그린이 다가오자 나는 그에게 소리쳤다. "무슨 일이 있었어?"

대답 대신 그는 앞으로 나와서 내 팔을 잡고 못 가게 하였다. 그러나 나는 그를 뿌리쳤다.

제임스는 이제 내 뒤에 와 있었다. 그는 하틀리가 입었던 내 가운을 입고 있었다. 그 역시 페리에게 물어보았다. "무슨 일이 일어났어요?"

나는 멈추어 섰다. 페러그린은 내가 아니라 제임스에게 말했다. "타이터스예요."

제임스는 노란색 폭스바겐에 가서 기대었다. 그리고 무엇인가 중얼거렸다. "내가 붙어 있어야 했는데……." 그러고는 땅바닥에 주저앉았다.

페러그린이 나에게 무엇인가 말했으나 나는 리지를 지나쳐 모퉁이로 뛰어갔다. 그녀는 이제 바위 위에 앉아 있었고, 길버트는 그녀 곁에 무릎을 꿇고 있었다.

나는 낯선 사람들에게 다가갔다. 그들은 풀밭 끝에 누운 타이터스를 내려다보고 있었다. 그는 차에 치인 것이 아니라 익사한 것이었다.

⋅ ⋅ ⋅ ⋅ ⋅ ⋅ ⋅ ⋅

그다음에 무슨 일이 일어났는지는 자세히 묘사할 수가 없다. 타이터스는 이미 죽어 있었다. 처음에는 당장 그 사실을 믿을 수 없었지만, 그것은 의심할 여지가 없는 사실이었다. 벌거벗은 채로 물을 뚝뚝 흘리며 힘없이 누워 있는 그는 너무도 아름답고 멀쩡해 보였다. 물에 젖어 검게 변한 머리카락을 누군가가 얼굴에서 치웠다. 두 눈은 거의 감겨 있었다. 그는 부드러운 뱃살과 앞쪽의 젖고 더러워진 털을 보이며 옆으로 누워 있었다. 입은 살짝 열려서 이를 드러내 보이고 있었다. 갈라진 입술을 본 것이 기억난다. 나는 그의 이마 옆쪽에 얻어맞은 듯한 검은 자국이 있는 것을 보았다.

나는 집 쪽으로 뛰어가며 제임스에게 소리 질렀다. 제임스는 아직 자동차 옆 땅바닥에 앉아 있었다. 그는 천천히 일어났다. "제임스, 제임스, 이리 와 봐!" 제임스는 나를 살려 냈으니 틀림없이 타이터스도 다시 살릴 수 있을 것이다.

제임스는 놀라서 얼떨떨한 유령처럼 보였다. 페러그린의 도움으로 그는 겨우 걸을 수 있었다.

"아, 빨리, 빨리, 그를 도와줘!"

제임스가 모퉁이에 왔을 때 낯선 관광객 중 한 사람이 이미 무엇인가 시도하고 있었다. 그는 타이터스를 엎어 놓고 그의 어깨를 누르고 있었으나 별 효과가 없었다.

페러그린이 제임스를 대신해서 말했다. "인공호흡이 더 낫겠어요."

제임스는 말을 할 수 없는지 무릎을 꿇고 손짓으로 타이터스를 다시 젖혀 놓게 했다. 잠시 동안은 몇 사람이 한꺼번에 말을 해서 혼란스러웠다. 잠시 후 경찰의 사이렌 소리가 들렸다. 레이븐 호텔에 가던 자동차가 호텔에 소식을 전했고, 호텔에서 경찰에게 전화를 걸었던 것이다.

기운차고 능숙한 경찰관이 나서서 우리더러 물러나라고 말하고는 자신이 직접 인공호흡을 시도했다. 구급차가 도착했다.

제임스는 멀리 물러나서 풀밭 위에 앉았다. 경찰이 페러그린과 나에게 타이터스가 누구인지 아느냐고 물었다. 페러그린이 질문에 대답했다.

얘기를 들어 보니 관광객들이 레이븐 만의 바위에서 수영을 하려다가 타이터스의 시체가 탑의 모퉁이를 돌아 조수에 밀려오는 것을 보고 헤엄쳐 가서 시체를 해변으로 끌고 온 모양이었다.

어느 누구도 타이터스를 살려 낼 수 없었다. 남자들은 타이터스를 들것에 올려 구급차에 밀어 넣었다. 여러 대의 차가 멈추었다. 경찰차는 부모에게 소식을 알리려고 니블레츠로 떠났다. 검시 결과는 과실사였다. 타이터스는 머리에 타박상을 입고 익사했다. 큰 파도 때문에 바위에 부딪힌 것으로 추측되었다. 확실히 무슨 일이 있었는지는 끝까지 밝혀지지 않았다.

그러나 그때쯤 나는 타이터스가 살해당했다고 확신했다. 우리는 살인마와 맞서야 했다. 나를 쳐서 넘어뜨리지 못했던 그 자가 타이터스를 넘어뜨린 것이다. 그러나 당분간 나는 그 사실을 아무에게도 말하지 않았다.

타이터스의 시신은 멀리 떨어진 병원으로 옮겨졌고, 거기서 조용히 화장을 했다.

6

시간이 조금 지난 뒤의 일이다. 비탄과 쓰디쓴 후회와 증오의 결의를 품은 채 몽롱한 의식 속에서 시간은 흘러갔다.

길버트는 텔레비전 연속극에서 배역을 맡아 런던으로 돌아가야 했다. 리지는 뒤에 남았고, 나는 울어서 빨개진 그녀의 얼굴에 익숙해졌다. 페러그린도 남아 있었다. 그러나 화가 나 있었고, 트위드 바지와 와이셔츠에 멜빵을 하고 매일 아몬 농장 근처의 마을까지 산책을 갔다가 더위를 먹고 짜증을 내며 돌아오곤 했다. 그는 분명히 비참한 기분에 사로잡혀 있었지만 헤어 나오지 못하는 것 같았다. 그는 물건을 사러 한두 차례 리지를 차에 태우고 마을에 다녀오기도 했다. 제임스도 아직 머물러 있었지만 거의 말이 없었고 사람들을 피했다. 그는 내게 친절히 대하고 신경을 써 주었지만 우리는 대화를 거의 나누지 않았다. 우리는 얘기를 할 수는 없었지만 서로를 보호해야겠다는 느낌에 사로잡혀 같이 지냈다. 물론 그들은 나를 혼자 두고 싶어 하지 않았다. 아마 각자가 마지막까지 있겠다고 마음먹었는지도 모른다. 우리는 마치 모두 무엇인가를 기다리는 것 같았다.

리지가 요리를 맡았다. 우리는 주로 파스타와 치즈만 먹고 살았다. 사람들이 기대하고 즐기는 식사와 같은, 일상적인 잔치와 축제의 시간으로 돌아갈 수는 없었다. 제임스를 제외하고 우리는 모두 술을 많이 마셨다.

기록을 시작하려는 날, 나는 아주 무시무시한 악몽을 꾸고 아침 일찍 깨어났다. 타이터스가 물에 빠져 죽는 꿈이었다. 나는 꿈에서 깨어난 안도감을 경험했다. 그리고 그 뒤에 기억이 났다…….

나는 일어나서 창문으로 다가갔다. 아침 6시경이었는데, 해는 뜬 지 이미 오래되었다. 시원한 여름 날씨가 안개 낀 하늘과 고요한 바다와 함께 다시 돌아왔다. 바닷물은 매우 빛나는 회청색으로, 거의 흰색을 띠어서 하늘과 거의 같은 색이었고, 빠르고 짧은 춤 동작처럼 움직이다가 부연 햇빛이 반짝이는 금빛으로 흩뿌려졌다. 바다는 행복해 보였다. 나는 바다를 타이터스의 눈을 통해서 보는 것 같았다.

나는 침실로 돌아왔다. 나머지 세 사람들이 서로 가까이 있는 것을 나는 싫어했지만 그들은 아래층에서 잤다. 나는 오늘 그들에게 모두 가라고 말하기로 결심했다. 이제 그럴 시간이 되었다고 강하게 느꼈다. 한편으로는 혼자 있기가 두려웠지만 내 계획은 고독을 필요로 했다. 나는 급히 옷을 입고 아래층 주방으로 내려갔다. 페러그린이 거기서 수염을 깎고 있었다. 그는 나를 못 본 체했다. 나는 잔디밭으로 나갔다. 제임스는 바위에서 막 내려오고 있었다. 잠시 후에 나는 리지가 페러그린에게 말하는 소리를 들을 수 있었다. 그날 우리는 모두 일찍 일어났다.

제임스는 내가 수집한 돌, 아니 이전에 수집한 돌들을 넣어 두던 바위 그릇 옆자리에 앉아 있었다. 어떤 사람이, 아마도 타이터스가 파티가 있던 날 밤에 제임스의 '만다라'가 파손되면서 흩어진 돌들을 주워다 놓았을 것이다. 돌로 만들어진 잔디밭 '테두리'는 비교적 망가지지 않고 멀쩡한 편이었다. 나도 거기 가서 앉았다. 바위들은 이미 따뜻했다.

면도를 말끔히 한 제임스의 얼굴은 햇볕에 타서 적갈색이었고, 면도한 자리는 매우 매끄러웠다. 그는 보통 때보다 더 선명해 보였고 눈에 띄었다. 어쩌면 햇빛이 더 밝아졌기 때문인지도 모른다. 그의 어두운 갈색 눈은 황갈색을 띠었고, 멋있는 얇은 입술은 부드럽고 붉었다. 그의 검은 머리는 더 생기 있게 윤기가 흘렀고, 머리가 벗어진 부분을 가려 주었다. 미소 짓지는 않았지만 에스텔 숙모와 신비스럽게 닮은 모습이 보통 때보다 더 두드러지게 나타났다.

"제임스, 난 모두가 내일 떠났으면 좋겠어. 알아들었어?"

제임스는 얼굴을 찌푸렸다. "만일 형도 같이 간다면 갈게. 런던에 있는 내 집에서 같이 지내자."

"아니, 난 여기 있어야 해."

"왜?"

"할 일이 있어."

"무슨 일?"

"아, 이것저것 집안일들. 이 집을 팔아야 할지도 모르겠어.

이제는 나 혼자 있고 싶어. 난 괜찮아."

제임스는 바위 그릇에서 돌 하나를 집어 들었다. 엷은 푸른색 줄 두 개가 빙 둘러져 있는 황갈색 돌이었다. "형이 수집한 돌들이 참 좋아. 이것들을 가져도 될까?"

"그럼, 물론이지. 그러면 이제 결정된 거지? 다른 사람들에게도 그렇게 말하겠어."

"벤과 하틀리를 어떻게 할 작정이야?"

"아무것도 안 해. 그건 끝난 일이야."

"난 형을 안 믿어."

나는 어깨를 치켜 올렸다가 내렸다. 그리고 일어나려는데 제임스가 내 소매를 붙잡았다.

"찰스 형, 무엇을 하려는지 내게 말해 봐. 난 형이 무슨 일을 계획한다는 걸 알아."

정말 내가 무슨 일을 계획하고 있었을까? 나는 내가 일종의 미친 상태에 가까웠지만 아직 미치지는 않았다는 것을 잘 알았다. 사랑에 빠지는 것은 강박관념의 한 종류이다. 강박관념은 마음이 정상적으로 자연스럽게 굴러가지 못하게 마비시킨다. 자연스럽고 열려 있고 흥미를 느끼고 호기심 넘치는, 존재의 어떤 상태에 대한 설득력 있는 정의가 바로 합리성이다. 나는 내가 전적으로 강박관념에 사로잡혀, 고민스러운 생각들을 계속할 수밖에 없으며, 환상과 의지라는 동일한 쳇바퀴 안에서 계속해서 뛸 수밖에 없다는 것을 알 만큼 정신이 말짱했다. 그러나 나는 이 기계적인 동작을 멈출 만큼 제정신인 것은 아니었고, 그렇게 할 생각도 없었다. 나는 벤을 죽이고 싶었다.

그를 죽이고 싶다고 했지만 나는 아직 특정한 계획이나 특정한 일정을 세운 것은 아니었다. 일단 내가 혼자 남게 되면 곧 계획을 세울 것이다. 순전히 절망적으로 사색만 하는 필수적인 기간은 지나갔고, 곧 결단을 내릴 수 있을 것이다. 벤이 나를 죽이려 했다. 이제 와서 돌이켜 생각해 보니 내가 그 죄를 가볍게 생각하거나 '용서했다'고 할 수 있었던 것이 놀라울 뿐이다. 그런 죄를 벌하려고 하지 않은 것이 이상하다. 최근에 내가 니블레즈를 '들락날락하면서' 하틀리를 데려오겠다고 세운 계획은 그를 벌주려는 것이 아니라 그녀를 구출하려는 데 목적이 있었다. 나는 단순히 그녀를 구출하기 위하여 그를 위협하려고 했던 것이다. 그를 파멸시키는 것은 내 목적이 아니었다. 그러나 이제 상황은 완전히 달라졌다. 나는 타이터스가 살해당한 것을 묵인할 수가 없었고, 복수를 하지 않고는 넘어갈 수가 없게 되었다. 내가 죽지 않았으므로 벤은 타이터스의 머리를 때려 익사시킨 것이다. 나에 대한 지독하고 무서운 악의 때문에 그 소년을 죽인 것이다. 그만큼 그가 미쳐 있다는 사실을 나는 확신했다. 나 자신이 지금 얼마나 제정신이 아닌가를 생각하면 그도 충분히 그럴 수 있다. 진실로 내가 미치게 된 근본적인 이유는 순전히 슬픔 때문이었다. 또한 그 귀하디 귀한 아이를 잃었다는 상실감 때문이었다. 거기에 갑작스러운 타이터스의 죽음이 빚어 낸 공포와 그가 무자비한 악행의 희생물이 되었다는 생각이 섞였다. 타이터스의 죽음으로 인한 고통을 치유시킬 수 있는 단 하나의 진통제는 절망을 증오와 복수에 찬 분노로 즉시 변형시키는 것뿐이었다. 내란에서처럼 더 많이 죽이는 것이 단 하나의 위로였다. 그때 든 내 생각은 타이터스처럼 죽지 않고 살아남기 위해서는 내가 테러리스트가 되지 않으면 안 되겠다는 것이었다.

　마지막 며칠 동안 제임스와 리지는 나를 조용히 관찰했고 나는 그냥 슬픈 척만 했다. 나는 벤이 그의 미친 듯한 신념으로 나를 얼마나 미워했을까를 상상해 보았다. 또 나 때문에 어린 시절 내내 타이터스를 얼마나 미워했을지를 상상해 보았다. 나와 타이터스의 관계가 벤의 마음속에 어떤 역동적이고 강박적인 양상을 만들었을 것이 틀림없었다. 그 소년을 계속 눈앞에 두고 본다는 것은 (그가 생각하기에) 아내가 저지른 부정의 결과물과 미운 연적이 태연하게 벌 받지 않고 살고 있다는 뚜렷한 상징이었을 것이다. 벤은 그 연적이 조롱하는 모습을 신문에서, 텔레비전에서 규칙적으로 보았을 것이다. 벤은 천성이 난폭한 사람이고, 파괴자이고, 살인자였다. 바꿔치기된 내 아이와 나를 얼마나 미워했을까? 증오 때문에 얼마나 심하게 내장이 뒤틀렸을까? 주범이 자유롭게 뛰어다니며 웃고 있는 한, 아내와 그 소년을 벌하는 것만으로는 결코 충분치 않았을 것이다. 순수한 증오는 광기의 당당한 형태다. 여러 해 동안 벤은 수없이 자기의 상상 속에서 나를 죽였을 것이다.

　드디어 우리가 만났을 때 그는 자신의 폭력과 분노가 내 마음속의 격렬한 감정과 동등하다는 것을 알게 되었다. 우리가 다리 위에서 마주쳤을 때 그는 내가 그를 밀어 버리고 싶은 충동을 느꼈던 것을 알았다. 그가 사라지기를 원하는 내가 결국 얼마나 극단적인 준비를 하고 있었는지 짐작했을지도 모른다. 그는 자신의 정당방위를 위해 나를 죽이려 했다고 논쟁할 수도 있을 것이다. 그런데 내가 괘씸하게도 죽지 않고 멀쩡히 살아남아서 자유롭게 그를 조롱하고 미운 자기 자식을 뻔뻔스럽게 내 아들이라고 보호하는 것을 보았으니, 벤의 미친 듯한 분노가 그 아이를 통해서 나에게로 향하는 것이 얼마나 당연한 일인가? 이것이야말로 더욱 만족스러운 복수의 행위가 아니겠는가? 나는 벤이 나에게 마지막으로 한 말을 상기했다. '비열한 애 녀석'이란 욕설에는 '널 죽이겠다'라는 저주가 포함되어 있었다.

이제 내가 이 세상에서 이런 행동을, 이런 사실을 '극복하고' 살 수 있을 것인가? 그것은 생각할 수조차 없었다. 행동은 행동으로 맞서야 한다. 그러나 어떻게 해야 할까? 이런 생각들을 하는 동안 나는 자신을 지탱하기 위해 하틀리의 모습을 그리며 정신을 가다듬었다. 나는 그녀가 예전처럼 침착하고 아름다운 얼굴로 나를 바라보는 모습을 떠올렸다. 그리고 다시 그녀의 얼굴이 옛 모습을 되찾게 되리라고 믿었다. 시간이 지나면 나는 그녀에게 다가가서 그녀를 포옹하고 마침내 서로를 위로할 것이다. 그러나 그것이 하틀리에게 어떤 영향을 미칠 것이며, 그것이 확실히 어떨 것인지는 의식하거나 느낄 수 없었다. 내 마음대로 그를 파멸시킬 수 있다고 느끼자 나는 그녀에게 집착했던 것보다 더 강한 강박관념으로 그를 증오하고 있다는 느낌이 들었다. 내 강박관념을 살펴보니 적어도 단순히 그녀 때문에 그를 처치하려는 것만은 아니었다. 그를 처치하는 것 자체가 목적이 되어 있었다.

실제로 무엇을 할지에 대해서 나는 아직까지 어느 정도 망상의 단계에 있는 꽤 다양한 계획을 머릿속에서 전개해 보았다. 내가 혼자 남게 되면 이 중 하나의 계획을 실질적인 방법으로 전환시키기 위하여 집중할 수가 있을 것이다. 나는 경찰에 신고할까도 생각해 보았다. 누군가가 나를 죽이려 했고, 여러 가지 정황으로 보아 화살은 분명히 벤에게 향할 것이다. 추측하건대 벤은 성격상 이 공식적인, 혹은 암시적인 혐의를 대담하게 시인할 것이다. 이것이야말로 그를 잡는 가장 간단하고 쉬운 방법일 것이다. 커다란 그물을 펼쳐 놓고 곧바로 그곳으로 뛰어들게 하는 것이다. 벤은 단순하고 공격적인 인간이라서 법의 교묘함에 불안해하고 세련된 거짓말을 비웃을 것이다. 나는 이런 망상을 너무나 많이 해서 모든 일이 마치 끝나기나 한 것처럼 상황이 좋게 보이기 시작했다. 그런 반면에 만일 벤이 지속적으로 자기의 죄를 부인한다면 나에게는 확실히 증거가 부족했다.

나는 또 여러 가지 책략과 폭력이 섞인 방법들도 고려해 보았다. 만일 내가 그를 집으로 유인하여 민의 가마솥에 밀쳐 버릴 수 있다면 가장 공정하겠지만, 그는 매우 조심스러워서 오지 않을 것이다. 그를 익사시킬 수 있는 또 다른 방법들도 고려해 보았지만 아무것도 쉽지 않았다. 단순한 폭력이 더 나을 것 같다는 생각도 들었다. 그러나 벤이 힘세고 위험한 남자라서 그렇게 단순하게 행동할 수는 없었다. 그를 해치려 하다가 도리어 내가 당한다면 더 화나고 분해서 미쳐 버릴 것이다. 지원군이 있으면 도움이 될 테지만 나는 혼자 행동하기로 다짐했다. 벤이 군인 시절 쓰던 권총을 아직도 가지고 있다는 하틀리의 말을 나는 잊지 않았다. 의심할 바 없이 그는 권총을 기름칠하고 반짝반짝하게 해 놓았을 것이다. 하지만 총알이 없을지도 모른다. 나에게도 극장 소유의 아름다운 복제 자동 권총이 있긴 하나, 런던에 두고 왔다. 가령 내가 그에게 총을 들이 대고 돌아서라고 한 뒤 장도리로 그를 치면 어떨까! 그런 다음엔? 모든 사건 전모를 경찰에 이야기하나? 하틀리를 데려다가 내가 정당방위로 그랬다고 증언하게 할까? 벤이 시시각각 또다시 나를 살해하려고 시도할지도 모르므로 내 환상 속의 행동은 사실상 더 정당방위처럼 보이기 시작했다.

정신적인 감옥에 갇힌 사람들은 흔히 자유를 그려 보지만 그것은 매력적인 힘을 갖고 있지 않다. 나는 이 모든 사건 가운데에서 내가 스스로 관찰하지 못한 죄의식이 나를 한층 더 증오로 몰아가고 있다는 것을 깨달았다. 그러나 죄의식 때문에 혼동할 순간이 아니었다. 제임스와 리지와 페리가 보는 가운데 내가 집 안과 집 근처에서 일종의 의식 같은 춤을 추며 유령처럼 돌아다닐 때, 나는 하틀리를 생각했고 작은 집에서 그녀와 함께 숨어 영원히 평화롭게 지내는 삶을 마음속에 그려 보았다. 그러나 만일 내가 그렇게 강렬히 원하는 것을 이루고 그것으로 나 자신을 위로할 수 있다면, 만일 내가 벤을 파멸시키거나 그를 죽이거나 그를 다리 병신으로 만들거나 그의 정신을 망가뜨리거나 그를 감옥에 집어넣는다면, 나는 하틀리와 평화롭게 걸어 나갈 수 있을까? 그런 평화는 어떤 것일까? 결국 정의가 나에게 무엇을 해 줄 수 있을 것인가? 이 모든 가정하에서 내가 계획하는 것은 나 자신의 죽음이 아닌가?

나는 아직 내 소매를 잡고 있는 제임스로부터 소매를 빼면서 말했다. "난 아무것도 하지 않아. 그냥 불행해서 모든 것이 부서져 버린 기분이야."

"나와 함께 런던에 가자."

"아니, 싫어."

"무슨 계획을 짜고 있다는 것을 알 수 있어. 형의 눈이 무서운 환영으로 꽉 차 있어."

"큰 바다 뱀이야."

"찰스 형, 나에게 말해 봐."

이 특별한 몇 마디는 내가 어린 소년이었을 때 제임스를 속이는 것이 얼마나 어려웠는지를 생각나게 하였다. 그는 의도적으로 거짓말을 하려는 사람에게서 비밀을 캐내는 방법을 알고 있었다. 그러나 나는 말하지 않을 것이다. 지금 내 마음에 꽉 찬 공포를 어떻게 아무에게나 폭로할 수 있겠는가? "제임스, 런던으로 가. 곧 뒤따라갈게. 나도 런던에 가서 내 아파트를 정리할 거야. 지금은 나를 괴롭히지 마. 하루나 이틀 정도 여기서 혼자 조용히 지내고 싶어. 그것뿐이야."

"형은 무서운 일을 생각하고 있어."

"아무 생각도 없어. 내 마음은 텅 비어 있어."

"전에 형은 벤이 형을 그 가마솥 구덩이에 밀었다고 했어."

"그래."

"하지만 정말 그렇게 생각하지는 않겠지?"

"그렇게 생각해. 그러나 이젠 그것도 중요하지 않아."

제임스는 무엇인가 계산하듯 나를 바라보았다. 아침 식사가 준비되었다고 리지가 주방에서 불렀다. 태양은 비가 온 후 더욱 신선해진 잔디밭, 아름다운 돌멩이로 만든 테두리, 빛나는 누런 바위 위를 조용히 비추고 있었다. 이것은 행복한 장면의 회화였다.

"그것은 중요해." 제임스가 말을 이었다. "전적으로 잘못된 생각을 머릿속에 가지고 있는 형을 혼자 남겨 두고 가고 싶지는 않아."

"아침 식사나 하러 가자."

"그 생각은 정말 틀렸어, 찰스 형."

"넌 꽤 열성적으로 이야기하지만 그건 네 견해일 뿐이야. 그리고 나는 다른 견해를 가지고 있어. 어서 와!"

"기다려, 기다려. 이것은 그냥 견해가 아니야. 난 알아. 난 그 사람이 벤이 아니라는 것을 안다고."

나는 그를 노려보았다. "제임스, 넌 알 수 없어. 그 장면을 목격했니?"

"아니, 보진 못했어. 하지만⋯⋯."

"다른 사람이 보았대?"

"아니⋯⋯."

"그럼 어떻게 네가 알 수 있다는 거야?"

"난 그냥 알아. 찰스 형, 제발 나를 믿어 줘. 형은 나를 믿어야 해. 아무런 질문도 하지 마. 벤이 그러지 않았다는 사실만 받아들여. 벤이 그러지 않았어."

우리는 서로를 응시했다. 제임스의 어조와 눈과 엄숙한 얼굴의 강경함이 반항하는 나의 마음속에 확신을 불러일으켰다. 그러나 그의 말을 믿을 수가 없었다. 어떻게 그가 그 사실을 안다는 말인가? 제임스 자신이 나를 밀치지 않았다면 말이다. 저 붉은 인디언 가면 뒤에 무엇이 숨어 있을까? 우리는 항상 세상에서 출세하는 데 경쟁자였고, 내가 좀 더 성공한 편이었다. 유년 시절의 증오는 유년 시절의 사랑처럼 평생 계속될 수 있다. 제임스는 이상한 괴짜였고, 엉뚱한 마음을 가진 사람이었다. 그는 자비롭지 못한 직업을 갖고 있었다. 그가 벤을 존경하는 투로 말한 기억이 났다. 그가 비밀 정보원이며 티베트로 돌아가려 한다는 사실을 내가 눈치챘기 때문에 단순히 나를 없애 버리려고 기도했는지도 모른다. 나는 머리에 손을 얹었다.

그러나 나는 이렇게 말했다. "잘 들어, 제임스, 나를 설득하려 하지 마. 벤은 나를 죽이려고 했을 뿐만 아니라 타이터스를 죽였어."

"아, 맙소사……." 제임스가 말했다. 그리고 절망적인 얼굴로 말을 이었다. "그가 타이터스를 죽였다는 증거가 어디 있어? 그를 보았다는 거야?"

"아니, 하지만 분명해. 아무도 그의 머리에 있는 타박상을 조사해 보지 않았어. 타이터스는 힘이 좋은 수영 선수야. 그리고 벤이 나를 살해하려고 했을 때……."

"그래, 그것이 형이 가진 '증거'라는 거지. 그러나 나는 그렇지 않다는 걸 알고 있어."

"제임스, 넌 알 수 없어! 나는 그 작자를 잘 알아. 그가 얼마나 사람을 증오할 수 있는지도 알아. 넌 같은 군인을 만나서 기뻤겠지만 내가 보기에 그는 살인을 할 수 있는 사람이고, 질투에 눈이 멀고, 원한으로 미친 사람이야. 그리고 나는 질투에 눈먼 악의가 어떤 것인지 알고 있어."

"내가 두려워하는 게 바로 그거야." 제임스가 말했다. "형의 악의 말이야. 내가 무엇에다 맹세를 해야 형이 만족하겠어? 우리 유년 시절과 우리 부모님들에 대한 추억, 그리고 우리가 사촌 간이라는 관계를 두고 벤이 그러지 않았다는 것을 맹세해. 제발 이것을 받아들이고 질문 같은 건 그만둬. 아, 모든 것을 잊어버려, 모든 것을. 런던으로 가자. 이곳에서 빠져나가자."

"내가 어떻게 그것을 받아들이겠어? 너는 벤이 하지 않았다고 말하는데, 내가 생각한 것은 그게 아니야! 누군지 알지 못하는 사람이 너를 죽이려 했다는 사실을 너는 쉽게 '받아들일 수' 있겠니? 그리고 그가 벤이 아니라는 것을 어떻게 확신해? 혹시나 그 사람이 네가 아니라면 말이지."

"나는 아니야." 제임스는 얼굴을 찌푸리며 대답했다. "터무니없는 소리 하지 마."

나는 우스꽝스러우리만큼 마음이 놓였다. 잠시 동안 내 사촌이 죽이고 싶을 만큼 나를 미워한다는 생각을 한 건가? 물론 나는 그의 말을 당장 믿었다. 그것은 터무니없는 생각이었다. 그러나 제임스도 아니고 그가 주장하듯이 벤도 아니라면 누구란 말인가? 그를 믿을 수는 없었지만 나는 그의 엄숙한 맹세에 감명받았다. 리지 때문에 남몰래 질투에 눈이 먼 길버트가 그랬나? 자신의 잃어버린 아이 때문에 슬퍼하던 로시나가 그랬을까? 아마 꽤 여러 사람들이 나를 살해할 동기를 가지고 있었을 것이다. 프레디 아크라이트? 그럴지도 모른다. 그는 나를 미워했고, 지금은 벤이 개를 데리러 갔던 아몬 농장에 와 있으니까. 벤이 프레디를 시켜 나를 살해하거나 병신으로 만들려고 했는데, 그 무서운 추락 사고로 끝난 건가?

제임스는 내가 깊은 생각에 잠긴 것을 보고 절망적인 몸짓을 해 보였다.

"난 추리 게임은 할 줄 몰라." 내가 말했다. "범인은 벤이라고 생각했고, 지금도 그렇게 생각해."

"그러면 안으로 들어와." 제임스가 말하며 일어섰다.

우리는 주방으로 들어갔다. 리지가 난로 옆에 서 있었다. 그녀는 머리에 핀을 꽂아 뒤로 넘겼고 아주 짧은 원피스 위에 짧은 체크 무늬 겉옷을 입고 있었다. 그녀는 이상스러울 정도로 젊어 보였으며, 초조하고 어리석은 여학생 같은 표정을 짓고 있었다. 그녀는 가끔 그런 표정을 짓는다. 페리는 식탁 밑에 다리를 뻗고 팔꿈치를 식탁 위에 올려놓고 앉아 있었다. 그의 넓적한 얼굴은 이미 땀에 젖어 기름기가 흘렀고 눈은 흐리멍텅했다. 술에 취해 있었는지도 모르겠다.

제임스가 말했다. "페러그린."

페러그린은 몸을 움직이지 않은 채 흐리멍텅한 눈으로 앞을 응시하며 말했다. "누가 찰스를 죽였는지, 아니 죽이려다 실패했는지를 논의하고 있었다면 그것은 바로 나야."

"페리……."

"내 이름은 페러그린이야."

"하지만 페러그린, 도대체 왜…… 정말로…… 왜…… 그랬어?"

리지는 놀라지도 않고 상황을 지켜보기 위해 자리에 앉았다. 그녀는 분명히 이미 알고 있었다.

"왜냐고 물었나?" 페러그린이 나를 보지도 않고 말했다. "생각해 봐, 왜 그랬는지. 생각해 보란 말이야."

"그럼…… 맙소사, 로시나 때문이야?"

"그래, 이상하지만 그래. 그 때문이야. 자넨 고의로 내 결혼을 망쳐 놓았어. 숭배하는 아내를 빼앗아 갔지. 자넨 조심스럽고 냉정하게 그 일을 계획했어. 그런 뒤에 그녀를 나에게서 빼앗아 간 다음 그녀를 걷어찼어. 자네는 그녀를 원하지도 않으면서 그저 자네의 소유욕과 질투심으로 인한 짐승 같은 충동을 만족시키기 위하여 그녀를 나에게서 훔쳐 갔어! 그리고 그 충동을 만족시켰고, 내 결혼이 영원히 깨어져 버렸을 때 자네는 다른 곳으로 떠나 버렸지. 거기다가 내가 용서하고 자네를 계속 좋아하기를 기대했어! 왜? 왜냐하면 자네는 아무리 나쁜 짓을 해도 자네가 대단히 훌륭한 찰스 애로비라서 모든 사람들이 자네를 계속 좋아하리라고 생각했기 때문이지."

"그러나 페러그린, 자네가 여러 번 나에게 말했잖아. 그 나쁜 년을 쫓아 줘서 기쁘다고……."

"좋아. 하지만 내 말을 믿었어? 그리고 제발 그렇게 더러운 말은 쓰지 마. 물론 자네가 여자들을 쓰레기 취급하는 건 모두가 알아. 정말로 나를 화나게 한 것은 자네가 내 인생과 행복을 망쳐 놓고 전혀 개의치 않는 것처럼 군 거야. 자넨 너무 시건방져."

"난 자네가 행복했다고 믿지 않아. 지금 그렇게 말하고는 있어도……."

"아이고, 맙소사! 자네는 순전히 악의에 찬 질투심으로 그녀를 빼앗아 갔어. 그래, 나도 질투심을 느낄 수 있어."

"그러나 자네는 아무렇지도 않다고 나를 격려했잖아! 왜 애써 아무렇지도 않은 척하면서 나를 잘못 인도했지? 이제 와서 나를 나무랄 수는 없어. 자네가 괴로워했다면 나는 죄책감을 느꼈을 거야. 그러나 자넨 내게 너무 잘해 주었어. 아주 정답게……. 나를 보면 항상 기뻐하는 것 같았어……."

"나는 배우야. 그리고 자네를 보면 기뻤는지도 몰라. 우리는 가끔 자기가 미워하고 경멸하는 사람들을 보고 싶어 해. 그들이 얼마나 밉살스러운지를 보면 자극이 되니까."

"그래서 줄곧 복수하려고 기다렸다는 거야?"

"아니, 그렇지 않아. 난 자네를 계속 조종하며 바라보는 것을 즐겼어. 내가 무엇을 느끼는지 자네가 알면 얼마나 놀랄까 생각하며 만족했지. 오랫동안 자넨 내게 악몽이었어. 자넨 악마나 암처럼 내 곁에 있었어."

"맙소사, 정말 미안해……."

"이제 와서 자네의 사과를 내가 듣고 싶어 한다고 생각했다면……."

"내가 자네에게 못되게 굴었을지 모르겠지만, 그래도 죽을 만큼 못되게 굴지는 않았어."

"그래, 좋아. 그것은 충동적인 행동이었어. 난 술에 취해 있었지. 난 자넬 밀고 나서 계속 걸어갔어. 무슨 일이 일어났는지 보지도 않았고 상관도 안 했지."

"하지만 자네는 폭력을 싫어한다고 말했잖아. 결코 자네는……."

"좋아, 자네는 특별한 경우였어. 그 못된 로시나가 갑자기 검은 마귀할멈처럼 그 바위 꼭대기에 앉아 있는 것을 보았을 때는 정말 더 이상 참을 수가 없었어. 난 아직도 자네가 그녀와 관계를 지속하고 있다고 생각했지. 확실히 그러고 있었겠지……."

"아니야."

"난 상관없어."

"자네가 요즘 들어 그녀에 대한 이야기를 왜 그만두었는지 궁금했어. 나를 죽일 계획을 세웠던 거야."

"난 상관없어. 난 아무것도 알고 싶지 않고, 자네 말은 아무것도 안 믿어. 자넨 그럴 가치도 없는 인간이야. 난 그저 그녀가 거기 있는 것을 보고 참을 수가 없었어. 물론 자동차 유리가 깨진 것도 견딜 수가 없었지. 그것은 큰 충격이었고 나를 화나게 했어. 옛날부터 쌓여 있던 증오와 질투가 내 몸에 구멍을 뚫고 갑자기 퍼붓듯이 솟아나와 심한 질투를 느꼈어. 난 자네에게 무엇인가 되갚아야만 했어. 정말이지 자네를 바다에 밀어 넣고 싶었어. 나는 상당히 취해 있었어. 일부러 그곳을 선택하지는 않았어. 자네가 무엇이라고 부르는지 모르겠지만, 그곳이 무서운 소용돌이가 치는 곳인 줄도 몰랐어."

"그렇다면 자넨 운이 좋았어. 내가 죽을 수도 있었으니까."

"아, 난 상관없어." 페러그린이 말했다. "난 자네가 죽기를 바랐으니까. 그때 자네를 부를 생각도 해 보았지만 자네가 오히려 나를 죽일지도 모른다고 생각했어. 왜냐하면 자네는 나보다 술을 덜 마시니까. 어쨌든 내 명예는 이제 지켜졌어. 그리고 다행히도 자네에게 더 이상 술을 권하지 않아도 돼. 자네가 얼마나 추잡한 놈인지도 더 이상 말하고 싶지 않아. 자넨 깨어진 신화야. 자네는 아직도 자신이 칭기즈 칸이라고 생각하겠지만! Laissez-moi rire. 왜 오랫동안 자네가 나를 괴롭히도록 내버려 두었는지 모르겠어. 아마 자네의 힘과 녹색 월계수처럼 끊임없이 번성하는 모습 때문일 거야. 자넨 이제 늙었고 끝났어. 자네는 프로스페로가 밀라노로 돌아갔을 때처럼 시들어 버릴 거야. 불쌍하고 처량한 신세가 될 것이고, 리지 같은 친절한 여자들이 기운 나게 하려고 찾아올 테지. 적어도 당분간은 그럴 거야. 자네는 인류를 위해서 아무것도 하지 않았고, 자신을 제외하고는 남에게 도움이 되는 일을 한 번도 한 적도 없어. 만일 클레멘트가 자네를 좋아하지 않았더라면 아무도 자네 이름을 알지 못했을 거야. 자네 작품은 졸작이고, 그냥 잘난 척하는 속임수로 꽉 차 있을 뿐이야. 사람들도 더 이상 최면술에 걸리지 않아. 반짝이는 빛은 순식간에 흐려지고, 자넨 혼자라는 사실을 깨닫게 될 거야. 더 이상 누구의 마음속에서도 자네는 괴물이 될 수 없고, 사람들은 모두 안도의 한숨을 쉬며 자네를 가엾게 여기고 잊어버릴 거야."

잠시 침묵이 흘렀다.

내가 입을 열었다. "하지만 자네가 그렇게 즐겁다면 왜 말을 하지? 자네만 입을 다물고 있으면 되는데……. 아니면 내가 알기를 원한 거야?"

"자네가 무엇을 알든 알지 못하든 난 상관없어. 자네 사촌이 뛰어난 심문 기술로 나에게서 비밀을 알아냈지. 자네가 벤이 그런 줄 알고 무엇인가 계획을 꾸미고 있다고 자네 사촌이 말하더군."

"자넨 언제나 나를 싫어했다고 하지만 그것은 사실이 아니야. 자넨 그렇게 훌륭한 배우가 아니야. 자넨 페러그린 삼촌에 대하여 내게 말하기도 했어."

"나에게 페러그린 삼촌은 없어."

나는 완전히 혼란에 빠졌다. 내가 다시 말했다. "그럼 타이터스는 어떻게 된 거야?"

"그게 무슨 뜻이야?" 제임스가 말했다.

"타이터스는 어떻게 된 거냐고? 누가 그를 죽였지? 내 말뜻은…… 내 생각에…… 분명히 벤이 죽였을까?"

리지가 잠시 후 이 질문에 대답했다. "찰스, 그것은 사고였어요. 아무도 그를 죽이지 않았어요."

페러그린이 일어나며 말했다. "그래, 그건 그렇게 된 일이고, 다 분명해졌어. 장군도 만족했기를 바랍니다. 나는 런던에 돌아갈 거야. 리지, 안녕. 만나서 반가웠어." 그는 성큼성큼 걸어 나갔다. 나는 그가 자기 물건을 챙기는 소리를 들었다. 곧 그의 알파 로미오가 둑길에서 맹렬히 후진하는 소리가 들렸고, 그 다음엔 차의 소음이 점점 줄어들었다.

제임스는 일어나서 창밖을 내다봤다. 리지는 소리 없이 울며 수도꼭지에서 물을 받아 주전자를 채우고 있었다. 그녀는 주전자를 가스레인지 위에 올려놓고 가스를 켰다.

나는 제임스에게 말했다. "머리에 잘못된 생각을 가지고 있는 나를 두고 떠나고 싶지 않다고 말했지? 이제 그것이 없어졌으니까 너를 붙잡을 만한 것도 아무것도 없군."

제임스는 몸을 돌렸다. "런던에 가지 않을래?"

"싫어."

"그들을 어떻게 할 작정이야?"

"아무것도 안 해. 모든 것이 지나갔어. 끝났어."

그러나 물론 그 말은 진실이 아니었다.

. . . . .

그날과 그다음 날은 병적인 몽환 상태에서 지나갔다. 포기 뒤의 평화, 절망적이면서도 고요한 애도의 시기였다. 그러나 실제로는 공포와 독소로 가득 차 있었다. 나는 진정으로 제임스가 가기를 원했다. 그의 모습을 보거나, 그와 함께 있거나, 보이지 않아도 참견하는 그의 존재를 느낄 때마다 매우 고통스러웠다. 리지도 자주 울어서 나를 짜증나게 하였다. 그녀는 울음을 참을 수 없는 모양이었다. 또 내가 그녀를 바라볼 때마다 갈구하는 듯한 동정 어린 표정을 주책없이 지어 보임으로써 페러그린이 나를 두고 사람들에게 동정받는 늙고 힘없는 지난날의 마술사라고 한 것을 떠올리게 했다.

　나는 리지가 왜 떠나기를 거부했는지 이해할 수 있었다. 그녀는 결말을 보고 싶어 했다. 내가 더 이상 일어날 수 없어서 어쩔 수 없이 그녀에게 돌아가 기댈 순간을 기다렸던 것이다. 왜 제임스가 남아 있고 싶어 하는지는 분명하지 않았다. 그는 벤을 살인자라고 생각하지 않는다는 내 말을 믿었다. 내가 하틀리를 구해 내겠다는 생각을 포기하지 않았다고 여전히 의심했는지도 모르지만 결국 나를 영원히 감시하지는 못할 것이다. 내가 그의 벤틀리를 타고 런던으로 돌아가지는 않을 거라는 사실은 분명했다. 아마도 그는 책략적으로 나와 리지를 같이 있게 하려고 했는지도 모르겠다. 이런 식의 계산과 책략에 그는 늘 능숙하다. 그는 내게 더 이상 말을 걸고 싶어 하지 않았다. 마치 다른 목적이 있어서 더 머물러 있는 것 같았다. 나는 그가 타이터스에 대하여 곰곰이 생각하며 자신을 탓하고 있다고 추측했다. 마치 내가 그 애에게 더 관심을 기울이지 않은 것에 대하여 스스로를 탓하고 있듯이 말이다. 이 무렵 나는 바위와 바다를 피했다. 그러나 제임스는 언제나 밖에 나가 있었다. '절벽' 위를 산책하거나 민의 다리에 서 있거나 탑에 기어올라 갔다. 마치 자기가 걸어 다닌 거리를 측량하는 것 같았다.

　리지와 나는 오후에 여러 번 육지 안쪽으로 산책을 나갔다.

전에 내가 허브 밭을 만들려고 했던 곳을 지나 한 번도 가 보지 못한 시골 길도 걸어 다녔다. 도로 바로 건너는 습지인데, 바위가 불쑥불쑥 튀어나와 있고, 가시금작화와 작고 검은 웅덩이가 여기저기 있었다. 히스도 마구 흩어져 자랐고, 파리를 잡아먹는 작고 노란 식물도 많았으며, 작은 난초처럼 생긴 보라색과 흰색의 꽃들도 있었다. 푸른 하늘에는 두 쌍의 말똥가리가 날아 다녔다. 습지를 지나서는 평범한 농장과 수많은 양들을 풀어 놓은 언덕이 있었고, 멀리 보이는 겨자 밭에서는 크고 노란 잎들이 햇빛을 받아 빛나고 있었다. 지붕이 허물어진 작은 돌집도 많았는데, 분홍바늘꽃과 야생 취어초와 나비들로 가득했다. 우리는 황폐한 돌집 앞에 도달했다. 형태를 제대로 갖춘 생나무 울타리로 둘러싸인 정원은 수풀이 우거졌고, 덩굴장미로 뒤덮여 있었다. 지금 눈에 보이듯이 내가 그 집을 똑똑히 기억하고 자세히 기록할 수 있는 것은 바로 그것들이 슬픔의 이미지를 갖고 있었기 때문이다. 즐거움을 줄 수도 있었을 것들이 나에게는 그렇지 못했다.

절망과 후회와 주저와 공포의 검은 베일을 통해서 나는 그것들을 보았다. 내 마음 한 구석에 납으로 만든 작은 관을 가지고 다니는 것 같았다. 리지는 나와 걸으면서 타이터스 때문에 실컷 울었다. 그리고 그녀는 아직도 가끔 울지만 이제는 더 자제하여 남몰래 속으로 운다. 슬픔 속에서도 어떤 속셈을 가지고 나를 꽉 잡는 그녀의 손가락 감촉을 느낄 수 있었다. 리지는 마지막까지 그녀가 할 수만 있다면 누구를 위해서도 결코 죽지 않을 것이다. 만일 내가 죽어 넘어졌다 해도 그녀는 곧 다른 사람의 팔에 안겨 올 것이다. 이런 말은 무정하게 들리겠지만 나는 리지에게만 국한된 그런 불쾌한 감정을 느꼈다. 왜냐하면 그녀의 고통은 너무나 순간적이며, 만일 내가 그녀의 동정을 조금이라도 구하면 그것은 당장에라도 소유욕으로 변할 수 있다는 것을 잘 알기 때문이다. 리지는 고양이같이 부드럽고 친절한 여자다. 남자들은 이런 여자들의 동정 어린 친절을 사랑하지만, 이런 여자들은 진정으로 무자비한, 자기 보호의 힘을 가지고 있다. 그래, 하지만 왜 아니겠는가? 우리는 걸으면서 많은 말을 하지 않았다. 나는 리지가 나를 가끔 힐끔거리며 이런 혼자만의 생각에 잠겨 있는 것을 알 수 있었다. 이렇게 침묵을 지키며 나와 산책하는 것이 그에게는 위로가 될 거야. 내 존재, 내 침묵이 그를 낫게 해 주겠지, 나 아닌 다른 사람과 이렇게 조용히 산책을 할 수는 없을 거야. (이 마지막 믿음은 아마 맞을 것이다.) 물론 죄책감이 내 분노를 부추겼다. 타이터스의 죽음에 대한 책임이 너무나 크게 내 마음을 사로잡고 있었다. 나는 그에게 한 번도 바다에 대한 위험을 경고해 주지 않았다. 왜 그러지 않았을까? 허세 때문이었다. 타이터스와 내가 '절벽'에서 바다로 뛰어들었던 첫날을 분명히 기억한다. 나는 그에게 나도 힘이 세고 겁이 없다는 것을 과시하고 싶었다. 만일 내가 '위험하다.' 혹은 '바닷물에서 나오기 힘들다.' 혹은 '난 여기서 수영하지 않을 거야.'라고 말했다면 그 순간 얼마나 매력 없어 보였겠는가. 나는 그와 함께 다이빙을 해야 했고, 내가 익히 아는 어려움을 감추지 않으면 안 되었다. 나는 다른 곳으로는 기어올라올 수 없다는 점을 한 번도 강조하지 않았다. 또한 탑의 계단을 이용하라고 충고해 주지도 않았다. 사실 나는 거기에 밧줄을 새로 매어 놓지도 않았다. 강한 바닷물이 밀려오면 계단도 '절벽'만큼 위험했다. 나는 타이터스를 위해서 바다를 살펴보지 않았다. 나는 그가 첫날 탑 꼭대기에서 내게 보여 준 젊음과 힘과 날렵함에 대해 자부심과 대리 만족을 느끼고 어리석게 행동함으로써 허세를 부렸다. 물론 그는 항상 다이빙을 하여 바다에 들어가기를 원했다. 다이빙을 할 수 있는 젊은 청년이라면 조심스럽게 바다에 기어 내려가는 법이 없다. 나는 타이터스의 아름다운 모습, 혹은 타이터스의 나에 대한 인상을 어떤 하찮은 충고로 망치고 싶지 않았다.

나는 제임스가 다시는 보기 싫은 그 바위 위를 걸어 다니며 생각하는 것처럼 이 일을 심사숙고했다. 내가 무슨 일을 할 수 있었을까? 혹은 어떻게 해야 했을까? 그리고 타이터스를 잃었다는 고통과 내 인생의 가장 큰 축복이었을지도 모르는 타이터스를 잃었다는 슬픔이 너무 커서 이제 벤이 살인자라는 강박관념도 희미해졌다. 벤이 나의 죄의식과 함께 물러가자 정말로 위로가 되었다. 그 미친 생각도 끝났다. 그렇다고 슬픔이 더 순수하고 더 건전해지지는 않았다. 내가 짊어진 죄와 절망은 계속하여 존재했고, 단순히 자리만 바꾸었을 뿐이다. 새로운 슬픔의 양상이 나에게 나타났다. 내가 하틀리의 자식을 죽였고, 함부로 그녀의 인생에 침입하여 그녀의 축복을 빼앗았다. 그 축복은 어떤 면에서는 그녀의 것이었고 절대로 내 것이 될 수는 없는 것이었다. 나는 그녀의 슬픔을 감히 상상하지도 못했고 그 슬픔이 나에 대한 그녀의 감정에 어떤 영향을 끼칠지도 상상하지 못했다. 이제 그녀는 나를 살인자로 간주할 것인가? 가끔 나는 이상하게도 그녀가 나를 우발적인 원인으로만 볼 뿐 나를 책망하는 일은 하지 않을 것이라고, 미처 그런 생각을 할 수는 없을 것이라고 여겼다. 그리고 때로는 타이터스에 대한 우리의 슬픔이 벤을 몰아내고 우리를 가까이 끌어당길지도 모른다고 느꼈다. 현재로서는 나는 기다릴 수밖에 없다. 이제 그녀가 나에게 신호를 보낼지도 모른다는 생각까지 들었다. 내 생각이 옳았다는 것은 나중에 밝혀졌다.

· · · · · ·

그리하여 기다리고, 지켜보고, 깊이 숙고하고, 슬퍼하며 리지와 나는 시골 마을을 산책했다. 그리고 옛 시절에 대하여, 윌프레드와 클레멘트에 대하여 얘기하기 시작했다. 리지는 내가 이미 클레멘트와 살지 않을 때도 클레멘트에게 심한 질투를 느꼈다고 말했다. "나는 언제나, 어떤 상황에서도 클레멘트가 당신을 소유하고 있다고 느꼈어요." 우리는 연극에 대하여 이야기를 나누었고, 얼마나 좋았는지, 얼마나 나빴는지, 또 리지가 연극을 그만두어 얼마나 시원한지 등을 얘기했다. 리지는 진에 대하여 내게 물어보았다. 나는 그녀에 대해 약간 이야기했는데 곧 후회했다. 왜냐하면 분명히 그것은 리지의 마음을 많이 아프게 했기 때문이다. 리지는 구겨지고 빛바랜 원피스를 입고 있었고, 땀을 흘리고 숨을 헐떡였다. 얼굴은 햇볕에 타서 붉게 빛났는데, 산책 중에 갑자기 눈물을 흘릴 때면 그녀의 나이를 알 수 있었다. 그녀는 때에 따라 외모가 굉장히 달라 보이는 여자였다. 이상하게도 여자의 표정에는 늙거나 젊은 모습이 섞여 있어서, 그녀는 아직도 어린애 같은 순진한 모습을 보일 때가 있다. 그러나 그녀는 발랄함을 잃었다. 아니면 그녀를 보는 내 눈이 둔해졌는지도 모르겠다. 그녀는 충실하고 친절했고, 나를 위로하려고 무진 애를 썼다. 항상 핵심이 되는 이야기는 피하고 지엽적인 이야기만 했다. "물론 페리는 당신을 미워하지 않아요. 그는 결코 그런 적이 없어요. 그냥 그렇게 말했을 뿐이에요. 그는 당신을 사랑했고, 당신에게 충실했으며, 항상 존경에 찬 찬사를 보냈어요."

어느 날 오후 우리는 우연히 아몬 농장을 지나는 길로 돌아왔다. 보통 때는 그 농장을 피해 다녔다. 우리는 콜리 개들이 코러스처럼 다 같이 짖어 대는 곳을 빨리 지나쳤다. 그런데 마음을 놓으려는 찰나 갑자기 옆 골목에서 나타난 블랙라이언의 밥 아크라이트와 맞닥뜨리고 말았다. 그는 가만히 접근하여 으르렁거리다 곧 물어뜯으려 드는 개처럼 긴장한 표정으로 우리에게 다가왔다.

"애로비 씨, 참 안됐습니다."

"그래요."

"제가 바다에 대하여 경고했잖아요."

"그래요."

"빠져나올 수 없었겠지요?"

"아마 그랬을 겁니다."

"바로 전날에도 그를 보았어요. 탑 근처에 있었거든요. 댁 근처의 가파른 바위 위로 그가 올라오려고 애쓰는데 자꾸 떨어지지 뭡니까. 그렇게 험한 파도 속에서 수영을 하는 것은 미친 짓이에요. 그는 어떻게 겨우 올라섰지만 곧 나가떨어지더군요. 꼭대기에 올라서자마자 털썩 쓰러졌어요. 아마도 그가 애써 나오려고 할 때 큰 파도가 그를 내던져 바위에 부딪힌 게 틀림없어요. 그렇게 된 거예요, 틀림없이. 그가 거기서 헤엄치게 내버려 두지 말았어야 해요. 저 바다는 살인자예요. 제가 말했지요, 안 그래요?"

"그래요. 그런 일이 일어나지 말아야 했지요." 나는 앞으로 걸음을 옮겨 놓았다.

그는 등 뒤에서 나를 불렀다. "동생 프레디가 선생님을 알던데요. 그가 알더라고요."

나는 돌아보지 않았다. 리지와 나는 집에 도착할 때까지 아무 말도 하지 않았다. 나는 제임스에게 내일 떠나라고 말할 작정이었다. 그리고 리지는 그다음 날 보낼 것이다. 그들을 함께 보낼 수가 없었다. 왜냐하면 제임스가 리지를 런던까지 차에 태우고 가는 것을 원치 않았기 때문이다. 나는 리지가 더 필요하다고 느끼지 않았다. 물론 제임스도 필요하지 않았다. 나의 몰락에 대한 공포의 순간에 그들이 증인으로 있는 것을 더 이상 참을 수 없었다.

나는 내 사촌을 찾아 내일 아침에 떠나라고 말하기로 마음먹고 집 안으로 들어섰다. 그때 너무나 이상한 규칙적인 소음을 들었다. 그것이 전화 소리라는 것을 알아차리는 데는 약간 시간이 걸렸다. 전화가 있었는지 까맣게 잊고 있었다. 전화가 처음으로 울린 것이었다. 나는 곧 하틀리가 전화했다고 생각했다. 그런데 전화가 어디 있는지조차 찾을 수가 없었다. 어느 방에 있는지조차 기억이 나지 않았다. 마침내 나는 전화를 서재에 놓은 것을 기억하고 필사적인 희망을 품고 달려갔다.

로시나의 목소리였다.

"찰스, 나야."

"안녕."

"그 가엾은 소년에 대하여 애도를 표하고 싶어."

"그래, 고마워."

"정말 안됐어. 글쎄, 뭐라고 말할 수가 없네. 그것보다 찰스, 물어보고 싶은 게 있어."

"뭐지?"

"페러그린이 당신을 죽이려고 한 것이 정말이야?"

"그가 나를 바다로 밀었어. 나를 죽이려고 한 것은 아니야."

"하지만 파도가 소용돌이치는 그 위험한 구덩이로 당신을 밀었지?"

"그래."

"맙소사!"

"당신은 어디에 있지?"

"레이븐 호텔. 뉴스가 있어."

"뭐야?"

"프리치 에이텔이 제작하려는 그 거창한 대작 영화 「오디세이」 있잖아?"

"그래."

"그가 나에게 칼립소 역을 맡으라고 했어."

"당신에게 잘 맞는 역이군."

"잘됐지? 아, 이렇게 기쁘고 행복했던 적이 언제였는지 모르겠어."

"잘됐군. 로시나, 나를 내버려 둬. 그럴 수 있지?"

"그럴게." 그녀는 전화를 끊었다.

서재에서 나오면서 나는 리지가 주방에서 제임스에게 이야기하는 것을 들을 수 있었다. 문은 닫혀 있었으나 왠지 말투가 이상하게 들렸다. 나는 발을 멈추고 주방 문을 열었다. 제임스는 리지의 어깨 너머로 나를 보며 말했다. "찰스 형."

　공포가 가슴을 빠르게 뛰게 했다. 내 심장은 급히 뛰기 시작했고 입안이 말랐다.

　"응?"

　그들은 복도로 나왔다. 리지는 얼굴이 붉어져 있었고 놀란 표정이었다.

　"찰스 형, 리지와 나는 형에게 할 말이 있어."

　인간의 마음은 구체적인 불행을 직관하면 그쪽으로 빨리 달려간다. 나는 2초 동안 긴 정신적 고문을 경험했다. 내가 말했다. "무슨 말을 하려는지 알아."

　"형은 몰라." 제임스가 대꾸했다.

　"두 사람이 서로 매우 좋아한다고 말하려는 거겠지. 괜찮아."

　"아니야." 제임스가 말했다. "리지는 형을 좋아하지 나를 좋아하는 게 아냐. 그것이 요점이야. 그래서 내가 오래전에 얘기했어야 할 것을 지금 말하려는 거야."

　"뭔데?"

　"리지와 나는 오랫동안 서로 알고 지냈어. 다만 형에게 말하지 않으려고 한 것은 형이 이성을 잃을 정도로 질투할 것이 분명했기 때문이야. 간단히 말하면 그거야."

　나는 제임스를 노려보았다. 그는 내가 한 번도 본 적이 없는 표정을 지었다. 죄를 지은 것같이 보이지는 않았지만 어쩐지 혼란스럽고 당황스러운 표정이었다. 나는 몸을 돌리고 현관문을 활짝 열었다.

"그것 봐요……." 리지가 눈물을 글썽거리며 말했다.

"내가 얘기할게요." 제임스가 말했다.

"더 이상 말할 필요 없어." 내가 말했다.

"형은 마음대로 급히 결론을 짓고 있어." 제임스가 말했다.

"나더러 어쩌란 말이야?"

"진실에 귀를 기울여. 난 오래전 형이 공연 첫날 밤에 파티를 열었을 때 리지를 만났어. 마침 런던에 있어서 파티에 가게 되었지."

"단 한 번 왔었지. 그때를 기억해."

"리지는 내가 형의 사촌이기 때문에 나를 기억했어. 그러고 나서 얼마 후에 형이 리지를 떠나고 그녀가 불행했을 때 리지가 내게 전화를 걸어서 일본 주소를 아는지 물어 왔어……. 그때 형은 도쿄에서 일하고 있었으니까."

"난 당신에게 편지를 쓰고 싶었어요. 꼭 그래야 한다고 생각했어요." 리지는 목이 메어 말했다. "그것은 내 생각이었어요. 내가 제임스에게 그렇게 시킨 거예요……."

"하지만 두 사람은 서로 만났잖아." 내가 말했다. "전화만 했을 리 없어."

"그래, 우린 만났어. 그러나 아주 드물게 만났어. 그동안에 겨우 여섯 번 정도……."

"내가 그걸 믿을 거라고 생각해?"

"제임스는 나를 가엾게 여겼어요." 리지가 말했다.

"물론 그랬겠지! 그러니까 나에 대해 논의하려고 서로 만났구나."

"그래, 하지만 아주 사무적이었어."

"아, 매우 사무적으로 보였겠구나!"

"내 말은 리지가 형이 어디 있는지 알고 싶어 했고, 형이 어떻게 지내는지 궁금해했다는 거야. 그것 이외에는 형에 대하여 아무것도 의논하지 않았어. 우리의 만남은 아주 무의미했고, 개인적인 감정이 개입된 것도 아니었어."

"그랬을 리 없어."

"리지와 내가 아니라 전적으로 형과 관련된 것이었어. 우리는 별로 만나지도 않았고, 정말 아무 관계도 아니었어."

"제임스는 자기를 귀찮게 하지 말라고 했어요." 리지가 말했다. "그러나 가끔 나는 당신이 어떻게 지내는지 너무나 알고 싶었어요."

"내가 어떻게 지내는지 제임스는 결코 알 수 없는 사람이야!"

제임스가 끼어들었다. "물론 오래전에 우리가 아는 사이라는 것을 형에게 말해야 했어. 그러나 그것이 오히려 형을 화나게 했을 거야. 형은 비정상적인 질투심을 가지고 있으니까. 이렇게 말하는 것을 용서해 줘."

"둘의 교제가 무르익었을 때는 내가 이미 리지를 떠났을 때라는 것을 분명히 하느라고 애를 쓰는군."

"우린 사귀지 않았어. La jalousie naît avec l'amour……."

"그건 사실이야."

"그게 무슨 뜻이에요?" 아직도 얼굴이 상기되고 놀라고 비참해 보이는 리지가 물었다.

"질투는 사랑과 함께 생기지만 사랑과 함께 사라지는 것은 아니라는 뜻이에요."

"그런데 왜 지금 내게 이 말을 하지?" 내가 제임스에게 물었다. "둘이서 나를 영원히 속일 수 있었을 텐데."

"내가 더 일찍 말해야 했어." 제임스가 되풀이했다. "이런 일은 일어나지 말아야 해. 어떤 거짓말도 도덕적으로는 다 위험한 거야."

"네 말대로 언젠가 발각이 되니까 그렇지!"

"그건 계속 장애물이었어. 그리고 음…… 그건…… 음……." 그는 현명하게 단어를 찾았다. "결점이었어."

"네 자신의 생각에는 그랬겠지."

"우리의…… 우리의……." 그는 다시 단어를 찾았다. "우정에 있어서는 그랬어. 그래, 우정……."

"우정이라고? 너와 나 사이에 우정은 없어!"

"그리고 그전에는 리지를 보호해야 한다고 느꼈어."

"물론이겠지!"

"그러나 지금…… 최근에는…… 리지를 위해서 형에게 말해야 할 필요가 있다고 생각했어. 아무런 장애물이 없도록 말이야."

"도대체 무엇에 대한 장애물을 말하는 거지?"

"그녀가 형을 사랑하고, 형이 그녀를 사랑하는 데 방해되지 않도록 말이야. 비밀은 언제나 잘못이고 부패의 근원이거든."

"그리고 토비도 있었어요." 리지가 무심코 누설했다.

"토비? 맙소사, 어떻게 이 문제에 토비가 끼어들지? 토비 엘즈미어 말이야?" 나는 리지에게 물었다.

"나와 리지가 같이 바에 있는 것을 그가 목격했어." 제임스가 설명했다. 그는 이 말을 하기 싫어했다.

"물론 내 얘기를 하고 있었겠지!"

"그랬어."

"그가 나에게 일러바칠까 봐 겁이 나서 나에게 말해야겠다고 생각한 거겠지! 그렇지 않으면 계속 거짓말을 했을 거야."

"어찌 됐든 당신한테 말했을 거예요." 리지가 말했다. "우리는 꼭 말해야 한다고 느꼈어요. 점점 악몽이 되어 가고 있었거든요. 적어도 내게는 그랬어요. 처음에는 아주 사소한 일 같았어요. 아무 의미도 없었고요. 그리고 당신이 어떤 사람인지 아니까 말하지 않는 것이 현명하다고 생각했어요. 그러니까 이해해 주세요. 우리는 2년에 한 번씩, 5분 정도만 만났을 뿐이에요. 그리고 가끔 제임스에게 전화를 걸어 당신 안부를 물어봤어요. 게다가 대부분 제임스는 집에 없었어요⋯⋯."

"참 안됐군. 너희는 둘 다 몰래 나를 조사했어. 적어도 시작은 그랬어⋯⋯."

"그렇지 않았어." 제임스가 반박했다. "하지만 물론 사람은 거짓말을 시작하면 그 보답을 받게 되어 있지."

"그러고도 여기서 만났을 때 서로 만난 적이 없는 척했군. 그 장면을 난 똑똑히 기억해!"

"우리는 당신이 오해할 게 분명해서 말하지 않은 거예요." 리지가 말했다. "지금도 오해하려고 작정하고 있잖아요."

"그러니까 너희 생각에 의하면 결국 미친 듯이 질투하는 내가 잘못이란 말이구나!"

"잘못은 내가 했어." 제임스가 말했다.

"아니요, 아니에요. 이건 내 잘못이에요." 리지가 말했다.

"제임스가 싫어하는 줄 알면서도 내가 제임스에게 억지로 부탁했어요."

"뭐니 뭐니 해도 너보다는 내가 제임스를 더 잘 알아." 내가 리지에게 말했다. "제임스에게는 어느 누구도 그가 싫어하는 것을 강요할 수 없어."

"제임스의 잘못이 아니에요……."

"이런 논쟁은 재미없어." 내가 말했다. "다른 곳에 가서 계속하든지 말든지. 둘이서 재미나게 즐겨 봐."

"내가 말했지요, 찰스는 이런 사람이라고." 리지가 제임스에게 말했다. "그는 이해하지 않을 거라고 말했잖아요."

"그렇군." 제임스가 대꾸했다. "이것은 별로 매력 있는 고백이 아니지만 형이 좀 더 침착해지면 이해할 수 있으리라고 생각해."

"침착해지다니, 무슨 뜻이야?"

"형의 견해에서 보면 세상이 흔들릴 만큼 중요한 사건이 아니라는 뜻이야. 당연히 이 일이 형을 화나게 할 테지만 돌이켜 생각해 보면 이것은 형과 리지의 관계를 손상시키지 않을 것이고, 또 형과 나의 관계도 손상시키지 않을 거야. 어떻게, 왜 이런 일이 생겼는지는 명백해. 그래, 이런 일이 애초에 일어나지 말았어야 해. 미안해……."

"내가 널 믿으리라고 생각해?"

"그래." 제임스가 말했다. 그는 상을 찌푸리며 나를 보았다. 그러나 처음으로 주도권을 잃었다는 실망으로 인해 그의 얼굴은 위엄을 상실했다.

"글쎄, 난 안 믿어. 내가 왜 믿어야 하지? 어떻게 믿어? 이것은 천박하고 진절머리가 나는 일이야. 넌 토비가 너와 리지가 몰래 바에서 밀회하는 장면을 보았기 때문에 어쩔 수 없이 나에게 말했다고 인정했어. 네가 몇 년 동안이나 리지를 만났다는 얘기를 듣고 내가 기뻐할 줄 알았나 본데……."

"아주 가끔 만났어."

"그리고 내 얘기를 했겠지?"

"당신은 그 상황이 어땠는지 이해하지 못해요." 리지가 눈물을 머금고 말했다. "우리는 항상 붙어 다니지 않았어요. 그리고 당신이 생각하는 그런 관계가 아니었어요. 이건 그냥 우리가 그 파티에서 우연히 만났다는 것뿐이에요."

"그 교훈은 파티를 열지 말라는 것이군."

"우리는 어쩔 수가 없었어요. 나는 가끔 제임스에게 당신이 잘 있는지, 어디 있는지 물어봤어요. 왜냐하면 당신을 사랑했으니까요. 그리고 그것이 항상 나와 당신을 연결해 주는 단 하나였어요. 당신이 진과 있을 때나…… 일본에 있을 때나 오스트레일리아에 있을 때 난…… 당신을 생각했어요……. 제임스 말고는 아무도 없어서……."

"나를 대신할 적당한 사람이 제임스밖에 없었다니. 그것이 내 마음을 얼마나 지독하게 아프게 하는지 알아?"

"그녀 말이 맞아." 제임스가 말했다. "형이 생각하는 것과는 전혀 달라. 하지만……."

"서로 손을 잡고 나에 대한 이야기를 하는 게 눈앞에 훤히 보이는군."

"우린 손 같은 건 절대로 잡지 않았어요!" 리지가 말했다.

"제기랄! 너희가 손을 잡든 말든 내가 무슨 상관이야? 절대로 고백하지 않을 다른 무슨 짓을 했든 말든 내가 무슨 상관이냐고? 너희는 전화를 하고, 만났고, 서로의 눈을 마주하고 쳐다보았겠지? 어쩌면 서로 옛날부터 알고 지냈으며, 내가 리지를 만나기 전부터 알고 있었겠지. 제임스 네가 먼저였어. 네가 나보다 먼저였다고. 네가 에스텔 숙모와 같이 있었던 것처럼. 타이터스와도 마찬가지야. 네가 먼저 타이터스를 만난 거야! 그는 너를 꿈에서 보았다고 말했어. 지난 2년 동안 타이터스와 같이 살았던 사람도 너였어. 그가 말하지 않은 것이 놀랍지도 않아! 그리고 넌 에스텔 숙모의 그 특별한 노래를 리지에게 부르게 했어. 리지는 매일 밤 네 꿈을 꿀 거고, 넌 어느 곳에나 나타나서 내 인생의 모든 것을 망쳐 놓고, 가능하다면 하틀리도 망쳐 놓았을 거야. 다만 그녀에게는 다가가지 못한 거지. 그녀야말로 완전히 내 것이니까!"

"찰스 형!"

"넌 나보다 먼저 어느 곳에나 존재했고, 또 내가 간 뒤에도 어느 곳에나 존재할 거야. 내가 죽으면 너와 리지는 바에 앉아서 내 이야기를 하겠지. 그때는 누가 봐도 상관없을 거야."

"찰스 형, 찰스 형……."

"너에게 실망했다." 내가 제임스에게 말했다. "난 네가 비겁하거나 불충실한 짓은 결코 하지 않으리라고 생각했어. 네 스스로 이렇게 지저분한 문제에 얽히지는 않을 거라고 믿었어. 이것은 일종의 평범한, 교활한 인간의 어리석음이야. 나는 네가 그런 어리석음에 빠지리라고는 상상도 하지 못했어. 넌 그 결과의 중대함을 상상하지 못하는 보통 사람들처럼 행동했어. 그리고 그 결과의 한 가지는 내가 너를 믿지 않는다는 것, 아니 믿을 수 없다는 사실이야. 너와 리지 사이에 또 무슨 일이 있었는지 알 게 뭐야. 평범한 사람들은 진실의 10분의 1만 고백하면 결백해진다고 생각하지. 너는 네 모든 말을 거짓말로 만들었고, 네 말의 가치를 떨어뜨렸어. 단 한순간에 과거를 망쳐 버렸고, 아무것에도 의지할 수 없게 만들었어."

"이런 식으로 형에게 말한 것이 잘못이었나 봐." 제임스가 말했다. 그는 매우 화가 나면서도 난처해하는 것 같았다. "물론 이런 얘기를 하면 언제가 됐든 싫어할 거라고 생각했어. 그걸 과소평가하는 것이 아니야. 숨긴 것은 나빴지만 우리가 숨긴 일이 시시한 일이라는 것을 알게 되리라고 믿어. 이 모든 것이 형의 존엄에 대한 모욕이라는 것을 잘 알아……."

"존엄? 내 존엄?"

"글쎄, 모욕적일 거야. 그 점에 대하여는 진심으로 미안해. 실수, 혹은 잘못은 저질러 놓고 나서 그것에 대해 계속 말을 늘어놓는 것을 좋아하는 사람은 없을 거야. 진실을 고백한다는 것은 고통스러운 일이지만 우리는 형을 위해서 고백했어. 리지는 고백하지 않고는 진정으로 형을 위한 사람이 될 수 없다고 느꼈던 거야. 그녀는 특히 지금 형과의 사이에 거짓 장벽이 하나도 없기를 원했어."

"왜 '특히 지금'이지? 지금이 뭐가 그리 특별해?"

"제발……." 리지가 말했다. "제발……."

"걱정 마, 난 흥분하지 않았어. 화나지도 않았어. 이것은 분노가 아니야." 나는 목소리를 전혀 높이지 않았다.

"그럼 괜찮은 거네요." 그녀가 말했다. "괜찮은 거죠?"

"신빙성은 없지만 네가 말하는 것이 진실일지도 모르지."

"그럼 모든 게 잘됐지요? 사랑하는 찰스……?"

"이 일이 끝났다는 거지."

"무엇이 끝났다는 거야?" 제임스가 물었다.

"이제 둘 다 떠났으면 좋겠어. 리지를 데리고 런던으로 돌아가."

"나는 리지를 여기 남겨 두고 가려 했는데……." 제임스가 말했다. "이제 다 털어놓았으니까 그녀를 두고 떠날 거야. 이것이 형에게 말한 이유야. 그것 때문에 기다리고 있었어."

"넌 내가 리지를 필요로 해서 그녀를 두고 가라고 너를 책망할 줄 알았니? 난 그녀가 필요하지 않아!"

"찰스 형, 자신을 파멸시키지 마." 제임스가 말했다. "어째서 형은 항상 형을 지지하는 주위의 모든 것을 파괴하려고 하지?"

"가라, 제발. 함께 가."

나는 갑자기 리지의 손을 잡았다. 그녀의 손도 잠시 내 손을 꽉 잡았지만 곧 느슨해졌다. 나는 제임스의 손을 잡고 그들이 손을 억지로 잡게 하였다. 두 손은 내 손 안에서 마치 붙잡힌 조그만 짐승이 도망가려고 발버둥치는 것처럼 꿈틀거렸다.

제임스는 몸을 빼더니 서재로 들어가 버렸다. 그가 물건을 옷가방에 던지는 소리를 들을 수 있었다.

나는 리지에게 말했다. "가서 짐을 싸." 그녀는 나에게 다가오더니 울면서 돌아섰다.

나는 밖에 나가 둑길로 갔다. 그리고 제임스의 벤틀리가 있는 곳까지 계속 걸었다. 대기 중이던 크고 검은 벤틀리는 나른한 오후의 햇빛을 받으며 약간 먼지가 덮여 있었다. 차 문을 열었다. 차 내부는 마치 커다란 저택이나 화려하고 고요한 사찰의 내부처럼 풍요로운 정적이 흘렀다. 목제부분은 반짝거리며 빛났고 갈색 가죽은 신선하고 아주 독특한 냄새를 풍겼다. 기어는 부드럽게 주름진 가죽 안에 편안히 자리 잡고 있었다. 두툼한 깔개는 먼지 하나 없었다. 차 안의 고요함과 친밀함이 특권을 가진 사람들을 기다리고 있었다. 나는 이 성스러운 곳에 제임스와 리지를 가두어 영원히 보낼 것이다. 마치 그들을 밀폐된 관 속에 넣어 바다에 익사시키려고 하는 것처럼.

집을 향해 돌아섰을 때 나는 자동적으로 돌 개집을 바라보았다. 길버트는 빗물에 편지가 젖지 않도록 거기에 아주 조심스럽게 바구니를 놓아두었다. 바구니 안에 편지가 한 장 있었다. 가서 편지를 꺼내 보니 하틀리로부터 온 것이었다. 나는 편지를 호주머니에 넣었다.

리지가 핸드백을 들고 울면서 먼저 나왔다. 그녀는 내게 무엇인가 말하려 했지만 나는 차 문을 열어 그녀를 뒷자리로 안내했고 마지막 부드러운 소음과 함께 문을 닫았다.

제임스가 자기 가방과 리지의 가방을 들고 나왔다. 그리고 둑길에 멈추어 서서 내가 그에게 오기를 기다렸다. 그러나 나는 가지 않았다. 나는 차를 돌아서 다른 문을 열고 그 곁에 섰다. 제임스가 다가와서 가방들을 차 트렁크에 넣었다. 그리고 문 쪽으로 돌아왔다.

내가 말했다. "다시는 두 사람 다 보고 싶지 않아. 너희는 둘 다 가장 효과적으로 내게 상처를 줬어. 나는 그것이 곧 악의에서 비롯되었다고 생각하게 될 거야."

"그렇게 생각하지 마. 어리석게 굴지 말라고. 일이 그렇게 된 것은 우연이었고, 용서할 수 있는 거야. 질투 때문에 미치지 마."

"내 얘긴 진심이야. 다시는 너와 리지를 만나고 싶지 않아. 이제부터 세상 끝나는 날까지. 네 편지는 읽지 않은 채 불태워 버릴 것이고, 네 면전에서 문을 닫아 버릴 것이고, 거리에서도 모른 척할 거야. 다시는 내 가까이에 올 엄두도 내지 마. 너무 심한 것처럼 보이겠지만, 곧 이것에 자동적인 정당성이 있다는 것을 알게 될 거야. 제임스, 네가 자동적인 정당성에 대하여 말한 적이 있지. 그래, 이것이 바로 그거야. 너희 사이에 만들어진 기계가 그렇게 작동하고 있어. 화가 나겠지만 곧 너희는 서로를 위로할 거야. 너희가 같이 있기를 바란다. 너희 둘을 함께 생각할 거야. 내가 죽을 때까지 기다릴 필요 없이 지금 손을 잡아. 제임스는 훌륭한 기사니까 런던에 갈 때까지 내내 손을 잡고 있어도 무방할 거야. 잘 가."

"찰스 형⋯⋯." 제임스가 말했다.

나는 둑길로 다시 걸어가서 길을 건너려 했다. 벤틀리의 문이 조용히 닫히고 시동이 걸리는 소리가 들렸다. 차는 움직이기 시작했고 소음은 높아졌다. 그리고 길모퉁이를 돌아서면서 사라졌다. 그다음엔 고요가 찾아왔다. 나는 호주머니에 있는 하틀리의 편지에 손가락 끝을 댄 채 텅 빈 집 안으로 들어갔다.

. . .

나는 편지를 당장 열어 보지 않았다. 호주머니 안에 있는 편지의 존재가 절대적인 위안이 되었다. 하여튼 잠시 동안은 그렇게 느끼며 두려움을 쫓을 것이다. 당장은 그것을 부적이나 마술의 돌이나 성스러운 반지나 귀중한 유물처럼 보호하고 싶었고, 애정이 깃든 순수한 어떤 것으로 남아 있기를 원했다. 왜냐하면 이제 나에게는 하틀리와 그녀의 깨끗하게 독립된 존재 이외에는 이 세상에 남은 것이 아무것도 없기 때문이다. 그렇다. 제임스는 언제나 내 일을 망쳐 놓았다. 에스텔 숙모도 그가 망쳐 놓았다. 내가 방금 에스텔 숙모에 대하여 그에게 무슨 말을 했던가? 내가 무슨 말을 했는지 분명히 기억나지 않는다. 내 머리는 감정에 북받쳐 펄펄 끓고 있었다. 내 손가락은 귀중한 편지를 잡고 있었다. 큰일 났다! 난 구원이 필요했다. 그것도 지금 당장.

그러나 하틀리가 내게 주는 치유와 그녀의 평화가 내 몸 안에 치료의 미립자로 밀려 들어오고 있었음에도, 또 다른 마음 한편으로는 제임스와 리지를 함께 보낸 것 때문에 내가 잠시 후에는 무서운 후회와 양심의 가책으로 고통 받을 것이라고 생각했다. 왜 나는 그렇게 바보처럼 굴었을까? 그것은 제임스가 나를 비난했던 순전한 자기 파괴의 '피치 못할' 충동이었다. 나는 제임스를 먼저 보내고 리지를 붙잡아 두었다가 그 뒤에 그녀를 보낼 수도 있었다. 30분이면 충분히 그렇게 할 수 있었을 것이다. 그처럼 서로의 품 안에 서둘러 안기게 하지 않아도 되었다. 그러나 나는 그 지긋지긋한 일을 더욱더 나쁘게 만들어 그것이 치명적이 되기를 원했다. 마치 하틀리가 내가 그녀를 미워할 것이라고 생각함으로써 자신을 보호하려던 것처럼. 나는 결코 내 마음이 누그러지지 않을 것이라는 것을 확실히 보여 주기 위해 그들을 함께 보냈다. 그리고 나는 더욱 마음을 다잡았다. 제임스는 그렇게 강제적으로 체면을 잃게 된 것을 결코 용서하지 않을 것이다. 나를 위하여 제임스와 리지는 마치 자살 협정처럼 서로를 파멸시켰다. 심지어 나는 불현듯 제임스가 리지의 이마와 자신의 이마에 권총을 갖다 대는 모습을 상상했다. 얼마나 악랄한 운명의 장치가 이 두 사람을 같이 있게 하였는가? 과거에 그들 사이에 무슨 일이 일어나고 안 일어났는지는 결코 알 수가 없었으나, 런던에 도착하기 전에 이미 리지의 머리카락이 제임스의 어깨 위에 펼쳐질 것이다. 나는 지독한 함정에 빠진 것이다. 그러나 나는 정말로 현명했다. 치료 방법은 죽음뿐이었다. 그들은 둘 다 내 인생에서 떠나가 버렸다.

집 안은 이상스럽고도 섬뜩할 정도로 고요했다. 그동안 오랫동안 내가 혼자 있지 않았다는 것을 깨달았다. 얼마나 많은 방문객들이 왔던가. 길버트, 리지, 페리, 제임스, 타이터스. 타이터스의 조그만 플라스틱 가방 속 보물들인 넥타이와 커프스 단추, 그리고 단테의 연애 시집 등이 마치 버림받은 개처럼 아직 서재의 한구석에 처박혀 있었다. 밥 아크라이트의 말이 생각났다. 타이터스는 '절벽'에 지고 싶지 않았던 것이다. 그는 여러 번 '절벽'에 매달리려고 안간힘을 썼고, 그때마다 강하고 조용한 파도가 어렵지 않게 그를 끌어내린 것이다. 그러다가 그가 절망하고 지쳤을 때 더 강한 파도가 그를 바위에 내팽개친 것이다. 나는 주방에 들어가서 페리가 남겨 두고 간 위스키를 따랐다. 열린 문을 통해 바다에서 산들바람이 불어왔고, 위층 층계참에서 구슬 커튼이 짤랑거리는 소리가 들렸다. 위스키를 마셨다. 이제 이 세상 모든 것은 하틀리의 편지에 달려 있었다. 나는 탁자에 앉아 시계를 보았다. 거의 6시였다. 제임스와 리지는 도중에서 저녁 식사를 하려고 멈출 것이다. 제임스는 좋은 식당을 잘 알고 있으리라. 그들은 고속도로에서 빠져나올 것이다. 그리고 바에 앉아서 메뉴를 살펴볼 것이다. 충격에서 벗어나 자유로운 기분을 느낄지도 모른다. 더 이상 비밀은 필요 없고, 그들이 손 잡는 것을 누가 봐도 상관없다. 아, 내가 타이터스에게 위험하니 그곳에서 수영하지 말라고만 했더라면 좋았을 텐데……. 거기에 큰 파도가 몰려오면 너는 나올 수 없단다. 애야, 절대로 험한 바다에서는 수영하지 마라. 이 바다는 살인자란다. 그러나 과거는 다시 돌아오지도 않았고, 꿈속에서처럼 다시 만들어 갈 수도 없었다. 타이터스는 내 꿈속에서 영원한 생명을 지닌 아름다운 청년의 모습으로 걸어 다녔다. 어떤 때에는 그가 죽은 꿈을 꾸었고, 깨어나면 기뻐했다. 나는 하틀리의 편지를 꺼내 이마에 대고 외로움과 파멸에서 나를 구해 달라고 그녀에게 기도했다.

편지 겉봉투를 보았다. 나는 하틀리에게서 편지를 받지 않은 지가 40년이 넘었다는 사실을 깨달았다. 그렇지만 그녀의 필체를 당장 알아보았다. 글씨가 약간 작고 덜 단정했지만 전과 별로 다르지 않았다. 나는 그녀의 옛 편지들을 오랫동안 간직해 오다가 편지를 보고 마음이 상한 어느 날 (혹은 화가 났을 때) 모두 태워 버렸다. 그러고는 곧 후회했다. 물론 나는 이미 그녀가 나에게 썼을 만한 편지를 수없이 꾸며 보았다. 찰스, 안녕. 난 너를 다시는 볼 수 없어. 혹은 벤이 떠났어. 어쩌면 좋지? 혹은 내 사랑 찰스, 내가 너에게 갈게. 내일 차를 준비해 줘. 나는 이미 이 지방 택시 전화번호를 구해다 전화 옆에 적어 두었다. 봉투를 만져 보고 짧은 편지라는 것을 알았다. 이것은 좋은 징조일까? 하여튼 이것은 논점도 없고 결론도 짓지 않은, 하소연을 늘어놓는 편지는 아니었다. 너를 사랑해. 그러나 그를 떠날 수는 없어. 이런 내용이 몇 쪽이나 계속되는 그런 편지. 그것은 아니다. 하틀리가 정말로 마음을 결정했을까? 우리가 만나면 타이터스에 대하여 무슨 말을 하고, 할 수 있을까? 이것은 아마도 모든 것을 결정지을지도 모르는 압도적인 문제다. 운명이 그를 나에게 데리고 와서 그를 익사시키다니 얼마나 기이하고 무서운 일인가? 하틀리와 함께 그를 애도할 수 있을까? 이러한 애도는 어떤 모양이고, 우리에게 어떤 영향을 줄 것인가? 나는 편지를 뜯어 보는 것을 미루었다. 그러나 그녀가 실제로 쓴 내용은 내가 상상한 내용 중에 없는 것이었다.

실제로는 시간이 얼마 지나지 않았다. 나는 위스키를 그만 마셨다. 사실 나는 위스키를 싫어한다. 집 안을 샅샅이 다녔고 방마다 들어가 보았다. 지붕 밑 방에도 올라가 지붕에 있는 구멍을 보았다. 그 방은 아직도 매우 습했다. 리지와 길버트가 구멍 아래에 두 개의 물통을 놓아두었다. 둘 다 물이 꽉 차 있었지만 그대로 두고 그 방을 나왔다. 나는 마치 무엇을 찾듯이 온 집 안을 뒤졌다. 그러는 동안 내내 하틀리의 편지를 손에 들고 있었다. 그리고 마치 어린아이처럼, 그것이 내가 마지막까지 비밀로 미뤄 둔 어떤 이상하고 특별한 즐거움인 양 드디어 나는 침대에 몸을 던져 편지를 뜯기 시작했다. 이 희망에 찬 장난을 끝나게 한 것은 만일 내가 하틀리를 효율적으로 데리고 나오려면 당장 택시를 예약해야겠다는 생각이었다. 그리고 바로 그 마지막 순간에 이미 내가 너무 오랫동안 지체했다는 생각이 들어 미치광이처럼 조급하게 굴었다.

그러자 진짜로 완전한 공포가 엄습했다. 이가 덜덜 떨렸고, 떨리는 어색한 손가락은 봉투를 찢고 편지를 펼쳤다. 그런 뒤 편지를 더 밝은 빛 아래서 보기 위해 창가로 달려갔다.

사랑하는 찰스

네가 차를 마시러 우리 집에 와 주면 기쁘겠어. 금요일 4시가 좋겠어. 다른 연락이 없으면 그때 오는 것으로 알고 있을게. 꼭 올 수 있기를 바라.

메리 피치

이 편지를 읽고 나는 엄청 놀랐다. 어떻게 반응해야 할지 생각할 수도, 느낄 수도 없었다. 이 내용은 좋은 것인가, 아니면 나쁜 것인가? 만나자고는 하지만 '우리'라고 했다. 만일 단순히 내가 아무 일도 하지 않기를 원한다면 하틀리도 아무 일도 하지 않는 것이 최상의 방법이다. 그러나 그녀는 편지를 써 보냈다. 이것은 무슨 의미인가? 이것의 깊은 뜻은 무엇인가? 금요일은 바로 내일이었다.

나는 얼굴을 붉히고 몸을 떨면서 편지를 노려보았다. 그리고 그 숨은 뜻을 이해하려고 애를 썼다. 나는 그렇게 영리하지는 않았다. 이 편지가 정말로 하틀리에게서 온 것이 아니라는 것을 알아차리는 데는 시간이 좀 걸렸다. '메리 피치'라고 서명하지 않았나? 그녀가 쓰기는 했지만 문장을 만들지는 않았다. 이것은 남편의 눈에 맞게 쓰인 편지였다. 그가 부르는 대로 그녀가 받아쓰기를 했는지도 모른다. 그렇다면 그것이 무슨 뜻일까? 그녀가 나의 방문을 동의하도록 교묘하게 남편을 설득했을까? 그러나 그녀가 어떻게 설득했으며, 무슨 일이 일어나기를 원한 것일까? 하틀리가 나를 보기 위해서, 단순히 내 얼굴을 보기 위해서 나를 초대하도록 벤을 설득했을까? 내가 도착하면 나에게 어떤 신호를 보낼 것인가? 아니면 이것은 그녀가 억지로 협력하도록 강요당한, 무서운 복수를 위한 계획이나 덫은 아닐까? 만일 벤이 타이터스의 죽음을 내 탓이라고 생각한다면 그는 지금쯤 후회와 분노로 반쯤 미치광이가 되어 있을 것이다. 이제야 그는 자신이 타이터스를 얼마나 사랑했는지를 깨닫고, 그가 얼마나 나를 미워하는가를 느낌으로써 위로를 얻을 것이다. 내가 벤을 탓함으로써 타이터스의 죽음에 대해 위안을 얻은 것과 마찬가지다. 그래, 만일 이것이 덫이라고 해도 나는 곧바로 걸어 들어갈 것이다.

나는 편지를 계속 들여다보고 이리저리 뒤집어 보았다. 혹시 어떤 숨은 메시지가 있나 하고 불에 가까이 대고 보기까지 했다. 약속 시간이 고쳐 씌어 있었다. 원래는 6시로 적혀 있었으나 4시로 변경되었다. 여기에는 무슨 뜻이 있을 것이다. 벤이 보는 앞에서 그가 불러 주는 대로 6시라고 썼다가 봉투에 넣을 때 급히 4시로 바꾸었을까? 4시에는 벤이 집에 없는 것을 알기 때문이리라. 어쩌면 그가 계략을 위해서 누군가를 데리러 갔거나 혹은 무엇인가를 가지러 갔을지도 모른다. 그러니까 그녀는 결국 혼자 있을 수도 있다. 그리고 벤이 무서워서, 벤에게 돌아가기가 두려워서, 나와 같이 있기가 두려워서 바위로 뛰어갔던 그날 밤처럼 내 두 팔에 안길 것이다. 그때 그녀는 자기 의사로 나에게 왔다. 그것이 가장 중요한 증거다.

나는 생각에 잠겼다. 가령 그녀가 혼자 있다가 날 데려가 줘라고 말한다 가정해 보자. 그렇다면 나는 자동차가 꼭 필요하다. 나는 절망적이고도 비참하게 이 점을 고려해 보았다. 희망과 두려움이 서로 싸우는 가운데 차는 준비가 되었는데 하틀리가 없으면 얼마나 기가 막힐지 상상했다. 이것은 도피의 상징은 있지만 공주가 없는 것과 마찬가지다. 그러나 나는 희망을 믿고 계획을 세워야 했다. 그리하여 택시 기사에게 전화를 걸어 내일 오후 4시부터 교회 밖에 택시를 대기시켜 달라고 일러 두었다. 그렇게 하니 마치 내가 기회를 더 얻은 것처럼 훨씬 기분이 좋아졌다.

이때쯤에는 9시가 넘었다. 나는 잠을 자기로 했다. 포도주를 약간 마시고 꿀 바른 빵을 조금 먹은 후 수면제 한 알을 먹었다. 잠자리에 누웠을 때 나는 제임스를 잃어버렸다는 생각이 들었다. 그리고 그때는 그가 말했던 '잘못', 즉 그의 죄 때문에 그를 잃은 것이 아니라 단순히 그가 리지와 함께 크고 검은 차를 타고 떠났기 때문에 그를 잃은 것이라고 느꼈다. 내가 파괴한 셈이다. 그와 내가 우리 사이에 그렇게 교묘하게 세워 놓은 장벽을 뚫고 이제 다시 사촌으로 돌아갈 수는 없었다. 우리는 영원히 사이가 갈라졌다. 그리고 서로에게 그토록 위험했는데도 이런 일이 더 일찍 일어나지 않은 것이 어쩐지 이상하게 느껴졌다.

. . .

다음 날은 4시까지 시간을 보내는 문제만이 남아 있었다. 처음에는 이 문제를 해결할 수 없다고 생각했고, 걱정이 지나쳐 소리 지르고 날뛰며 미쳐 버릴 것 같았다. 그러나 나는 하틀리와 관계 있는 여러 가지 작은 일들을 하며 바삐 지내느라 크게 고민하지 않고 시간을 보낼 수 있었다. 내 외모에도 신경을 좀 썼다. 이 점에는 허영의 요소가 없지 않았다. 왜냐하면 하틀리가 내 외모를 세밀하게 볼 것도 아니고, 내가 초췌하고 단정치 못했을 때에도 (오히려 더 낫다.) 충분히 보기 좋은 외모를 갖추고 있기 때문이다. 나는 그럴싸한 셔츠를 빨아서 햇볕에 말렸다. 가벼운 검은색 재킷과 깨끗한 양말을 꺼내고, 멋지고 아름다운 넥타이를 골랐다. 머리를 감고는 말끔하게 멋을 내고 풍성해 보이게 하였다. 수영은 포기했지만 아직도 머리카락이 뻣뻣하고 소금기가 남아 있었기 때문이었다. 갑자기 여행을 떠날 것에 대비하여 작은 여행 가방을 준비하는 것이 현명하리라고 생각하고 급히 방망이질하는 가슴을 안고 여행 가방을 챙겼다. 점심 식사는 넉넉히 했다. 입맛이 있어서가 아니라 의무감 때문이었다. 술은 마시지 않았다.

점심을 먹은 뒤에 나는 집 안을 조심스럽게 둘러보고 나서 모든 창문을 잠그고 고정시켰다. 지붕 밑 방에 있는 물통도 물을 비우고 지붕 구멍 밑에 다시 갖다 놓았다. 아래층으로 내려와 작은 붉은 방에 들어간 나는 탁자 위 압지 밑에 일부분이 가려진 봉투를 언뜻 발견하였다. 봉투에는 타이터스가 죽기 전에 내가 하틀리에게 썼다가 보내지 못한 긴 편지가 들어 있었다. 벤이 어떻게 나를 죽이려 했는지, 내가 '들락날락하겠다는 것', 그리고 둘이서 조용히 은둔 생활을 하자는 내용 등이 씌어 있는 편지였다. 편지 내용은 대부분 이제 페리의 고백과 타이터스의 죽음 때문에 형편없이 때늦은 감이 있었다. 나

는 고통스러운 마음으로 봉투를 보다가 찢어서 없애 버리려고
했지만 그전에 먼저 읽어 보기로 했다. 실제로 이 편지를 다시
읽어 본다는 것은 어쩐지 그날의 섬뜩한 일부 같다는 생각이
들었다. 편지의 전반부에 흐르는 웅변과 중요한 설명을 그냥
버리는 것은 유감스러운 일이었다. 그래서 나는 타이터스와 벤
에 대하여 언급한 마지막 두 쪽만 없앴다. 그런 뒤에 다른 종
이에다 다음과 같이 썼다. 나는 이 편지를 전에 썼는데 보내지 못
했어. 자세히 주의해서 읽어 봐. 널 사랑해. 그리고 우리는 같이 있
게 될 거야. 그리고 전화번호도 적었다. 나는 편지를 새 봉투에
넣고 봉해서 호주머니에 넣었다.

　나는 일찌감치 여행 가방을 들고 마을로 나왔다. 그리고 가
게에서 수표를 바꾸었다. 면도날과 하틀리가 사용하는 것과
똑같은 종류의 크림과 분도 샀다. 아직 3시 30분이 되지 않았
으므로 교회를 향해서 걸어 내려갔다. 나는 공포와 희망이 뒤
섞여 토하거나 기절할 것 같았다. 택시 기사는 다른 할 일이
없다면서 내가 지시한 대로 벌써 와서 기다리고 있었다. 나는
내가 올 때까지 기다리라고 말했다. 그는 웃으며 말했다. "세
시간을요?" 내가 대답했다. "필요하다면요." 나는 교회 정원으
로 들어가서 멍청이의 무덤을 바라보고 이것을 타이터스에게
얼마나 보이고 싶어 했는지 기억했다. 나는 다시 교회 안으로
들어가서 숨을 헐떡이며 앉아 있었다. 그러다가 갑자기 늦을지
도 모른다고 생각하고는 밖으로 뛰어나와 언덕을 서둘러 올라
갔다. 날씨는 따뜻했으나 바닷바람이 많이 불었다.

．．．．．

　나는 그녀의 집까지 와서 복잡한 빗장이 달린 푸른색 목제 대문에 손을 올려놓고 숨을 돌리기 위하여 멈추었다. 크고 화려한 가지각색의 장미꽃들이 만발하여 햇빛에 빛나고 있었다. 나는 택시에 두고 오려고 했던 여행 가방과 가방에 넣으려던 하틀리의 화장품이 든 종이 봉투를 그대로 들고 있었다. 그때 나는 무섭고도 두려운 어떤 소리를 듣고 피가 얼어붙고 숨이 막혔다. 집 안에서는 트레블 리코더와 알토 리코더가 함께「녹색 소매」를 연주하고 있었다.

　리코더 이중주를 지금 들으리라고는 상상하지도 못했기 때문이 아니다.「녹색 소매」는 그 옛날 하틀리와 나의 주제곡이었다. 나는 리코더로 열심히 이 곡을 연주했고 우리는 그녀의 부모님이 가진 구식 피아노로 이 곡을 연주하기도 했다. 우리는 서로 이 노래를 불러 주었다. 이것은 우리의 주제곡이었으며 사랑의 노래였다. 만일 이 곡을 하나의 리코더가 연주하는 것을 들었다면 나는 당장 그것을 희망의 비밀 메시지라고 알아차렸을 것이다. 그러나 두 개의 리코더라면……. 이것은 고의적인 모욕 행위이며 과거를 의도적으로 모독하는 것이 아닌가! 아니다. 그녀는 그저 잊어버린 것이리라.

　이 모든 것은 내가 손가락으로 대문을 여는 동안에 내 마음을 스치고 지나갔다. 나는 천천히 보도를 걸었다. 음악이 멈추고 개가 신경질적으로 짖기 시작했다. 나는 마음을 가라앉히면서 문으로 걸어갔다. 그 사이에 새로운 생각이 떠올랐다.「녹색 소매」에 대한 모독은 아무 의미가 없는 것이다. 아마 그가 그

노래를 좋아했고 그녀는 그 노래가 그의 애창곡이 되는 것을 막을 수가 없었던 것이리라. 리코더 연주도 아무 의미가 없다. 만일 그녀가 도망갈 의도였다면 분명히 평상시대로 행동하려고 주의했을 것이다. 아니면 그 곡이 진정으로 나에게 신호를 보내는 것이었을까? 그러나 이미 그녀가 혼자 있지 않은 것은 확실했다. 개가 짖어서 초인종을 누를 필요가 없었으나, 나는 초인종을 눌렀다. 그러자 미친 듯 짖어 대는 개의 소음에 초인종 소리가 묻혔다.

하틀리가 문을 열었다. 그녀는 고개를 약간 뒤로 젖히고 있어서 자신감에 차 보였지만, 아마도 그건 그녀가 내심 동요했기 때문이리라. 그녀는 입을 벌렸지만 미소를 짓지 않은 채 나를 응시했다. 나도 얼굴을 붉히고, 내 눈이 접시처럼 휘둥그레지는 것을 의식하며 그녀를 응시했다. 나는 열려 있는 거실 문 바로 뒤편에 벤이 있다는 것을 직감했다. 만일 내가 어떤 내밀한 대화를 이 순간에 계획했더라도 그것은 불가능했을 것이다. 우리는 둘 다 마비된 상태였다. 개는 코가 기다랗고 몸에 얼룩무늬가 있는 날씬한 콜리였는데, 이제 하틀리의 발치에서 짖고 있었다.

개 짖는 소리에 맞서서 나는 말했다. "안녕." 그러자 하틀리가 대답했다. "와 줘서 고마워."

나는 안으로 들어갔다. 현관에 놓인 여러 개의 꽃병에서 풍기는 장미 향기가 노파의 방 냄새 같은 집 안의 들큼하면서도 역겨운 악취와 섞여 있었다.

하틀리가 개를 향해 "조용해!"라고 소리치자 개는 때를 맞추어 짖기를 그쳤다. 그리고 내 냄새를 맡아 보고 꼬리를 흔들었다. 벤이 거실에서 "들어오십시오."라고 말했다.

나는 안으로 걸어갔다. 전망창으로 비탈진 초원과 아지랑이 속에 있는 푸른 바다가 보였다. 아름다운 경치가 그렇게 불길하게 보일 수가 없었다. 두 개의 리코더가 넓고 흰 유리창 턱에 놓여 있었다. 그 옆에는 망원경이 있었다.

"앉아." 하틀리가 말했다. 오늘 그녀는 매우 단정하고 멋있었다. 구불거리는 머리는 점잖게 감아 올렸으며, 푸른색과 흰색의 줄무늬 블라우스 위에 무늬 없는 낙낙한 푸른색 원피스를 입고 있었다. 그녀는 더 젊고 건강해 보였다. 그녀가 말했다. "여기 앉을래, 아니면 저쪽에 앉을래?"

나는 나무 팔걸이가 있는 낮은 의자에 앉았다. 몸이 쑥 들어갈, 팔걸이가 넓은 안락의자는 피했다. 전에 앉았다가 애먹은 적이 있기 때문이다.

정성 들여 준비한 다과가 조그맣고 둥근 탁자와 접시 받침대에 놓여 있었다. 버터 바른 빵, 스콘과 잼, 샌드위치, 설탕을 입힌 케이크가 있었다.

"차를 끓여 올게요." 하틀리가 말하고 나와 벤을 남겨 놓은 채 주방으로 사라졌다.

벤은 아직 서서 개와 놀고 있었다. "처피!" 분명히 이것은 그 동물의 이름이었다. "처피, 이리 와. 착하다. 자, 이제 앉아라. 앉아." 처피가 앉자 벤도 자리에 앉았다. 그때 하틀리가 차를 가지고 돌아왔다. 처피는 다시 일어섰다.

"차가 좀 우러나게 두지." 벤이 말했다.

하틀리는 찻주전자를 흔들면서 말했다. "괜찮아요." 그리고 내게 물었다. "우유와 설탕을 넣을까?"

"그래, 두 가지 다."

"우유를 먼저 넣어도 될까? 샌드위치 하나 먹을래? 다른 것에 잼을 발라 먹을래? 케이크는 집에서 만든 거야. 우리 집에서 만든 것은 아니지만!" 하틀리는 차를 따랐다.

"샌드위치를 줘. 고마워. 전망이 아주 좋군요." 이 말은 감정적으로 거의 무의식 상태에서 반사적으로 튀어나왔다.

"그래요, 훌륭해요." 벤이 말했다. 그리고 다시 덧붙여 말했다. "훌륭하지요." 그러고는 처피에게 "앉아! 착하기도 하지."라고 말하며 샌드위치 한 조각을 주었다.

"버릇이 나빠져요!" 하틀리가 말했다.

"이 개가 아몬 농장에서 온 개지요?" 나는 아직도 기계적으로 말하고 있었다. 그러고는 내가 이 사실을 알고 있어도 되는지 걱정이 되었다. 그러나 곧 아무 상관없다고 다시 생각했다.

"그곳에서 개들을 사육합니다." 벤이 말했다. "웨일스산 콜리들은 착해요. 이 녀석은 양과 사이가 좋지 않아요. 그렇지, 처피? 넌 어리석은 양과 시간을 낭비하지 않지, 그렇지?"

처피는 벌떡 일어나서 꼬리를 흔들었다.

나는 내 옆 바닥에 여행 가방을 놓은 뒤 그 위에 하틀리의 화장품과 내 면도날이 들어 있는 종이 봉투를 놓아 두었다. 나는 찻잔을 내려놓고 가방을 열어서 봉투를 안에 넣고 다시 닫았다. 나는 혹시나 벤이 봉투 안에 있는 것을 보거나 눈치채지 않을까 두려웠다. 벤과 하틀리가 나를 관찰했다.

"당신의 군인 동생을 만나서 반가웠습니다." 벤이 말했다.

하틀리가 내 가족에 대해 자세하게 언급했을 리가 만무했다. 괴물에게는 가족이 없는 법이다.

"그는 내 사촌입니다."

"아, 그렇군요, 사촌. 어디 소속이지요?"

"왕립 소총 부대요."

"녹색 재킷 부대군요."

"녹색 재킷 부대 맞아요."

"아직 그가 당신 집에 같이 있나요?"

"아니요, 런던에 갔습니다."

"나도 직업 군인이 되었으면 좋았을 텐데요." 벤이 말했다.

"평화시에는 지루할 거예요." 하틀리가 말했다.

"그렇게 되었더라면 좋았을걸." 벤이 계속했다. "군대에서는 정말로 사람들을 많이 알게 됩니다. 여러 곳을 다니기도 하고. 하지만 집에 있는 것도 좋아요."

"아주 좋지요."

"집은 어때요?"

"비가 새더군요."

"비가 정말 많이 왔지요."

"샌드위치 하나 더 먹어." 하틀리가 말했다. "아, 아직 그것도 먹지 않았네."

나는 샌드위치를 쥐었다. 그것을 꾹 누르자 속에 든 오이가 바닥에 떨어졌다. 나는 다시 샌드위치를 호주머니에 넣으려고 했다. 그리고 말했다. "유감이에요. 대단히 유감입니다……. 그 일에 대하여 너무 유감스럽게 생각합니다……."

"타이터스 말이군요." 벤이 말했다. "그래요, 우리도 유감입니다." 그는 잠시 멈추었다가 덧붙였다. "정말 불행한 일 중 하나지요."

"비극이었어." 하틀리가 말했다. 그녀는 이것이 일종의 명확한 서술인 양 말했다.

나는 절망적으로 계속 말을 이어 갔다. 우리 모두를 공동의 감정으로 이끌어 가고 싶었다. 인습적이고 판에 박힌 마음에도 없는 공손함을 끝내고 싶었다. 그러나 적절한 말을 찾을 수가 없었다. 그래서 이렇게 말했다. "내 잘못인 것 같습니다⋯⋯. 난 잊을 수가 없습니다⋯⋯ 결코⋯⋯."

"물론 네 잘못이 아니야." 하틀리가 말했다.

"분명히 당신의 잘못이 아니었습니다." 벤이 분별 있게 말했다. "그 아이의 잘못이었던 것이지요."

"난 그것을 견딜 수가 없어요. 그것을 믿을 수가 없어요. 나는⋯⋯."

"우리는 견뎌야 하고, 믿어야 해." 하틀리가 말했다. "이미 일어난 일이고, 말해 봐야 소용이 없어."

"그래요, 말해 봐야 소용없습니다." 벤이 말했다. "전쟁터에서도 그래요. 어떤 일이 일어나도 사람들은 계속 나아가야 되지요. 그래야만 합니다, 네?"

하틀리는 무릎에 손을 얹고 앉아 있었다. 그녀는 말을 하면서 나를 쳐다보지 않았다. 의식적으로 몸을 움직이며 부드럽고 정돈된 머리카락을 만졌다. 립스틱은 바르지 않았고, 햇볕에 탄 얼굴에는 화장한 흔적이 없었다. 줄무늬 블라우스의 맨 위쪽 단추를 풀어서 그을린 목과 쇄골이 보였다. 그녀는 우리가 재회한 이래 어느 때보다도 더 맵시 있고, 더 깔끔하고, 더 건강해 보였다.

벤도 거의 모든 것에 성공한 사람처럼 보였다. 굵은 줄무늬가 있는 깨끗한 셔츠를 입었고 거기에 어울리는 넥타이를 매고 있었다. 그는 넉넉한 여름용 갈색 재킷에 연갈색 바지를 입고 새것처럼 보이는 흰 운동화를 신고 있었다. 꽉 잡아맨 혁대 위로 배가 편안하게 나와 있었다. 중학생같이 짧게 깎은 머리는 부드럽게 빗어 넘겼고, 말끔히 면도를 했다. 얼굴은 몽롱하면서도 차분한 듯한 기이한 표정을 짓고 있었다. 눈꺼풀은 조금 처져 있었고, 조그만 윗입술은 까다로운 사람처럼 안쪽으로 당겨 팽팽해 보였다. 그는 내게 눈을 돌리지 않았다. 대화 중에 그는 샌드위치를 여러 개 먹었다.

"그렇겠지요." 나는 벤의 질문에 대답했다.

"냅킨 여기 있어." 하틀리가 말했다. "두 손이 다 끈끈해졌네." 그녀는 서랍에서 종이 냅킨을 꺼내어 내게 건네주었다.

"겨울을 여기서 지낼 예정인가요?" 벤이 물었다.

그들은 확실히 타이터스에 대한 주제를 끝낸 것 같았다.

나는 그들을 나무랄 수 없었다. 그들이 왜 내게 감정을 표출하겠는가? 그들 나름대로 그의 죽음으로부터 헤어 나와 마음을 진정시켜야 했을 것이다. 그들은 우리 사이에서 죽음에 대한 얘기가 나오고 이제는 그 주제가 끝난 것에 대해 마음이 놓이는 모양이었다. 아마도 이것이 이 만남의 목적이었는지 모른다.

"그래요. 나는 여기서 살잖아요."

"다른 부자들처럼 프랑스나 마데이라나, 혹은 다른 곳으로 가는 줄 알았지요."

"절대로 아닙니다. 나는 부자도 아니고요."

"아시겠지만 여기는 지독하게 추워요."

"쟤 좀 보세요. 앉아 있는 꼴을 좀 봐요!" 앞발을 얌전히 꼬고 뒷발을 쭉 뻗고 앉아 있는 처피를 가리키며 하틀리가 말했다. 개는 만족스러운 표정으로 우리를 올려다보았다.

"넌 재미있는 놈이야, 그렇지?" 벤이 말하자 처피는 동의하듯이 꼬리를 흔들었다.

"개를 하나 키우지 않을래?" 하틀리가 나에게 말했다.

"아니, 그럴 생각 없어."

"고양이를 좋아하나요?" 벤이 물었다.

"네?"

"고양이 애호가냐고요."

"아, 음…… 아니에요."

"검역은 귀찮아요." 벤이 말했다. "여기처럼 6개월이거든요."

"검역이요?"

"그래요." 벤이 말했다. "우리는 오스트레일리아에 갈 거예요. 영국에서 더 이상 겨울을 보내지 않을 거예요. 처피를 데려왔을 때에는 그렇게 긴 줄 몰랐어요. 하지만 너를 두고 갈 수는 없지, 이 녀석아?"

"오스트레일리아에 간다고요? 아주 영원히?"

"그래요."

나는 하틀리를 바라보았다. 그녀는 보라색 눈을 크게 뜨고 미소를 머금은 채 내 눈길을 받았다. 그러고는 일어나서 찻주전자를 들고 주방으로 사라졌다.

"오스트레일리아로요?"

"그래요. 왜 모두들 거기 안 가는지 모르겠어요. 온화한 기후에 음식도 싸고 집도 쌉니다. 내가 젊었다면 얼마나 좋았을까요. 거기서 다시 시작해 볼 텐데."

"벤은 오스트레일리아에서 연금을 탈 수가 있어." 하틀리가 찻주전자를 가지고 돌아오면서 말했다.

"거기 가 본 적 있어요?" 벤이 물었다.

"네." 내가 대답했다. "여러 번 가 봤지요. 멋진 나라예요."

"시드니 항구, 시드니 오페라 하우스, 값싼 포도주, 캥거루, 코알라, 넓은 땅, 얼른 가고 싶어 죽겠어요."

"언제 떠나는데요?" 나는 하틀리를 보며 물었다. 그녀는 벤의 잔에 차를 따르고 있었다.

"아, 당장은 아니고 5~6주 후가 될 거예요. 할 일이 많아서요. 내 여동생도 만나 봐야 하고. 오랫동안 계획했던 일인데, 이제 타이터스가 죽었으니 일이 수월해졌네요."

"하지만…… 그러니까 처음부터 준비했던 건가요?" 나는 하틀리의 시선을 잡으려고 애썼다. "오스트레일리아에 가려면 계획을 오래전부터 세웠을 것 같아서……. 이곳을 떠나려고 하는 줄은 전혀 몰랐어……. 내게 말해 주지 않아서 정말 놀랐어." 나는 이 말을 하틀리에게 했다.

"나도 믿을 수가 없어." 하틀리가 희미하게 미소를 지으며 말했다. "꿈만 같아."

"오페라 하우스가 푸른 대양 위에서 거대한 조개껍데기처럼 미소 짓고 있는 것을 보면 그 사실을 믿을 수 있을 거야." 벤이 하틀리에게 말했다.

만일 그들이 5~6주 후에 떠난다면 오스트레일리아에 갈 계획은 내가 하틀리를 마지막으로 본 이후에 짠 것이 아니다. 어째서 그녀는 나에게 말하지 않았을까? 내게 말하지 않다니

이 얼마나 놀라운 일인가? 아마 그녀도 이 일이 이루어지리라고는 믿지 않았던 것이라는 생각이 들었다. 그리고 만일 그녀가 나와 도망갈 결심을 했다면 굳이 내게 말할 필요가 없었을 것이다. 나는 그녀를 계속 노려보았다. 그러나 희미한 미소를 지으며 그녀는 다른 곳으로 눈을 돌려 버렸다.

그녀는 벤에게 말했다. "처피가 그렇게 오랫동안 검역소에 있다가 우리를 알아볼까요?"

"물론 알아보지! 처피, 그렇지?"

"차 좀 더 들어." 하틀리가 나에게 말했다. "스콘이나 케이크를 줄까?"

나는 차를 마신 후 찻잔을 건넸다. 그리고 조금 전에 호주머니에 넣지 못했던 터져 버린 샌드위치를 먹었다. 나는 너무나 혼동스러워 어찌할 바를 몰랐다. 마치 낯선 나라에 온, 어떤 조용하고 불가해한 장난의 희생자 같았다.

"당신도 어딘가로 여행을 갈 모양이군요." 벤이 내 가방을 보며 말했다.

"아, 그냥 런던에서 하룻밤 지내고 오려고요……. 곧 돌아와서 여기 있을 것입니다."

"난 런던은 질색이에요." 벤이 말했다. "시끄러운 소음과 많은 사람들이 있고, 못된 외국인들이 가게의 물건들을 다 쓸어 가죠."

"그렇지요. 이때쯤이면 관광객들로 꽉 차 있겠네요." 나는 이렇게 말하고 차를 마셨다.

"그럼 떠나기 전에 다시 한 번 만납시다." 벤이 내 방문의 종말을 뜻하는 말투로 말했다. "못 만나게 되더라도 건투를 빌겠습니다."

"물론 우린 다시 만날 겁니다." 내가 말했다. "내일이면 마을
에 다시 돌아올 테니까요. 여행 계획이 없으니 내내 집에 있을
거예요. 그럼 이만 실례하겠습니다. 차 잘 마셨어요."

나는 일어났다. 바보 같은 처피가 당장 짖기 시작했다. 나는
벤에게 건성으로 손을 흔들고는 가방을 집어 들고 문으로 향
했다. 하틀리가 내 뒤를 따라왔다. 벤은 처피에게 소리쳤다. 그
리고 우리 뒤로 거실 문을 닫아 개가 뛰쳐나오지 못하게 했다.
나는 현관문에서 몇 초 동안 하틀리와 단둘이 있었다.

"하틀리, 너 정말 오스트레일리아에 갈 거 아니지, 그렇지?"
개가 시끄럽게 짖어 대 내 말이 잘 들리지 않았다.

그녀는 머리를 흔들고 손을 저으며, 이 소음 속에서는 말할
수 없다는 듯 입을 벌렸다.

"하틀리, 넌 갈 수 없어. 나와 지금 같이 가자. 언덕 밑에서
택시가 기다리고 있어. 자, 지금, 같이 뛰자. 런던에 가자. 어디
든지 네가 좋아하는 곳으로 가자⋯⋯. 여기 이 편지에 모두 설
명했어." 나는 내가 무슨 짓을 하는지 알지 못했다. 나는 '조용
한 생활'에 대한 편지를 호주머니에서 꺼내 그녀의 푸른색 원
피스의 호주머니에 넣었다.

벤이 거실 문을 열고 살짝 나왔다. 처피는 아직 짖고 있었으
며, 문 안에서 앞발로 문을 긁는 소리가 들렸다. 벤이 우리를
물끄러미 보더니 문을 열어 둔 채 주방으로 들어갔다.

나는 한 발짝 물러나서 하틀리의 맨팔뚝을 잡고 그녀를 잡
아당기려고 했다. 소매를 걷어 올려서 팔이 부드럽고 따뜻했
다. 마치 젊은 아가씨의 팔처럼 그녀의 팔은 늙지 않았다. 우리

는 이제 둘 다 문밖에 서 있었다.

"하틀리, 내 사랑, 지금 나와 함께 가자. 지금, 바로 언덕을 내려가 택시 쪽으로 뛰어가자."

그녀는 고개를 저으며 팔을 빼내었다. 그녀는 "난 그럴 수 없어."라고 말하는 것 같았다. 빌어먹을 개는 아직도 짖어 대고 있었다.

"넌 오스트레일리아에 가지 않을 거야. 내가 가지 못하게 할 거야. 그 작자는 가게 내버려 두고 넌 여기 있어. 저 아래를 봐. 택시가 교회 옆에 있어. 교회 안에 있을게. 한 시간이고 두 시간이고 기다릴 거야. 아무 핑계나 대고 내려와. 우리는 당장 떠날 수 있어. 짐 같은 거 쌀 걱정은 하지 않아도 돼. 그냥 몸만 와. 하틀리, 그 작자와 있지 말고 행복을 선택해. 나에게로 와." 나는 다시 그녀의 팔을 붙잡았다.

그녀는 울음을 터뜨릴 것처럼 나를 바라보았지만 눈물은 흘리지 않았다. 그녀는 한 발 물러섰고 나는 그녀를 놓아주었다. "하틀리, 내게 말해 봐……"

그녀가 말했으나 나는 거의 알아들을 수가 없었다. "넌 이해하지 못해……"

"하틀리, 내 사랑, 내게로 와. 기다리고 있을게. 교회에서 두 시간 동안 기다릴게. 아니면 내일 집으로 와도 돼. 난 아무 데도 안 가고 집에 있을 테니까. 넌 날 사랑해. 그날 밤 내게 와서 그런 얘기를 했지. 꼭 와야 해. 늦지 않았어. 조금도 늦지 않았어……"

햇빛과 장미꽃들이 눈부셨다. 벤은 현관으로 돌아왔다. 하틀리의 머리 너머로 그의 그림자를 볼 수 있었다. 잠시 동안 그녀의 얼굴은 고통의 가면처럼 보였다. 얼굴은 변한 것 같지 않았지만 공허하고 생기가 없어 보였다. 그녀의 커다랗고 눈물 없는 눈은 공허했다.

벤은 처피의 짖는 소리 때문에 크게 말했다. "그럼, 안녕히 가세요."

나는 뒤로 물러서서 몸을 돌려 대문 쪽으로 걸어갔다. 대문을 나와 뒤를 돌아보았다. 그들은 둘 다 문에 서서 손을 흔들고 있었다. 나도 손을 흔들고 언덕을 내려가기 시작했다.

나는 교회에 앉아서 두 시간 이상을 기다렸다. 그러나 그녀는 오지 않았다. 나는 택시 기사에게 요금을 지불하고 집으로 걸어왔다.

그러니까 나는 다섯 주의 시간이 있는 셈이었다. 아직 패배한 것은 아니었다. 벤이 주방에서 듣고 있는데 하틀리가 나에게 무슨 말을 할 수 있었겠는가? 실제로 나에게 무슨 말을 한 건 아닌가? 나는 그녀에게 뭐라고 말했지? 이미 그것이 희미했다. 하여튼 그녀는 편지를 가지고 있고 편지에는 명확히 쓰여 있다. 이것이 그녀가 생각하도록 초점이 되어 줄 것이다.

그들이 나에게 차를 마시러 오라고 한 목적이 도대체 무엇일까? 그것은 분명히 벤의 생각이었을 것이다. 아마 벤은 내가 생각한 것보다 더 똑똑하고 예리한 사람일지도 모른다. 그는 자기가 보는 앞에서 하틀리와 나의 마지막 장면을 만들어 냈고, 점잖게 마지막 이별을 고할 수 있게 꾸몄다. 그 생각은 영리하고 또 인간적이라고도 할 수 있다. 그러나 그것은 잘못 짚은 것이다. 하틀리는 오스트레일리아에 가는 것을 원치 않는 것이 분명했다. 그것은 벤의 계획이었다. 언제 그가 이 계획을 세웠을까? 내가 이 마을에 있다는 사실을 알았을 때일까? 아니면 그보다 일찍? 어쨌든 하틀리는 가려 하지 않을 것이다. 마지막 순간에 그녀는 구조선으로 뛰어들 것이다.

나는 저녁이면 술 마시는 습관이 들었다. 하여튼 나흘이 지났는데 나흘 저녁 술에 취해 있었다. 물론 포도주를 마셨다. 주방에서 술병을 앞에 놓고 늦은 한여름 햇빛이 다 사라질 때까지 오래도록 상념에 잠겨 있었다. 기다리고, 또 기다리고, 회고해 보는 시간이었다. 물론 아무 일도 일어나지 않았다. 전화도, 편지도, 아무것도 없었다. 그러나 계시가 올 것이다. 하틀리나 신들이 나에게 계시를 보낼 것이다.

날씨는 계속 따뜻했다. 바다는 다시 에메랄드로 줄을 그은 듯한, 자줏빛 보석 같은 모습을 되찾았다. 첫날에 그랬듯이 바다는 나를 보고 반짝였다. 금과 상아로 만든 것 같은 한두 점의 거대한 구름이 바다 위에서 빛을 발산하며 천천히 둥실둥실 떠돌고 있었다. 나는 구름을 응시하면서, 그동안 망상에 사로잡혀 내 주위를 둘러싼 경이로운 아름다움을 찬양하지 못한 것에 의아해했다. 그럼에도 나는 눈이 멀어 앞을 보지 못했다. 나는 가끔 물개를 찾아보았다. 그러나 한 마리도 보이지 않았다. 수영을 할 용기는 없었다. 앞으로 다시는 수영을 할 수 없을지도 모르겠다.

타이터스에 대해서는 생각하지 않으려고 노력했다. 아마 이 노력이 나로 하여금 술을 마시게 했나 보다. 나는 지속적으로 그에 대한 생각을 멀리하려고 했으며, 아직 살아 있는, 그와 관계되는 다른 문제들에 대해 열심히 생각했다. 그리하여 나는 초조하고 비열하게 그를 멀리 밀었고, 만일 조금 더 그를 밀어 버리면 결국 죽음의 이별에서 회복한 사람들의 냉담한 세계에 들어갈 수 있으리라고 희망했다. 나에게도 고통이 있었고 살아 남아야 했다. 죽음의 죄책감과 상실의 고통으로 내 마음을 낭비할 시간이 없다. 그래서 그를 생각하지 않았으며 그가 죽었다는 것도 생각하지 않았다. 물에 흠뻑 젖은 회색 형상이 내 마음속에 자꾸 나타났으나, 잔인하고 맹렬하게 그것을 물리쳤다. 어느 순간에는 마치 그가 어딘가에서 내 생각을 불러 내고, 내 주의를 끌고, 슬퍼하기를 거부하는 나에게 반항하는 것 같이 느껴져 두려울 때도 있었다. 그럴 때면 나는 급히 다른 사건으로 마음을 돌렸다. 그러나 물에 젖은 그의 모습은 어찌 된 일인지 여전히 내게서 떠나지 않았다.

나는 제임스와 리지에 대하여 생각해 보았다. 둘 중에 누가 나에게 말하려고 했으며, 왜 그랬을까? 특히 토비 엘즈미어를 만난 후로 리지는 큰 위험을 느끼고 신경쇠약에 걸렸을 것이라고 짐작했다. 그녀는 나를 향한 옛 사랑이 드디어 나를 점유했고, 자신의 사냥감이 피로하며 거의 넘어져 가고 있다고 생각했다. 그녀의 사랑은 참을성 없고 굶주려 있었다. 그녀는 내가 곧 자신에게 돌아오리라고 생각했고 스스로 안전하기를 원했다. 그녀를 괴롭히는 죄책감과 불안이 위험을 감수하면서까지 정직하게 말해 버리자는 쪽으로 기울었을 것이다. 그녀는 나를 사랑하여 온 긴 궤도에서 나와 가장 가까운 지점에 도달한 것이다. 그녀는 다가오는 중대한 순간을 위해 확실하게 고백하여 순수해지고 싶었고, 뇌리를 떠나지 않는 비밀이 누설될까 봐 두려워하고 싶지 않았던 것이다. 제임스와의 결합이 얼마나 타는 듯이 고통스럽고 파괴적인 것인지를 그녀는 몰랐을 것이다. 제임스는 알았다. 그러나 이미 그때는 이상스러운 상황이 되어 버렸고 그가 조정할 수 없었을 것이다. 일이 이렇게 되자 그는 원래 그녀의 생각이 아니었다고 말함으로써(나는 그녀의 생각이었다고 믿는다.) 신사처럼 보이려고 했을 것이다. 이것은 신중한 거짓말의 무서운 결과다. 리지는 마치 하틀리가 나에 대해 말하기를 두려워했듯이 제임스에 대하여 말하기를 두려워했다. 그렇다. 여자들은 모두 거짓말을 했다. 그것은 그들의 본성이다. 하틀리, 리지, 로시나, 리타, 진, 클레멘트…… 클레멘트가 나에게 얼마나 많은 거짓말을 했는지는 아무도 모른다. 나는 전혀 알 수 없다.

나는 따뜻한 여름 황혼에 램프도 촛불도 켜지 않은 채로 머리가 핑핑 돌 때까지 주방에 앉아서 포도주를 마시며 먼 옛날을 생각했다. 열려 있는 희미한 직사각형 문과 완전히 어두워지지 않은 하늘을 배경으로 술병의 윤곽이 드러났다. 그리고 나는 리지가 아닌 에스텔 숙모의 목소리를 들었다. 「피카르디의 장미」를 부르며 눈부시게 빛나던 그녀의 존재와 한때 그녀가 나에게 주었던 기쁨과 고통을 회상했다. 어째서 그처럼 젊고 아름다운 사람들은 사라지고 이제는 볼 수 없는 것일까?

그리고 나는 자전거를 탄 하틀리와 그때의 순결하고 진실된 그녀의 얼굴을 떠올렸다. 그 얼굴은 내가 클레멘트와 로시나와 진과 프리치와 함께 있었던 시절에 다른 곳에서 고생하고 죄를 지었던 그녀의 지치고 늙은 얼굴과 비슷하면서도 또한 너무나도 달랐다. 슬프도다, 내 사랑아, 나를 무례하게 걷어차 버리는 것은 그대의 잘못이야. 난 그대를 오랫동안 사랑했고 그대와 같이 있는 것을 즐거워했으니까. 나는 긴 세월이 지나는 동안 하틀리의 선량함을 전적으로 믿고 내 마음을 주었다. 하지만 내가 언제나 이 성상을 귀하게 여겼던가? 젊은이들은 무정하고 또 살아남아야 한다. 그녀가 돌아오리라는 희망과 그녀를 찾을 수 있다는 희망을 모두 잃은 후, 나는 한동안 '갈 테면 가라'는 심보로 분개하며 살았다. 그리고 이제 기억의 깊은 바닷속 동굴에서부터 그녀에 대하여 클레멘트와 이야기한 것을 들추어 냈다. 그렇다. 나는 클레멘트에게 하틀리에 대하여 말했다. 그리고 클레멘트는 이렇게 말했다. "자기야, 그녀는 헌 장난감 선반에 처넣어 버려." 맙소사, 지금도 나는 마치 클레멘트가 어두운 방에서 말하는 것처럼 우렁차게 울리는 그녀의 목소리를 들을 수 있다. 그래서 얼마 동안 나는 하틀리를 내 머리에서 쫓아내었다. 나는 클레멘트와 사귀던 초기 이후에는 다시는 그녀 앞에서 하틀리에 대한 이야기를 꺼내지 않았다. 그것은 얼빠진 짓이었고, 클레멘트는 얼빠진 짓은 용서하지 않았다. 클레멘트는 그녀를 잊어버렸는지도 모르겠다. 그러나 나는 잊지 않았다. 하틀리는 내 가슴에 씨앗처럼 숨어 있다가 다시 옛날처럼 순수해져서 자라났다.

내가 얼마나 많이 그 이미지를 만들어 내었는가는 이제 분명해졌다. 그러나 나는 그것이 허구라고는 생각하지 않았다. 이것은 시금석 같은 특별한 종류의 진실이었다. 마치 내 상념이 실물이 될 수 있고, 동시에 진실이 될 수 있는 것처럼. '갈 테면 가라'는 것은 원망이며 거짓이었다. 이상하고도 미친 듯이 충실했던 내 정성 자체가 결국에는 보상을 받게 되었다. 나는 세월이 지남에 따라 하틀리의 이마를 어루만져 주름을 펴 주었고, 그녀의 아름다운 눈에서 어두운 그림자를 없애 주었다. 그리하여 불분명하고 고통 받던 그 모습은 부드러워지고 빛의 근원이 되었다.

그러나 지금 무슨 일이 일어났는가? 나는 스콘과 오이 샌드위치와 설탕을 입힌 케이크가 있던, 니블레츠의 괴상한 거실 장면을 떠올렸다. 벤과 하틀리는 너무나 단정하고 건강해 보였다. (나에게 작별 인사로 손을 흔든 후 벤은 돌아가서 케이크를 커다랗게 한 조각 잘랐을까?) 그곳에는 기분 나쁜 평화로움이 있었다. 그것은 아담하고 작은 집 안에서 콜리 개와 함께 사는 덕스럽고 행복해 보이는 부부를 그린 구식 그림 같았다. 마치 미술이 그 주제를 더 돋보이게 살을 붙이듯, 그들은 내 기억 속에서 더 살이 붙고, 실제보다 더 원활하고 더 완벽하게 거기에 있었다. 그들은 전에 내가 보았을 때보다 더 좋아 보였고, 건강해 보였으며, 더 매력이 있었다. 어째서일까? 무엇이 그들에게 그 침착하고 만족스러운 표정을 주었을까? 기막힌 대답이 생각났다. 타이터스의 죽음.

하틀리가 나에게 달려와서 그녀의 불행을 토로하던 날 그녀가 했던 말들을 나는 다시 생각해 보았다. 그녀는 내가 그녀를 구원할 수 있을 거라는 희망에 부풀 만한 많은 증거들을 보여 주었다. 그리고 몇 년 동안이나 타이터스를 버리고 벤의 편을 드느라 자신이 부서졌고, 자신을 지탱하던 자아가 깨졌으며, 자신의 성실성이 파괴되었다고 했다. 그 때문에 나는 그녀가 고행하는 구원자인가, 아니면 파괴된 난파선인가 하는 생각을 했다. "모든 곳을 다쳤어. 아직 일어설 수는 있었지만 모든 뼈마디가 부러진 것 같았어. 온전하지도 못하고, 사람이라고 할 수도 없었어." 이 힘들고 고통스러웠던 몇 년 동안 타이터스를 향한 그녀의 연민이 정말로 없어졌을 수도 있다. 그녀는 그 아이 때문에 너무나 고통을 겪어야 했다. 나는 그녀가 사용한 단어를 기억한다. "가끔은 그 애가 정말로 우리를 미워한 것 같아. …… 또 가끔은 그 애가 죽었다는 소식이 들려오기를 바라기도 해." 죄의 무거운 짐은 느리고 깊게 진행되는 원한이 없다고 해도 너무나 부담스러운 것이다. 타이터스는 그녀 자신이 제멋대로 결정하여 어느 날 집 안으로 데려온 운명적인 짐이었지만, 그가 그녀의 결혼을 망쳐 놓고 그녀의 인생을 파괴했다. 그러나 이제는 타이터스가 구원자인 양 그녀의 죄값을 치르고 사라졌다. 죄의식은 사라졌다. 벤은 상당히 마음이 놓였을 것이다. 그녀는 좀 더 은밀하게 그에게 동조할 것이며, 비밀스럽게, 본능적으로, 맹목적으로 그와 안도감을 나눌 것이다. 살인이 끝났으니 그들은 둘 다 편안할 것이다. 죄의식도 희미해지기 시작할 것이다. 그러니까 한편으로는 타이터스의 죽음이 운명 지어진 것이었고, 벤이 결국은 그를 살인한 것이나 다름없었다.

물론 술에 취해 종잡을 수 없이 생각한 것이긴 했다. 그러나 그들이 타이터스의 죽음을 받아들이는 데는 냉정한 안도감과 체념이 있었을 것이라는 판단은 옳았다. 그렇게 타이터스의 죽음이 기묘하게 그들의 생활에 스며드는 것을 보면서 나 자신도 몰래 후회와 죄의식을 지우려 한다는 것을 깨달았다. 마치 우리를 불구로 만든 그 운명을 정당화해야만 하는 것처럼 어떤 설명을 붙여서라도 할 수만 있다면 죽음과 상실의 공포를 가능한 빨리 덮어 버리려고 하는 것이 사람의 심리다.

오스트레일리아로 떠나는 것도 이제 분명한 양심을 가지고 마음속에 그릴 수 있으리라. 하틀리는 타이터스를 잃어버린 채 어떻게 영국을 떠날 생각을 받아들일 수 있었을까? 그녀가 받아들였단 말인가? 아마 아닐 것이다. 어쩌면 그래서 그것이 그녀에게 '꿈처럼' 여겨졌을 것이다. 타이터스와 어색하지만 순수한 짧은 대화를 나누며 그녀가 오스트레일리아로 갈 계획을 말했을 리가 없다고 나는 확신했다. 그녀는 나에게도 말하지 않았다. 그것이 나에게는 좋은 징조로 보였다. 그녀는 이미 뒤에 남아 있으려고 마음먹었기 때문에 나에게 말하지 않은 것이다.

　타이터스는 하틀리를 '몽상가'라고 했다. 계속 생각해 보니 그녀가 내게 말했던 것 중 틀린 사실들이 더 늘어났다. 벤과 타이터스 때문에 그녀는 다시 맞출 수 없는 뼈처럼 산산히 부서졌으며, 길을 잃었으며, 진실에 대한 방향 감각을 잃었다고 했다. 그렇다면 나의 이상은 어디에 있었는가? 이상한 점은 하틀리 자신이 스스로에게 빛을 비추듯 하틀리에게 아직도 빛의 근원이 남아 있다는 것이다. 나는 그것을 모두 가질 수 있었고, 모두 받아들일 수 있었다. 어쨌든 내가 사랑한 사람은 그녀였으니까. 내 인생에서 순수한 사랑을 배운 곳은 한 곳뿐이며, 그것을 가르쳐 준 선생도 한 사람뿐이었다. 이처럼 사람들은 자신도 모르는 사이에 다른 사람들의 인생에서 오랜 세월 빛의 근원이 될 수 있다. 그들 자신의 인생은 남모르는 다른 행로를 취하더라도 말이다. 그와 마찬가지로, 페러그린의 말을 빌리면, 사람은 잊어버렸거나 전혀 만나 보지도 못한 다른 사람의 마음속에서 괴물이 될 수도 있고 암과 같은 존재가 될 수도 있다.

　그러한 사랑이 결국에 가서는 그 대상을 잃어버린다고 가정할 때 정말로 그 대상을 잃을 수 있을까? 죽은 사람을 사랑한다는 것이 쉽지 않다고 우리는 생각하지만 어떤 사랑은 죽음에도 패배하지 않는다. 그러나 더욱 교묘하게 사랑을 패배시키는 고통과 장치가 있다. 그녀 쪽에서 나를 배반하고 버림으로써 내 사랑이 증오로 변하게 된다면 나는 하틀리를 완전히 잃어버릴 것인가? 내가 그녀를 냉정하고 무정하며 초인적인 마귀할멈이나 무당으로 볼 수 있을까? 절대로 그럴 수는 없을 것이라고 느꼈고, 그것을 성취이며 소유의 형태로 느꼈다. 제임스는 "개의 이빨이라도 진정으로 숭배를 받는다면 빛을 내는 법이다."라고 말했다. 하틀리에 대한 내 사랑은 목적 그 자체였다. 그녀가 몸을 비틀어 돌아선다 해도, 다른 무슨 일이 일어난다 해도 그녀는 이제 나에게서 도망칠 수 없었다.

내 생각이 항상 이런 높은 수준을 유지하지는 않았다. 로시나에 대한 생각이 스치자 나는 벤이 아주 이상하게 건강하고 여유만만했던 것이 생각났다. 프리치 에이텔의 말을 빌리면 '눈이 반짝거리고 꼬리 털이 한껏 부풀어 올라 있었다.' 그것은 참혹한 죽음의 결과를 견디어 내고 자유의 길을 받아들였기 때문일까? 파도에 비친 오페라 하우스에 대한 전망 때문이었을까? 우리가 하틀리를 데려다 주었던 그 끔찍한 날 전날에 로시나는 어디서 밤을 지냈을까? 길버트가 편지를 전하러 갔을 때 그 집에서 여자 말소리가 들렸다고 했던 것이 기억났다. 로시나는 벤을 '위로하겠다'고 선언했다. 이것은 그냥 악의에 찬 장난일 수도 있지만, 반면에 로시나는 capable de tout* 여자

---

* '무엇이나 할 수 있는'이라는 뜻의 프랑스어.

였다. 만일 벤과 로시나 사이에 무슨 일이 있었다면 벤의 이상스러울 만큼 만족스러운 기분을 설명할 수도 있다. 또한 그것은 그가 하틀리에게 더 개방적인 태도를 보인 이유도 되고, 나의 방문과 더불어 문간에서 하틀리와 1분간이나 이야기하는 것을 너그럽게 보아 준 이유도 될 수 있다. 로시나가 벤에게 죄의식을 느끼고 감추어야 할 어떤 것을 제공했거나 혹은 그의 이상하고 나이 먹은 아내가 퇴폐적인 연극계의 못된 여자들보다 더 낫다는 것을 벤에게 알려 줌으로써 하틀리에게 좋은 일을 한 결과가 되었을 수도 있다. 이런 것들은 사실 내가 아무리 되돌아봐도 기분 나쁜 생각이었다. 그러나 천한 호기심의 수준에서는 이런 생각이 가끔 고상한 동경의 긴장으로부터 마음을 풀어 준다.

그러자 나는 로시나가 아직도 레이븐 호텔에 있을지도 모른다는 생각이 들었다. 그렇다면 간단히 찾아가서 물어볼 수 있을 것이고, 만일 그녀가 거짓말을 한다 해도 무엇인가 알아낼 수 있을 것이다.

. . . .

물론 나는 집을 떠나기를 주저했다. 왜냐하면 매순간 하틀리가 찾아오거나 신호를 보내오기를 고대하고 있었기 때문이다. 그러나 나는 위험을 무릅쓰고 문에다 "H에게, 기다려. 금방 올게."라는 쪽지를 남겨 두고 집을 나왔다. 호텔에 미리 전화는 걸지 않았다. 갑자기 찾아가 놀라게 해 줌으로써 약간의 덕을 볼 셈이었다. 만일 전화를 걸면 로시나는 교묘한 거짓말을 꾸밀 시간을 갖게 된다. 또한 그녀가 나를 갑자기 만나서 기뻐하는 것을 보고 조금은 위로를 받고 싶었다. 나는 필요한 정보를 로시나에게서 얻기를 원했을 뿐만 아니라 그녀가 아무리 나쁜 여자라 해도 다정한 여인이 줄 수 있는 약간의 위안도 원했기 때문이다. 산책은 그것이 목적일 때는 그 자체로 기분 전환이 되지만, 무기력한 기다림과 사고가 이미 정신적인 부담이 되어 가고 있을 시기에는 그것도 힘든 일이 될 수 있다. 만일 하틀리가 아무 신호도 보내지 않는다면 내가 곧 행동 개시를 해야 할 것이다. 그러는 동안 로시나를 조사해 보는 것은 유용할 것이다.

무덥고 구름이 낀 날이었다. 산들바람이 불어 레이븐 만의 잔잔한 파도에 흰 거품을 일으켰다. 검푸른 바다는 쉬지 않고 출렁거리며, 북쪽의 어둡고 차가운 푸른색으로 여름에도 겨울 같은 위용을 떨치고 있었다. 하늘도 겨울 같은 모습을 보였으며, 빠르게 움직이는 하얗고 촘촘한 흰 구름 사이로 창백하고 서늘한 푸른색을 보였다. 낯익은 길을 걸어가자니 햇빛이 나왔다 숨었다 하였다. 만의 크고 둥근 바위들은 괴이하고 놀라운 여러 가지 형태로 불쑥불쑥 모습을 드러냈다. 그림자 때문에 여기저기 구멍이 난 것처럼 보였고, 오래된 해초 얼룩과 눈부시게 노란 이끼로 더덕더덕 뒤덮여 반점을 이루었으며, 빛이 없는 곳에서는 다시 조용히 희미해졌다.

호텔에 도착했다. 넥타이를 매지 않았다고 식당에서 쫓겨난 후로 거기 가 본 적이 없었다. 내가 안으로 들어가자 경쾌하고 안락하게 꾸며진 현관에 햇빛이 비추고 있었다. 더 이상 장식할 마음이 없는 슈러프엔드의 더럽고 누추한 모습과는 너무나 다르게 깨끗하고, 정돈되고, 유쾌한 모습이었다. 거기에는 밝은 꽃무늬가 있는 안락의자들이 있었고, 야생 취어초와 수령초와 분홍바늘꽃과 바위 사이에서 자라는 연자주색 당아욱을 가득 꽂은 커다란 꽃병이 있었다. 그다지 냉랭하게 굴지 않는 종업원이 나와 무슨 일로 왔는지 물었다. 나는 더러운 면바지를 약간 걷어 올려 입었고, 푸른색 셔츠를 입고 있었다. 그러나 꽃무늬 안락의자가 있더라도 이 정도 복장이면 아침 검열을 통과할 만했다.

내가 말했다. "실례지만 밤버러 양이 아직 호텔에 투숙하고 있습니까?"

그 사람은 좀 이상한 표정을 지으며 대답했다. "아블로 부부는 휴게실에 있습니다."

맙소사! 나는 그가 가리키는 문 쪽으로 걸어갔다. 넓은 휴게실에서는 만의 광대한 경치를 볼 수 있었는데, 창가에서 밖을 내다보는 두 사람을 제외하고는 아무도 없었다. 내가 들어가자 그들은 고개를 돌렸다.

"찰스!"

"아이고, 이게 누구람! 우리가 제일 좋아하는 재미있는 사람이잖아! 찰스, 이 친구야, 우리는 자네가 올 줄 알았어. 그렇지, 로즈?"

두 얼굴이 즐거운 악의를 나타내면서 나를 바라보았다.

"안녕." 내가 대답했다. "둘이 다시 같이 있는 것을 보니 좋군. 내가 한잔 살까?"

"아니, 아니야." 페러그린이 소리쳤다. "우리가 사겠네! 웨이터, 웨이터! 어제 우리가 마신 샴페인 한 병 가져와요. 그리고 잔 세 개."

"런던에 돌아갔었나?" 나는 페러그린에게 물었다. "아니면 여기로 곧장 왔나?"

"아니야." 그가 대답했다. "그냥 슬픔을 삭히려고 잠깐 들렀더니 저 늙은 사팔뜨기 여자가 있었어."

"그래서 서로의 품에 단번에 안기었겠군."

"당장은 아니었어." 로시나가 말했다. "처음에는 대판 싸웠지. 페러그린이 엄청 공격적이었거든. 자동차 유리 때문에 화가 나 있었나 봐."

"자동차 유리가 나를 괴롭히긴 했어." 페러그린이 말했다. "그러나 그것은 다분히 상징적이었어. 고마워요, 웨이터."

"내가 따서 줄게." 로시나가 외쳤다. "난 샴페인 병 따는 것을 좋아해." 코르크가 날아가고 금빛 거품이 일었다. "찰스!"

"고마워. 아블로 부부의 건강을 위하여!"

"우리도 사실 믿을 수가 없어." 로시나가 말했다. "우리는 행복해. 적어도 난 행복해. 페러그린, 자기도 행복해?"

"나는 이 낯선 기분을 틀림없이 행복이라고 알고 있어. 찰스, 자네도 잘되기를 빌어. 자네의 괴상한 군인 사촌은 아직 있나?"

"아니, 떠났어."

"그래. 그러면 충직한 리지와 잘 지내나?"

"아니, 그녀도 가 버렸어."

"혼자 있어?" 로시나가 말했다. "수염 난 여자는 어떻게 되었어?"

"아, 그들도 떠난대. 하여튼 나는 '수염 난 여인을 쫓는 것'

도 포기했어. 잠시 동안 정신 이상이었던 거야."

"다들 그렇게 생각했어." 페러그린이 말했다. "축하하네."

"런던으로 돌아갈 거야?"

"내일. 여긴 즐겁고 음식도 훌륭하지만. 난 텔레비전에 출연할 거야. 데려다 줄까?"

"고맙지만 괜찮아. 정말로 둘이 재결합할 생각이야?"

"그래." 로시나가 대답했다. "모든 것이 다시 제자리를 찾았어. 우리는 서로를 잊지 못했고, 이제는 그럴 필요가 없게 됐어. 그렇게 간단해. 하지만 찰스, 무엇이 갑자기 내게 진실을 보게 했는지 알아?"

"뭔데?"

"페러그린이 당신을 살해하려고 한 거야."

"살해를 시도한 거지." 페러그린이 말을 고쳤다. "나는 겸손해야 해."

"어째서 그 사실이 사랑을 느끼게 했을까?" 내가 물었다.

"아, 나도 잘은 모르겠지만. 그것은 너무나 멋졌어. 어쨌든 당신은 죽어 마땅했어. 다른 일은 몰라도 우리에게 한 짓을 생각하면."

"그 얘기는 하지 말자." 내가 말했다.

"아, 걱정 마. 우리는 너무 즐거워서 당신 죄목 같은 건 만들지 않을 테니까. 하지만 페러그린이 당신을 그 구덩이에 밀어넣은 것은 너무나 정정당당하고 멋진 일이야. 난 항상 그가 당신을 용서한 것이 싫었거든. 당신이 익사했다면 더욱 심미적이었을 텐데."

"어째서 익사하지 않았는지 모르겠어." 페러그린이 말했다.

"그것은 완벽하게 그림 같은, 그리고 적절한 폭행이었어. 난 실제로 난폭한 남자가 좋아. 점잖고 직선적이면서도 약간 야수성을 지닌 남자. 찰스, 당신은 한심한 불한당이지만 근본적으로 나약해. 왜 내가 당신을 그렇게 좋아했는지 모르겠어. 아마 당신의 개인적인 매력이 아니라 당신이 가지고 있었던 권력의 환상이 사람들을 매료시킨 것 같아. 우리는 그저 당신의 자부심에 속은 거지. 인간으로서 당신은 나약한 사람이야. 이제야 그것을 알았지 뭐야."

"난 잘 찌그러지는 장난감처럼 착하고 약한 게 좋아. 그런데 진짜로 재혼할 거야? 정말 그렇게까지는 안 하겠지? 자넨 결혼은 지옥이라고 말했어, 페러그린. 결혼은 세뇌 작용이라고도 했지."

"같은 사람과 재혼할 때는 그렇지 않아. 모두들 같은 사람과 재혼해야 해."

"그럼 파멜라는 어떻게 되지?"

"아, 못 들었어? 팸은 마커스 헨티와 도망갔어. 그가 농장 경영자가 되었대. 장원에서 생활하는 것이 팸에게는 아주 제격이야."

"그래서 나는 페러그린이 앤지에게 추파를 던지기 전에 얼른 잡아야겠다고 생각했지!"

"맙소사!" 페러그린이 말했다. 그들은 미친 듯이 웃어 댔다. 페리의 커다랗고 주름진 얼굴은 햇볕과 샴페인 때문에 붉게 달아올라 있었다. 로시나는 언제나처럼 흰 원피스를 치켜 올린 채 기다란 맨다리를 흔들며 페러그린의 의자 팔걸이에 앉아 있었다. 그녀는 그에게 기대어 코로 그의 머리카락을 문질렀다. 그들은 내게 눈을 깜박이고는 서로를 엄숙하게 바라보며 또다시 크게 웃었다.

"프리치의 「오디세이」에 페러그린도 배역을 맡았으면 좋겠어." 내가 말했다. "아마 늙은 놈팡이 역은 할 수 있을 거야."

"아, 그것은 끝났어." 로시나가 말했다.

"프리치가 마음을 바꿨나?"

"아니, 내가 마음을 바꿨지."

"우리는 아일랜드로 갈 거야." 페러그린이 말했다.

"아일랜드로?"

"그래, 런던데리로. 웨스트엔드의 극장에는 진력이 났어. 우리는 연극을 대중들 가까이에 가져가고 싶어."

"맙소사!"

"찰스, 희롱하지 마. 이건 위대한 일의 시작이 될 테니까."

"그래서 칼립소 역을 포기하겠다는 거야, 로시나?"

"그래." 그녀가 대답했다.

"마침내 자네가 날 감동시켰군." 내가 말했다.

"어떤 위대한 일의 시작." 페러그린이 말을 이었다. "우리가 손수 희곡을 쓰고 그 지역 사람들이 연극을 하는 거야. 아일랜드인들은 타고난 배우야. 그리고 아주 아담한 극장이 있어. 약간 폭격을 맞긴 했지만……."

"난 비웃은 게 아니야." 내가 말했다. "두 사람 모두 용감하다고 생각해. 행운을 빌게. 아니, 샴페인은 그만해. 난 이미 취했어."

"찰스는 술에 약하지." 페러그린은 자신의 잔에 샴페인을 더 따르며 말했다.

"이제는 내가 자네 마음속에서 괴물이 아니기를 바라." 내가 그에게 말했다.

"아니야." 그가 대답했다. "내가 자네를 바다에 밀어 넣었을 때 그 괴물을 죽였어. 자네가 살아남은 것이 정말 기뻐. 끝이 좋으면 만사가 다 좋지."

"아, 하지만 언제가 끝이지? 난 가야겠어. 샴페인 잘 마셨어. 고마워."

"문까지 바래다줄게." 로시나가 말했다. 그녀는 일어났고 나는 페러그린에게 인사를 했다. 그리고 그녀를 뒤따랐다.

로시나의 흰 원피스는 얇은 감으로 만들어진 흐늘흐늘한 예언자의 예복 같았고 그녀를 풍성하게 감싸고 있었다. 그녀는 두 팔을 들어 옷을 넓게 잡더니 자기 몸에 가까이 감았다. 우리는 밖으로 나와서 도로변 햇볕 아래 잠시 서 있었다. 로시나는 맨발이었다.

"그래, 당신과 페러그린이 잘될 것 같아?"

"안 될 이유가 없지." 그녀가 말했다. "사실 우리 사이는 질투심을 제외하고는 전혀 아무런 문제가 없었어."

"그건 큰 문제지. 항상 여기저기서 모습을 나타내잖아."

"아, 그것은 사랑의 징표야. 페러그린은 단순히 당신에게 집착하고 있었어. 그러고 나서 순전히 나를 화나게 하려고 팸과 결혼했어. 그리고 나는 당신이 나를 훔쳐 갔을 때 페러그린이 그렇게 소극적으로 행동하는 것을 견딜 수가 없었어. 난 항상 그가 나를 위해서 싸우기를 원했거든."

"트로이의 헬레네 콤플렉스로군. 그것은 매우 흔한 일이야."

"그리고 그가 당신을 죽이려고 들었을 때……."

"그가 그것을 자랑하던가?"

"당연하지."

"그래, 행운을 빌게. 그런데 로시나, 대답해 봐. 그날 벤을 만나다고 했을 때 정말 갔더랬어?"

로시나는 나를 사팔눈으로 빤히 올려다보더니 큰 소리로 웃으며 흰 원피스를 자기 몸에 더욱 바싹 감았다. "그래."

"그래서 무슨 일이 있었어?"

"아무 일도 없었어. 대신 기막힌 대화를 나누었지."

"사건 중의 사건이로군. 무슨 얘기를 했어?"

"찰스, 질문이 너무 많아." 로시나는 말을 이었다. "당신은 아무런 대가 없이 무언가를 원해. 늘 그랬지. 그러나 한 가지는 확신할 수 있어…… 당신의 수염 난 숙녀는 매우 운 좋은 여인이란 것을. 그는 엄청 매력 있는 남자야."

"아……" 나는 손을 흔들며 돌아섰다. 만일 실제로 그런 일이 있었다면 그 '기막힌 대화'를 녹음한 테이프를 얻기 위해 많은 것을 줄 수 있었을 것이다. 그러자 나는 처음으로 벤과 하틀리가 성적 매력 때문에 서로 끌리게 되었을지도 모른다는 궁금증이 생겼다.

"찰스!" 로시나는 맨발로 그녀의 흰 원피스를 펄럭이며 잔디 위를 걸어 내 뒤를 조금 뒤따라왔다.

나는 기다렸다.

"찰스, 내게 말해 줘. 꼭 알고 싶어. 혹시 오늘 여기 와서 나에게 구혼하려고 했어?"

"질문이 너무 많군." 내가 대꾸했다.

나는 계속 걸어가면서 그녀가 즐겁게 웃는 소리를 들을 수 있었다. 그 영화의 역을 포기해야 했던 것은 그녀에게 힘든 선택이었을 것이다.

· · · · · · · ·

그날 밤 구름이 끼더니 햇빛이 사라지고 비가 내리기 시작했다. 변덕스러운 영국 날씨는 그동안 제법 6월 행세를 하더니 이제 3월로 되돌아왔다. 바다로부터 찬바람이 불어왔고, 마치 유리창에 돌멩이라도 던지듯이 빗발이 공격적이고 불규칙하게 쏟아졌다. 집 안에서는 나를 긴장시키는, 여러 가지 달각거리는 잡음이 들렸고, 구슬 커튼은 갑작스럽게 한꺼번에 불규칙적인 소리를 내며 딸랑거렸다. 나는 아일랜드산 털 스웨터를 찾다가 결국 서재 바닥에 널브러진 잠옷과 방석 사이에서 그 옷을 발견했다. 작은 붉은 방에 불을 지피려고 했으나 집 안의 장작은 다 써 버렸고 밖에 있는 장작은 젖어 있었다. 녹두 수프를 먹은 후 적포도주를 잔뜩 마신 다음 뜨거운 물주머니를 안고 일찍 잠자리에 들었다.

다음 날 아침에도 비는 조금 내리고 있었으나 바람이 잦아들어 덜 추웠다. 끈적하고 짙은 진줏빛 안개가 집을 둘러싸서 둑길의 끝을 볼 수가 없었다. 나는 얼마 동안 비우지 않았던 쓰레기통을 들고 도로로 나가서 잠시 선 채로 귀를 기울였다. 보이지 않는 시골은 황량한 침묵뿐이었다. 안개와 이슬비에 축축하게 젖은 나는 집 안으로 다시 들어와 오랫동안 천천히 아침을 먹었다. 오트밀에 깡통에 든 크림과 흑설탕을 끼얹어 먹고, 수란과 (빵이 떨어져서) 꿀을 바른 비스킷을 먹고, 뜨거운 차를 여러 잔 마셨다. 그런 뒤에 무릎 담요를 덮고 앉았다. 손을 주머니에 넣자 알 수 없는 물건이 손에 잡혔다. 꺼내 보니 하틀리의 머리핀이었다. 이것은 그녀가 '나에게 달려온' 날 밤에 내가 주머니에 넣어 둔 것이었다. 무감각한 이 작은 물건을 무슨 징조라도 되는 양 나는 물끄러미 보았다. 그러다 괜히 서글퍼져서 작은 붉은 방에 있는 서랍 속에 넣어 두었다.

나는 다시 담요를 덮고 상황을 돌이켜 생각해 보았다.

하틀리의 심리 상태를 상상하려 했을 때 한 가지 위안이 되고 점차 분명해지는 생각 하나가 떠올랐다. 바로 그녀가 최후의 순간까지 기다렸다가 달려오기로 작정했을지도 모른다는 것이었다. 벤은 오스트레일리아로 가게 내버려 두자. 그것은 분명히 그녀의 소망이 아니라 그의 소망이고 생각이었다. 그녀는 아마 배가 떠나려 할 때 그를 피해 몰래 빠져나올 수 있을 것이다. 그러고는 마치 로드 짐*처럼 내 보트로 뛰어 옮겨 탈 것이다. 떠날 준비가 모두 되면 벤은 최대한으로 기동력을 발휘할 것이고, 그는 갈 테면 가라고 말할지도 모른다. 이런 견해는 상당히 독창적이고 그럴듯했다. 그렇다면 나는 아무것도 하지 않고 가만히 있어도 될까? 하틀리에 대한 확고한 확신 없이 그런 무기력함을 내가 견딜 수가 있을까?

하틀리가 내 편지에 대하여 숙고해 보도록 2~3일 동안 여유를 주리라고 마음먹었다. 그녀가 내 편지를 가지고 있다는 것이 기뻤다. 그리고 그것이 나 대신 작은 요정처럼 그녀를 설

---

* 영국 작가 콘래드의 소설 『로드 짐』의 주인공으로, 승객들을 버리고 배에서 탈출한 선원.

득할 것이라고 상상했다. 나는 또 그녀에게 전화번호를 주는 기지도 있었던 것을 회상했다. 틀림없이 벤은 이제 목공 강습소에는 다니지 않겠지만 언젠가는 표를 끊으러, 비자를 신청하러, 돈을 받으러 집을 비울 것이다. 그가 하틀리를 데리고 다닌다 해도 그녀의 행동을 하나하나 감시하지는 못할 것이다. 분명히 그녀는 공중전화를 찾아 내게 전화를 걸 수 있을 것이다. 몇 마디만 하면 된다. 기다려. 내가 갈게. 이런 말을 상상하며 불길한 기간을 견딜 수 있었다. 그리고 전화가 울리리라는 끊임없는 가능성 때문에 내가 정한 짧은 기간을 견딜 수가 있었다.

그러나 아무 일도 일어나지 않는다고 가정해 보면…… 그리고 실제로 아무 일도 일어나지 않았다면……? 그렇다면 나는 하틀리를 만나기 위한 어떤 방법을 강구해야 한다. 그 방법이 벤과의 '대결'을 피치 못할지라도. 더 이상 제스처 게임은 하지 않을 것이다. 어쩌면 마지막 장애물일 수도 있는 이 결정적인 대결이 나를 공포와 즐거운 흥분으로 몰아넣었다. 만일 이 장애물을 내가 무너뜨릴 수만 있다면 내 목적을 안전하게 이룰 수 있을 것이다. '무너뜨린다'는 것은 전적으로 안심되는 이미지는 아니었다. 적어도 자기방어를 하기 위해 무력을 사용할 준비가 되어 있어야 했다. 벤은 천성이 나보다 더 난폭한 사람이어서 심리적으로 상당히 이로운 위치에 있었다. 그는 아마 사람들을 때리기 좋아했을 것이다. 그는 나보다 젊고, 튼튼하고, 힘센 남자다. 그러나 지금은 살이 쪄서 약간 컨디션이 좋지 않았다. 반면에 나는 건강하고 민첩했다. 연극은 신체적 건강을 요구하고, 나는 항상 운동선수처럼 면밀한 열성으로 이 요구에 응해 왔다.

자기방어를 할 생각에서 나는 적당한 둔기를 찾아 슈러프엔드를 샅샅이 뒤졌다. 당장이라도 하틀리가 아니라 벤이 방문할지 몰랐다. 벤을 죽이겠다는 생각은 내 마음속에서 완전히 사라지지 않았다. 이것은 이성이나 침착한 생각과는 반대되는 것으로, 기억의 흔적처럼 내 마음속 깊이 남아 있었다. 하지만 미래와도 관련이 있었다. 이것은 일종의 '의지의 흔적'이거나, 우리가 과거를 기억하듯이 미래를 '기억할 수 있는', 사람의 마음속에 자리 잡은 어떤 것이었다. 말이 안 된다는 것을 잘 알았지만, 여기서 내가 느낀 것은 이성적인 의도도 아니고 예감이나 예언도 아니었다. 이것은 내가 받아들여야 하는 일종의 정신적인 상처였다. 나는 아직 계획을 세우지 않은 상태였다. 법적인 자기방어의 모습으로 그를 '때려눕히는' 순간을 막연하게 그려 보았다. 그리고 둔기를 찾으려고 했다.

· · · · ·

지금은 페리와 로시나를 만난 다음 날 늦은 저녁이다. 조금 전 나는 레이븐 호텔까지 걸어가서 페러그린이 그랬듯이 바에서 술을 마시며 나의 슬픔을 잊어 보려는 유혹을 느꼈다. 단순히 평범한 사람들을 한두 명 만나고 싶었다. 휴가를 가고, 신혼여행을 가고, 싸움을 하고, 자동차나 융자 때문에 문제를 겪는 등 평범한 생활을 영위하는 사람들을 보고 싶었다. 그러나 아블로 부부가 아직 거기 있을지 몰라 걱정이었다. 그들 두 사람을 다시 만나는 데는 오랜 시간을 두어야겠다고 생각했다.

아마 언젠가는 런던데리의 아늑하고 아담한 극장을 방문할 수 있을 것이다. 그러나 방문하지 않을 확률이 더 많았다. 블랙라이언에는 가기 싫었다. 하틀리와 가까이 있다는 점이 고통스러울 것 같았고, 술집 손님들의 위험하고 악의에 찬 질문 공세도 싫었으며, 프레디 아크라이트와 마주칠지도 모르기 때문이었다. 뿐만 아니라 나는 전화 가까이 있어야만 했다. 무기를 찾는 것도 일거리 중 하나였다.

초니 부인은 지붕 밑 방에 여러 가지 물건들을 남겨 놓았다. 낮에 그것들을 뒤졌으나 헛수고였다. 그러다가 목욕탕 욕조 뒤에서 지레로 사용한 듯한 기다란 쇠막대기를 발견했다. 그러나 이것은 너무 무겁고 커서 레인코트 호주머니 안에 넣고 다닐 수가 없었다. 물론 내 연장을 조사해 보았으나 별로 쓸모 있는 것은 없었다. 드라이버가 있었으나 끝은 없었고, 기껏해야 조그만 '여성용 망치'뿐이었다. 이제는 어두운 늦은 황혼 속에서 촛불을 켜 놓고 싱크대 아래 공간을 찾아보고 있었다. 여러 가지 물건을 숨겨 두기에 적당한 곳이었다. 습기 찬 썩은 나무와 쥐며느리 무리 사이를 더듬어 나는 두툼하고 무거운 쇳조각을 발견했다. 망치 머리 부분이었다. 망치의 나무 자루는 따로 떨어져 있었다. 나는 두 물건을 탁자 위에 올려놓았다.

바깥은 이제 거의 깜깜해졌다. 구름 같은 안개가 내려와 그나마 있던 석양빛까지 가려 버렸다. 비가 조금 내리고 있었다. 바람은 강하지 않았으나 집이 목선처럼 움직이는 것 같았다. 흔들거리고, 삐걱거리고, 비틀거리고, 잡아당겨지는 것 같았다. 창틀이 움직이는 소리, 구슬 커튼이 딸랑거리는 소리, 현관문이 덜컹거리는 소리가 들렸다. 그리고 고음의 진동 소리가 주방으로 연결된 현관 초인종에서 들려오는 것을 조사 끝에 알아내었다. 나는 바깥의 바다 건너로부터 배의 무적(霧笛)처럼 길게 되풀이하여 울리는 소리에도 놀랐다. 배가 별로 다니지 않는 이곳 바다 위에서는 무적이 울리는 소리를 한 번도 들어 본 적이 없었다. 혹시 배가 길을 잃고 가다가 갑자기 상상할 수 없는 큰 굉음을 내며 바위에 부딪힌 것은 아닐까? 무적 소리는, 그것이 무적 소리였는지 모르겠지만 잠시 동안 멈추었다. 그러나 이제 다른 소리가 들려왔다. 물이 민의 가마솥으로 질주했다가 다시 갑자기 밀려 나올 때 내는, 규칙적으로 철썩거리는 특이한 소리였다. 나는 탁자에 있는 망치의 머리와 나무 자루 사이에 촛불을 놓았다. 망치의 머리와 자루는 따로 떼어 놓으니 이상하게도 어떤 낯선 종교에서 사용하는 의식 도구 같았다. 나는 가마솥으로부터 들려오는 공허하고, 우렁차고, 규칙적인 소음에 귀를 기울였다. 그 힘이 내 몸속으로 들어오는 것 같았다. 마치 강한 심장의 박동처럼, 내 심장 힘찬 박동처럼 뛰는 것 같았고, 그다음에는 일본 극장에서 사용하는 나무 딱따기의 점점 빨라지면서 내는 위협적인 소리 같았다.

불현듯 불안해진 나는 잔디밭으로 향한 문을 잠그기로 했다. 그쪽으로 촛불을 등지고 걸어갔을 때 나는 창을 통해 희미한 형상을 볼 수 있었다. 집과 바위 사이 문 가까이 서 있는 검은 그림자를 보고 나는 깜짝 놀라 발을 멈추었다. 그리고 다음 순간 그것이 제임스라는 것을 알아차렸다. 우리는 유리창을 통해서 서로를 바라보았다. 문을 여는 대신 나는 몸을 돌려 촛불을 집어 들고 석유 램프를 찾으러 현관으로 갔다. 나는 램프에 불을 켜고 촛불을 끈 다음, 램프를 가지고 주방으로 돌아갔다. 제임스는 어두운 집 안으로 들어와서 탁자에 앉아 있었다. 나는 램프를 내려놓고 심지를 올리며 말했다. "아, 너였구나." 마치 내가 그를 전에 본 적이 없거나 다른 사람인 줄 알았다는 것처럼.

"내가 나타나서 싫어?"

"아니."

나는 앉아서 망치를 만지작거렸다. 제임스는 몸을 일으켜 비에 젖은 재킷을 벗어 털더니 다시 의자 뒤에 걸었다. 그리고 셔츠의 소매를 걷어 올린 뒤 탁자에 팔꿈치를 괴고 앉아 나를 찬찬히 보았다.

"뭘 하고 있는 거야?"

"망치를 고치고 있었어." 망치 머리는 자루에 잘 들어맞았지만 너무 헐거워서 사용할 때 빠져나올 것 같았다.

"머리 부분이 느슨하네." 제임스가 말했다.

"나도 그건 알아!"

"쐐기가 필요해."

"쐐기?"

"나무 조각을 넣어 고정시켜야지."

나는 나무 조각을 찾아 (집 안에는 무엇 때문인지 몰라도 나무 조각이 널려 있었다.) 망치 머리에 있는 구멍 속에 넣고 자루를 밀어 넣었다. 망치를 휘둘러 보니 머리 부분이 매우 단단히 박혀 있었다.

"어디에 쓰려고 그래?" 제임스가 물었다.

"바퀴벌레를 잡으려고."

"형은 바퀴벌레를 좋아하잖아. 적어도 어렸을 때는 그랬어."

나는 일어나서 스페인산 적포도주를 찾아다 병을 딴 뒤, 잔 두 개와 함께 탁자에 놓았다. 방이 추워서 캘러 가스 난로를 켰다.

"참 재미있었지." 제임스가 말했다.

"언제?"

"우리가 어렸을 때."

나는 제임스와 재미있게 지낸 시절이 생각나지 않았다. 나는 포도주를 따랐고, 우리는 말없이 앉아 있었다.

제임스는 나를 바라보지 않고 손가락으로 탁자 위에 무늬를 그리고 있었다. 그는 당황하는 듯했다. 그가 처음으로 약자의 입장에 처했다는 사실에 나도 당황했다. 그러나 나는 그를 도와줄 기분이 아니었다. 침묵이 계속되었다. 분위기가 마치 퀘이커교의 예배 모임 같았다.

제임스가 드디어 입을 열었다. "바닷소리가 들려?"

"그것은 키츠가 가장 좋아하는 셰익스피어의 인용문이었지." 나는 귀를 기울였다. 파도치는 소리가 멈추었고, 크고 규칙적인 파도가 바위 위로 올라왔다가 바위를 흠뻑 적시고 물러나며 흐느끼는 소리가 들렸다. 바람이 강해진 게 틀림없었다. "그래."

잠시 쉬었다가 그가 다시 말했다. "뭐 먹을 거 있어?"

"식물성 단백질 스튜가 있어."

"아, 잘됐다. 난 달걀에 질렸거든."

우리는 잠시 동안 앉아서 포도주를 마셨다. 제임스는 포도주에 물을 탔다. 나도 그를 따라 했다. 그러고는 스튜를 데우기 위해 자리에서 일어났다. (나는 그날 아침에 스튜를 만들어 비상용으로 남겨 두었다. 이것은 오래 보관할 수 있다.) 그러는 동안 나는 사촌과 영원히 결별하기 위해 교묘하게 강구한 계획이 제 구실을 하지 못한 것을 알았다.

"빵 먹을래?"

"응, 줘."

"제기랄, 빵이 없네. 비스킷뿐이야."

"좋아, 무엇이든."

우리는 스튜를 먹기로 했다.

"런던에 언제 다시 올 거야?" 그가 물었다.

"모르겠어."

"하틀리는 어때?"

"어쩌냐고?"

"무슨 소식이나 가망이 있어?"

"없어."

"포기했어?"

"아니."

"그녀를 만났어?"

"그녀와 벤을 만나 차를 마셨어."

"분위기는 어땠어?"

"공손했어. 포도주 더 줄까?"

"그래, 고마워."

나는 제임스가 질문을 더 하고 귀찮게 굴까 봐 두려웠지만 그는 흥미를 잃었는지 더 묻지 않았다. 그는 이제 막연하게 말했다. "내 생각에 형은 이 사건을 거의 끝낸 것 같아. 형은 욕망 때문에 새장을 만들고 그녀를 텅 빈 그 한가운데에 놓아두었어. 허영, 질투, 복수, 청년기의 사랑 등 여러 가지 강렬한 감정이 그녀를 둘러쌌지……. 하지만 그런 감정들은 그녀에게 초점을 맞추지 못했고, 그녀를 감동시키지도 못했어. 그녀는 그런 감정의 포로였지만 형은 그녀를 해치지 못했어. 그녀의 환영, 인형, 모조품을 놓고 굿을 한 셈이지. 형은 이제 곧 그녀를 악한 여자 마법사로 보기 시작할 거야. 그때엔 그녀를 용서하는 것 외에 다른 도리가 없는데, 그것은 형의 역량에 달려 있지."

"고맙군……. 그러나 난 그녀의 환영을 사랑하지 않아. 그녀를 사랑해. 심지어 그녀의 한심한 부분까지도 모두 사랑해."

"그녀가 형보다 그를 사랑하는 것도? 정말 대단해."

"아니야. 그것은 그녀의 마음속에 있는, 파괴의 현장에 남은 잔해이자 시체 같은 거야."

"그럼 그녀의 마음속에 무엇이 있지? 단순하게 보면 그녀는 죄의식 때문에 형과의 추억에 매여 있었던 거야. 형이 그녀를 그것으로부터 놓아주었을 때 그녀는 고마워했어. 그 후에 그녀 자신의 한이 풀렸을 것이고, 형이 얼마나 성가셨는지를 기억했을 거야. 그러고는 무관심의 상태로 돌아갈 수 있었지. 치즈 있어?"

"제임스, 넌 아무것도 이해하지 못해. 그리고 나는 포기하지 않았어. 그리고 네가 말한 것처럼 이 일에서 손을 떼거나 이 일이 끝이 난 것도 아니야!"

"독신 생활하는 성직자처럼 혼자 살면서 모든 사람의 아저씨가 되는 것이 형의 운명인지 모르겠다. 하기야 그보다 더 나쁘게 끝날 수도 있어. 치즈 있어?"

"나는 아직 끝낼 생각이 없어! 그래, 치즈는 있어." 나는 치즈를 꺼내 주고 포도주를 한 병 더 열었다.

제임스가 말했다. "그건 그렇고, 리지에 대해서 내가 한 이야기는 믿어 주기를 바라."

나는 잔을 채웠다. "모두 그녀의 생각이었고, 너는 그냥 신사 노릇을 해 준 것뿐이라고 믿어."

제임스는 한동안 생각에 집중했다. 얼마나 자주 그들이 만났는지에 대하여 더 자세하게 말을 할 건지 말 건지 생각 중인 것 같았다. 나는 상관치 않기로 했다. 그를 믿었다. "상관없어. 난 널 믿어."

"그런 일이 일어나서 유감이야." 그가 말했다. 이 말은 정확히 사과의 말은 아니었다.

"괜찮아. 이제 괜찮아."

제임스는 다시 탁자 위에다 무늬를 그리기 시작했고, 나는 다시 거북스러웠다. 그래서 어색하게 말했다. "자, 이제 네 이야기 좀 해 봐. 넌 무얼 할 거냐?"

"난 떠날 거야……."

"아하, 그래. 네가 그렇게 말했지. 여행을 간다고 말이야. 산이 있고, 눈도 있고, 상자 속에서 악귀가 들락날락하는 곳으로?"

"그럴지도 모르지. 형은 바다 사람이고, 난 산 사람이야."

"바다는 깨끗해. 산은 높지. 내가 술에 취해 가는 모양이구나."

"바다는 그렇게 깨끗하지 않아. 돌고래들이 가끔 기생충에 시달리다 못해 육지로 뛰어 올라와 자살하는 것을 알아?"

"네가 그 말을 안 했으면 좋았을걸. 돌고래들은 아주 착한 동물들이야. 그래서 그들을 따라다니는 마귀들이 있는 거야. 아무튼 떠난다고 하니, 언제 오든 돌아오면 알려 줘."

"그렇게 할게."

"티베트에 대한 네 태도를 난 이해하지 못하겠어."

"티베트에 대해서?"

"그래, 이상하게도! 확실히 그곳은 원시적이고 미신적인 중세의 폭정 국가일 텐데."

"물론 그곳은 원시적이고 미신적인 중세의 폭정 국가였지." 제임스가 말했다. "누가 거기에 반론을 제기하겠어?"

"너야말로 그러는 거 같아. 넌 티베트를 불교 신자들의 잃어버린 낙원으로 여기는 것 같다." 전에는 그런 말을 감히 제임스에게 해 본 적이 없었다. 아마 술기운에 그런 말이 나왔나 보다.

"나는 티베트를 불교 신자들의 낙원으로 보지 않아. 티베트의 불교는 여러 면에서 완전히 부패했어. 그곳은 독특한 형태의 종교와 민속을 가진 독특하고 때묻지 않은 나라였어. 고대 세계와의 마지막 연결 고리라고 할 수 있는 인류의 경이로운 유산이었어. 이 모든 것이 고의적으로, 무자비하게, 무차별적으로 파괴되었지. 그 뒤에 어떤 이익이 뒤따르든지 간에 이런 식으로 성급하고 분별없게 과거를 파괴하는 것은 항상 후회를 남기지."

"골동품 연구가처럼 말하는구나."

제임스는 어깨를 으쓱했다. 그는 램프 주위를 맴도는 나방 몇 마리를 유심히 살펴봤다. "여긴 참 멋있는 나방이 있군. 난 떡갈나무솔나방을 오랫동안 보지 못했어. 아, 저 불쌍한 놈은 죽었네. 창문을 닫아도 되지? 그러면 들어오지 않을 거야." 그는 잽싸게 나방 두 마리를 잡아서 아름다운 죽은 나방과 함께 밖으로 내보낸 뒤 창문을 닫았다. 이제 비는 그쳤고 공기는 더 맑았다. 바람이 안개를 쫓아 버렸다.

"그러면 넌 미신을 연구하는 데만 열중했어?" 내가 물었다. 오늘 저녁은 왠지 서로 당황스러웠지만 내 사촌은 나에게 더욱 마음을 열었다.

"과연 미신이란 무엇인가?" 제임스는 포도주를 두 잔에 더 부으면서 말했다. "종교란 무엇인가? 어디서 하나가 끝나고 어디서 다른 하나가 시작하는가? 기독교에 대해서 누가 대답할 수 있단 말인가?"

"내 말뜻은 네가 그냥 학생으로서…… 아니……." 내가 무엇을 말하려고 했을까? 나는 질문을 명확히 할 수가 없었다.

"물론 형이 '미신'이라는 단어를 사용하는 것은 타당해. 그 개념은 본질적인 거야." 제임스가 말했다. 포도주는 그가 말을 빨리 하도록 영향을 끼치는 것 같았다. "나는 어디에서 하나가 끝나고 어디에서 다른 하나가 시작하는가를 물었어. 사실 나는 거의 모든 종교가 미신이라고 생각해. 종교는 힘이야. 그럴 수밖에 없어. 예를 들면 사람을 바꾸는 힘, 사람을 파멸시킬 수 있는 힘을 가졌지. 그러나 그것은 독일 수도 있어. 힘을 행사하는 것은 위험한 즐거움이야. 지름길은 하나뿐이고 매우 가파르지."

"나는 종교를 믿는 사람들이 매우 나약해서 어떤 강한 것을 숭배한다고 생각했어."

"사람들은 그렇게 생각하지. 숭배하는 자는 숭배받는 대상

에게 상상의 힘이 아니라 진정한 힘을 부여한다고 말이야. 그
것이 존재론적인 증거이고, 현명한 인간들이 생각해 낸 가장
모호한 개념 중 하나야. 그러나 이 힘은 무서운 거야. 우리의
육욕과 애착이 우리의 신을 창조하는 거야. 그리고 한 가지 애
착이 사라지면 또 다른 애착이 대가로 뒤따라와. 우리는 절대
로 쾌락을 포기하지 않고, 그냥 그것을 다른 것과 바꿀 뿐이
지. 모든 정신적인 것은 마술로 퇴보하는 경향이 있어. 마술의
사용은 마음에서 추악한 습관을 제거했을 때에도 자동적인
인과응보를 받게 하지. 종교나 미신이나 다 똑같아. 그리고 정
신세계에 잘못 간섭하면 다른 사람들에게 해를 끼칠 악마를
사육하게 돼. 좋은 일에 사용된 악마들은 돌아다니면서 나중
에 못된 장난을 하지. 마지막으로 성취하는 것은 마술 그 자체
이며, 소위 말하는 미신을 완전히 포기하는 거야. 그러나 어떻
게 그런 일이 일어날 수 있을까? 선은 힘을 포기하고 세상에서
소극적으로 행동하지. 선은 상상할 수 없는 거야."

제임스는 술에 취한 것 같았다. 나는 말했다. "네가 말하는
것의 반도 이해할 수가 없어. 아마도 난 시대에 뒤떨어진, 기독
교도였던 남자인가 보다. 하지만 나는 언제나 선행이란 사람을
사랑하는 것과 관련이 있다고 생각했어. 그것은 애착이 아닐
까?"

"아, 그렇지." 제임스가 말했다. 그는 너무나 가볍게 "그렇
지."라고 말했다. 그는 포도주를 자기의 잔에 더 따랐다. 우리
는 포도주를 또 한 병 열었다.

"애착과 애정을 포기하는 행위가 나에게는 구원이나 자유
로 들리기보다 죽음처럼 들려."

"소크라테스는 우리가 죽는 연습을 해야 한다고 했어……"
제임스의 말은 이제 경솔하게 들리기 시작했다.

"그러나 너 자신은 어때?" 나는 그에게 매달려서 이런 공중에 뜬 형이상학을 땅으로 끌어내리고 싶었고, 또한 그가 말하기 좋아하는 김에 내 호기심도 만족시키고 싶었다. "너 자신도 사람들을 사랑해 봤겠지? 넌 비밀을 아주 좋아하지만 누군가와 사랑을 했을 거야. 너는 동양인 친구들을 내게 한 번도 소개시켜 주지 않았어."

"그들은 한 번도 나를 방문한 적이 없어."

"아니야. 그들은 방문했어. 네 아파트에서 수염을 기른 여윈 남자가 뒷방에 앉아 있는 것을 보았어."

"아, 그 사람." 제임스가 말했다. "그는 그냥 툴파*야."

"툴파라고? 어느 이름 없는 부족인가 보군! 말이 나와서 말인데, 토비 엘즈미어가 말하기를 네가 그렇게 좋아했다는 티베트의 셰르파는 누구지? 산에서 죽었다는 사람 말이야."

제임스는 잠시 침묵을 지켰다. 나는 내가 너무 심했나 하는 생각이 들었으나 그의 침묵을 깨지 않았다. 바닷소리는 더 조용하게 들려왔다.

"아, 글쎄……." 그가 마침내 입을 열었다. "아……." 그러고는 다시 침묵했다. 그러나 분명히 무엇인가 말하려 했기 때문에 나는 기다렸다.

"그 일에 대해서는 별로 할 말이 없어." 그는 실망스럽게 말했다. "어쨌든 이제 말할게. 형도 알다시피 어떤 불자들은 이

---

* 티베트어로, 오직 생각이나 의지의 힘만으로 만들어 낸 무엇을 말한다.

승에서의 어떤 애착이 죽을 때까지 계속된다면 그것이 사람을 운명의 수레바퀴에 붙들어 매어 자유를 찾지 못하게 한다고 믿어."

"아, 그래, 그 수레바퀴……."

"영혼의 인과응보라는 수레바퀴야. 그러나 그것이 중요한 얘기는 아니야."

"전에 내가 윤회설을 믿느냐고 물어본 것 같은데, 네가 말하기를……."

"그 티베트인은 밀라레파였어. 그의 진짜 이름은 아니야. 내가 존경하는 시인의 이름을 따서 그렇게 불렀지. 그는 내 하인이었고, 우리는 여행을 같이 다녔어. 겨울이었고 고지에는 눈이 잔뜩 쌓여 있었지. 사실 거의 불가능한 여행이었어."

"군대 일로 떠난 거였어?"

"우리는 협곡을 지나가야만 했어. 인도나 티베트와 같은 나라에서는 사람들이 배울 수 있는 재주가 있어. 잘 배우고 열심히 노력하면 누구든지 그걸 익힐 수가 있어……."

"재주?"

"그래, 인도인의 줄타기 묘기 같은 것……. 다른 것도 많아."

"아, 그런 종류의 재주 말이지?"

"음, 그런 종류의 재주가 뭐냐고? 누구나 배울 수 있어. 매우 지치고 힘들지만……. 그것과는 관계 없이……."

"무엇과 관계가 없다는 거야?"

"이런 재주 중 하나는 정신력을 집중함으로써 체온을 높이는 거야."

"어떻게 하는데?"

"미발달 국가에서는 유용한 거야. 48시간을 시속 8킬로미터로 먹지도 쉬지도 않고 걸어갈 수 있는 능력 같은 것이지."

"그건 아무도 할 수 없어."

"정신력으로 체온을 따뜻하게 유지하는 것은 겨울 여행에서 확실히 유용한 일이지."

"마치 선한 왕 웬체슬라스* 같군!"

"나는 협곡을 지나야 했는데 밀라레파를 데리고 가기로 마음먹었어. 눈 덮인 산속에서 자야만 했는데, 그를 꼭 데리고 갈 필요는 없었어. 하지만 나는 내가 우리 둘을 살릴 수 있을 만큼 체온을 따뜻하게 끌어올릴 수 있으리라고 생각했어."

"잠깐! 정신력을 집중해서 네가 체온을 끌어올릴 수 있다는 거야?"

"내가 재주라고 말했잖아." 제임스는 짜증을 내며 말했다. "선행이나 뭐 그런 종류의 것과는 아무런 상관이 없는 거야."

"그래서……."

"우리는 협곡 꼭대기에 도착했을 때 진눈깨비를 만났어. 나는 괜찮을 줄 알았지만 그렇지 않았어. 두 사람이 견딜 수 있을 만큼의 열기가 없었던 거야. 밀라레파는 내 팔에 안긴 채로 그날 밤에 죽었어."

나는 외쳤다. "아, 맙소사." 더 이상 할 말을 잃었다. 나는 혼란스러웠으며 만취 상태에서 매우 졸리기 시작했다. 제임스가 말하는 소리가 계속 들렸으나 아주 먼 곳에서 들리는것 같았다. "그는 나를 믿었지……. 내 허영심이 그를 죽인 거야…….

---

* 1205~1253, 체코의 서부 지역에 있었던 나라 보헤미아의 왕.

잘못에 대한 대가는 자동적이야……. 어떤 잘못에도 따라오니까……. 나는 그를 붙잡지 못하고 놓쳐 버렸어. 운명의 수레바퀴는 공정해…….” 이때쯤 내 머리는 탁자에 닿아 있었고, 나는 조용히 잠들었다.

　　　■ ■ ■ ■ ■

　눈을 떠 보니 날이 밝아 있었다. 해는 아직 뜨지 않았지만, 새벽의 맑은 회색빛이 주방을 비추고 있었다. 포도주가 묻은 탁자, 사용했던 접시, 치즈 부스러기가 눈에 띄었다. 바람은 잠잠했고 바다는 고요했다. 제임스는 떠나고 없었다.

　나는 벌떡 일어나 잔디밭으로 뛰어나가며 그를 소리쳐 불러 보았다. 그리고 다시 집 안으로 들어와 불러 보고, 현관을 나가 둑길까지 나가 보았다. 단조롭고 조용한 회색빛에 바위와 도로가 모습을 드러냈다. 제임스는 막 차에 오르려 하고 있었다. 차의 문이 닫혔다. 나는 소리치며 손을 흔들었다. 제임스는 나를 보고는 유리창을 내려 손을 흔들었으나 이미 시동을 걸었고, 차는 움직이고 있었다.

　“여행 갔다 돌아오면 꼭 연락해!”

　“그렇게. 안녕!” 그는 쾌활하게 손을 흔들었다. 벤틀리는 속력을 내어 길모퉁이를 돌았고, 곧 소리가 들리지 않았다. 나는 천천히 집으로 돌아왔다.

　나는 둑길을 다시 걸어 돌아왔다. 지독한 두통과 함께 머리가 빙빙 돌았다. 놀라울 것도 없다. 나중에 보니, 제임스와 내가 둘이서 1리터짜리 포도주를 거의 다섯 병이나 마셨다. 눈앞에서 재빨리 미끄러지며 돌아다니는 수많은 점들이 보였다. 나는 집 안으로 들어가 주방에 들어서자마자 다시 탁자에 앉아서 두 손으로 머리를 감쌌다. 물잔과 아스피린이 어디에 있는지 곰곰이 생각한 뒤 몸을 일으켜 그것들을 찾았다. 그리고 다시 앉아서 졸았다. 해가 떠 있었다.

다시 잠에서 깬 나는 목에 심한 통증을 느끼며 고개를 수그린 채 탁자에 앉아 있었다. 눈보라 속에서 얼어 죽을 뻔한 이상한 꿈을 꾼 기억이 났다. 그러자 제임스가 티베트 여행에 대하여 나에게 해 주었던 매우 이상스러운 이야기도 생각났다. 그가 말한 다른 이상한 이야기들도 어렴풋이 기억이 났다. 지독한 현기증을 느낀 나는 몸을 일으켜 위층에 올라가 침대에 누웠다. 그리고 거의 혼수상태로 잠에 빠졌다. 한참 뒤에 깨어났을 때는 아침인지 오후인지 알 수가 없었다. 어지러운 것은 조금 덜했으나 상당히 화가 치밀었다. 주방으로 내려가서 치즈를 약간 먹은 뒤에 다시 잠이 들었다.

그 뒤의 사건들은 더욱 혼란스러웠다. 그날 나는 침대에 꽤 오랫동안 머물러 있었음이 틀림없다. 밤중에 잠이 깨어 달을 본 기억이 난다. 다음 날에는 아침 일찍 주방으로 내려왔다. 그리고 밤중에 떠오른 생각이 무엇인지 모르겠지만, 갑자기 수영을 하지 않은 지 오래되었으니 목욕을 할 때가 되었다는 생각이 들었다. 욕실까지 뜨거운 물을 길어 올리는 일은 귀찮았다. 그러나 이번에는 계단 밑에 두었던 초니 부인의 옛날 좌식 욕조를 끌어내는 데 성공하였다. 그래서 물을 냄비에 담아 가스 난로 위에 얹고 끓이기 시작했다. 그러는 도중에 가슴에 심한 통증을 느꼈고 현기증이 났다. 목욕을 포기하고 차를 끓였다. 그러나 아무것도 먹을 수가 없었다. 구토증을 약간 느껴 다시 침대로 들어가기로 마음먹었다. 확실히 열은 있었지만 체온계가 없었다. 나는 침대에 누워 있었다. 침대는 폭풍우를 만난 해먹 같았다. 나는 오색구름 같은 환상을 보았다. 눈을 떴는지 감았는지도 확실치 않았다. 내가 중병에 걸린 건 아닌가 의아해하기도 했다. 이제 전화는 있지만 의사가 없다. 내가 '사고'를 당했을 때 새벽 2시에 왔던 의사를 부르고 싶지는 않았다. 여하튼 나는 그의 이름도 모른다. 런던의 내 주치의에게 전화를 걸어 증상을 설명할까 하는 생각도 해 보았으나 그만두었다. 왜냐하면 특별한 증상이 있는 것도 아니고, 런던 주치의의 관심을 끌기란 가장 좋은 시간에라도 쉽지 않기 때문이다. 내 증상은 독감이거나 혹은 내가 바다에 빠졌다가 고생을 겪고 살아난 뒤에 제임스가 앓았던 병일 것이다. 나는 제임스의 병이 그리 오래 지속되지 않았다고 나 자신을 위로했다.

내 병은 더 오래 계속되었다. 하여튼 며칠이 지나갔다. 그동안 나는 기진맥진했고, 움직이기도 싫었으며, 식음을 전폐했다. 아무도 문병 오지 않았고, 전화도 걸려 오지 않았다. 개집까지 겨우 기어갔으나 아무에게서도 편지가 오지 않았다. 아마 장기 공휴일이거나 우체국 직원들의 파업이 일어난 모양이다. 소식이 없는 것을 그다지 걱정하지는 않았다. 내 병에만 전적으로 신경을 썼다. 내가 꼭 해야 할 일인 양 당분간은 내 병을 치료하는 데만 전념했다. 걱정하지도 않았다. 다행히 예상한 대로 몸이 호전되기 시작했다. 걸음을 옮길 때마다 쉬지 않고도 아래층으로 내려갈 수 있게 되었다. 허기도 위로가 되었다. 비스킷 몇 개를 맛있게 먹었다.

그날인지 혹은 그다음 날인지 기운이 좀 나고 정상적인 기분이 들었을 때 아침에 전화벨이 울렸다. 그 이상한 소리가 무엇인지 나는 금방 알아챘다. 나는 조급하게 하틀리에 대하여 생각하고 있었으므로 날카롭고 두렵게 울리는 전화벨 소리를 듣자마자 혼자 중얼거렸다. "왔다." 나는 넘어지다시피 서재로 달려갔다. 전화를 움켜쥐다가 떨어뜨리고 다시 집어 들었다.

"여보세요!"

"안녕하세요, 찰스!"

리지였다.

나는 대답했다. "안녕, 잠깐 기다려."

나는 전화기를 책 위에다 올려놓고 마음을 진정시키고 정신을 차리려고 자리에 앉았다. 나는 하틀리에 대한 생각에 복통처럼 비참한 고통을 느꼈으며, 그것은 사라지지 않을 것 같았다. 지금은 모든 것이 다급했다.

"미안해, 리지. 가스를 끄려던 참이었어."

"찰스, 괜찮아요?"

"그럼, 괜찮고말고. 독감을 앓았지만 이제 나았어. 넌 잘 있어?"

"그래요. 나 블랙라이언에 와 있어요. 당신을 만나러 가도 될까요?"

"아니, 거기 있어. 내가 그리로 갈게. 몇 시지? 며칠 전에 시계가 멈춰 버렸어."

"아, 10시쯤인가 봐요."

"그들이 문을 열었어?"

"누구요? 아, 술집요? 아니요. 그러나 당신이 올 때쯤이면

열 거예요.”

“내가 갈게.”

리지의 목소리를 듣자 갑자기 미친 듯이 집에서 나가고 싶은 욕망이 솟았다. 주방으로 달려가서 싱크대 위에 있는 조그만 거울을 들여다보았다. 아픈 동안 면도를 하지 않아서 보기 흉한 턱수염이 불그레하게 자라 있었다. 면도를 하다가 살을 조금 베었다. 머리를 빗고 구겨진 재킷과 지갑을 찾았다. 비가 올듯한 하늘에서 햇빛이 비추고 있었으나 공기는 차가웠다. 나는 집 밖으로 뛰어나와 둑길을 지나 마을을 향해 달려갔다. 그러나 갑자기 몸에서 힘이 빠져나가고 피로감이 온몸을 감싸자 곧 뛰기를 멈추었다. 나는 천천히 걸음을 옮기며 조심스럽게 숨을 내쉬었다. 그러고 나서 비로소 제임스가 리지더러 나를 보러 가라고 말하지 않았나 하는 생각이 들었다. 그 점에 대해 더 생각하지도 않고, 상관하지도 않게 된 것이 기뻤다. 마을에 도착하자 첫눈에 띈 것이 블랙라이언 바깥에 주차한 길버트의 노란 폭스바겐이었다.

“찰스!”

리지는 내가 오는 것을 보고 달려왔다. 길버트는 술집 문간에서 능글맞게 웃고 있었다. 이 연극에서 내 역할은 무엇인가? 나는 꿈속에서 대사를 잊어버리고도 즉석에서 역을 해낼 수 있는 남자처럼 느긋하게 미소 짓는 자신을 느꼈다.

“아, 리지, 안녕! 길버트도 정말 반갑군!”

“찰스, 전보다 여위고 창백해 보여요.”

“걱정해 주니 고마워. 좀 앓았어.”

“아직 더 누워 있어야 하는 것 아니에요?”

"아니, 괜찮아. 둘 다 여기서 만나다니 정말 즐겁고도 놀라운걸."

"안녕하세요, 사랑하는 찰스." 길버트가 다가오며 말했다. 잘 생기고 자의식에 찬 그의 주름진 얼굴은 긴장하고 죄 지은 듯한 표정이다가 금세 기뻐하는 개와 같은 표정을 나타냈다. 등이라도 두드려 주면 뛰어올라 짖을 것이다.

"상당히 아파 보여요."

"병을 옮기지는 않겠지요?"

"아니지, 아냐."

"우리는 밖에 나와 앉아 있었어요." 리지가 말했다. "햇볕에선 꽤 따뜻해요."

"정말 좋은데."

"무엇을 마시겠어요, 찰스?" 길버트가 말했다. "아니, 아니에요. 앉아 있어요. 병자니까요. 내가 갖다 줄게요. 저 사과주가 어때요? 너무 달까요?"

"그래, 좋아. 고마워. 그래, 리지, 널 보니 정말 반갑구나. 아주 멋있어졌는걸."

어떤 여자들은 아주 보기 흉한 단계에서 정말 아름다운 단계로 놀랍게 외모가 잘 변한다. 전에 내가 말했듯이 리지도 그런 여자 중 하나다. 리지는 오늘 가장 아름다운 쪽에 와 있었다. 무언극에서 오동통한 남자 주연을 맡은 여배우처럼 젊고 명랑했다. 그녀의 곱슬곱슬한 머리카락은 작은 다발로 나뉘어 바람에 날리고 있었다. 그녀는 검은 바지에 기다란 청록색 줄무늬 셔츠를 입고 있었다. 그녀의 얼굴은 용서를 구하면서도 요정과 같은 자신 있는 표정이 더해져 있었지만 길버트와 마찬가지로 개처럼 어쩔 줄 몰라 하는 표정을 짓고 있었다.

우리는 술집 바깥에 있는 나무 벤치에 앉아 서로를 마주 보았다. 나는 희미하게 미소 지었고 그녀는 빛나는 눈으로 나를 응시했다. 나는 이전에는 결코 이처럼 일반 대중 앞에 노출된 적이 없었다. 그러나 주위에는 한두 명이 있을 뿐이었다.

내가 입을 열었다. "내게 전화해 주어서 고마워. 그냥 지나가는 길이었어? 두 사람을 집에 초대하지 못해서 미안해. 현재는 내가 손님을 받을 경황이 없어."

"아니에요, 아니에요. 우리는 고속도로로 올라가야 해요. 길 버트가 에든버러에 누군가를 만나러 가야 해요. 에든버러 축제에서 연극을 한대요……."

"말 안 해도 돼."

"아, 찰스, 제발 나를 용서해 줘요. 그럴 거지요?"

"무엇 때문에, 리지?"

"글쎄, 용서해 줄 거지요? 그렇지요?"

"그래, 정 필요하다면. 그러나 난 이해를 못 하겠어. 넌 정말 모를 여자야! 아, 저기 길버트가 마실 걸 갖고 오는군."

리지와 길버트는 단순히 용서를 받으려고 온 것이었다. 그들은 마치 용서의 확인서를 받아 그것을 바람에 휘날리며 뛰어다니고 싶은 어린아이들처럼 나를 물끄러미 바라보며 미소 짓고 있었다. 그들은 내가 그들을 사랑해 주기를 원했으며, 그들의 행복을 망치는 하나의 오점을 지워 주기를 바랐다. 이렇게 공식적으로 나를 방문하기 전에 그들은 얼마나 신중하게 이 문제를 토론했을까? 그들은 지금 나에게 아이들 같았다. 그리고 나는 갑자기 늙은이 같은 느낌이 들었다. 아마도 내가 바닷가에 온 후로 두드러지게 늙었나 보다.

나는 리지를 잃었다. 그러나 언제, 어떻게 잃었지? 아마 처음에 그녀를 붙잡아야 했을 것이다. 아니면 그녀가 진정으로 길버트를 좋아했거나, 길버트와 지내는 생활을 더 좋아했는지도 모른다. 혹은 내가 심한 방법으로 그녀를 제임스와 함께 보냈을 때 그녀를 너무 두렵게 했는지도 모른다. 리지는 안락함과 행복을 선택했고 두려움을 거부했다. 그녀를 탓할 수는 없었다. 그리고 제임스가 우리 둘 사이에 벽을 만들어 놓은 것도 안다. 제임스와 정말로 '아무 일도 없었다'고 할지라도 그것만으로 충분했다. 그것이 항상 제임스의 방식이다. 그가 새끼손가락으로 만지기만 해도 나의 모든 것을 망쳐 놓을 수 있었다. 사람들이 제임스를 항상 더 좋아한다는 어린아이 같은 생각은 지울 수가 없나 보다. 물론 제임스가 악의를 가진 것은 아니었다. 그러나 거짓말은 그 자체로 정말로 치명적인 결함이었다. 아마도 나는 제임스를 잃은 것이 아니라 리지를 잃은 것이리라. 그 전에는 내가 원해서 그녀를 효과적으로 '비켜 갔다'. 하틀리 때문에 리지를 비켜 가기를 원했다는 사실을 애써서 기억했다. 오늘 아침에는 하틀리 때문에 단 1초도 머물고 싶지 않았으므로 집 밖으로 뛰쳐나왔다. 병 때문에 기다려야 했던 시간은 지나가 버렸다. 리지의 전화는 뜻하지 않은 신호였고 행동하라는 부름이었다. 나와 하틀리를 위한 시간이 다가왔다.

그렇지만 나는 거기 앉아서 리지를 바라보며 밝게 미소 짓고 있었다……. 아마 그녀는 희망을 가지고 순진하게 미소 짓고 있을 것이다. 무슨 일이 일어났는지도 모른 채, 아직도 자신이 나를 붙잡거나 붙잡지 않을 수 있고, 나를 가지거나 가지지 않을 수 있다고, 그리고 모든 일이 잘되리라고 상상하면서 말이다. 그러나 우리의 관계는 끝났다. 제임스가 나더러 혼자 살운명이며, 모든 사람의 아저씨 노릇을 할 팔자라고 말하던 것이 기억났다. 나는 말했다. "그래, 네 찰스 아저씨를 만나니 반갑지?"

그들은 웃었고 나도 웃었다. 그리고 우리는 모두 웃었으며 리지는 내 손을 꽉 쥐었다. 나는 그들이 행복하기를 허락해 주었다. 그들이 얼마나 즐거워하고 고마워하는지를 알 수 있었다. 나를 제외하고는 모두의 눈이 반짝거리고 활기에 넘쳤다.

사과주는 상당히 달고 독했으며 곧 그 효과를 발휘하기 시작했다. 명랑한 척하기가 더 수월해졌다. 그때 어떤 사람이 접시 위에 잘린 머리를 들고 들어오기라도 한 것처럼 타이터스에 대한 생각이 엄숙하게 엄습해 왔다. 제임스가 타이터스에 대하여 무슨 이야기를 했는데 기억나지 않았다. 인과응보가 사람을 죽인다. 운명의 수레바퀴는 공정하다. 나는 리지가 그날 소리 지르던 것이 기억났다. 어쩌면 타이터스 때문에, 그녀가 나를 비난했기 때문에, 모두에게 너무나 벅찬 일이었기 때문에 내가 리지를 잃어버렸는지도 모른다. 원인의 거미줄은 매우 탄탄하게 짜여 있었다. 리지는 지금 즐거워서 소리를 지르고 있었다. 그렇다. 그녀는 살아남아야 했다. 우리는 모두 살아남아야 했다. 타이터스는 우리와 오래 머무르지 않은 이방인이었다.

우리는 옛 친구들이 그러듯이 한동안 편안하게 얘기를 나누었다. 길버트는 텔레비전 연속극에서 좋은 역을 맡았다. 그 연속극은 영원히 계속할 기세였다. 그들은 집을 다시 꾸밀 계획이라고 했다. 리지는 다시 시간제 병원 일을 하기로 했다. 나는 만찬에 초대를 받았다. 그들은 하틀리에 대하여는 입을 봉했다. 신중하게 배려하는 그들의 태도는, 비록 그들의 얘기를 다 믿기는 어려웠지만, 어쨌든 나를 그들에게서 분리시키는 서명과 같았다.

나는 시간을 물어보고 호주머니에서 손목시계를 꺼내 리지의 시계에 맞추었다. 그들은 가야 한다고 말했고, 나는 그들의 차까지 같이 걸어갔다. 리지는 껴안고 싶어 했으나 나는 그녀를 토닥거려 주기만 했다. 길버트는 나에게 작별의 키스를 하고 싶었던 것 같다. 나는 무언가의 종말이라도 알리듯이 양 손을 흔들어 그들을 보냈다. 그리고 나서 교회가 있는 길을 따라 걷기 시작했으며 방갈로까지 연결된 길로 들어섰다. 내가 거의 길모퉁이에 이르렀을 때 뒤에서 누군가가 내 어깨를 건드렸다. 나는 놀라서 뒤돌아섰다. 매우 낯선 얼굴의 여자였다. 잠시 후 나는 그녀가 가게의 여직원임을 알아차렸다. 그녀는 마침내 신선한 살구가 도착했다는 사실을 알려 주려고 달려온 것이다.

언덕을 올라가기 시작했을 때에는 매우 피곤하고 몸이 무거웠다. 병을 앓고 난 뒤에 하루 더 쉬었어야 했다. 그 많은 사과주를 다 마시지 말아야 했다. 아니면 리지와 길버트가 내 기운을 빼앗아 그들의 생명력에, 즉 세상을 바꾸고 살아남을 수 있는 그들의 능력에다 모두 집어넣었는지도 모른다. 그들은 나의 일부를 가져다가 그들의 목적에 이용하고 있을 것이다. 어쩌면 다른 사람들이 내 본체를 먹고 살 수 있다는 사실에 기뻐해야 할지도 모른다.

나는 준비가 되어 있지 않고, 옷도 제대로 입고 있지 않았지만 피할 수 없는 손길이 나를 덮쳤다. 이것은 내가 다른 기회를 달라거나 부탁할 수 없는, 또한 뒤로 연기할 수도 없는 대결이었다. 나는 불가항력적으로 나를 내리누르는 중압감을 느꼈다. 그러나 어떻게 해야 할지 알 수 없었다. 둔기도 없고 택시도 없었다. 그럼에도 절망이 가득한 저주받은 지점, 전에 내가 한 번도 가지 않았던 지점에 이르렀다.

나는 정원들과 꽃들과 대문들을 보면서 힘들게 걸어 올라갔다. 집들이 모두 가지각색이었다. 어느 집은 현관에 타원형 색유리를 넣었고, 어느 집은 베란다에 제라늄 꽃이 있었고, 또 다른 집은 지붕 밑 방에 지붕창을 냈다. 나는 니블레츠의 파란색 대문 앞에 도착했다. 대문에는 약이 오를 정도로 복잡하고 작은 빗장이 달려 있었다.

보통 때와는 달리 집 전면에 있는 침실의 커튼이 부분적으로 드리워져 있었다. 나는 초인종을 눌렀다. 소리가 달랐다. 집이 비어 있다는 사실을 얼마나 빨리 내가 알아차렸을까? 커튼 사이로 큰 침실을 들여다보고 가구가 모두 없어졌다는 것을 확인했다.

나는 다시 현관문으로 가서 무슨 이유에서인지 종을 여러 번 눌렀다. 그리고 아무도 없는 집에서 울려 퍼지는 종소리에 귀를 기울였다.

"실례합니다. 피치 부부를 만나고 싶으신가요?"

"그런데요." 나는 옆집 정원 울타리에 기대어 있는 앞치마를 두른 여인에게 말했다.

"아, 그들은 떠났어요. 오스트레일리아로 이민을 갔어요."

"그들이 가기로 한 것은 알고 있었습니다만, 가기 전에 보려고 했어요."

"집을 팔았어요. 개도 데리고 갔는걸요. 물론 검역 기간 동안 격리를 해야 하지만요."

"그들이 언제 떠났나요?"

그녀는 날짜를 말해 주었다. 나는 그들이 떠난 날짜가 내가 그들을 만난 직후라는 것을 알았다. 그러니까 그들은 출발 날짜에 대하여 내게 거짓말을 한 것이다.

"그림엽서를 받았어요." 그 여자가 뽐내며 말했다. "오늘 아침에 받았는데, 보실래요?" 그녀는 엽서를 가지고 왔다.

한쪽에 시드니 오페라 하우스의 사진이 있고 다른 쪽에는 하틀리의 글씨가 있었다. 방금 도착했어요. 시드니는 내가 본 중에 가장 아름다운 도시예요. 우리는 매우 행복해요. 벤과 하틀리가 둘 다 서명을 했다.

"참 아름다운 그림엽서네요." 나는 그녀에게 카드를 돌려주었다.

"네, 그렇지요? 하지만 나는 영국이 더 좋아요. 피치 부부와 친척이세요?"

"사촌입니다."

"피치 부인을 닮았다고 생각했어요."

"못 만나서 유감이네요."

"주소가 없어서 유감이에요. 그렇지요, 사람들은 한 번 떠나면 그만이지요."

"글쎄요, 어쨌든 고맙습니다."

"댁에도 그들이 곧 편지를 보내겠지요."

"그러겠지요. 그럼 안녕히 계십시오."

그녀는 집으로 돌아갔고 나는 다시 길로 나왔다. 장미꽃 덤불은 돌보지 않아서 시든 장미로 뒤덮여 있었다. 땅에 반쯤 묻힌 이상한 돌을 발견하고 집어 들었다. 내가 하틀리에게 주었던 얼룩덜룩한 분홍색 바탕에 흰색 무늬가 있는 돌이었다. 그 불쾌하던 날에 플라스틱 가방에 넣어서 가져왔던 돌이다. 나는 그것을 호주머니에 집어넣었다.

그리고 집 옆을 돌아 뒷마당으로 가서 전망창 바깥에 있는 콘크리트 테라스에 서서 안을 들여다보았다. 여기에도 커튼이 남아 있었고 약간 옆으로 당겨져 있어서 그 사이로 빈 방을 들여다볼 수 있었다. 문이 홀 쪽으로 열려 있어서 현관 안쪽을 볼 수 있었다. 중세 기사의 그림이 걸려 있던 빛바랜 벽지도 볼 수 있었다. 나는 집 안으로 들어가고 싶은 광적인 충동을 느꼈다. 하틀리가 내게 메시지나, 적어도 그녀의 흔적을 의미심장하게 남겨 놓았을지도 모른다.

뒷문은 잠겨 있었고 거실 창문도 단단히 닫혀 있었다. 그러나 주방 유리창은 조금 움직였다. 타이터스가 울타리의 구멍으로 밖을 내다보기 위하여 텅 빈 정원 헛간에서 나무 상자를 가져다가 올라섰던 것처럼 나도 그 위에 올라섰다. "나는 상자 위에 올라갔었지요, 그렇죠?" "그래, 상자 위에." 나는 유리창을 쉽게 밀고 손가락을 그 틈에 넣었다. 그리자 창문이 열렸다. 안에서 단단히 걸어 잠그지 않았나 보다. 나는 다리를 안으로 들여놓을 수 있었다. 잠시 후 나는 감정에 북받쳐 숨을 몰아쉬며 주방에 서 있었다. 무서운 고요가 집 안에 맴돌았다.

주방은 텅 비었고, 별로 깨끗하지 않으며 수도꼭지에서는 물방울이 떨어지고 있었다. 창에서 들어오는 외풍 때문에 부엌 바닥에서 먼지가 날렸다. 식료품실을 열어 보았더니 이미 선반에는 곰팡이 흔적이 있었다. 거실을 서성거리다가 두 개의 침실에 들어가 보았다. 거기에는 손수건도, 머리핀도, 내 사랑의 기념품 중 그 어느 것도 남아 있지 않았다. 욕실로 가서 욕조의 얼룩을 보았다. 그리고 마침내 흥미로운 물건을 찾아내었다. 리놀륨 바닥 가장자리에 아주 조그만 흰 선이 보였다. 허리를 굽혀 그것을 잡아당겨 보니 편지가 바닥 아래에 숨겨져 있었다. 조심스럽게 끄집어내 그것을 살펴보았다. 하틀리에게 내가 마지막으로 보낸 편지였는데 뜯어 보지도 않은 채였다. 나는 편지를 열었다가 다시 봉한 것은 아닌가 의심하며 잠시 동안 찬찬히 조사해 보았다. 그러나 그렇지 않았다. 뜯어 본 흔적이 전혀 없었다.

나는 편지를 호주머니에 넣으려다가 그러지 않기로 했다. 네 조각으로 찢어서 변기 속에 처박고 쇠줄을 잡아당겼다. 다시 주방으로 가서 유리창을 닫고 현관문으로 나왔다. 옆집 여자가 못마땅한 듯이 쳐다보고 있더니 자기 집 현관문을 열고 나와 내가 언덕을 내려가는 것을 노려보았다.

언덕 아래에 도착하여 오른쪽으로 돌아 마을 거리에 들어섰을 때 갑자기 낯익은 얼굴이 내게 다가오고 있는 것을 보았다. 프레디 아크라이트라는 것을 알아보기 전에 나는 그가 아는 사람이지만 만나고 싶은 사람은 아니라는 것을 본능적으로 알았다. 그러나 피할 수는 없었다. 그는 이미 나를 보았고 나를 압도했다.

"애로비 선생님!"

"이런, 프레디잖아!"

"애로비 선생님, 만나서 참 반갑군요. 자꾸 엇갈렸지요! 여기 계신 줄 알았습니다. 저는 성신 강림 축일에 왔는데, 그때부터 만나기를 희망했지요. 이렇게 만나게 되어 행운입니다!"

"프레디, 정말 오랜만일세. 어떻게 지냈어? 무얼 하고 있나?"

"밥이 말하지 않던가요? 저는 배우예요!"

"배우라고? 참 잘됐네!"

"늘 배우가 되고 싶었거든요. 그래서 선생님 밑에서 일했지요. 그러나 그것은 소설 같은 일이라서 실제로 실현되리라고는 생각지도 못했어요. 선생님을 위해서 일할 때는 참 좋았어요. 굉장했지요. 런던 곳곳을, 그리고 모든 곳을 누비고 다녔어요. 그렇지요? 그러고 나서 선생님께서 떠났을 때 '나라고 왜 못할까?'라고 생각했어요. 배우 조합 신분증을 얻었을 때 저는 그렇게 젊지 않았어요. 그러나 선생님과 일했던 것이 언제나 도움이 되었지요. 선생님께서는 늘 제게 행운을 가져다주었어요. 그 당시 선생님께서는 제게 무척 친절하셨고, 많이 격려해 주셨지요. '하고 싶은 것을 정하고 그것을 위해 정진해. 프레디, 의지력에 달려 있어!'라고 여러 번 저에게 말해 주셨던 것을 기억합니다."

나는 그런 말을 한 기억도 없었고, 그런 말을 누구에게든지 한 번 이상 할 것 같지도 않았다. 그런 말을 꼭 해야 할 불행한 사태가 있었다고 해도 말이다. 그러나 나는 프레디가 그렇게 행복한 기억을 간직하고 있다는 것이 반가웠다. 우리는 해변 도로로 가는 좁은 길까지 걸어갔다. "아, 애로비 선생님, 그 시절은 참 좋았지요. 사보이, 코노트, 리츠, 칼턴, 모든 곳에 묵었잖아요! 칼턴은 물론 없어졌지만, 아직도 런던은 세계에서 최고의 도시죠. 저도 지금은 몇몇 도시를 가 보았어요. 파리, 로마, 마드리드 등. 사업상 갔지요. 얼마 전에는 더블린에서 영화에 출연했어요. 거기서 술을 많이 마셨지요!"

"무대에서 쓰는 이름은 무엇인가?"

"그냥 제 이름을 씁니다, 프레디 아크라이트. 이 이름이 저인 것 같아서요. 중요한 역을 맡아 보았다고는 할 수 없지만 순간순간 모두 즐겼습니다. 선생님께서는 제게 무척 친절하셨고, 많이 격려해 주셨지요. 게다가 모든 사람들이 '아, 당신은 찰스 애로비 씨와 친하지요.'라고 말하는데, 저는 굳이 부인하지 않았어요. 그것이 무척 도움이 되었습니다. 정말 만나서 반갑습니다, 애로비 선생님. 그리고 조금도 늙지 않으셨어요. 여기 와서 살고 계시다니! 저도 여기 출신입니다. 아몬 농장에서 태어났어요. 우리 아저씨와 아주머니가 아직 여기 살고 있습니다. 선생님께서는 은퇴하셨지요?"

"그래."

"저는 연극에서 은퇴한다는 건 상상할 수도 없습니다. '연예인이 가장 낫지.' 언제든 이렇게 말할 수 있어요! 런던에 오시면 만날 수 있을까요? 같이 사는 제 친구를 소개해 드릴게요. 멜버른 패빗이라는 친구인데, 그에 대해 들어 보셨나요? 아닌가요? 곧 듣게 되실 거예요. 그는 무대 디자이너예요."

"여기서 다시 만날 수 있겠지……."

"죄송합니다. 제 이야기만 지껄이고 있었군요. 블랙라이언에 가서 술 한잔하실래요?"

"아니, 급히 돌아가야 해. 여기 내가 갈 길이 나왔네. 만나서 반가웠어, 프레디. 그리고 잘하고 있다니 기쁘네."

"대리인을 시켜서 오려 둔 신문 기사를 보내 드릴게요."

"그래 주게, 그리고 행운을 비네."

"신의 가호가 있기를 바랍니다, 애로비 선생님. 정말 감사합니다."

나는 좁은 길을 내려가며 정중하게 손을 흔들었다. 어떤 사람의 꿈속에서 나는 악마로 활보할지도 모르지만, 프레디 아크라이트의 마음속에서는 내가 확실히 분에 넘치게 자비로운 신으로 자리 잡고 있음이 틀림없었다.

⋯⋯⋯⋯

집에 도착했을 때는 아직 2시가 되지 않았다. 나는 깡통에든 차가운 젤리처럼 굳은 콩소메를 먹으려다가 곧 포기했다. 아스피린 두 알을 먹고 위층으로 올라가서 침대에 누워 심한 불행과 충격을 겪은 사람들이 그러듯이 곧바로 의식 상태에서 벗어나기를 기대했다. 그러나 나는 그 대신 일종의 지옥과 같은 고통에 휩말려 들어갔다.

질투의 고통보다 더 심하고 무익한 정신적 고통이 있다면 그것은 후회일 것이다. 상실의 고통도 그보다는 덜 아플 것이다. 그리고 흔히 이런 고통들은 지금 내가 그러듯이 한꺼번에 찾아온다. 내가 말한 후회는 회개가 아니다. 내가 순수한 형태의 회개를 경험해 본 적이 있는지 의심스럽다. 아마 회개는 순수한 형태가 없는지도 모른다. 후회에는 죄의식이 포함되어 있지만 그것은 어쩔 수 없는 절망적인 죄의식이며, 고통을 낫게 할 수는 없는 것이다.

나는 진정으로 하틀리에 대하여 생각할 수가 없었다. 아직은 그럴 수가 없었다. 충격이 너무나 크기 때문이거나, 아니면 내가 이미 심한 고통으로부터 나 자신을 몰래 보호하고 있기 때문이었을 것이다. 그리고 이것은 또한 그녀가 처녀 시절에 덤덤한 태도로 비켜 섰던 것과 같았다. 그녀는 내 의식 속에 들어와 콧노래를 흥얼거리듯이 끊임없이 내 앞에 존재했지만, 나는 그녀에게 집중하지 않았다. 가끔은 그녀와의 마지막 투쟁에서 쉬고 싶었다. 그런데 지금 갑자기 그녀가 나를 한가하게 만들었다. 그러나 그녀가 사라져서 생긴 틈으로 타이터스가 내 죄의식과 내 슬픔에 그의 몫이 포함되어 있음을 주장이라도 하듯이 들어왔다.

후회의 공포는 성취하지 못한 것들로 둘러싸여 있다. 나는 그 스스로 무용지물임을 깨닫지 못하는 행복이라는 불굴의 환상이 확산되는 것을 막을 수가 없었다. 타이터스를 런던에 데리고 가서 연극 학교에 입학시키리라. 그러면 그가 친구들을 데리고 뛰어올 것이고, 그를 길고 사치스러운 휴가에 데리고 갈 것이다. 그를 사랑하고 돌보아 주리라. 왜 나는 이것을, 즉 타이터스를 소유하고 걱정스럽게 어루만지며 책임 있는 그의 아버지가 된다는 것이 매우 중요한 일이라는 것을, 또한 신들이 무관한 것처럼 보이는 소포들과 함께 나에게 보낸 순수한 선물이 그라는 것을 바로 알지 못했을까? 헛된 망상 대신 이것이 사실이란 것을 알고 붙잡아야 했다. 나는 로시나가 타이터스에 대하여 예언적인 말을 했던 것이 생각났다. 그녀는 타이터스 역시 꿈속의 아이라서 빛이 바래고 사라질 것이라고 했다. 왜 나는 그를 붙잡아서 우리 사이의 실체로 만들지 않았을까? 어째서 내 관심을 그에게 전적으로 기울이고, 무자비하고 자식이 없는 바다로부터 그를 낚아채지 않았던가? 물론 길버트와 다른 사람들은 비웃었을 것이다. 그러나 그들은 옳지 않았다. 아무리 이상할지라도 신성한 아버지와 자식의 관계는 존재할 수 있는 것이며, 거룩한 도덕적 결속이 그 관계를 나를 위한 것으로 만들지 않고 나를 타이터스의 보호자, 스승, 하인으로 만들었을 것이다. 아마 이것은 이상적인 그림이었을 것이다. 나는 폭군 같고 질투에 사로잡혔을 수도 있지만 절대자는 알아볼 수가 있으므로 타이터스에 대한 신의를 지켰을 것이다. 그러나 이런 상념들이 지나가는 사이사이로 항상 눈부신 바다의 빛 속에서 죽어 축 늘어진, 물이 뚝뚝 흐르고 두 눈을 반쯤 뜬 채 갈라진 입술을 벌리고 누워 있는 타이터스의 모습이 어른거렸다.

나는 그가 영원히 사라졌다는 사실을 도저히 이해할 수 없고 받아들일 수가 없었다. 그는 나와 너무나 짧은 기간을 함께했고 마치 자신의 죽음을 위해 사형 집행인에게 다가오듯이 나에게로 왔다. 다른 많은 가능성과 함께 살 수도 있었을 텐데, 어떤 이상한 운명이 그를 그 바위에 부딪히게 해서 죽게 한 것일까? 그는 고통스럽게 굽이치며 자신을 죽이려는 바다로부터 여러 번 자신을 끌어올리려고 노력하지 않았던가? 그에게 경고를 하고, 그가 처음 온 날 그와 함께 다이빙을 하지 말아야 했다. 내가 그의 젊음을 너무나 만끽하고 또 나 자신도 젊은 척하느라고 그를 파멸시킨 것이다. 그는 나를 믿었기 때문에 죽은 것이다. 내 허영심이 그를 파멸시켰다. 이것은 인과응보다. 잘못에 대한 대가는 자동적이다. 내가 잡았던 것을 놓아 버려서 그가 죽었다. 이런 생각들이 드디어 나를 비참한 혼수상태로 빠져들게 하였다. 그리고 잠에서 깨어났을 때는 하틀리가 떠나가고 없다는 사실을 잊어버리고, 그녀를 다시 찾아오려는 계획을 세우기 시작했다.

내 시계는 다시 멈추었다. 그러나 하늘은 저녁이어서 오렌지색 구름으로 뒤덮였고, 매우 차갑고 엷은 파란색 구멍들을 드러냈다. 나는 아래층으로 내려가 차를 끓이고 포도주를 마시기 시작했다. 하틀리에 대하여, 마치 그런 생각이 나를 고통으로 미치게 하지나 않을까 시험해 보듯이 아주 조심스럽게 생각해 보기 시작했다. 생각을 해야 하고 그것을 받아들여야만 했다. 나는 빈집을 목격했으며, 시드니에서 온 그림엽서를 보았다. 나는 이제 커튼 뒤로 모습을 감춘 그녀가 젊고 무표정한 얼굴로 나를 보는 모습을 떠올렸다. 그녀는 조용히 나를 고통으로 이끌었다. 이제 나는 크고 고요한 방에서 고통을 겪고 있었다. 이제는 급할 것이 없었다. 계획할 일도 없고 성취할 것도 없었다. 나는 그녀에게 물었다. 난 이제 어떻게 해야 할까? 내 인생에 네가 다시 나타나서 그렇게 지독하게 회생시켜 놓은 사랑을 이제는 어떻게 해야 할까? 나를 만족시키지 못할 거면서 넌 왜 돌아왔니? 이제 제대로 작동하지도 못할 내 사랑의 쓸모없는 기계로 무엇을 할 수 있겠니? 이제는 널 위해 아무것도 해 줄 수 없어, 내 사랑. 이제 모독할 수 없는 성소를 만들어 사랑을 떠안고 살아가는 것이 내 운명인지도 모른다. 아마도 혼자 살아가는 독신 성직자처럼 모든 사람들의 아저씨 노릇을 하면서 나는 이 성취하지 못한 사랑을 내 비밀 예배당으로 간직할 것이다. 그때에는 소유하지 않고 사랑할 수 있을 것인가?

그리고 그것이 내가 이 바다로 왔을 때 성취하기를 바라던 은둔자의 신비주의임을 증명할 것인가?

날이 어두워지기 시작하여 나는 램프를 켰다. 나방들이 들어오지 못하게 유리창을 닫았다. 아직까지 시드니행 비행기를 타려고 하지 않았다는 생각이 흐릿하게 떠올랐다. 시드니에서 살게 될 것이라고 벤이 말했는지 기억나지는 않았지만, 오스트레일리아는 그렇게 광대한 곳이 아니고, 또 그곳에는 내가 여자를 찾는다면 나와 기꺼이 동행해 줄 친구들도 많다. 나는 찾아다니고, 문의해 보고, 광고를 낼 수도 있을 것이다. 매우 바쁠 것이다. 그러나 나는 그렇게 하지 않으리라는 것이 분명했다. 나는 포기했다. 멀리서 그녀를 따라다니며 내가 아직 곁에 있다는 것을 그녀에게 알려 줄까? 내가 얼마나 무서운 귀신처럼 보일까? 아니다, 나는 포기했다. 지금 생각해 보니 그녀가 마지막 도피를 하기 전에 이미 예언자처럼 포기했다. 그 불쾌했던 초대 이후에 왜 나는 멀뚱히 앉아서 그녀가 전화하기만을 기다리고 상상했단 말인가? 그녀가 진실로 전화할 것이라고 생각했나? 그녀가 정말로 마지막 순간에 내 배로 뛰어내릴 것이라고 상상했던가? 확실히 그때쯤에는 그녀가 뛰어내릴 수 없을 것이라는 것을 알았을 것이다. 나는 괴로워서 두 손으로 머리를 감싸고 앞뒤로 흔들면서 생각했다. 아, 어떻게든지 우리 둘을 위하여 일이 잘되었으면 얼마나 좋았을까? 하틀리가 그저 내 여동생이기만 해도 그녀를 진정으로 행복하게 돌보아 주고 깊은 애정과 관심을 쏟아 부었을 텐데…….

나는 아무것도 입에 댈 생각이 없었다. 음식에 대한 아무런 욕망이 없었고, 다시 먹고 싶을 것 같지도 않았다. 결국 나는 술에 취하고 구토증이 나서 위층으로 올라갔다. 집 안으로 불어오는 바닷바람 때문에 구슬 커튼이 짤랑거리고 있었다. 제멋대로 떠 있는 구름 사이로 달음박질하는 초승달의 속도에 나는 어지러웠다. 그녀는 벤을 사랑하지 않을 수가 없었는지도 모른다. 그녀는 애정이 넘치는 성격이고, 선택이 가능한 다른 대상도 없었다. 그녀는 타이터스를 사랑하고 싶어 했다. 그러나 벤이 타이터스를 향한 그녀의 사랑을 파괴했으며, 그렇게 함으로써 그녀를 파괴했다. 내가 본 것은 껍데기이고, 껍질이고, 죽은 여자이고, 죽은 물건이었다. 그럼에도 그것은 내가 그토록 같이 살고 싶고, 다시 소생시키고 싶고, 사랑하고 싶었던 것이었다. 나는 수면제를 세 알 먹었다. 잠이 들면서 나는 왜 그녀가 읽지도 않으면서 그 편지를 가지고 있었는지 궁금해했다. 왜 그녀는 내가 분명히 발견할 수 있는 정원에 그 돌을 두었을까? 이런 것들이 어쩌면 희망적인 징표였을까?

⋅ ＊＊＊＊＊＊＊

　다음 날 아침에는 상당히 늦게 잠에서 깨어났다. 그리고 전화로 9시 30분이라는 것을 확인했다. 머리가 아팠다. 나는 주방에서 아직도 반이나 물이 차 있는 좌식 욕조에 걸려 넘어졌다. 좌식 욕조 물을 반은 판석 위에, 반은 잔디밭에 부어서 비운 뒤 다시 계단 밑에 두었다. 비스킷을 먹어 보려 했으나 이상하게 물렁물렁하고 습기가 차 있었다. 빵도 버터도 우유도 없었다. 아무튼 나는 시장하지 않았다. 가게에 갈까 했지만 무슨 요일인지 생각나지 않았다. 멀리서 교회 종소리가 들리는 것 같았다. 그러니까 일요일인가 보다. 막연하게 런던에 가야 하지 않을까 생각했다. 그러나 그곳에 가야 할 특별한 동기가 없었다. 만나고 싶은 사람도 없었으며, 하고 싶은 일도 없었다.

날씨가 어떤지 보려고 도로로 걸어 나갔다. 날씨는 더 따뜻하고 하늘은 더 파랬다. 길버트가 현명하게 넣어둔 바구니 속에 편지가 몇 장 있는 것이 눈에 띄었다. 파업인지 휴가인지 모르겠지만 모두 확실히 끝났나 보다. 물론 하틀리에게서는 편지가 오지 않았다. 그러나 리지에게서 편지가 한 장 와 있었다. 나는 편지를 작은 붉은 방에 가지고 들어가 탁자에 앉았다.

찰스, 우리의 만남이 내게는 불만스러웠어요. 당신은 너그럽고 친절했지만 나는 우리 둘만 만나기를 바랐거든요. 우리가 모두 웃었던 것도 어처구니없었어요. 정말로 무엇을 생각하고 있었나요? 어쩐지 내가 잘못한 것 같은 느낌이 들어요. 당신이 나를 바로잡아 주어야 해요. 날 사랑해 줘요, 찰스. 마음껏 사랑해 줘요. 당신의 편지를 받은 후로 나는 예방 접종을 받은 것처럼 당신을 향한 사랑을 다시 체험하고 있어요. '치유하기' 위해서가 아니에요. 결코 그게 아니에요. 어리석게 '사랑에 빠지는' 것이 아니라 이제는 정말로 당신을 올바르게 사랑할 수 있어요. '사랑에 빠지는 것'보다 사랑 그 자체가 중요해요. 이제는 더 이상 헤어지지 마요. 찰스, 비열한 계략과 소유욕에 찬 정열은 그만두기로 해요. 우리 사이에 영원한 평화가 있기를 원해요! 이제 우리는 젊지 않아요. 제발 부탁이에요, 내 사랑.

리지

추신 ─ 런던으로 우리를 만나러 와요.

'우리'를 만나러 오라는 초대로 편지를 마무리하다니 얼마나 감동적인가! 그리고 '내가 잘못했으니 당신이 나를 바로잡아 달라'고 하다니! 전형적인 리지의 방식이다. 나는 다른 편지도 열어 보았다. 로즈메리 애시로부터 온 것이었다.

사랑하는 찰스에게

이 편지는 시드니와 내가 헤어지게 된 것을 알리려고 쓰는 거예요. 그이는 이혼을 원해요. 우리는 아이들을 위해서 평화롭게 해결하려고 노력하고 있어요. 하지만 아이들은 별로 개의치 않는 것 같아요. 물론 더 젊은 여배우 때문이에요. 우리 직업상의 위험 요소이지요. 대서양 건너편의 분위기도 시드니를 미치게 했지요. 아마 이것은 잠정적일지도 몰라요. 희망을 버리지는 않았지만, 희망을 품는 것은 무척 괴로워요. 귀국하려고 해요. 당신이 무척 보고 싶어요. 바닷가의 아름답고 평화로운 당신 집을 방문해도 될까요? 내게 필요한 것은 바로 그거예요.

로즈메리

이상적인 결혼이 이 정도였다니. 나는 독신 아저씨 역할을 더 잘해야겠다. 또 하나의 편지를 열었다. 안젤라 고드윈이라는 서명은 쉽게 읽을 수 있었지만 한참 동안 누구에게서 온 것인지 분별하지 못했다.

친애하는 찰스 아저씨께

저예요. 그리고 주의 깊게 잘 들으세요. 당신은 나이 많은 여자들과 지내실 필요가 없어요. 왜 그래야 해요? 젊은 여자를 구할 수 없다고 생각하셨나요? 하지만 당신은 나이보다 훨씬 젊어 보이세요. 리지 셰러와 로시나 밤버러 같은 나이 많은 여자들을 상대할 필요가 없으세요. 저를 차지하실 수 있거든요. 저는 로시나도 꽤 좋아해요. 그녀는 적어도 똑똑하니까요. 팸이 떠난 후로 집안 분위기도 훨씬 좋아졌어요. 그러니까 제가 당신을 탈출 수단으로 여긴다고 생각하지는 마세요. 그렇지 않아요! 지난 몇 달 동안 많이 생각했고 스스로 많이 변한 데다가 드디어 제 자신을 알게 되었어요. 제 정체성에 대하여 숙고해 보았지요. 어떤 인생을 꾸려 갈지는 아직 모르겠어요. 배우 노릇은 하지 않을 거예요. 그러니까 그 걱정은 안 하셔도 돼요! 수학을 잘하니까 물리학자가 될 수도 있어요. 가을에 케임브리지 대학 시험을 볼 거예요. 하여튼 저는 유명한 사람이 될 거예요. 이 편지를 쓰는 이유요? 천재적인 생각이 떠올랐거든요. 페러그린을 보러 오셨던 날 밤 저는 (물론) 문가에서 듣고 있었어요. 당신이 아들을 원한다고 그가 말하는 것을 들었어요. 아니면 직접 말씀하셨는지도 모르겠어요. 누가 말했는지 잊어버렸어요. 어쨌든 그 말이 제 머릿속에 줄곧 남아 있었어요. 제가 아들을 낳아 줄 수 있지 않을까요? 저는 그 아이를 탐내지 않을 테니 순전히 당신의 아들이 될 수 있어요. 물론 그 아이를 가끔 보러는 가겠지만. 아직은 아기 때문에 매이고 싶지 않으니까 유모를 고용해도 돼요. 더구나 저는 케임브리지에서 엄청 바쁠 거예요. 물론 지금 청혼을 하는 것은 아니에요. 저는 훨씬 뒤에 결혼하거나 아예 하지 않을 거예요. 하지만 당신이 원하는 것을 왜 갖지 못하겠어요? 사람들은 원하는 것을 충분히 갖지 못해요. 그것이 우리 문명의 문제점이에요. 오히려 굶주린 사람들보다 용기가 없어서 그것이 자기 코앞에 있어도 욕망을 채우지 못한다는 뜻이에요. 저는 열일곱 살이에요. 건강은 최고로 좋아요. 그리고 처녀이고, 그 경계선을 넘겨 줄 특출한 사람을 원해요. 바로 당신이요. 여기 사진을 동봉할게요. 제가 얼마나 변했는지 볼 수 있을 거예요. 어때요? 저는 진지해요. 특히 사랑한다고 말한 것은 아주 진지해요. 당신이 저를 원한다면 언제고 저는 당신 거예요.

안젤라 고드윈

나는 봉투에서 사진을 꺼내어 꽤 예쁘고 똑똑해 보이는 소녀의 천연색 사진을 찬찬히 뜯어보았다. 커다란 눈에 밝고 부드럽고 수줍어하는 앳된 얼굴이었다. 나는 편지를 구겨서 장작이 타다 남은 난로의 부드러운 잿더미 위로 던졌다. 또 다른 편지들이 있었다. 그러나 현재로서는 더 읽고 싶지가 않았다.

나는 무서운 바다가 무엇을 하고 있는지 보기 위해 밖으로 나갔다. 바다는 고요하고, 매끄럽고, 기름처럼 바위 사이에서 미끄러지고 있었다. 나는 민의 가마솥까지 가서 다리 위에 섰다. 조수는 밀려 나가고 있었다. 바닷물이 가마솥에서 미친 듯이 급하게 소용돌이치면서 거품을 일으키며 빠져나가고 있었다. 거품을 일으키며 더 멀리 고요한 바다로 흡수되고 있었다. 아래를 내려다보았다. 굉장히 깊고, 가장자리 벽은 매우 가파르고 미끄러웠다. 지구의 어떤 힘도 나를 그 구멍으로부터 꺼낼 수가 없을 것이다. 그러나 나는 나왔고, 살아 있으며, 수영을 즐기던 가엾은 타이터스는 죽었다. 나는 멀리 탑이 있는 데까지 바위 위를 걸어간 뒤 계단을 내려갔다. 매끄러운 물이 오르락내리락하기를 반복하고 있었다. 파도는 맹렬하지 않고 적당했고, 철제 난간은 물이 있는 곳까지 뻗어 있었다. 마치 내 마음속에서는 느끼지 못한 생명의 불빛이 내 몸속에서 명멸하는 것 같았다. 그것은 반쯤은 성적인 경련과도 같은, 익숙한 공포였다. 그 옛날 캘리포니아의 높은 다이빙대 위에서 느꼈던 공포, 혹은 치명적으로 차가운 아일랜드의 바닷물로 뛰어들 때 느꼈던 공포 같은 것이었다.

흥분하여 몸을 떨면서 나는 옷을 벗고 바다로 걸어 들어갔다. 냉기의 충격, 그리고 따뜻함, 그다음에는 조용한 파도가 강하고 부드럽게 치켜 올리는 동작이 나에게 큰 행복을 안겨 주었다. 나는 바다의 외로움과 내 마음속에 항상 지니고 다닌 죽음의 의식을 연상시키는 특별한 느낌을 맛보며 수영을 했다. 내가 죽고 싶었다든가 익사할지도 모른다는 생각이 들었다는 것은 아니다. 내 튼튼한 팔다리는 출렁이는 바닷물에 맞추어 잘 움직였으며, 호흡하기도 수월했다. 내 머리 위로는 푸른 하늘이 있었고, 해는 사방을 비추었다. 나는 다가오는 파도가 만들어 내는 가까운 수평선을 바라보았고, 파도의 윗부분이 산들바람에 흔들리는 것을 보았다. 파도는 강하면서 부드러웠고, 나를 가지고 놀았다. 나는 추위를 느끼기 시작할 때까지 수영을 하고 둥둥 떠다녔다. 그러고 나서 물에서 기어올라와 옷을 들고 발가벗은 채로 집으로 돌아왔다.

바다는 나를 다시 시장하게 만들었다. 점심 시간이 된 것 같아 나는 남은 콩소메를 데워 놓고 프랑크푸르트식 소시지 통조림 하나와 양배추 초절임 통조림을 열었다. 내일 런던에 갈 마음이 절반은 생겼다. 아직 런던에 있을지도 모를 제임스

에게 전화를 걸 생각도 반쯤 있었다. 그의 전화번호를 찾아서
전화 옆 메모장에다 적어 놓기까지 하였다. 택시 기사를 불러
이른 기차를 탈 수 있게 해 달라고 부탁할 생각도 반쯤 있었
다. 햇볕은 따뜻했으나 수영을 한 뒤라 나는 약간 추워서 아일
랜드산 털 스웨터를 입었다. 여행 가방을 꺼내어 옷을 몇 가지
꾸렸다. 서재로 들어가서 여행 중 읽을 책도 찾았다. 내 은퇴
계획 중에는 독서도 포함되어 있었지만 슈러프엔드에 온 이래
책을 한 권도 펴 보지 않았다. 책을 훑어보았다. 제임스는 책을
샅샅이 조사했고, 타이터스는 책을 베고 잠을 잤다. 나는 약간
선정적이면서도 재미있는 책이 필요했다. 외설 서적을 읽을 수
도 있었지만, 나는 그것을 무척 싫어했다. 나는 결국 『비둘기의
날개』*를 택했다. 죽음과 도덕적 파멸을 다룬 소설이다.

　낮은 지나가고 저녁이 다가오고 있었지만 나는 제임스나 택
시 기사에게 전화를 걸지 않았다. 아침 일찍 떠날 것을 결정하
기에는 너무 늦었다고 생각했다. 택시 기사에게 내일 전화를
걸고 늦은 기차를 탈 것이다. 런던에서 무엇을 할지는 생각해
보지 않았다. 아파트를 정돈하고 커튼을 주문할까? 그런 일들
은 다른 세상에 속하는 것이다. 저녁에는 따뜻했지만 나는 작
은 붉은 방에 불을 지펴서 로즈메리와 앤지의 편지와 그 영리
하고 수줍은 소녀의 사진을 태웠다. 저녁 식사를 불가로 가지
고 가 앉아서 잠시 동안 『비둘기의 날개』를 읽으려고 했다. 그
러나 경이롭고 위엄 있는 초반부는 내 관심을 끌지 못했다. 아
직 환해서 램프 없이도 볼 수 있었다. 나는 잠시 동안 흐리멍

---

* 미국 작가 헨리 제임스의 소설.

텅한 눈을 한 채 바다의 거친 파도 소리와 내 심장의 고동 소리를 들으며 앉아 있었다. 그러자 조금 졸립고도 몽롱한 상태에 이르렀다. 수영 때문에 확실히 뭔가 달라진 것 같았다. 나는 타이터스를 떠올렸다. 그리고 자신을 익사한 사람으로 생각하기 시작했다. 내가 민의 가마솥으로부터 부활하던 날 밤 이 방의 빨갛게 타오르는 불 앞에서 어떻게 잠이 들었는지, 그리고 왜 내가 아직 살아 있는지 감사하게 생각하던 것을 기억했다. 여기 누워서 내가 온전한지 확인하기 위하여 온기 속에서 팔다리를 움직이던 것이 눈에 선했다.

눈꺼풀이 조금 내려왔다. 그러면서 나는 환각인지 혹은 기억의 한 조각인지 나중에는 분간할 수 없게 된 무엇인가를 보았다. 그것은 나에게 기억처럼 갑작스럽게 나타났다. 나는 무섭게 소용돌이치는 물구덩이에 떨어진 일, 내 죽음에 대한 내 '지식', 어두운 빛 속에서 내 머리 위로 흐르는 물이 푸른색으로 보였던 것을 희미하게 기억했다. 그리고 나서 내 머리가 바위에 부딪히기 전에 본 다른 어떤 것을 기억해 내었다. 나는 내 머리 가까이에 이상한 작은 머리, 무서운 이빨, 구부러진 검은 목이 있는 것을 보았다. 괴물 같은 바다 뱀이 실제로 나와 함께 그 가마솥 안에 있었던 것이다.

눈을 번쩍 뜬 나는 이제 숨을 헐떡거리면서 두근거리는 가슴을 안고 주위를 살펴보았다. 모든 것은 정상이었다. 불길은 활활 타고 있었고, 탁자에는 열어 보지 않은 편지가 널브러져 있었으며 내가 반쯤 마시다 남긴 포도주가 있었다. 분명히 잠이 들었던 것은 아니었다. 다만 무슨 이유에서인지 완전히 잊어버리고 있던 어떤 것을 기억해 낸 것이다. 이것이야말로 의사가 뇌진탕의 결과로 잊어버렸을 수도 있다고 말한 기억의 흔적이었다. 그러나 지금 나는 검고 꿈틀거리는 것이 아주 가까이, 내 머리 위로 솟아오른 것을 기억할 수 있다. 그것은 희미한 빛 속에서 틀림없이 잠시 동안 머리와 목의 윤곽을 하늘을 배경으로 드러내 보였다. 빛을 내는 그것의 초록색 눈도 기억 속에서 보았다. 그 광경은 몇 초, 아니 1초 동안이었는지도 모르겠지만 아주 명확하고 의심할 여지가 없었다. 그러고는 그 순간 이후 머리를 부딪혔다.

그러나 그게 다가 아니다. 또 다른 일이 있었다. 내가 의식을 잃기 전에 다른 일이 일어났다. 그러나 그게 무엇이었지? 나는 흥분과 공포로 몸을 떨면서 머리를 움켜쥐고 기억을 더듬었다. 고통스러운 일이었지만 기억해 주기를 기다리는 어떤 것이 있었다. 매우 중요하고 특별한 어떤 것이 내 시야의 밖에서 내가 붙잡아 주기를 기다리고 있었다. 다만 내가 붙잡을 수가 없었을 뿐이다. 나는 큰 소리로 신음하며 일어나서 주방으로 갔다가 다시 돌아왔다. 포도주를 조금 더 마시고 두 눈을 감았다가 떴다. 나는 마음이 움직이거나 굳어져서 순간적인 근접을 망칠까 봐 감히 만질 수가 없는 듯 내 마음을 살펴보았다. 그러나 숨은 그것은 나타나지 않았다. 만일 내가 지금 그것을 붙잡지 않으면 그것은 영원히, 무의식의 깊고도 완전한 암흑 속으로 사라질 것이라는 공포감이 들었다. 바로 지금, 마지막으로 그것이 표면에 올라오려는 것이다.

결정적인, 어쩌면 필수적인 기억이 갑자기 되살아나기를 희망하면서도 나는 잠시 후에 노력을 중단했다. 다시 탁자에 앉아서 바다 뱀에 대하여 생각하며 LSD에 관련된 이전의 이론을 다시 생각했다. 나는 휘감기는 그 동물을 보기도 하고 만지기도 했는지 기억하려고 애썼다. 파도 속에서 내가 '익사하던' 것은 기억할 수 있었지만 그 동물을 본 것 이외에 그 당시의 내 마음 상태는 전혀 기억이 나지 않았다. 기억을 되살리는 데 도움이 될까 하여 가마솥을 살피러 나가 볼 생각도 했지만 깜깜해져서 가 볼 엄두를 내지 못했다. 그때 죽음의 공포에 정말로 큰 충격을 받았으므로 두렵기도 했다. 램프를 켜려고 했으나 무슨 이유인지 켤 수가 없었다. 그래서 촛불을 몇 개 켰다. 그런 뒤에 현관문과 뒷문을 잠그고 작은 붉은 방으로 돌아왔다.

방에 돌아왔을 때 나는 마치 내 눈이 갑자기 새로운 좁은 파장에 붙잡힌 것처럼, 정면에 있는 하얀 나무 벽판에 틈이 벌어진 것을 보았다. 바닥에서 몇십 센티미터 위로 올라와 가로대로 마무리되는 벽판 꼭대기 부분이었다. 벽판 사이에는 많은 틈이 벌어져 있었는데, 어떤 부분은 페인트로 가려져 있기도 했다. 틈은 길이가 15센티미터 정도로 짧았으나 그 안에 무엇인가가 꽂혀 있었다. 하얀 것이 삐죽 나와 있었던 것이다. 그게 무엇인지 기억이 나면서 갑자기 숨이 가빠진 나는 어지러워하면서 방을 건너가 종잇조각을 꺼냈다. 이것은 내가 '물에 빠졌다가' 밤중에 깨어났을 때 절대로 잊어버려서는 안 될 매우 중요한 것을 적어 놓은 종이였다. 손 안에 종이를 들고 있으면서도 나는 내가 무엇을 썼는지 기억할 수가 없었다. 이것이 바다뱀과 관련이 있을 것이라고 추측하며 종이를 펴 보았다. 내가 읽은 것은 아래와 같다.

이것을 증거로 빨리 적어 놓아야겠다. 쓰고 있는 중에도 잊어버리고 있으니까. 제임스가 나를 구해 냈다. 그는 어떻게 해서인지 곧장 물속으로 들어왔다. 그가 내 겨드랑이 밑으로 손을 넣자 나는 엘리베이터를 탄 것처럼 위로 올라가는 것을 느꼈다. 바위의 가파른 면에 몸을 붙이고 내 쪽으로 몸을 구부리는 그를 보았다. 그리고 내 몸이 떠올랐고 그는 나를 자기 몸에 대고 붙잡고 있었다. 그리고 우리는 함께 올라왔다. 그러나 그는 어떤 것을 딛고 올라서 있지는 않았다. 어느 순간 그는 박쥐처럼 바위에 붙어 있었다. 그런 뒤에 그는 그냥 물 위에 서 있었다. 그러고는

여기서 글이 끝나 있었다. 그 뒤는 알아볼 수 없게 끼적거려 놓았다. 나는 탁자에 앉아 숨을 가쁘게 쉬며 여러 번 그 글을 읽었다. 그러자 내 마음의 표면을 건드리던 시커먼 것이 튀어 나오면서 드디어 그 장면을 기억할 수 있었다. 그 기억은 내가 전에 본 뱀에 대한 기억과는 달랐다. 불가능한 일이라는 부분을 제외하고는 리지가 노래하거나 타이터스가 죽어서 누워 있는 기억과 같았고 매우 생생했다.

나는 제임스가 가파른 바위에 '박쥐처럼' 붙어 있었고 또 '엘리베이터를 탄 것처럼' 위로 올라갔다는 것을 표현함으로써 무엇을 말하려 했는지를 명확하게 기억했다. 그것은 푸른 파도가 나를 뒤덮은 이후, 내가 수면 위로 머리를 내밀고 물을 뿜어 내며 소리 지르려던 때 일어난 일이었다. 나는 제임스가 어떤 동물처럼 바위에 엎드려서 반쯤 내려온 것을 보았다. 박쥐라는 표현은 옳지 않았다. 그는 오히려 도마뱀 같았다. 중요한

점은 그가 사람처럼 손이나 발로 어딘가를 붙잡고 기어 내려
온 것이 아니라 미끄러운 표면을 어떤 동물처럼 기어 내려왔다
는 것이었다. 내가 그에게 손을 뻗어 잡으려고 했던 기억이 난
다. 그러나 바닷물이 내 몸을 전적으로 조종했고 마치 코르크
나 되는 것처럼 나를 후려쳤다. 어쨌든 나는 너무나 물을 많이
먹어서 숨 쉬고 발버둥치는 것도 그만두고 싶을 지경이었다.
나는 제임스가 그 순간에 물에 빠진 사람처럼 흠뻑 젖었고, 그
의 머리 위로 바닷물이 날뛰며 쏟아지던 것을 특히 더 잘 기억
한다. 나는 어렴풋이 제임스도 빠져 죽는구나 하고 생각했다.
그러나 왠지 절망적이지는 않았다. 제임스는 마치 송충이처럼
바위에서 떨어져 나와 회전하는 소용돌이 속으로 곧장 들어왔
다. 어떤 끈끈한 접착제를 애써 떼는 것 같았다. 그는 내가 그
를 잡으려고 내민 손을 잡지 않고 내가 기록했던 것처럼 내게
몸을 구부려 겨드랑이 아래로 손을 넣었다. 그의 손이 나를 잡
았을 때 감각을 지금 기억할 수 있고, 또 그런 뒤에 '엘리베이
터를 타고' 올라가는 것 같았던 비상하는 감각도 기억할 수 있
었다. 잡아당기거나 끌리거나 했던 기억은 없었다. 애를 쓴 기
억도 없었다. 내 머리가 제임스의 머리와 평행하고 내 몸은 그
의 몸에 붙은 채로 위로 올라왔다. 그의 체온은 따뜻했고, 바
로 그 순간에 나는 의식을 잃었다.

　그렇다면 나는 머리를 부딪히지도 않았고 뇌진탕을 일으키
지도 않았다는 말인가? 뒤통수를 만져 보니 아직 부드러운 혹
이 느껴졌다. 물론 머리를 먼저 부딪혔으면서도 의식을 잃지
않았을 수도 있다. 그러면 만일 뱀을 보았다면 언제 보았을까?
제임스도 뱀을 보았을까? 그러면 왜 나의 기억을 돕는 조그만

종이에는 뱀에 대한 언급이 전혀 없을까? 그리고 글의 끝부분에서는 무엇이라고 말할 작정이었을까? 물론 내가 뱀을 본 직후에 머리를 바위에 부딪혔다면 글을 쓰면서는 제임스에 대해서는 기억해도 이미 그것에 대하여는 잊어버렸을 수도 있다. 왜 그때는 그것을 잊어버렸다가 이제야 갑자기 그것을 기억해 낸 것일까?

나는 굉장히 흥분한 상태에서 벌떡 몸을 일으켰다. 제임스의 공훈에 대한 기억은 환각이 아니라는 것이 확실했다. 내가 어떻게 그 소용돌이치는 죽음의 구덩이에서 나올 수가 있었겠는가? 다만 오늘에야 나는 그것을 보고서 인간의 힘으로는 도저히 나를 끌어 올릴 수 없었으며, 파도도 나를 바위 꼭대기로 올려보내지는 못했을 것이라고 단정했다. 내 사촌이 별 생각 없이 지나가는 말로 '재주'라고 했던 힘을 행사함으로써 나를 구조해 낸 것이다. 나는 또한 제임스가 그러한 '재주'로 구하려고 했던 셰르파의 이야기를 다시 생각했다. 그때 나는 제임스가 '정신력을 집중하여 체온을 높일' 수 있다고 한 말을 의심하였나? 그 문제에 대하여 깊이 생각해 보지는 않았다. 그 이야기를 보통의 관점으로 이해할 수도 있다. 두 사람이 눈 속의 텐트 안에서 침낭 안으로 들어가 체온을 높이기 위해 따뜻하게 꼭 껴안고 있다가 한 사람은 죽는다. 나를 감동시키고 흥미를 불러일으킨 것은 제임스가 하려는 것이 무엇이었든지 간에 실패를 했다는 사실이다. 어떤 불가사의한 동양의 고행자가 체온을 조절하는 것을 터득했다는 주장 따위는 지금 나에게 그리 못 믿을 사실은 아니다. 그러나 가파른 바위를 기어내려와 성난 파도 위에 서서 혹은 (지금 내가 기억해 낸 것처럼)

그 아래에서 70킬로그램이 넘는 사람의 겨드랑이에 손을 넣어 5미터에서 7미터를 끌어 올렸다는 사실은 무신론자인 서양인이 믿기에는 상당히 어려운 과제였다. 그러나 나는 그것을 기억했다. 그리고 글로 써 놓은 증거도 있었다. 그리고 정말로 매우 괴상한 일이 일어났다.

나는 다시 탁자에 앉아서 고르게 숨을 쉬려고 노력했다. 그리고 내 사촌이 내 생명을 구하기 위하여 비상한 힘을 사용하였다는 생각을 하자 갑자기 뼈에 사무칠 정도로 순수하고 따뜻한 환희에 사로잡혔다. 마치 하늘이 열리고 흰 광선이 쏟아져 내려온 것 같았다. 나는 다나에*가 된 것처럼 느꼈다. 내가 제임스와 마지막으로 대화를 나눈 후에 그와 나의 관계가 새로워지고 더욱 마음을 연 관계가 되었다고 느낀 것은 지금 느끼는 감정의 어렴풋한 예언에 불과했다. 아주 이상하고 교묘하게도 나는 참 재미있다고 생각했다. 그리고 제임스가 했던 말이 생각났다. "우리는 참 재미있게 지냈어!" 나는 그에게 감사하다고 말하며 웃고 싶었다.

나는 시계를 보았다. 11시가 막 지났다. 전화를 걸기에는 아직 늦지 않았다. 나는 감정이 북받치고 목이 메이는 것을 느끼면서 촛불을 들고 서재로 달려갔다. 제임스의 집 전화번호를 돌렸다. 그에게 무슨 말을 할지 아무 생각도 없었다. 나는 바다 뱀을 보았는지 물어봐야겠다고 생각했다. 신호음이 울리기 시작했다. 그러나 신호음이 계속 울리는 동안 내 흥분은 절망

---

* 그리스 신화에 나오는 여신. 제우스 신이 황금 비로 변해서 구해 주었고, 둘 사이에서 페르세우스가 태어났다.

으로 변해 갔다. 이미 티베트로 가 버린 것일까? 아니면 그냥 어떤 군인 친구와 클럽에서 저녁 식사라도 하려고 외출한 것일까? 그의 생활에 대하여 내가 아는 것이 정말 없구나! 아침에 다시 전화하기로 했다. 그리고 런던으로 가기로 마음먹었다.

다시 주방으로 가서 자물쇠를 풀고 뒷문을 열었다. 먼저 느꼈던 냉랭한 공포는 사라졌다. 잔디밭으로 나갔다. 집은 어둡고 서늘했지만 밖은 환했고 공기도 따뜻했다. 나는 밖에서 자기로 마음먹고 서재로 가서 쿠션을 몇 개 고르고 위층에서 담요와 베개를 가지고 내려왔다. 그리고 전에 잔 적이 있는 바닷가 바위로 기어올라가서 잠자리를 만들었다. 그러고 나서 작은 붉은 방의 유리창에서 촛불이 정답게 깜빡이는 집 쪽으로 다시 발길을 옮겼다. 하늘은 어둡고 흐렸지만 아직 별이 보이지 않을 만큼 환했다. 금성만이 톱날같이 커다랗게 반짝이고 있었다. 낮게 떠서 저물어 가는 달은 치즈 빛깔 같았다.

나는 작은 붉은 방에 들어갔다. 마치 제단 위에서처럼 촛불이 포도주 잔과 거의 비어 있는 병의 측면에 놓여 있었다. 나머지 포도주를 잔에 붓고 거기 앉아 상념에 잠겼다. 또 다른 여러 가지 일들을 기억해 보려고 노력했다. 다른 사람들은 아무도 이상한 것을 목격하지 못한 것이 틀림없었다. 페러그린은 나를 떠밀고 계속 걸어갔다고 말했다. 그는 술에 많이 취했고 진실로 무슨 일이 있었는지 몰랐을 것이다. 모두들 놀라 달려왔을 때 나는 이미 바위 꼭대기에 누워 있었고, 제임스는 나를 살려 내려고 애쓰고 있었다. 나는 제임스에게 제대로 물어보지 못했다. 왜냐하면 그는 바로 그 뒤에 병이 났고 쓰러져서 침대에 있었기 때문이다. 어째서 그가 그렇게 지쳐 버렸을까?

나를 구해 내느라고 애를 썼기 때문이다. 상상할 수 없는 방법으로 그곳을 내려와 나를 끌어올리려고 육체적이고 정신적인 에너지를 모두 소모하였기 때문이다. "누구나 배울 수 있어. 매우 지치고 힘들지만……."이라고 하던 그의 말이 생각났다. 제임스가 나가떨어져 몸을 가누지 못한 것이 하나도 이상스럽지 않다. 그러나 그러고 나서…… 그는 "나는 그를 붙잡지 못하고 놓쳐 버렸어."라고 했다. 그날 밤 내가 잠들었을 때 제임스는 누구에 대하여 이야기했던 것일까? 그의 셰르파 친구인가 아니면…… 타이터스? 왜 바로 그 무렵에 타이터스가 나에게 왔을까? 왜 제임스는 그렇게 분명하게 타이터스의 이름을 물어보았을까? 이름은 곧 길이다. 왜 타이터스는 '꿈속에서' 제임스를 보았다고 말했을까? 제임스는 항상 잃어버린 물건을 잘 찾아내었다. 그가 마음의 촉수를 뻗어 타이터스를 발견해 내고 이곳으로 데려온 것일까? 그리고 그를 끈으로 묶어 보호하고 있었나? 그런데 그 끈이 나를 바다로부터 들어 올린 후에 제임스가 아주 이상하게도 병에 걸렸을 때 끊어져 버렸나? 제임스는 타이터스의 죽음에 대하여 마치 그것이 자신의 잘못이라는 듯이 "내가 붙어 있어야 했는데."라고 했다. 그것이 그의 잘못이라면 내 잘못이기도 하다. 죄에는 무자비한 인과응보가 따르게 마련이다. 어떤 면으로 보면 타이터스는 몇 년 전에 내가 페러그린으로부터 로시나를 빼앗았기 때문에 죽은 것이다. 그리고 물론 제임스의 허영이 셰르파를 죽인 것처럼 내 허영이 타이터스를 죽인 것이다. 두 경우 다 우리의 결점이 우리가 사랑하는 것을 파멸시킨 것이다. 그리고 지금 나는 제임스가 말했던 또 다른 말을 기억했다. 정신세계에 잘못 간섭하면 다른 사람들에게 해를 끼칠 악마를 사육하게 돼. 좋은 일에 사용된 악마들은 돌아다니면서 나중에 못된 장난을 하지. 이들 중의 한 악마가 제임스를 도와서 나를 구해 주었고, 제임스가 쓰러진 틈을 이용하여 타이터스를 붙잡아 어린 그의 머리를 바위에 부딪히게 했단 말인가?

이런 생각들은 너무나 미친 생각이고, 그 내용이 너무나 무서워서 나는 생각을 멈추고 잠을 자려고 애썼다. 무엇보다도 잠을 잘 자야겠다고 생각했다. 이 모든 것에 대하여 제임스에게 말하고 싶은 강렬한 욕망을 느꼈다. 혹시 그가 이미 떠났다면 그에게 편지를 보내고 싶었다. 그러나 어떻게 그의 주소를 알아내겠는가? 그가 일정한 주소를 가졌을까? 토비 엘즈미어를 제외하고 나는 그를 아는 사람을 아무도 모른다. 토비조차도 제임스가 하는 일이나 그의 생활 방식에 대하여 전적으로 알지는 못하거나 어리둥절해하는 듯했다. 육군 본부나 국방부에 가서 문의할 수 있을까? 물론 그들은 '아무것도 모른다'고 할 것이다.

나는 포도주를 다 마셔 버렸다. 장작불은 붉은 얼룩 같은 재로 변해 있었다. 나는 제임스와 내가 거북한 친척이나 적과 같은 사이가 되지 않고 진정한 친구가 될 수 있었을 지나간 세월을 생각하며 깊은 한숨을 쉬었다. 나는 탁자로 가서 낯익은 글씨가 혹시 있나 해서 열어 보지 않은 편지 더미를 뒤지기 시작했다. 물론 제임스에게서 온 편지는 없었다. 있었다면 단숨에 찾아내었을 것이다. 시드니의 '젊은 여배우'에 대해 쓴 편지가 있을지도 모른다. 'C. 애로비 씨' 앞으로 보낸, 런던 소인이 찍힌 편지가 내 주의를 끌었다. 왜냐하면 영어에 능숙하지 못한 사람이 쓴 필체 같았기 때문이다. 지치고 게으른 호기심으로 나는 그 편지를 내 앞으로 당겨서 뜯어 보았다. 이틀 전에 발송한 편지의 내용은 다음과 같았다.

친애하는 애로비 선생님께

슬픈 소식을 전하게 되어 유감입니다. 선생님의 전화번호를 찾을 수가 없었습니다. 편지에 있는 이 번호로 전화를 거셔도 좋습니다. 슬픈 소식이란 사촌 제임스 애로비 씨께서 방금 돌아가셨다는 것입니다. 저는 그분의 주치의입니다. 사촌이자 상속인인 선생님께 자신의 죽음을 알리라는 쪽지를 남기셨습니다. 선생님께만 말씀드리고 싶은 일이 있습니다. 애로비 씨는 매우 조용히 돌아가셨습니다. 그분은 제게 전화로 와 달라고 했고, 제가 도착했을 때는 이미 돌아가신 뒤였습니다. 문을 열어 놓고, 의자에 앉아서 미소 짓고 계셨습니다. 이 말을 꼭 해드려야겠습니다. 저는 우연히 애로비 씨의 주치의가 되었습니다. 저는 인도 사람으로, 데라둔 출신입니다. 애로비 씨를 처음 만났을 때 저는 그분이 매우 박식하다는 것을 단번에 알 수 있었습니다. 아마 이해하실 것입니다. 저는 그분을 찾아가면서 어떤 예언적인 느낌이 있었습니다. 그리고 도착했을 때 어떤 일이 일어났는지를 알았습니다. 인도 북부에서는 그런 죽음이 있습니다. 제가 감히 말씀드리지만 너무 슬퍼하실 필요는 없습니다. 애로비 씨는 모든 것을 성취하시고 돌아가셨습니다. 사망 진단서에는 '심장 마비'라고 적었습니다만 그렇지 않습니다. 죽음의 순간을 자유롭게 선택할 수 있는 사람들이 있습니다. 그들은 신체에 폭력을 가하지 않고서도 단순히 의지의 힘으로 죽을 수가 있습니다. 애로비 씨도 그렇게 돌아가셨습니다.

저는 그분께 경의를 표했고 그 앞에서 고개를 숙였습니다. 조용히 떠나셨으며, 자신의 사고로 의식을 단절시키셨습니다. 그러므로 그분의 죽음은 좋은 일입니다. 제 말을 믿으세요, 선생님. 애로비 씨는 영통한 사람이었습니다.

전화를 주시면 무엇이든지 도와 드리겠습니다.

P. R. 창

나는 편지를 두 번이나 연거푸 읽었다. 무시무시한 냉기와 고요함이 나를 엄습했다. 나는 한참 동안 석상처럼 움직이지 않고 앉아 있었다. 이 이상한 편지가 짓궂은 장난이나 실수인지 알아볼 생각도 하지 않았다. 제임스가 죽었다는 것은 의심하지 않았다. 그는 조용히 떠났다. 그의 의지가 그의 육체에 약간의 부드러운 압력을 가함으로서 불안하게 깜박거리는 의식을 영원히 멈추게 한 것이다. 나는 움직이기를 두려워하며 마음속에 웅크리고 있는 깊은 슬픔을 느꼈다. 그리고 또한 이상하고 새로운 감각을 느꼈다. 그것이 외로움이라는 것을 인식하는 데는 약간의 시간이 걸렸다. 제임스 없이 마침내 나는 혼자가 되었다. 마치 그가 사촌이 아니라 쌍둥이 형제인 것처럼 이세상에서 그의 존재에 나는 얼마나 의지하고 있었던가!

시계를 보니 거의 밤 12시에 가까웠다. 정말 내일 아침에는 런던에 가야겠다. 나는 무력하고 슬픈 혼란 속에서 무슨 일이 일어났는지, 그들이 그를 어떻게 했는지 궁금했다. 제임스는 아직도 그 의자에 죽은 채로 공허한 미소를 지으며 앉아 있을까?

나는 침대로 가려고 일어났다. 그러다가 내 잠자리를 바위 위에다 만들어 둔 것을 기억했다. 그리로 가려고 마음먹었다. 바깥의 밤은 따뜻했고 흐트러진 별을 볼 수 있을 만큼 어두워져 있었다. 희미하고 선명치 않은 은하수의 반원도 보였다. 그러나 하늘에는 넓게 펼쳐진 빛이 있었고 한여름이 다 된 것 같았다. 나는 한 지점에서 발이 웅덩이에 빠지기는 했지만 이제는 아주 익숙해져서 바위 위 길을 그다지 위험하지 않게 갈 수 있었다. 웅덩이의 물은 따뜻했다. 나는 구두만 벗고 셔츠와 바지를 입은 채로 딱딱한 잠자리에 누웠다. 그리고 머리를 괴고 검은 선과 은빛 선으로 표시된 수평선을 보았다. 천천히 움직이는 보트에 탄 것처럼 내 밑에서 바닷물이 철썩철썩 흔들리고 있었다.

제임스는 왜 죽었을까? 그는 왜 지금 죽으려고 했을까? 내가 이해할 수 없는 어떤 급박한 이유라도 있었나? 아니면 내 사촌의 존재가 지닌, 내가 인식하지 못한 거대한 운명의 수레바퀴의 일부였나? 모든 엉뚱한 가정이 머릿속에 자꾸만 들어왔다. 리지와 어떤 연관이 있었을까? 그럴 리 없다. 아니면 타이터스와? 타이터스의 죽음에 대하여 양심의 가책을 받았을까? 자신이 그 죽음에 책임이 있다고 탓하면서? 이쯤에서 나는 정말로 제임스가 타이터스를 전부터 알고 있었다고 추측하기 시작했다. 그가 타이터스에게 여러 가지 노래와 예의범절을 가르치고 단테의 시집을 주었던 신비스러운 사람일지도 모른다. 그러나 이것은 생각할 수 없는 일이다. 그러한 기만은 진지하게 상상해서는 안 된다. 나는 거기 누워서 바다 위의 하늘을 바라보다 금빛 위성이 하늘의 반원 위에서 천천히, 그리고 조심스럽게 이동하는 것을 보았다. 그것은 고요히 여행하는 영혼 같아 보였다. 제임스는 여행을 갈 거라고 말했다. 죽음이 그의 여행이었다. 이것은 그의 마지막 '재주'였다.

아니다. 나는 이러한 '벗어남'을 어떤 일상적인 또는 현존하는 원인과 연관 지을 수가 없다. 제임스의 결정은 존재의 다른 양식에, 정신적인 모험과 불운한 사건의 다른 역사에 속하는 것이었다. 제임스가 말한 '잘못'이 무엇이든지 간에 셰르파의 죽음을 초래한 그것은 어떤 좀 더 일반적인 상황에 속하는 것이리라. 종교는 힘이다. 정말 그렇다. 그러나 그것은 독이기도 하다. 힘을 행사한다는 것은 위험한 즐거움이다. 아마 제임스는 마술로 타락해 버린 영성(靈性), 즉 잘못된 신비주의의 짐을 단순히 벗어 놓고 싶었는지 모른다. 그는 자기의 '힘'을 사용하여 내 생명을 구해야 했기 때문에 혐오감에 사로잡힌 것인가? 그 힘이 마지막이었나? 그렇다면 결국 모두 내 잘못인가? 결국 내가 감사할 줄 모르는 짐이 되고 위험한 애착이 되었나? 여기서 슬프게도 나는 제임스의 마지막 방문이 지닌 의미를 이해할 수 있었다. 제임스는 나와 화해하기 위하여 온 것이다. 그러나 그것은 그를 위해서지 나를 위한 것이 아니었다. 인연을 끊으러 온 것이지 완성시키려고 온 것이 아니었다. 그는 그것이 우리의 마지막 대화라는 것을 알고 있었기에 그렇게 느긋하게 마음을 열었고, 전에 본 적이 없을 정도로 솔직하고 다정했다. 그는 어떤 평범한 화해를 원한 것이 아니다. 그를 초조하게 하고 꼭 처리해야 할 임무를 마지막으로 해치우려고 온 것이다. 자신의 가련한 사촌에 대한 걱정과 죄의식이 그가 오랫동안 생각해 왔던 완전한 떠남의 조건을 흐리게 했는지도 모른다.

나는 그 단절이 어떻게 이루어졌는지 궁금했다. 죽음의 순간에 찾아오고, 사람이 당장 은덕을 입게 하는 '모든 실체'의 전망에 그가 응답한 것인가? 그는 그 만남의 장소로 열심히 찾아가서, 해탈의 낯선 극락에서, 당장은 무슨 뜻인지는 모르겠지만, 지금은 '자유롭게' 지내고 있을까? 아니면 아킬레스의 망령처럼 힘없이 고통 받으면서 내가 상상조차 할 수 없는 죄를 속죄하기 위하여 어떤 연옥에 갇혀 있는 것일까? 지금 그는 어둡고 괴물들이 득실거리는 바르도에서 그가 이전에 알았고, 악마들 때문에 겁먹고 놀란 사람들의 그림자를 만나며 방황하고 있을까? 우리가 이 속세의 고리를 벗어던졌을 때 그 죽음의 잠 속에서는 어떤 꿈이든 우리에게 휴식을 줄 것이 틀림없다. 사람은 어떻게 바르도에서 벗어날 수 있을까? 제임스가 나에게 무슨 말을 했는지 기억이 나지 않는다. 왜 나는 그에게 설명해 달라고 하지 않았을까? 그는 거기서 어떤 영속하는 공포의 형태로, 그의 마음이 창조한 아주 악한 망령인 나를 만날 것인가? 그렇다면 그가 해탈을 이룬 뒤에 연민과 동정으로 나를 잊지 말고 찾아와 진실을 알게 해 주길 나는 기도하였다. 그것이 무엇을 의미하든지 간에.

바다가 부드럽게 출렁이는 소리를 들으며 이런 슬프고도 이상한 생각을 하면서 누워 있노라니 별들이 자꾸만 더 많이 모여들어서 뚜렷하게 보이던 은하수를 가리고 하늘 전체를 가득 채웠다. 그리고 아주 멀리 떨어진 금빛 대양 속으로 별들이 소리 없이 반짝 빛났다가 떨어져 수억만 개의 혼합된 금빛 사이에서 그들의 운명을 찾아가고 있었다. 엷은 커튼 같은 안개가

서서히 걷히자 내 청년기의 마술 같은 오데온스 극장 안에서처럼 나는 별들 뒤에 있는 별들과 그 별들 뒤에 있는 또 다른 별들이 반짝이는 것을 볼 수 있었고, 광활하고 부드러운 우주의 내부가 천천히 그리고 조심스럽게 안에서 바깥으로 뒤집히는 것을 보았다. 나는 잠이 들었다. 그리고 꿈속에서 노랫소리를 들은 것 같았다.

· · · · ·

잠에서 깨었을 때는 새벽이었다. 수억만 개의 별들은 사라졌다. 하늘은 어슴푸레한 안개 때문에 엷은 하늘색을 띠었고, 거대한 하나의 아치를 그리며 시원하지만 부드러운 빛을 머금었다. 태양은 아직 떠오르지 않았다. 바위들은 윤곽이 분명하게 나타났으나 아직 색깔은 알아볼 수 없었다. 잿빛 바다는 아주 고요하고 반짝거렸으며, 작은 파도도 일지 않았다. 수평선은 매우 가늘고 흐린 선으로 보였다. 완전하고 의식적인 고요가 깃들어 있었다. 마치 여행 중인 지구가 소리 없이 숨 쉬는 것 같았다. 나는 제임스가 죽었다는 것을 기억했다. 하나뿐인 첫사랑은 누구였을까? 과연 누구였을까.

나는 몸을 일으켜 무릎을 꿇고, 이슬에 젖은 담요와 베개를 털기 시작했다. 그 순간 완전한 정적 속에서 이상하고 무서운 소리가 바다 쪽에서 들려왔다. 요란하게 물을 튀기는 그 소리를 들으니 바위 밑에서 무엇인가가 바로 솟아 나와 육지로 기어올라올 것만 같았다. 바다 쪽으로 돌아선 나는 잠시 순수한 공포에 사로잡혔다. 내 바로 발밑에서 물에 젖은 개처럼 생긴 얼굴들이 호기심에 찬 표정으로 위를 올려다보고 있었다. 네 마리의 물개가 바위 가까이 헤엄쳐 와서 손으로도 만질 수 있을 것 같았다. 나는 그들의 뾰족한 코, 물이 흐르는 수염, 밝고 호기심에 찬 둥그런 눈, 그리고 유연하고 반질반질한 우아하게 젖은 등을 가까이에서 볼 수 있었다. 물개들은 잠시 동안 몸을 뒤틀며 물을 마시거나 뱉기도 하고, 내내 나를 올려다보면서 재롱을 떨었다. 물개들이 노는 것을 보면서 나는 그들이 나를 축복하러 온 자비로운 동물이라는 생각을 의심치 않았다.

역사, 그 후의 이야기

인생은 계속된다

틀림없이 이 이야기는 모든 열정이 소모된 뒤 마음이 고요해진 상태에서 물개와 별, 설명, 포기, 화해 등 모든 것이 어떤 담담하고, 불분명하지만, 더 높고 빛나는 의미 속에 집중되었을 때 끝나야 한다. 그러나 인생은 예술과 달라서 반전이 일어나고, 해답에 의심을 품으며, 부딪치고 절뚝거리면서도 초조하게 계속되는 면이 있어서 대체적으로 행복하게 혹은 고결하게 생을 누리기는 불가능하다. 그래서 나도 다시 한 번 일기의 형식으로 이야기를 약간 더 길게 계속 쓸 생각이다. 만일 이것이 책이라면 분명히 잠시 후에 끝나리라는 것을 알겠지만 말이다. 특히 나는 제임스의 장례식을 기록해야겠다고 생각했다. 그러나 실제로 제임스의 장례식은 사건이라고 할 만한 것이 못 되고 기록할 것도 없다. 그리고 또 나는 이 기회를 이용하여 매듭짓지 못한 부분을 해결하려고도 생각했다. 물론 마무리를 지어야 할 또 다른 문제들이 계속 나타나서 완전한 매듭을 짓는다는 것 자체가 매우 어려운 게 사실이다. 시간은 바다처럼 모든 매듭을 풀어 준다. 사람에 대한 판단은 결코 궁극적이지 못하며, 그 판단은 당장 재고를 요하는 사건의 요지에서 나오는 것이다. 세상살이는 느슨한 결말이며, 희미한 예측이다. 아무리 예술이 우리를 위로하느라고 그렇지 않은 척해도 말이다.

이 글을 쓰는 지금은 8월이다. 영국인이 상상하는 프로방스의 황금색 8월이 아니라, 거리의 끝 템스 강에 거센 바람이 휘몰아치는 일상적이고 선선한 런던의 8월이다. 그렇다. 나는 제임스의 아파트에 살고 있다. 법적으로 이것은 내 아파트다. 그러나 물론 이것은 실제로는 제임스의 것이다. 나는 아무것도 감히 바꾸지 못하겠고, 아무것도 움직일 생각이 없다. '미신'의 우상들이 내 주위를 둘러싸고 있다. 조금 괴상한 '주물들'은 그들이 불만을 표하지 않기를 바라면서 용기를 내어 찬장 속에 감추었다. 그리고 현관에 늘어뜨린 유리 장식도 떼어 놓았다. 짤그랑거리는 소음이 내 잠을 방해했기 때문이다. 그러나 악마가 갇혀 있는 정교한 나무 상자는 아직 튀어나온 선반 위에 그대로 두었다. (제임스는 그 안에 악마가 있다는 것을 한 번도 부정하지 않았다. 내가 물었을 때 그는 그냥 웃기만 했다.) 제임스의 유서에 자기 이름이 없는 것을 불쾌하게 생각하는 것 같아 엘즈미어에게 준 불상 하나를 제외하고 다른 수많은 부처들이 아직 제자리에 있다. 유서에는 모든 것을 나에게 남긴다고 씌어 있었다. 만일 내가 그보다 먼저 죽게 되면 영국 불교회에 넘어가게 되어 있었다. 나는 그들에게도 불상 하나를 주었다.

　오늘 부동산 중개업자에게서 기분 나쁘고 미덥지 못한 편지가 또 왔다. 슈러프엔드는 팔려고 내놓았다. 나는 별들을 바라본 밤과 물개들이 나타난 아침 이후로 거기서 하룻밤도 지내지 않았다. 이사하려고 내 소유물을 정리하는 동안에도 레이븐 호텔에 머물러 있었다. 호텔 침실에서 탑을 볼 수는 있었지만 집을 볼 수는 없었다. 아무도 그 집을 사려고 하지 않았다. 습기 때문인지, 아니면 다른 이유에서인지 모르겠다. 아몬 농장의 아크라이트 가족이 열쇠를 가지고 있는데, 전에 나더러 지붕을 수리하겠노라고 했지만 부동산 중개업자의 말에 따르면 수리하지 않았다고 한다. 다행히 제임스가 나에게 유산을 넉넉하게 남겨 주었으므로 나는 돈이 급하게 필요하지는 않았다.

. . .

　전에 말했듯이 제임스의 장례식에 대하여 기록해야겠다. 이상스럽게도 장례식은 공허하고 무미건조했다. 다행히 내가 준비할 것은 없었다. 장례식을 위하여 나타난 블랙손이라는 대령이 준비를 하고 난 후 사라져 버렸다. 의사의 편지를 받고 다음 날 런던에 도착하자 블랙손 대령과 의사가 제임스의 아파트에 와 있었다. 대령은 나와 연락을 할 수 없어서 화장을 하기로 결정했다고 설명해 주었다. 그러나 만일 내가 다르게 하기를 원한다면……. 나는 그렇지 않았다. 나는 의사와 대화를 나누려고 했으나 그는 블랙손이 나에게 화장터에 어떻게 가는지를 설명하는 동안에 사라져 버렸다. '제임스'는 이미 자비롭게 '안식의 교회'로 옮겨져 있었다. 나는 그를 보러 가지 않았다.

화장은 북부 런던의 거대한 공원 묘지에서 이틀 후에 거행되었다. 사람 많고 떠들썩한 묘지 분위기에 비해 '추억의 공원'에는 어딘지 위로가 없는 공허가 깃들어 있었다. 이것은 전적으로 우아함이 결여된 행사로, 바로 이전의 시신이 화장되는 동안 직원들은 우리를 바깥에서 기다리게 한 후 서둘러 일을 끝냈다. 의심할 바 없이 착실한 대령이 우리의 '투입구'를 예약해 둔 것은 신중한 처사였다. 대령과 의사가 참석했다. 진정으로 충격을 받은 듯한 토비 엘즈미어도 참석했다. 그와 제임스의 관계에 대하여 나는 한 번도 생각해 본 적이 없었다. (그 이후에도 마찬가지다.) 그 관계가 어떠했든지 간에 그것은 먼 과거에 속하는 일이라고 생각했다. 제임스와 토비는 젊었을 적에 군대 생활을 같이 했을 뿐만 아니라 같은 학교 동창생이었다. 아마 토비는 제임스를 단순히 흠모했는지도 모르겠다. 그러한 결속은 평생 계속될 수 있다. 말쑥하게 검은 정장을 잘 차려입은 신사 네 명도 찾아왔다. 아마 군인인 것 같았다. 그들은 나를 아는 기색을 보이지 않았고 나와 몇 마디 이야기를 나눈 토비도 모르는 사람들이었다. 토비를 제외하고는 정말 아무도 나와 말을 하지 않았다. 행사는 몇 분밖에 걸리지 않았다. 물론 기도도 없었고, 조용하고 무심한 음악이 잠깐 흐르고 난 뒤에 묵념이 있었다. 이것조차 어떤 직원이 뒤에서 시끄럽게 문을 여는 바람에 방해를 받았다. 그때 나는 좀 더 정중한 추모식이 있었으면 하고 바랐다. 그러나 어떤 의식이든 내가 생각한 것은 제임스의 영혼을 화나게 했을지도 모른다. 하지만 그렇다 해도 그를 보내는 데 점잖은 음악을 요구할 기지가 있어야 했다.

우리는 바깥 정원으로 나갔다. 블랙손 대령이 나와 악수를 했다. 모두들 자리를 뜨기 시작했다. 다시 나는 의사와 이야기를 나누려고 시도했으나 그는 병원에 가 봐야 한다고 했다. 아마 사망 진단서 때문에 약간 신경이 쓰이는 모양이었다. 토비는 마지못해 나에게 차를 태워 주겠다고 했으나 나는 거절했다. 그도 혼자 있기를 원하는 것 같았다. 나는 오랫동안 초라하고 슬픈 뒷골목을 걸어 다니다가 길을 잃었다.

．．．

나는 방금 주방에서 망치를 발견했다. 제임스가 슈러프엔드에 왔던 마지막 날 저녁에 내가 고치려고 애쓰던 그 망치다. 위험을 예방하는 차원에서 그가 그것을 가지고 온 게 분명했다. 나는 주방이 마음에 들었다. 건조하고 넓은 식료품 저장실은 내가 도착했을 때는 텅텅 비어 있었다. 창밖으로 보이는 배터시 발전소가 저녁에는 아시리아의 기념비처럼 보였다.

나는 셰퍼드부시에 있는 내 아파트를 팔았고, 가구 몇 가지를 이곳으로 옮겨 놓았다. 슈러프엔드에서도 내 물건을 가져왔지만 초니 부인의 물건에는 손을 대지 않았다. 로시나가 깨뜨렸으나 내가 새로 끼우지 못한 art nouveau* 양식의 타원형 거

---

* 아르누보. 19세기 말에서 20세기 초에 걸쳐 프랑스에서 유행한 예술 양식.

울은 꼭 가져오고 싶었지만 유혹을 물리쳤다. 내 물건들은 대부분 욕실 옆 제임스의 옷 방에 넣어두었다. 그곳은 이제 제임스의 사원 안에 있는 찰스의 조그만 사당이다. 가끔 그곳에 들어가 앉아 있곤 한다. 내 책들은 아직도 상자에 든 채로 현관 복도에 놓여 있다. 옷들은 대부분 여행 가방 안에 그대로 있다. 아직 얌전히 걸려 있거나 개켜져 있는 제임스의 옷들은 차마 건드릴 엄두를 내지 못하고 있다. 침실의 커다란 옷장은 다른 세계로 가는 입구와 같다. 이 아파트에 있으면 마음이 편안하지는 않지만 다른 곳에서 살 생각은 없다. 가끔 그가 여기 없다는 사실을 믿을 수가 없다. 어젯밤에는 그가 옆방에 있다는 느낌이 너무도 확실하여 직접 가서 눈으로 확인해야만 했다.

· · · · ·

금요일에 골더스그린에 있는 조그만 집에서 리지와 길버트를 만났다. 가끔 내가 그들을 방문하면, 그들은 하루 종일 요리를 하며 보내서 지독한 냄새를 풍기며 나를 맞이한다. 길버트는 이제 끝날 줄 모르는 바보스러운 텔레비전 연속극의 희극적인 주인공으로 성공을 거두었다. 그는 난생처음으로 유명해졌으며, 길에서도 사람들이 다가와서 그를 만졌다. 비평가들이 그를 윌프레드 더닝과 비교하기도 한다. 어림없는 소리다. 리지는 행복해 보인다. 그녀는 병원 일을 포기했고, 살이 더 쪘다. 그들은 아직도 나에게 언젠가 한집에서 같이 살자고 말한다. 나는 위층에 살고, 그들은 아래층에 살면서 나의 '심부름꾼'이 될 것이라고 한다. 우리는 이런 농담을 한다.

그들이 나를 나이 많은 환자로 취급하는 것일까? 그들은 제임스의 아파트는 사람이 살 곳이 못 된다고 한다. 물론 나는 그들을 결코 여기에 초대하지 않는다. 어느 누구도 여기에 초대하지 않는다.

. . .

나는 독신 생활을 하는 성직자 아저씨로 정착하고 있는가? 앞에서 언급한 적이 있는지 모르겠지만 어제는 내 비서 코프먼 양을 데리고 커피를 마시러 가서 그녀의 늙은 어머니에 대한 슬픈 이야기를 들었다. 그런 뒤에 로즈메리 애시를 술집에 데려가 점심을 같이 먹으면서 시드니와 메이벨에 대한 이야기를 모두 들어 주었다. 메이벨은 스무 살이다. 로즈메리는 아직도 시드니가 제정신이 들 것이라고 꿈꾸고 있다. 아이들은 캐나다를 사랑한다. 로즈메리는 그들이 이혼에 대하여 매우 냉정하다고 생각한다. 나는 로즈메리가 슈러프엔드에서 있었던 일에 대하여 분명히 알고 있지 않은 것을 알고 반가웠다. 나는 그녀에게 더 말하고 싶지 않았다. 그녀가 아는 정보는 내가 마을의 어떤 미친 여자 때문에 시달렸고, 길버트의 남자 친구가 익사했다는 것이었다. 다행히 그녀는 내 문제에 대하여 의논하기를 원치 않았다.

아파트에 늦은 저녁 시간이 다가왔다. 물론 불상들이 내리깔고 있는 눈 아래로 속세를 보지 않는다는 것을 나는 알지만, 그것들이 나를 빤히 바라보는 것 같았다. 파출부를 고용할 생각이 없었으므로 집 안에 점점 먼지가 쌓여 갔다. 내가 먼지를 약간 털어 보았으나 깨지기 쉬운 것들이 많아서 물건을 움직이기는 싫었다. 특히 까치발 선반 위에 놓인 악마 상자를 조심해야 했다! 제임스의 혼이 차츰 물러감에 따라 이곳은 점점 박물관처럼 보이지 않는가? 내가 차지하는 면적은 확대되지 않는다. 주방에서 식사하고, 그다음엔 거실의 책상으로 걸어간다. 현관 복도에서 옷을 입고 여분의 큰 침실에서 잠을 잔다. 물론 제임스의 침대에서 잠잘 엄두는 내지 못한다. 제임스의 멋진 침실은 사용하지 않으므로 문을 닫아 두었다.

적어도 이제는 책상을 차지하여 값진 옥으로 만든 동물 가운데 내가 좋아하는 것들을 책상에 모아 두었다. (다행히도 코프면 양이 도와주어서) 나한테 온 편지와 서류 들은 내가 하틀리에게 주었던, 얼룩덜룩한 분홍색 바탕에 흰색 바둑무늬가 있는 돌멩이와 제임스에게 주었던, 푸른 줄무늬가 있는 갈색 돌멩이로 눌러 놓았다. 여기 도착했을 때 그 돌멩이가 있는 것을 보고 반가웠다. 이 돌멩이들을 나는 가끔 만지작거린다. 아벨 숙부와 에스텔 숙모가 춤추는 사진과 클레멘트가 젊었을 때 코델리아 역을 했던 사진도 세워 놓았다. 부모님의 사진은 적당한 것을 찾을 수가 없었고, 물론 제임스의 최근 사진도 없었다. 그가 여행 준비를 매우 철처하게 했던 것은 확실하다. 아파트에는 그의 사적인 서류가 하나도 없었다. (혹시 블랙손 대령이 치워 버린 것은 아닐까?) 오래된 편지나 사진, 청구서 같은 흥미 있는 유품은 전혀 없었다. 유언장은 그의 투자에 대한 거래 은행 명세서와 함께 얇은 서류 뭉치에 묶여 있었다. 제임스가 변호사와 접촉한 흔적은 없었다. 유언장은 그가 손수 기록했다. 증인 둘은 교육을 받지 못한 사람 같았다. 얼마 동안 나는 어리석게도 제임스가 나에게 남긴 편지가 있지 않을까 하고 벽의갈라진 틈까지도 자세히 살펴보았다.

. . .

어젯밤 길버트와 리지가 베풀어 준 조촐한 파티에서 나는 페러그린이 런던데리의 극장에서 성공을 거두고 있으며, 아일랜드의 평화를 선전하는 사람으로 꽤 유명해졌다는 소식을 들었다. 로시나도 역시 열성적이고, 정치 의식이 강해진 데다 권력에 미쳤다는 소문도 났다. 길버트는 프리치의 「오디세이」가 끝장났다고 말했다.

그렇다. 나는 요즘 파티에 다닌다. 런던을 돌아다니며 평범한 사람처럼 먹고 마시고 수다를 떨고 있다. 나도 평범한 사람이 아닌가? 바닷가의 외진 동굴에서 열어 보려고 했던 귀중한 부적이 어찌 되었는지 궁금하다.

실제로 아무것도 하지 않으면서 하루 종일 바쁜 것은 내가 나이를 먹었다는 증거다. 이 일기는 시간을 오래 끌고 있다. 그러면서 이것은 내 동료가 되었고, 내 직업처럼 느껴진다. 나는 이제 이 일기를 끝내기 전에 일종의 명상적인 요약을 제시해야 한다는 초조함을 가지고 있다. 그 생각은 나를 움츠러들게 한다. 기록하지는 않았지만 고통이 매우 심하다.

앞에서 내가 얼마나 이기주의자로 보였을까? 그러나 내가 그렇게 특이한가? 우리는 이성보다 더 훌륭하고 비밀스럽고 생명력 넘치는 분주한 내적 본질을 통해서, 우리 자신의 자기만족이라는 빛에 의하여 살아가야 한다. 우리가 성자가 아닌 이상 그렇게 살아야 한다. 그런데 성인이 존재하나? 영적인 존재는 존재한다. 아마 제임스가 그중 하나였을 것이다. 그러나 성자는 존재하지 않는다.

다시 회고해 볼 작정이다. 그러나 오늘은 아니다. 이 모든 것이 완성되면 다시 다른 것을 쓸까? 클레멘트의 이야기? 아니면 내 친구들이 그렇게 필요하다고 주장하는 연극에 대한 저서를 써 볼까? 아니면 그저 집에 돌아와 난롯가에 앉아 셰익스피어를 읽을까? 마술이 현실을 축소시켜서, 요정들이 장난감으로 가지고 놀 자그마한 물건으로 변화시키지 않는 집으로 돌아와서 말이다. 집에 성자는 없을지 모르지만 적어도 자기만족의 빛이 온 세상을 밝게 비춘다는 한 가지 증거는 있을 것이다.

· · · · ·

제임스 앞으로 몇 통의 편지가 왔다. 그러나 모두 학자들로부터 온 것이다. 내 사촌은 상당히 잘 알려진 동양학자이며, 세계 각국의 박식한 학자들과 서신을 주고받은 모양이다. 나는 제임스의 책들을 어떻게 처리할지 물어보기 위하여 내게 전화를 걸었던 대영 박물관의 직원에게 그 편지들을 보냈다. 내가 박물관 직원에게 책을 보러 오라고 하자 그가 어제 찾아왔다. 그는 아파트에 있는 물건들을 다 둘러본 후 크게 감격했고, 욕심이 나서 거의 실신할 뻔하였다.

．．．

　제임스가 쓴 시를 어떻게 해야 할지 모르겠다. 그렇다. 제임스의 시! 이 얘기는 이전에 하지 않았을 것이다! 그러니까 제임스는 어떤 면에서 그가 말한 것들을 실행했다. 즉 군대에 입대하였고, 시인이 되었다. 편지를 제외하고는 아무것도 없는 책상의 맨 위쪽 서랍에 원고들이 있었다. 모두 말끔히 타이핑하여 철해서 몇 권으로 묶어 놓았다. '개인 유품'이 틀림없지만 아무 지시도 없고 설명이 담긴 편지도 없다. 전에 말했다시피 토비 엘즈미어는 지금 출판업을 하고 있는데, 시가 있다는 소문을 듣고 두 번이나 전화를 걸었다. 언젠가 제임스가 그에게 자기 시에 대해 이야기를 했던 모양이다. 엘즈미어는 시를 보지는 못했고, 나도 그에게 시를 보여 주지 않았다. 사실 나는 시를 읽어 볼 수가 없다. 시를 힐끗 훑어보기도 어렵다. 왜냐하면 시가 형편없이 졸작일까 봐 겁이 나서다! 차라리 읽지 않고 없애 버리는 것이 나을 것 같다.

　제임스가 항상 인용하던 시는 한 구절뿐이다. 그는 이 구절을 자주 인용했다. 무슨 일이 있어도 우리는 맥심 총을 가지고 있고, 그들은 갖고 있지 않다!

．．．

　물론 이 수다스러운 일기는 외관에 불과하다. 질투, 양심의 가책, 공포, 그리고 되돌릴 수 없는 도덕적 실패 등 내부의 파괴를 숨기는, 매일 미소 짓는 얼굴과 같은 문학의 등가물이다.

그러나 그러한 가면이 위로가 될 뿐 아니라 약간의 용기도 생산할 수 있다.

나는 앤지로부터 또 다른 사진과 함께 친절한 제안을 되풀이하는 편지를 다시 받았다.

. . .

점점 런던에 가을의 본색이 드러나기 시작했다. 가을이 얼마나 일찍 찾아왔는지 놀라울 정도다. 플라타너스 잎들이 노란색, 빨간색 그리고 밝은색 얼룩을 이루어 작은 메시지들처럼 비에 젖은 보도에 깔려 있었다. 콕스오렌지피핀이 과일 가게에 나와 있다. 식료품실의 맨 위 선반에 그것들을 저장해 놓았다. 나는 강변을 따라 매일 아침저녁 산책을 하면서 배터시 발전소의 웅장한 탑 위에 펼쳐진 거칠고 사나운 하늘과 물결치는 템스 강의 영원한 드라마를 구경한다. 나는 기다린다. 페러그린이 평화를 위해 봉사한 일로 어떤 상을 받게 되었다. 로시나는 일 때문에 미국에 갔다. 나는 로즈메리와 코프먼 양과 가엾은 페이비언과 에라스무스 블리크라는 열광적인 젊은 배우와 점심 식사를 했다. 물론 많은 사람들이 연극계로 다시 돌아오라고 끊임없이 나를 졸라 대는 사실에 대해서는 기록하지 않았다. 그들은 내가 관심이 없다는 것을 언제나 알게 될까? 나는 전화기 사이에 종잇조각을 끼워 벨소리가 들리지 않게 해 버렸다. 나는 극장 안에 한 발도 들여놓지 않았다. 오랜만에 최고 걸작으로 알려진 블리의 새로운 「햄릿」을 보러 가지도 않았다.

. . . . .

그렇다. 난 클레멘트에 대한 책을 언제 쓰게 될지 궁금하다. 마치 이 책이 내가 그녀에 대해 썼어야 할 모든 공간을 빼앗은 것 같다. 그것은 매우 불공평한 것 같다. 클레멘트는 내 인생의 실체였고 성찬(聖餐)이었다. 그녀는 나를 만들었고, 발명했고, 창조했다. 또한 그녀는 나의 대학교였으며, 내 파트너였으며, 내 선생이었고, 내 어머니였고, 나중에는 내 아기였으며, 내 영혼의 배우자였고, 내 완전한 정부였다. 하틀리가 아니라 그녀 때문에 나는 결혼을 하지 않았다. 하틀리를 더 쉽게 찾을 수 있었겠지만 확실히 그녀 때문에 나는 하틀리를 찾지 않았다. 왜 내가 더 열심히, 더 오랫동안 노력하지 않았을까? 클레멘트가 못 하게 했다. 내 기억에서 사라진 하틀리에 대한 미친 듯한 갈망은 내가 클레멘트와 사귀던 시기까지만 이어졌다. 그러나 기억은 오해하기 쉽다. 어째서 클레멘트는 나를 치료해 주지 못했을까? 클레멘트는 처음 만났을 때 눈부신 미인이었고, 똑똑했고, 최고의 명성을 누리고 있었다. 나는 그녀를 늙었다고 생각했으나 아직 젊었다. 나는 스무 살이었다. 그녀는 서른아홉 살이나 마흔 살이었다. 맙소사, 그녀는 지금의 리지보다 젊었다. 처음 그녀를 만났을 때 나는 서투르고, 무식하고, 품위 없는 풋내기 소년이었다. 그녀가 나를 바라보았다는 것이 기적이다. 시간이 지나자 나는 그녀를 냉정하게 대했다. 그녀의 강한 소유욕이 나를 화나게 했고, 그녀의 사랑이 귀찮아졌다. 그래서 나는 떠났고, 그녀도 떠났다. 그러나 나는 항상 돌아왔고, 그녀도 돌아왔다. 우리는 결코 길을 잃지 않았고, 나중에 그녀가 죽으려고 할 때 나는 다른 모든 사람을 쫓아냈다.

클레멘트가 죽는 데는 시간이 오래 걸렸다. 몇 주일 동안이나 머리기사에 그녀의 이야기가 실렸다. 나는 그녀 곁에 누워서 그녀의 얼굴을 쓰다듬어 주었다. 고통과 공포로 그녀의 얼굴은 쭈글쭈글해져 있었다. 내 손가락은 아직도 그 부드럽던 주름살과 조용히 고여 있던 눈물을 기억한다. 그녀는 시끄러운 소음 속에서 죽고 싶어 했으므로 며칠 동안 우리는 바그너의 음악을 크게 틀어 두고 위스키를 마시며 함께 기다렸다. 그것은 내가 기억하기에 가장 이상한 기다림이었다. 그것은 기다림이면서도 또 기다림이 아니었다. 우리가 서로의 동료가 되었던 방식에는 일종의 강렬한 영원성이 존재했다. 서로에 대한 끊임없는 관심의 힘으로 상대방의 가슴에 손을 얹고서 극복해야 할 두 가지 날카로운 공포가, 즉 닥쳐 올 큰 사건에 대한 그녀의 공포와 나의 공포가 우리를 갈라놓았다. 우리는 피곤해져서 소음을 껐다. 그리고 울면서 여전히 기다렸다. 맙소사! 클레멘트의 눈물을 이전에 내가 얼마나 많이 보았으며 얼마나 그 눈물이 나를 질리게 했던가! 이제 그 눈물이 나를 성인으로 만들 것처럼 느껴졌고, 아마 한 달 동안은 그랬을 것이다. 마침내 내가 잠든 사이에 그녀는 세상을 떠났다. 매일 아침 그녀가 죽었으리라고 생각했으나 그녀는 숨을 쉬고 있었고, 줄어들고 작아진 그녀의 몸을 덮은 침대보가 조그만 리듬으로 올라갔다 내려갔다 했다. 그러더니 어느 날 움직임이 멈추었고 나는 그녀가 달라진 얼굴로 눈을 뜨고 있는 것을 보았다.

그녀의 죽음을 조심스럽게 슬퍼하던 기간은 죽음 그 자체의 암울하고 공허한 공포와는 다른 그 무엇이 있었다. 우리는 서로의 고통을 덜어 주려고 노력하며 함께 슬퍼했다. 그러나 함께한 그 고통은 그녀가 영원히 사라졌다는 고통, 그 무섭고도 영원히 계속될 것 같은 고통보다는 훨씬 덜하였다. 개개인의 죽음은 매우 다르지만 그것은 우리를 같은 나라로 인도한다. 우리가 거의 살지 못하는 나라, 우리가 오랫동안 추구해 왔던 것이 아무런 가치가 없다는 것을 알면서도 곧 다시 추구하려고 돌아가는 나라로 우리를 인도한다.

. . .

클레멘트의 죽음에 대해 기록하려는 의도는 없었다. 그런 글을 씀으로써 스스로 비참해졌고, 그리고 며칠이 지났는데도 그 생각 때문에 아직 시달리고 있다. 물론 나는 그녀와 이별한 슬픔에서 제법 빨리 회복했다. 그녀는 돈 때문에 나를 버렸지만 결국에는 빚만 남았다.

전화벨이 울리지 않게 해 놓은 이래로 별로 초대를 받지 않았다. 어쨌든 내가 런던으로 돌아온 사실에 흥분했던 사람들이 이제는 다시 제정신을 찾은 것 같았다. 최근에는 집에서 포도주를 마시고, 라디오에서 흘러나오는 아무 음악이나 들으며 저녁을 보냈다. 전축이 있었지만 이사할 때 부서졌다. 저녁 식사로는 밥을 짓거나 녹두나 양념한 양배추를 먹는다. 그러고는 콕스오렌지피핀을 먹고 술에 취해 일찍 잠자리에 든다. 알코올 중독자의 소질은 타고나지 않은 것 같다. 가슴에 통증이 있지만, 이것은 클레멘트 때문일 것이다.

제임스가 미쳤었는지 궁금하다. 처음으로 이런 의문이 생겼다. 이런 가정이 많은 것을 해명해 주지 않겠는가? 예를 들면 그가 그 소용돌이에서 어떤 초자연적인 힘으로 나를 들어 올렸다는 망상? 그러나 잠깐, 그것은 내 망상이 아니었던가? 내가 미친 것인가? 분명히 나는 술에 취했고 지금은 졸고 있다. 평소보다 취침 시간이 늦었다. 불상들이 가까이 다가왔다. 자자, 자자.

. . .

제임스에 대하여 더 생각해 보니 무엇인가 확실한 것이 떠올랐다. 그는 절대로 죽은 것이 아니다. 단순히 땅밑으로 들어간 것이다! 이 모든 속임수는 정보 기관에 의하여 조작된 것이다! 이 모든 것이 얼마나 수상한지를 인지하지 못할 만큼 나는 정신이 없었다. 나는 제임스의 시체를 보지 못했다. 내가 도착했을 때는 수상한 블랙손 대령이 이미 책임을 맡고 시체를 옮긴 다음이었다. 시체를 누가 확인했는지도 전혀 알아보지 못했다. 지극히 미덥지 못한 인도인 의사도 확실히 대영 제국의 정보 기관에 고용되어 있었다. 그의 편지는 사람을 당혹시키는 걸작품이었다. 나는 그 글을 읽고 너무 놀라고 혼란스러웠고, 또 깊은 인상을 받았으므로 어떤 심각하고 이상한 일이 일어나고 있는지를 생각해 볼 여유가 없었다. 내가 제임스를 마지막으로 보았을 때 그는 매우 건강했다. 그의 의지로 자살을 했다는 것이 그가 물 위를 걸었다는 것처럼 황당한 이야기였다. 아파트에서 나는 그의 여권을 찾을 수 없었다. 내 사촌은 지금 어디에 있을까? 그는 연옥이나 열반의 세계가 아니라 군대가

지급한 야크 위에 앉아 눈이 가늘게 찢어진 첩보원을 만나러 눈 덮인 약속 장소로 가는 중일 것이다!

. . .

앞의 글을 쓴 뒤에 나는 동양인들 여러 명이 가까운 길거리에서 어슬렁거리는 것을 목격했다. 나를 제임스로 잘못 알고 노리는 사람들이 아니기를 바란다. 그 툴파 원주민은 정보원이었음이 틀림없다. 그래서 내가 그를 보았을 때 제임스가 그렇게 화를 냈던 것이다.

. . . . . .

지금 막 페러그린이 런던데리의 테러리스트들에게 살해되었다는 충격적인 소식을 들었다. 도저히 믿기지 않는다. 내가 그의 행동을 순전한 희극으로 취급했다는 것을 지금에야 깨달았다. 어떤 사람들은 평생을 희극처럼 살아간다. 다만 죽음은 희극이 아니다. 그렇다고 비극도 아니다. 그 공허한 공포가 순수한 슬픔과 함께 다시 나를 엄습했다. 그러나 나는 실제로 페리의 죽음이 아니라 다른 죽음들, 나 자신의 죽음을 슬퍼하고 있다. 가엾은 페리. 그는 용감한 사람이었다. 그를 진정으로 사랑했다고는 할 수 없으나 나를 죽이려고 한 것에 대해서는 그를 존경한다. 자주 나타나는 그의 변덕만 없었더라면 그는 성공했을 것이다. 그렇게 중요하게 여겼던 제임스에 대한 이상한 환영은 틀림없이 머리에 타박상을 입었기 때문일 것이다. 나는 운이 좋아서 죽음을 피할 수 있었다.

. . .

　가톨릭과 개신교 고위 성직자들로부터 수많은 찬사가 쏟아졌다. 페러그린은 위대한 순교자가 되었다. 그들은 페러그린 아블로 평화 재단을 설립할 것이다. 로시나는 캘리포니아에서 돌아와 순교자의 영광을 받으며, 미국에서 많은 돈을 모금하고 있다. 리지는 페리가 죽기 전에 로시나가 실제로 다시는 돌아오지 않을 생각으로 그를 떠났다는 소문을 들었다고 한다. 그러나 그저 악의에 찬 낭설일지도 모른다.

. . .

　이상스럽게도 페러그린의 충격적인 죽음이 제임스의 죽음에 대한 내 확신을 흐리게 만들었다. 앞에서 전개한 내 이론은 타당하고 그럴듯하다. 다만 그것을 믿고 싶은 생각이 줄었을 뿐이다. 아마 나는 그가 죽었다고 믿고 싶었는지도 모른다. 나를 오랫동안 괴롭혀 오던 영혼이 마침내 평화를 찾았다고 믿고 싶었다. 결국 신비스러운 것은 없었다. 제임스는 심장마비로 죽은 것이다. 지금 생각하니 '동양인'들도 복스홀브리지 대로에 있는 인도 식당의 웨이터들이었다.

　그렇다. 나는 사촌 제임스가 살아서 티베트에 잘 있다고 믿고 싶지 않다. 하틀리가 살아서 오스트레일리아에 잘 있다는 것을 믿고 싶지 않은 것이나 마찬가지다. 가끔 그녀가 정말로 죽었다고 느낄 때도 있다.

. . .

페러그린은 문을 열자마자 온몸에 빗발처럼 쏟아지는 총알 세례를 받고 그 자리에서 쓰러졌다. 결국 그는 영웅으로 죽은 것이다.

코프먼 양과 점심을 먹기로 했다. 시드니가 로즈메리와 사태를 의논하기 위하여 도착했다. 로시나는 트래펄가 광장의 집회에서 연설을 했다. 리지와 나는 텔레비전에 나오는 길버트를 본다.

. . . . . .

에스텔 숙모와 춤추는 아벨 숙부는 마치 그녀를 사랑의 힘으로 사뿐히 들어 올리기라도 하듯이 매우 가볍게 그녀의 손과 어깨를 만진다. 그들은 서로를 열중하여 바라본다. 그는 그녀를 보호하듯이, 그리고 그녀는 그에게 완전한 믿음을 가지고. 카메라가 포착하여 미래로 던져 준 쏜살같은 그 순간에 그들은 왈츠를 추고 있었던가? 그녀의 두 발은 마루에 닿은 것 같지 않았다.

. . .

나는 결코 우리 아버지와 같은 신사가 될 운명을 타고나지 않았다. 아벨 숙부도 신사였던가? 별로 그렇지는 않았다. 제임스는 신사였나? 이런 질문은 어리석다.

제임스는 내가 하틀리가 아니라 내 청춘을 사랑한 것이라고 했다. 클레멘트는 하틀리를 찾지 못하게 했다. 전쟁은 내가 유년기의 애인과 결혼할 수 있는 평범한 세계를 파괴해 버렸다. 그녀가 있는 곳으로 가는 기차가 없었다.

· · · · ·

나는 방금 토비 엘즈미어와 저녁 내내 술을 마셨다. 창피하다. 토비는 제임스가 '약간 미쳤으며', '비밀이 없는 스핑크스'라고 말했다. 나는 그의 생각에 동의했다. 제임스를 하찮게 여기는 얘기를 듣고 만족해하기까지 했다. 엘즈미어는 아직도 제임스의 시들을 원했다. 그러나 나는 시를 넘겨주지 않을 것이다. 아직까지 시를 한 줄도 읽지 않았다. 만일 제임스가 현 세기의 가장 유명한 시인이라 할지라도 인정을 받으려면 그는 좀 더 기다려야 한다. 내가 죽은 후까지 기다려야 할 것이다.

· · · · ·

제임스는 나에게 하틀리에 대한 사랑을 재현해야 한다고 말했다. 그래야만 동화에서처럼 시계가 12시를 치면 그것이 산산조각이 날 것이라고 했다. 그것은 필요한 게임이며, 재현된 사랑은 옛날의 회한을 없애 주는 장치에 불과한 것이란 말인가? 내가 페리로부터 로시나를 빼앗으려고 했던 것처럼 단순히 그녀를 벤으로부터 빼앗아 오기를 원했나? 물론 타이터스의 죽음은 하틀리를 내게 올 수 없게 만들었고, 적어도 그 부분만은 냉정한 교훈과 인간의 허영에 대한 계시로 남았다. 그리고 지금 나는 그녀를 처음 만났을 때조차 진실로 사랑했는지 실제로 의심하고 있지 않은가? 슬픈 사실은 하틀리가 그다지 영리하지 않았다는 것이다. 돌이켜 보면 우리는 멋지지도 않고 유머 감각도 없었으니 분명히 지루하고 재미없는 부부로 보였을 것이다. 그런 즐거움들을 나는 모두 클레멘트로부터 배웠다. 결국 나는 어머니가 에스텔 숙모를 미워했기 때문에 우둔함을 선함으로 잘못 보았던 것인가?

왜 나는 느닷없이 이런 불경스러운 얘기들을 기록한 것일까? 이것은 깊은 밤의 헛소리다.

. . .

하틀리에 대하여 언제나 생각했으면서도 나는 그녀에 대하여 글쓰기를 오랫동안 미루어 왔다. 아마 그다지 할 말이 없어서일 것이다. 기록하지는 않았지만, 오스트레일리아로 간다는 이야기가 단순히 나를 속이기 위한 것이라는 사실을 며칠 전에 불현듯 '확실하게' 깨달았다. 왜 하틀리가 오스트레일리아에 간다는 것을 나에게 미리 말해 주지 않았을까? 왜냐하면 그녀는 오스트레일리아에 가지 않을 것이기 때문이다! 벤이 마지막 순간에 꾸며 낸 사기극이다. 자기 나라를 떠날 사람이 개를 구입한다는 것이 매우 수상하지 않나? 옆집 공모자가 제공한 시드니에서 온 엽서는 오스트레일리아인 친구의 도움으로 쉽게 만들 수 있었을 것이다. 벤은 단서조차 잡지 못하게 하여 영원히 나를 쫓아 버릴 작정이었다. 오스트레일리아와 뉴질랜드로 헛된 시도를 하게끔 나를 보낼 작정이었던 것이다. 그러고는 복종하는 아내를 본머스나 리탐세인트앤스로 보내기로 마음먹었을 것이다. 그리고 시간이 지나 내가 떠난 것을 아크라이트 형제에게 알아내고 니블레츠로 돌아왔을지도 모른다. 그렇다면 나는 어떻게 해야 하나? 다시 돌아가서 마을에서 탐정 노릇을 좀 더 해야 하나? 모든 사람이 다 거짓말을 하지는 않을 것이다.

그러나 그러고 싶은 충동은 사라졌다. 나는 다른 사람의 인생의 비밀을 헛되게 침범하여 파괴했다. 마침내 멈추지 않으면 안 된다. 나중에는 그들이 시드니에 갔든 리탐세인트앤스에 갔든 상관없다고 결론을 지었다. 그리고 나를 위해서 공들여 거짓을 꾸며 낸 것이 그저 어리석게 보일 뿐이었다.

. . .

만일 그들이 정말로 오스트레일리아로 갔다면, 언제 그것을 결정했을까? 벤은 정말로 내가 타이터스의 아버지라고 믿었을까? 만일 그랬다면 성격상 그는 대단한 자제력을 보인 것이다. 그는 나를 긴요한 변명의 구실로 삼았는지도 모르겠다. 복잡한 그때의 상황을 돌이켜 보면, 벤이 나를 살해하려 했다고 제임스에게 말한 것은 잘한 일이었다. 왜냐하면 이로 인해 그가 나의 살인 의도를 인지했으며, 또 그래서 페리의 자백을 받아 냈기 때문이다. 진짜로 나에게 벤을 살해할 의도가 있었나? 아니다. 이것들은 위안을 위한 망상이었다. 그러나 그러한 망상이 '사고'의 원인이 될 수도 있다.

. . .

어째서 나는 하틀리가 죽고 싶어 한다고 상상했을까? 그녀는 매우 질긴 생존자인데 말이다.

. . . . . .

이 일기가 하틀리에 대한 나의 어떤 최종적인 해명을 '기다리고 있다면' 영원히 기다려야 할지도 모른다. 이것은 물론 내행동의 모든 설명이 되지 못한다. 그전에 일어났던 사건들과 관련이 없는 사람들은 여기서 제외되었다. 이 명상록에서는 날짜 역시 적지 않았다. 세월은 흘러갔고 지금은 10월이다. 날은 시원하고 화창하며, 북쪽 하늘은 강렬한 푸른색이고, 지나간 가을의 기억들이 흩어져 날아오른다. 버섯이 한창인 계절이다. 나는 맛없고 작은 단추 같은 버섯 말고 큼직하고 검고 매끄러운 진짜 버섯으로 잔치를 벌였다. 크럼펫*도 상점에 나왔고, 이미 사람들은 어둑어둑한 오후와 안개, 그리고 크리스마스의 반짝이는 화려한 장식품, 흥분을 가져다주는 매우 정겨운 런던의 겨울을 고대하고 있다. 아무리 불행하다고 해도 나는 자동적으로 이러한 자극에 반응을 보이지 않을 수가 없다. 틀림없

---

* 영국에서 간식으로 즐겨 먹는 핫케이크의 일종.

이 과거 다른 불행했던 가을에도 나는 그랬을 것이다.

클레멘트에 대한 이야기를 기록한 이래로 나는 그녀를 그리워했다. 고통을 '누구누구를 그리워한다'로 표현한다는 것이 신기하다. 길에서 버스를 탈 때 그녀가 계속 내 눈에 밟힌다. 에스컬레이터를 타고 내려갈 때 그녀는 올라가는 에스컬레이터에 있으며, 길에서는 눈앞에서 택시를 타고 사라진다. 아마도 바르도에서 이럴 것이다. 맙소사! 만일 그녀가 거기 있다면 얼마나 고생하고 있을까! 애착으로 말할 것 같으면, 클레멘트는 1만 년은 지속될 만한 괴로움을 자신의 머릿속에 간직하고 있다.

· · ·

물론 나는 전에 기록한 '불경스러운 얘기들'을 믿지 않는다.

· · · · ·

언제부터 내가 하틀리에 대한, 아니 그녀의 이미지, 그녀를 꼭 닮은 사람, 내 마음속의 하틀리에 대한 집착을 버리기 시작했을까? 이미 나는 집착을 버렸을까? 아니면 지난여름을 돌이켜 보고 내 행동과 생각이 미친 짓이었다고 생각하는 지금인가? 이전부터였나? 로시나가 나에 대한 자신의 욕망은 질투와 원한과 분노 때문이지, 사랑 때문이 아니라고 말했던 것을 기억한다. 하틀리에 대한 나의 욕망도 그와 같은 것이었을까? 그 모든 계략과 망상의 목적이, 결국에는 내가 그녀를 잔인하고 변덕스럽고 의식이 온전치 않은 말썽쟁이 여자 마법사로 인식하고, 내 정성을 받을 가치가 없는 여자로 취급하며, 결국 혐오하면서 그녀를 버릴 수 있다는 것을 깨닫기 위한 것이었단 말인가? 제임스는 내가 언젠가는 그녀를 사악한 여자 마법사로 보게 될 것이며, 그때에는 그녀를 용서하게 될 것이라고 말했다. 그러나 그녀를 용서한다는 것은 결국 내가 여태까지 나 자신과 해 온 심리 게임에서 패배하는 결과가 되지 않을까? 나는 진정으로 그 사랑이 옛날부터 쌓인 원한과 미친 듯 소유욕에 불타는 질투심의 자극이 혼합된 잘못된 사랑이라고 나 자신에게 설명하기 위하여 내 사랑을 재현시켰던가? 옛날에 내가 그렇게 원한에 사무쳤던가? 기억이 나지 않는다. 매우 이상하게도 하틀리는 자신이 떠올리는 내 이미지의 매력을 줄이기 위하여 내가 그녀를 미워한다고 생각했다 했다. 지난 시간을 단번에 되돌리려고 헛되이 노력하면서 지금 모든 것을 생각해 보니, 그 무렵 내가 하틀리에게 느꼈던 감정은, 적어도 내가 클레멘트에게 사로잡힌 후에는 그녀 때문에 충분히 고통을 겪지도 않았고 그녀를 열심히 찾지도 않았다는 죄의식이었다. 제기랄! 나는 클레멘트에게 사랑하지 않는다고 말함으로써 그녀를 괴롭혔지만 나는 그녀를 사랑했음이 틀림없다! 그때는 내가 하틀리를 찾을 수 없어서 안심을 했다는 말인가? 일기장이 없으므로 알 수가 없다. 만일 일기장이 있었다 해도 나는 믿지 않았을 것이다. 지금 나는 그 옛날 옛적에 있었던 사건들의 순서를 기억할 수 없다. 매우 미세하고 한정되어 있으며, 잘못될 수 있는, 우리의 자아인 기억도 우리의 내적인 영성과 이성처럼 우리에게 중요한 부분이다. 진실로 이것이 그 두 가지의 참

된 본질이다.

원인이 무엇이었든지 간에 무엇인가가 끝났다는 것은 명백하다. 그녀에 대한 나의 새로운 사랑, 나의 두 번째 사랑, 나의 두 번째 '행운기'는 내가 착각하지 않았더라도 그녀를 가련히 여기고, 망가져 있었지만 그래도 그녀를 내가 아낄 수 있고 매달리거나 잡아 줄 수 있는 존재로 여겼으며, 실제로 완전히 잃었듯이 만일 내가 그녀를 완전히 잃어버린다 해도 그녀가 빛의 근원이 될 것이라고 생각했던 정점에서는 매우 숭고한 것처럼 보였다. 지금 그 빛은 어떻게 되었을까? 그 빛은 사라졌으며, 기껏해야 늪에서 가물거리는 불빛이고, 나의 위대한 '등불'은 일종의 망상이 되었다. 그녀는 가 버렸고, 그녀는 아무것도 아니다. 나에게 그녀는 더 이상 존재하지 않는다. 결국 나는 유령 헬레네를 위하여 싸웠던 것이다. On n'aime qu'une fois, la première. 그 어리석은 프랑스 속담 때문에 내가 얼마나 바보 같은 행동을 했던가!

무엇이 변화를 가져왔을까? 아주 조용히, 그리고 자동적으로 모든 사물을 변화시키는 시간의 무자비한 움직임인가? 타이터스의 죽음이 하틀리를 '빼앗아 갔고' 그녀 마음속에 살아남은 그가 그녀의 마음을 빼앗아 갔다고 기록한 적이 있다. 그렇다. 그러나 그것 때문에 그녀를 나무라는 것은 아니다. 모든 것을 점차 부식시키는 악마적인 불결함이, 그녀의 잘못이 아닌데도 그녀로부터 나와서 그녀를 위하여 또한 나를 위하여 우리를 영원히 헤어지게 했다. 이제 나는 그 불결함 때문에 그녀를 영원히 추하고, 단정치 못하고, 곰팡내가 나고, 더럽고, 늙은 것처럼 여긴다. 이것은 얼마나 잔인하고 옳지 못한가! 그녀의 잘못도 아닌데. 아무리 따져 봐도 잘못은 나한테 있다. 내가 내 악마들을, 질투의 바다 뱀들을 풀어놓았다. 그러나 이제는 '그녀가 어떻든지 간에 내가 사랑하는 사람은 그녀다.'라고 말할 수 있었던 나의 용감한 믿음은 힘을 잃고 사라졌다. 모든 것은 하찮은 것으로, 이기적인 무관심으로 퇴색해 버렸다. 그리고 나는 거의 모든 사람들이 의도적으로 다른 사람들을 멸시하듯이 나도 그녀를 조용히 멸시한다는 것을 안다. 우리가 진심으로 숭배하는 몇 안 되는 사람들도 가끔 우리는 남몰래 멸시한다. 토비와 내가 제임스를 멸시하듯이 놀랄 만큼 꼭 필요한, 우리 자아의 건강한 식욕을 만족시키기 위하여 남을 멸시한다.

그러나 물론 고통은 남는다. 그리고 남아 있을 것이다. 우리는 종이 울릴 때 침을 흘리도록 되어 있는 인간들이다. 이 순수한 조건 반사는 우리의 가장 특징적인 숙명이다. 무엇이든지 연상(聯想)으로 변색시킬 수 있고, 연상이 충분하다면 온 세상을 까맣게 할 수도 있다. 나는 개가 짖는 것을 들을 때마다 마지막에 보았던 하틀리의 얼굴을 다시 떠올린다. 괴로워서 주름을 잔뜩 지었다가 다시 이상할 정도로 변하던 생기 없는 얼굴이다. 마치 바그너의 음악을 들을 때마다 죽어 가던 클레멘트가 자기의 죽음을 슬퍼하며 울던 모습이 떠오르듯이. 지옥이나 연옥에서는 다른 고통을 더 공들여 만들 필요가 없다.

· · · · ·

바쁜 주일이다. 코프먼 양과 점심을 먹었다. 그리고 그녀의 어머니를 편안하고 비싼 '황혼의 집'으로 보내기로 결정했다. 내가 그 비용을 부담해야 할 모양이다. 결국 내가 성자가 되어 가는 것일까? 로시나와 한잔했다. 그녀는 정치에 참여할 의사가 있다고 한다. 연설을 해서 사람들에게 영향을 주는 것이 매우 쉽다고 말한다. 앨로이시어스 불과 윌 보아스를 만났다. 그들은 나더러 자기들이 만든 새 극단에 들어오라고 했지만 거절했다. 도리스의 형편없는 그림을 관람했다. 로즈메리와 점심을 먹었는데 메이벨 사건이 무사히 지나갈 것 같다고 한다. 앤지에게서 또 편지가 왔다. 나는 반스테드 부부를 만나러 케임브리지로 갔는데 그들은 행복한 결혼 생활을 성공적으로 누리고 있었으며, 잘생기고 똑똑한 아이들을 자랑하였다. 리지와 길버트와 함께 저녁 식사를 했다. 길버트는 '올해의 연예인' 후보에 올랐다. 우리는 윌프레드에 대하여 이야기를 나누었다. 길버트는 겸손해 보였는데, 어쩌면 그런 척하고 있는지도 모른다.

· · · · · ·

리지에 대해서도 말해야겠다. 앞에서 나는 그녀에게 공정하지 못했다. 그러나 나는 그녀의 편지를 간직하고 있으며, 편지를 간직한다는 것은 언제나 의미심장한 것이다. (어째서 하틀리는 내 편지를 간직하면서 읽지는 않았을까? 아마 급히 편지를 없애지 않으면 안 되었나 보다. 긴 편지는 항상 급히 없애기 힘들다. 나도 경험한 적이 있다.) 앞에 기록했던 리지의 편지들을 다시 읽었다. 그 당시에는 그녀의 편지 내용이 그저 자신을 기만하는 허튼소리로 보였다. 지금은 그것이 매우 감동적이고 현명하게도 보인다. (클레멘트 이후 처음으로 숭배할 이가 모자라다고 느껴서일까?) 길버트가 너무 바쁘고 유명해져서 나는 혼자서 리지를 자주 만나게 되었다. 요즘에 와서는 리지와 규칙적으로 점심을 같이 먹었고, 마침내 그녀에게 요리를 하지 말라고 설득했다. 이것은 어떤 우정에서든지 매우 중요한 단계다. 우리는 같이 있으면 말이 필요 없고 유쾌하다. 많이 웃고 또 농담도 많이 한다. 심각한 문제를 의논하지는 않는다. 리지의 웅변은 그녀의 마음에서보다 내 마음속에서 더 크게 울린다.

당신을 향한 내 사랑은 마침내 조용히 가라앉았어요. 나는 이 사랑이 다시 활활 타오르는 용광로가 되기를 원치 않아요. 만일 내가 더 큰 고통을 받았더라면 그만큼 더 고통을 견뎠을 거예요. 길버트는 결국 당신이 우리를 자식처럼 받아 줄 것이라고 했어요. 다정함, 전적인 신뢰, 대화, 진실, 이런 것들은 나이가 들어 감에 따라 더 중요하게 생각되지요. 어쨌든 우리의 사랑을 낭비하지 마요. 아주 귀한 사랑이니까요. 무서운 소유욕이나 폭력이나 두려움 없이 서로를 자유롭게 사랑할 수 없을까요? '사랑에 빠지는 것'보다 사랑 그 자체가 중요해요. 이제는 더 이상 헤어지지 마요. 우리 사이에 영원한 평화가 있기를 원해요. 이제 우리는 젊지 않아요. 날 사랑해 줘요, 찰스. 마음껏 사랑해 줘요.

리지가 말했듯이, 그녀와 길버트가 정말로 함께 행복하다는 것은 그녀의 첫 번째 편지에서 밝힌 대로 틀림없다. 그런데 나는 믿지 않았다. "갑자기 모든 것이 단순하고 순수해졌어요." 그의 명성은 그것에 아무런 변화도 주지 않았다. 이것은 내가 그녀를 혼자서 만날 기회를 제공했고, 그를 기쁘게 했다. 텔레비전에서 거둔 그의 성공은 또 다른 성공으로 이어졌다. 그는

9월에 앨 불이 연출한 새 연극에 출연하기 위해 에든버러 축제에 얼마 동안 가고 없었다. 영국 대중의 사랑에 힘을 얻은 그는 이제 나를 옛날보다 덜 두려워하게 되었다. 리지 또한 그렇다. 사자가 나이 들고 발톱이 빠진 것일까? 어쨌든 나는 아무 노력 없이, 아무 말도 듣지 않고, 아무런 사적인 논의도 없이, 성 관계에 대한 문제도 없이, 리지가 그전의 상태로, 그녀가 소망했던 관계로 돌아왔다는 것을 알 수 있었다. 그녀는 내 아이, 내 시동, 내 아들이 된 것이다. 그러니까 적어도 이 이야기에서 한 사람은 원하는 것을 얻었다.

리지는 그녀의 사랑이 자신을 노예로 만들까 봐 나에게 오기를 두려워했다. 그녀는 한 인간의 의식이 다른 인간의 의식에 의지하는 지독하게 무서운 고통을 두려워했다. 그 두려움이 그녀에게서 없어진 것을 나는 유감스럽게 생각하나? 내 안에는 악한 폭군이 존재한다. 리지는 그것을 어떻게 견디어 냈을까? 어쩌면 그녀 역시 자기의 사랑을 변형시키기 위하여 그것을 재현하고 다시금 모든 고통을 겪어야 했을지도 모른다. 다만 내가 실패한 반면에 그녀는 성공한 것 같다. 그녀는 자기의 사랑을 완성하였고 나는 내 사랑을 파멸시켰다. 그녀에게 나는 그녀의 사랑의 힘을 순화시키기 위한 운명적인 시련이었던가? 이런 추측은 상당히 숭고하다! 어쩌면 여름의 공포가 어떤 끈을 잘라 버렸고, 리지는 피곤해졌나 보다. 우리는 모두가 잠재적으로 상대에게 악마가 될 수 있다. 그러나 어떤 가까운 관계는 이런 운명으로부터 구원을 받는다. 리지와 나의 관계가 바로 내 장점이나 의지가 아닌 어떤 은총의 힘으로 그렇게 구원을 받은 것 같다. 내 생각에 우리는 둘 다 피곤해졌고, 둘이 같이 있으면서 휴식을 취하는 것을 즐거워하는 것 같다.

우리는 애무와 키스를 즐기지만 그 이상의 욕망은 없다. 처음에 내가 말했듯이 나는 현대의 영웅과는 달리 성욕이 넘치지 않는다! 섹스 없이도 살 수 있고, 지금도 섹스 없이 잘해 나가고 있으며, 섹스 없이도 건강하다. 돌이켜 보건대, 나는 현대의 영웅이 수치스럽게 생각할 만한 고백을 해야겠다. 나는 그렇게 많은 연애를 하지도 않았으며, 내가 성공적으로 침대에 끌어들인 여인들이 나를 항상 기쁘게 한 것도 아니었다. 물론 예외는 있었다. 클레멘트는 나를 가르쳤다. 진 역시 그랬다. 하틀리와는 어땠을까?

리지와 나는 제임스 이야기는 결코 하지 않는다. 그리고 이 것은 아무런 문제가 되지 않는다. 그가 그녀를 알았다는 사실이 우리의 기억에서 지워진 것 같았다. 그렇지만 해롭지 않은 어떤 선에서 제임스는 나를 리지로부터 분리했다. 그는 우리의 관계를 거세한 것이나 다름없다. 어쩌면 이것이 우리가 누리는 평화의 근원을 만들어 준, 수고 없이 얻는 과분한 은총이 아닐까? 우리의 우정을 방해하려고 했던 악마들은 모두 죽었다. 나는 그들을 보고 싶지 않다. 가끔 리지와 마주 보며 미소를 지을 때 나는 그녀도 나와 같은 생각을 하는지 궁금하다.

· · · · ·

슈러프엔드의 주방에서 목욕을 하려 했을 때 처음으로 경험했던 가슴의 통증이 다시 살아났다. 의사를 찾아갔으나 단순히 '바이러스' 때문이라고 했다.

가끔 나는 멍하니 앉아서 내 돈을 누구에게 남겨 주어야 할지 생각해 본다. 지금 나누어 주기 시작하는 것이 좋을 것 같다. 불교 협회와 아블로 평화 재단에 수표를 보냈다. 그리고 곧 결혼할 젊은 에라스무스 블릭을 내 푸짐한 너그러움으로 놀라게 해 줄 것이다. 그가 출연하는 「햄릿」은 아직 상연 중이지만 나는 보지 못했다. 동양의 물건들은 대영 박물관에 보낼 것이다. 실제로 지금 당장 그들이 책을 가져가도 좋다. 그리고 제임스의 시들은 토비에게 줄 것이다. 왜 이렇게 서둘러 정리하려는 것일까? 내가 곧 죽을 것이라고 상상하는 것일까? 진정 그렇지는 않다. 그러나 바다에 떨어진 일이 결국 나를 상처 입혔다. 육체적인 손상이 아니라 영혼의 손상을 입은 것이다. 제임스도 영혼의 손상으로 죽은 것일까? 나는 매우 건강하고 아직은 '노인층'이 되었다고는 느끼지 않는다. 그러나 사람들이 나를 노인으로 취급하기 시작한다는 것은 감지한다. 그리고 이것은 나 자신에 대한 스스로의 성찰일 것이다. 사람들은 내게 화분이나 닭고기 통조림 따위의 선물을 주며 내게 건강하냐고 묻는다. 나는 건강한가? 로즈메리는 도자기로 만든 수프용 공기를 나에게 주었다.

어젯밤에는 BBC의 퀴즈 프로그램에 나온 어떤 사람이 내가 누구인지를 몰랐다.

. . .

어제 앞의 글을 썼을 때 내 기분이 약간 언짢았던 것이 틀림없다. 사실 옥스퍼드의, 소위 말하는 대학 '축제'에 참석한 이후 약간 속이 느글거렸다. 그런 기분일 때에 너무 급하게 돈을 주어서는 안 된다. 그러나 대영 박물관에 지금 책을 가져가도 좋다고 말해 버렸다. 제임스의 물건을 내주는 것은 좀 충실하지 못한 행동 같았지만 그것이 옳은 일이라고 여겨졌다. 나는 그가 어느 순간에라도 다시 돌아올 것 같다고 생각하는가?

이 글을 쓰면서 나는 다른 손으로 슈러프엔드에서 내가 수집한 돌 중에서 제임스가 고른 푸른 줄무늬의 갈색 돌을 만지작거리고 있다. 내가 이곳으로 왔을 때 이 돌이 책상 위에 있었다. 아마 그가 이것을 자주 만졌나 보다. 그래서 이것을 만지면 마치 그의 손을 만지는 것 같다. (얼마나 감상적인 망상인가!) 나는 감정을 억제하면서 돌을 손에 쥐고 놀고 있다. 사람들을 사랑하는 것, 그것은 애착이 아닐까? 나는 쓸데없이 고통을 겪고 싶지는 않다. 그를 더 잘 알지 못했던 것을 후회하고 양심의 가책을 느낀다. 우리는 결코 진정한 친구가 아니었다. 나는 어리석게도 그를 시기하고, 신경질적으로 경계하고, 그가 전혀 알지 못하는 경쟁을 혼자 하느라고 인생을 허비했다. 그가 성공하지 못하면 나는 기뻐했고, 그보다 우수해 보인다는 이유로 자신의 성공에 높은 가치를 부여했다. 그에 대한 내 의식은 공포, 불안, 시기 그리고 강렬한 인상을 남기기 위한 욕망이었다. 그러한 의식이 사랑을 내포하고 창출해 낼 수 있을까? 우리는 신뢰와 용기와 관대함의 결핍 때문에, 또한 잘못된 위엄과 영국인 특유의 과묵함 때문에 서로를 이해하지 못했다. 지금 나는 제임스의 죽음과 함께, 마치 홍수에 다리의 일부가 떠내려간 것처럼 내 일부가 떨어져 나간 것 같은 느낌이다.

· · · · · ·

　하틀리의 두 번째, 그리고 첫 번째 도피에 대한 완전히 새로운 견해가 방금 생각났다. 제임스가 나에게 그와 비슷한 암시를 주었다. 하틀리는 내가 그녀를 미워하고 탓한다고 생각함으로써 '자신을 보호하지' 않으면 안 된다고 말했고, 또한 '항상 죄의식을 느낀다'고 덧붙여 말했다. 그녀가 모든 것이 끝났고, '그녀의 마음속에서 죽게 해야 한다'고 느꼈다고 했을 때, 나는 이렇게 분노에 찬 악의로 만들어진 나의 이미지 때문에 그녀의 옛 사랑과 나에 대한 끌림이 마비되었다고 생각했다. 왜냐하면 그런 옛 사랑과 끌림을 지닌 채로 살아간다는 것은 그녀에게 너무나 고통스럽기 때문이다. 하지만 근본적인 결속을 만들어 주는 것은 사랑이 아니라 죄의식이었나? 비정상적인 죄의식은 오랜 세월을 이겨 내고 마음을 상한 유령에게 생기를 줄 수 있다. 그러한 죄의식이 잊혀진 사랑을 불러올 수 있을까? 아마 그 오랜 세월 동안 하틀리 자신이 나에 대해 느끼는 고통의 감정이 무엇인지를 알지 못했던 것 같다. 나로부터 도피하는 것, 우리의 헤어질 수 없는 삶과 애정 깊은 맹세를 배반하는 것은 두렵고도 어려운 행동이었을 것이다. "나는 그렇게 가야만 했어. 쉽지 않았지만 그 길밖에 없었어." 마치 우주 최초의 폭발처럼 그 배반의 충격이 그녀의 마음속에서 계속 울려 퍼지고 있었을까? 그것을 밝힐 기회는 없었지만, 그녀가 느낀 것이 충격인지, 죄의식인지, 혹은 사랑인지 어떻게 알 수 있었겠는가?

　그런 뒤에 내가 다시 갑자기 나타나서 그녀를 미워하거나 나무라지 않았으며, 아무런 원한 없이 그녀를 계속 사랑해 왔노라고 명백하게 알렸다. 처음 그녀의 감정은 고마움이었고, 이 안도감과 더불어 사랑의 감각이 되살아났다. 이것이 타이터스 때문에 그녀가 나에게 찾아온 날 밤에 느꼈던 감정일 것이다. 나와 페러그린의 경우에서 배웠듯이 사람은 흔히 죄를 지어서가 아니라 비난을 받기 때문에 죄의식을 느낀다! 상상했던 비난을 철회하자 하틀리는 처음에 감사와 애정을 느꼈다. 그러나 죄의식과 그것이 우리 관계에 불어넣은 폭발적인 격렬함이 약해지자, 더 깊이 묻어 두었던, 나를 향한 감정의 실체가 분명하게 나타났다. 결국 그녀는 나를 떠나기가 무척 힘들었으며, 거기에는 어쩔 수 없는 동기가 있었을 것이다. 스톡온 트렌트의 숙모 집까지 도망가는 데에도 대단한 용기가 필요했을 것이다. 왜 그녀는 거기 갔을까? 나는 그녀를 사랑하고 있었으나 그녀는 그렇지 않았기 때문이며, 단순히 그녀는 나를 충분히 좋아하지 않았기 때문이며, 내가 너무 이기적이고 지배적이었기 때문이며, 그녀의 말대로 내가 '너무 휘두르려' 했기 때문이다. 전혀 존재하지도 않는 혼자만의 사랑을 다시 재현시키겠다고 나는 줄곧 잘못 생각하고 있었다. 죄의식의 끈에서 자유로워진 뒤에 그녀에게는 그 옛날의 축적된 원한이 돌아왔다. 그녀는 다시 나에게 무관심해졌다. 과거에 그녀를 멀리 떠나게 하였던 철저하고 근본적인 그 무관심을 되찾았으며, 다른 곳에서 인생의 희망을 갖게 하였다. 그리고 그 다른 곳에서 그녀는 내가 그녀에게 주지 못했던 성(性)에 눈을 뜨게 되었을 것이다.

그러나 이런 추측들은 너무나 악몽 같다. '나는 결코 그 이유를 알지 못할 것이다.'라고 생각하는 것이 더 낫다.

. . . . .

대영 박물관에서 사람들이 와서 동양에 관한 서적을 모두 가져갔다. 그들은 다른 물건들도 간절히 탐내며 눈여겨보았다. 어떤 사람은 악마 상자도 열어 보고 싶어 했다. 그러나 내가 소리 지르며 앞으로 뛰어나가 말렸다. 제임스의 다른 책들은 썰렁하게 남아 있었다. 주로 역사 책과 유럽의 언어로 쓰인 시집이었다. (나는 밀라레파*의 작품을 찾을 수가 없다. 그는 이탈리아 시인일까?) 소설은 없었다. 나는 내 책들을 약간 풀어 놓았다. 그러나 그것들은 별 볼일 없어 보였고 비어 있는 공간을 다 채우지도 못했다. 이 장소도 알라딘의 궁전처럼 서서히 무너질 것인가?

. . .

진에게서 이란으로 자기를 방문하러 오라는 편지가 왔다. 쿠르드 족인지 혹은 다른 민족인지 모르겠지만, 남편이 그곳 군주라고 한다. 아직도 나는 치정 사건의 제물이 되려나 보다.

마침내 슈러프엔드가 슈바르츠코프 박사 부부에게 팔렸다. 천만다행이다. 그들이 거기 살면서 나보다 운이 좋기를 바란다.

로시나에 대해 최근 떠도는 소문은 로스앤젤레스의 한 협

---

* 1040~1123, 티베트의 고승이자 시인.

곡에서 여성 정신 분석학자와 산다는 것이다. 바보 천치 월 보아스가 기사 작위를 받았다고 들었다. 나는 다행히도 그런 '작위'를 탐내지 않는다.

어젯밤에는 꿈에 하틀리가 익사했다.

앤지에게서 또 편지가 왔다.

· · · · ·

나는 하틀리에 대하여 리지와 대화를 나누었다. 중요한 말은 하지 않았는데도 내 마음은 마치 비집어 열어 놓은 것처럼 편안했다. 나는 하틀리를 '몽상가'라고 비난했다. 몽상가라는 단어는 타이터스가 썼을 것이다. 그러나 나 자신이 얼마나 엄청난 몽상가였던가! 나는 꿈꾸는 사람이었으며, 마술사였다. 돌이켜 보면 나는 현실의 모든 것을 꿈으로 해석했고, 자신의 꿈이라는 책을 읽으며 얼마나 현실을 직시하지 못했던가를 알 수 있다. 우리의 사랑은 현실 세계의 것이 아니라고 말하던 하틀리가 옳았다. 이것은 설 자리가 없었다. 그러나 지금 놀라운 것은 어떤 지점에서부터 나는 자신을 보호하고 사실을 무마하기 위하여 교묘하게 그녀를 거짓말쟁이로 여겼다는 것이다. 고통스러운 애착의 짐으로부터 나 자신을 풀어 주기 위하여 나는 자기 보호적인 인간의 자아가 지닌 특징인, 반쯤 의식적인 교활함으로 그녀를 가련하고 신경질적인 사나운 여자로 보았다. 그리고 일종의 정신적 동정이라고 상상하려고 애쓰던 이 타락한 동정은 나의 도피의 중간 간이역이었다. 나는 어둡고 유리창 없는 방에 갇힌 희생자가 소리 내어 우는 모습을 견딜 수가 없었다. 아직도 악몽에서 그 모습을 보곤 한다. 내 사랑의 상상력은 진짜 하틀리를 포기하고, 무조건 '모든 것을 수용하는' 높고 추상적인 개념으로 자신을 위로했다. 그것이 탈출구였다.

대화 중에 리지가 말했다. "물론 결혼 생활은 겉에서 보기에는 형편없다고 해도 실제로는 완전할 수도 있어요." 그렇다. 정말 그렇다. 그러나 나에게는 증거가 있지 않았나? 물론 나는 리지에게 내가 엿들었다는 것과 하틀리가 되풀이하여 "미안해요. 미안해요. 미안해요."라고 했다는 것을 말하지 않았다. 벤은 민간인 생활에 결코 적응하지 못했다. 그는 아르덴에 있는 포로 수용소에서 많은 사람을 살해함으로써 훈장을 받았다. 필요 이상의 야만적 행위였다는 소문이 나돌았다. 어떤 사람들은 다른 사람들보다 살인에 더 능숙하다. 하틀리는 벤의 폭행에 대하여 거짓말을 했다고 말했지만, 아마 그것도 충직과 비이성적인 공포에서 나온 거짓말일지 모른다. 사람은 공포의 냄새를 쉽게 알아차릴 수 있지 않은가? 그러한 추측이 날 어디로 인도할 것이며, 어떤 각도에서 그런 추측이 날 정당화할 수 있을까? 사랑의 상상을 향한 문은 닫혀 있다. 기억은 틀리기 쉽고 그 한계는 완전한 화해를 불가능하게 한다. 그러나 분명히 하틀리는 내가 처음 생각했던 것처럼 심한 고통을 겪었으며, 가끔은 나를 잃은 것을 슬퍼했을 것이다. 그녀는 내게 왔고, 내게 달려왔고, 그것은 꿈이 아니었다. 그날 밤에 내가 안았던 것은 유령이 아니었다. 그리고 그날 밤에 그녀는 나를 사랑한다고 말했다. 그녀가 '최초의 후회'로 돌아가리라는 내 생각은 지나치게 독창적이었다. 진실을 탐색하기 위하여 움직이는 사람은 지나치게 독창적일 수 있다. 가끔 사람은 베일을 쓴 얼굴을 단순하게 존중해야 한다. 물론 이것은 연애소설이다. 그녀는 베아트리체가 될 수 없고 나도 그녀에게 구원을 받을 수 없었지만 그것이 그렇게 어리석거나 가치가 없는 생각은 아니다. 그녀에 대한 나의 동정은 어떤 계획이나 무례가 아니다. 이것은 이제 내 인생의 중요한 부분은 아니지만 결국 허탈하고, 무지하고, 조용하고, 초연한 추억으로 지속적으로 남을 것이다. 과거는 과거를 파묻으며 침묵으로 끝나야 하지만, 그것은 눈을 뜬 채로 휴식하고 의식이 있는 침묵일 수도 있다. 아마 이것이 제임스가 말했던 마지막 용서인가 보다.

． ． ． ． ．

어젯밤에는 꿈속에서 「에라바모 트레디치」를 부르는 소년의 목소리를 들었다. 잠에서 깨었을 때에도 나는 이 노래의 우스꽝스러운 후렴인 **퉁탕퉁탕 퉁탕퉁탕** 부분을 합창으로 부르는 소리가 아파트에 울리는 것 같았다. 만일 타이터스가 아직 살아 있다면 이 모든 소유물에 대하여 나는 매우 다른 생각을 가졌을 것이다. 내 책을 조금 더 풀어 놓으면서 그가 가지고 있던 단테의 **호화판** 연애 시집을 우연히 보게 되었다.

인간의 허영, 인간의 질투, 인간의 탐욕, 인간의 비겁함이 다른 사람들을 올가미에 씌우기 위하여 얼마나 수많은 치명적인 원인의 사슬을 이 지구상에 깔아 놓았을까! 내가 바다에 가면서 세상을 등진다고 상상했던 것이 이상스럽다. 그러나 사람은 한 형태로 권력을 포기하고 또 다른 형태로 권력을 잡는다. 아마 제임스와 나는 어느 면에서는 똑같은 문제점을 가지고 있지 않았을까?

나는 제임스가 했던 이야기들을 기억하려고 계속 노력한다. 그러나 비상한 속도로 그것들을 잊어버리고 있다. 그의 책들이 없으니 아파트가 음산해 보인다. 이곳은 겨울에 상당히 추울 것 같다. 이미 낮은 생기가 없고 노랗다. 정신 집중으로 체온을 높이는 방법을 꼭 배워야겠다!

. . .

나는 의사를 다시 찾아갔지만 아직 그는 내가 어디에 문제가 있는지 발견하지 못하고 있다. 나는 이 모든 '지혜'가 육체적인 쇠약의 준비 과정이 아닌가 궁금해지기 시작했다! 하루 종일 비가 내려서 집에 머물러 있었다. 쌀과 녹두와 콕스오렌지피핀이 아직 남아 있으니까 겨울을 날 수는 있겠다. 아직 전화벨 소리가 나지 않게 해 두고 있다. 결국 나는 내가 의도했듯이 이제 혼자이며 아무런 애착도 없는가? 역사는 끝나 버렸나?

사람은 자기 자신을 바꿀 수 있을까? 그렇지 못할 것이다. 만일 변화가 있다면 그것은 1밀리미터의 100만 분의 1만큼의 양일 것이다. 가엾은 귀신이 가 버리면 남아 있는 것은 일상적인 의무와 일상적인 흥미뿐이다. 사람은 조용히 살면서 조그만 선행을 하고, 아무도 해치지 않고 살 수 있다. 지금 당장은 어떤 작은 선행을 할지 생각할 수가 없다. 그러나 아마 내일은 생각이 날 것이다.

．．．

　오늘은 매우 안개가 짙게 끼었다. 아침에 산책하러 나갔더니 템스 강의 건너편이 보이지 않았다. 추운 날씨가 내 기분을 상쾌하게 했다. 상점들은 이미 크리스마스 준비에 한창이다. 나는 피카딜리까지 걸어가서 치즈를 듬뿍 샀다. 집에 와 보니 프리치가 보낸 길고도 감상적인 전보가 와 있었다. 그는 런던에 오고 있다고 했다. 그는 '네오 발레'라고 부르는 것을 내가 연출해 주기를 바란다. 「오디세이」가 다시 상연되었다.

．．．

　코프먼 양과 「햄릿」을 구경했다. 즐거웠다. 일본으로 오라는 매우 구미가 당기는 초대를 받았다.

．．．

　전화벨 소리가 들리게 하자마자 앤지가 전화를 걸었다. 금요일에 그녀와 점심 식사를 같이 하기로 했다.
　프리치는 내일 도착한다.

．．．

　그렇다. 물론 나는 내 청춘을 사랑했다. 에스텔 숙모? 그렇지는 않다. 한 사람의 첫사랑은 누구인가?

. . .

아이고, 맙소사! 그 빌어먹을 상자가 마룻바닥에 떨어졌다! 아파트 옆집에서 어떤 사람들이 망치질을 하는 바람에 상자가 까치발 선반에서 떨어진 것이다. 무엇인지는 몰라도 뚜껑이 열리고 안에 들어 있던 것들이 확실히 쏟아져 나왔으리라. 악마가 행세하는 인생 행로에서 다음엔 또 무슨 일이 일어날지 궁금하지 않은가?

작품 해설

아이리스 머독의 생애

세기의 지성 아이리스 머독은 비범한 소설가이며, 저명한 철학자이며, 존경받는 문학 이론가이며, 극작가이며, 시인이며, 가사(歌詞) 작가이며, 영국 왕실로부터 데임 작위(여성에게 수여하는 기사에 상당하는 작위)를 받은 귀족이기도 하다. 그녀는 옥스퍼드 대학교 철학 교수를 지내면서 수많은 저작을 발표했고, 영국에서 가장 권위 있는 문학상인 부커 상도 수상했다. 이렇게 다채로운 이력에 다재다능한 그녀를 두고 혹자는 괴짜라 했고, 그녀의 독특한 철학관과 문학관을 두고 신비주의자라 이르는 이도 있었으며, 그녀를 숭배하다 못해 성인이라고까지 하는 이도 있었다.

20세기 영국에서 비평가들의 절찬을 가장 많이 받은 작가 중 하나인 머독은 1953년부터 40여 년 동안 소설 스물여섯 권,

철학서 다섯 권을 비롯하여 여러 희곡과 시 그리고 수많은 가사와 수필을 남겼다. 그녀는 『흑태자』(1973)로 제임스 테이트 블랙 기념상을 받았고, 『성스럽고 세속적인 사랑 기계』(1974)로 휘트브레드 상을 받았으며, 『바다여, 바다여』(1978)로 부커 상을 받았다. 또한 영국 왕립 문학회로부터 문학 훈작사를, 뉴욕 국립 예술인 클럽으로부터 문학 명예 훈장을 받았고 노벨 문학상 후보에 여러 번 오르기도 하였다. 그녀의 소설은 전 세계에 걸쳐 수백만 권이 팔렸으며, 많은 영문학자들이 빈번하게 그녀의 작품을 연구한다.

아이리스 머독은 1919년 7월 15일에 아일랜드의 더블린에서 영국인 아버지와 아일랜드인 어머니 사이에서 태어났다. (그녀의 성 머독은 본래 스코틀랜드 고지에 거주하는 게일인 혈통에서 유래한다.) 그녀의 어머니 아이린 앨리스 리처드슨은 결혼 전에 오페라 가수로 활동을 했다. 아버지 윌스 존 휴스 머독은 1차 세계대전 당시 기마 장교였으며, 전후에는 영국 정부의 공무원이었고, 문학을 좋아하는 학구파였다고 한다. 어렸을 때 그녀는 아버지와 함께 『이상한 나라의 앨리스』, 『보물섬』, 『피터 팬』 등의 동화를 읽었으며, 이들은 훗날 그녀의 작품에도 큰 영향을 주었다. 전후에 런던으로 이사한 그녀는 런던 서부 해머스미스와 치직에서 자랐다. 그녀는 아홉 살 때부터 이미 글을 쓰기 시작했고, 열네 살 때는 교내 잡지에 시를 발표했다. 브리스틀의 배드민튼 고등학교 시절에는 라틴어와 그리스어를 공부하며 어학 공부에 열정을 쏟았고, 이후에는 프랑스어, 스페인어, 이탈리아어, 러시아어, 독일어도 구사할 수 있었다. 그후 그녀는 1938년에 옥스퍼드 대학교의 서머빌 칼리지에 장학생으로 입학하여 고전문학과 고대사와 철학을 전공했다. 그 당시 그곳은 그녀가 꿈꾸던 대로 정치적이고 철학적인 사상이 충만하며 미래의 저명인사들이 함께 수학하는 곳이었다. 미래의 영국 수상 에드워드 히스, 시인 필립 라킨, 소설가 킹슬리 에이미스, 그리고 마르크스주의 문화이론가 레이먼드 윌리엄스 등이 그들이다. 그녀는 1942년에 옥스퍼드 대학교를 최우등생으로 졸업했다.

그녀는 2차 세계대전 당시에 잠시 공산주의에 관심을 갖기도 하였으나 곧 실망하였고, 1944년부터 1946년까지 유엔의 구호 기관인 UNNRA에 종사하며 오스트리아와 벨기에 등지에서 활동했다. 이때 그녀는 노벨 문학상 수상자인 엘리아스 카네티, 소설가이며 수학자인 레몽 크노, 그리고 전설적인 철학자 장폴 사르트르를 만났다. 사르트르를 직접 만난 이후 그녀는 실존주의에도 관심을 가졌고, 유럽의 석학들에게서 자극을 받은 덕에 귀국 후 닥치는 대로 책을 읽었다. 그리하여 1947년 케임브리지 대학교에서 오스트리아의 철학자 비트겐슈타인 밑에서 철학 공부를 계속했다. 철학자들과의 만남은 이후 그녀가 소설가로서 성장하는 밑거름이 되었다. 그녀는 1953년에 첫 번째 비평서 『사르트르, 낭만적 합리주의자』를 출간하였고, 1948년부터 1963년까지 옥스퍼드 대학교의 세인트 앤즈 칼리지에서 철학 교수로 재직했다. 1963년부터 1967년까지는 왕립 예술 대학교에서 강의를 했다.

머독이 가장 사랑했던 이는 체코 출신의 박식한 유대인 시인 프란츠 슈타이너였다. 그녀가 한때 연인으로 지내기도 했던 엘리아스 카네티에 의하면 슈타이너는 1952년에 그녀의 팔에 안긴 채 심장 마비로 숨을 거두었다고 한다. 머독은 1956년에 여섯 살 연하인 스물아홉 살 청년 존 베일리와 결혼했다. 베일리는 옥스퍼드 대학교의 영문학 교수였다. 이들 부부는 스티플 애시턴의 저택 시더로지에서 30여 년 동안 살았고 이후 옥스퍼드 북부의 지식인 마을로 이사했다. 머독은 아이를 낳고 기르는 데 전혀 관심이 없었고 결혼 중에도 다른 남자와 연애를 한 적이 있지만, 베일리는 이 점에 관대했고 덕분에 그들은 행복한 결혼 생활을 영위할 수 있었다. 그들은 함께 수영을 즐겼는데, 자상한 베일리는 머독을 위해 그녀의 조그만 수영장에 수중 난방기를 설치해 주기도 했다.

머독은 1954년에 출간한 『그물을 헤치고』가 성공을 거두자 소설 쓰기에 전념했다. 1970년대까지 소설을 거의 매년 한 권씩 출간했으며, 이후 속도가 조금 줄었으나 1990년대까지도 꾸준히 창작에 전념했다. 그녀는 인물을 생생하게 묘사하고 플롯을 탄탄하게 구성하며 희극적인 면을 가미하였고 선(善)의 본질과 인간의 자유 등 철학적 주제를 심도 있게 다루었다. 철학자다운 안목을 겸비한 작가 머독은 그녀의 저명한 수필 「무미건조함에 대하여」(1961)에서 "그전에는 철학이 담당했던 임무의 일부를 이제는 문학이 수행하고 있다."라고 선언하기도 했다. 그러나 그녀는 소설이나 소설에 등장하는 인물들이 철학적 견해를 표출하는 추상적인 대역이 되는 것을 허락하지 않았다. 그리하여 그녀는 소설은 "자유로운 등장인물들이 살기에 적당한 집"이어야 한다고 같은 수필에서 주장했다.

그녀의 마지막 소설 『잭슨의 딜레마』(1995)는 알츠하이머병이 몸에 큰 타격을 주기 시작할 때 출간되었다. 그로부터 4년

후 1999년 2월 8일 그녀는 옥스퍼드에서 여든 살을 일기로 숨을 거두었다. 남편 존 베일리는 머독이 사망하기 직전에 회고록 『아이리스』를 출간했다. (미국에서는 『아이리스를 위한 애가』라는 제목으로 출간되었다.) 혹자는 그녀가 죽기 전에 그녀의 사망 기사를 써 둔 것과 같다며 이를 크게 비난하기도 했다. 그러나 이들 부부의 슬픈 이야기이기도 한 이 책에서 베일리는 깊은 애정이 담긴 감동적인 필치로 아이리스가 알츠하이머병을 앓을 당시를 솔직하게 기술하고 회상하며 그녀를 찬양하고 있다. 이 작품은 출간 후 곧 베스트셀러가 되었으며, 큰 호응을 받으며 신문에 연재되기도 했다. 누군가는 이 책을 두고 '올해의 책'이라고 격찬하였고, 또 다른 누군가는 '우리 시대의 연애소설'이라고 평했다. 2002년에 「아이리스」라는 같은 제목으로 주디 덴치와 케이트 윈슬렛이 주연을 맡은 영화가 만들어지기도 했다.

그녀가 겪어야 했던, 알츠하이머병의 슬프고도 무서운 아이러니는 인생을 학문과 예술에 전부 바쳤던 재능 있고 영리했던 한 작가가 자신이 쓴 수많은 작품들의 제목을 하나도 기억하지 못하게 되었다는 것이다. 그녀의 이야기는 가장 근본적인 철학적 문제 가운데 하나를 우리에게 상기시켜 준다. 여러 가지 방법으로, 여러 가지 경우로 그녀가 독자에게 알려 준 철학적 진실은 바로 이것이다. 우리가 무슨 일을 하든지, 우리가 얼마나 유명해지든지, 우리는 무엇을 위해 그 일을 하는가? 결국 죽음의 위대한 공허함이 우리 모두를 덮어 없애 버릴 것을.

머독의 가장 뛰어난 대표작 『바다여, 바다여』

『바다여, 바다여』는 아이리스 머독의 작품 중 유일하게 부커 상을 수상한 작품이다. 일인칭으로 쓰인 소설 『흑태자』, 『언어 아이』, 『바다여, 바다여』 중에서 가장 뛰어나다는 평을 받는다. 머독의 철학적 관심, 즉 예술과 종교, 죄와 도덕적 삶의 추구, 복잡한 현실과 자유 등에 대한 탐구가 모두 최고점에 달하는 『바다여, 바다여』는 그녀의 여러 작품 중에서도 모범적이라 할 만큼 매우 탄탄하게 구성이 잘 짜여 있다. 바다의 다채로운 모습과 인간의 복잡다단한 삶, 예술로 선(善)을 찾으려는 인물과 종교로 선을 찾으려는 인물, 마술적 힘과 속임수 등의 대비를 통해 견고한 서사를 구사하며 그녀의 작품 세계를 관통하는 보편적 주제를 잘 전달한다. 한편 비극과 희극이 훌륭한 미학적 조화를 이루는 『바다여, 바다여』를 두고 문학평론가 맬컴 브래드버리는 "잔인하고 고통스러운 책"이라고 했으며, 소설가 가브리엘 애넌은 "우주를 내다보는 포문이 있는 희극"이라고 말한 바 있다.

제목 '바다여, 바다여'는 프랑스 시인 폴 발레리의 「바닷가의 묘지」에서 따온 것이다. (『바다여, 바다여』에는 '매우 아름다운 바닷가의 묘지'가 나온다.) 아이리스 머독은 발레리의 시를 무척 좋아했으며, 이 시를 즐겨 낭송했다고 한다. 특히 "항상 다시 시작하는 바다여, 바다여(La mer, la mer, toujours recommencee)"라는 구절을 좋아했다. 발레리의 시는 속세로부터의 도피와 속세로의 귀환을 상징한다. 이것은 『바다여, 바다여』의 주인공 찰스 애로비의 행로와도 상응한다. 결국 '바다여, 바다여'라는 제목은 인생이 항상 바다처럼 다시 시작하고 모든 것을 반복한다는 점을 상징적으로 드러낸다.

　바다는 이 소설의 배경이자 작품을 관통하는 중요한 이미지이다. 바다는 폴 발레리의 시 구절에서 말하는 것처럼 모든 생명의 근원이자 모든 생명이 다시 되돌아가는 곳이다. 소설에서 바다는 다양하게 변하는 모습이 매 순간 묘사되고 '숭고하다'고까지 표현된다. 바다는 거대하며, 여러 성격을 지녔으며, 예측할 수 없다. 사실상 바다는 인간에게 무관심한 자연의 힘의 집약지다. 사람을 죽일 수도 있고 감싸 안을 수도 있는 바다는 아름다운 동시에 매우 위협적인 존재다. 유대인들이 읽는 창세기의 반 이상이 신과 바다가 싸우는 이야기이며 그리스의 우주론에서도 바다는 중요한 위치를 차지한다. 바다는 만물을 포함하고, 모든 것을 대표하며, 모든 무의식의 근원이다. 이 근원으로부터 생명체가 태어나고 또 이곳으로 다시 되돌아간다. 바다를 뜻하는 한문 '해(海)' 안에 어미를 뜻하는 '모(母)' 자가 들어 있는 것도 우연이 아니며, 바다를 뜻하는 프랑스어 'la Mer'의 성이 여성이며, 어머니를 뜻하는 'mère'와 음이 같은 점도 주목할 만한 사실이다.

　『바다여, 바다여』는 이러한 바다를 무대로 삼아 자기중심적인 런던의 예술가들(연극인들)이 자신의 강박관념에서 벗어나지 못하는 이야기를 극화시켰다. (대중과 가장 직접적인 관계를 맺고 대중의 눈을 속이는, 가장 위험한 예술 형태인 연극은 이 소설의 중요한 소재 중 하나이다.) 소설의 도입부에서 주인공이자 화자인 찰스는 자신의 이기적인 인생을 뉘우치기 위하여 연극계를 은퇴하고 바닷가에서 이 글을 쓰고 있다고 밝힌다. 그는 '셰익스피어 전문 감독'이라 불리는 유명한 연출가이자 극작가이며 배우이다. (셰익스피어를 가장 훌륭한 시인으로 숭배하고 그의 작품을 애독하였던 머독은 자신의 여러 작품에서 그 흔적을 남겼는데, 『흑태자』에서 「햄릿」을 떠올릴 수 있듯이 『바다여, 바다여』에서는 「폭풍」을 연상시키는 장면이 많다. 그녀는 「폭풍」을 가장 좋아하는 희곡이라고 피력한 바 있다. 이 작품이 화해와 도덕, 그리고 도덕의 승리를 다루고 있기 때문이다. 『바다여, 바다여』의 찰스는 『폭풍』의 프로스페로와 비교할 수 있다.) 그는 분명히 자신의 권력과 연극의 마술적 힘을 버리기 위하여 바닷가로 은퇴했지만 주위 사람들을 자기 맘대로 휘두르는 버릇은 쉽사리 버리지 못한다. 월리스 미술관에서 티치아노의 그림 「페르세우스와 안드로메다」를 본 찰스는 자기중심적인 성격 그대로 그림의 의미를 읽는다. 찰스 자신이 그림 속의 페르세우스처럼 안드로메다(남편과 지루한 생활에 얽매인 하틀리)를 구해야 한다고 상상하는 것이다. 머독은 항상 도덕적인 선을 개발하고 자기애와 이기심을 버려야 한다고 주장해 왔다. 하지만 한 인간이 권력을 완전히 포기하는 것은 심히 어려운 일인 것이다.

소설 속에서 머독은 사촌지간인 찰스와 제임스가 각자 나름대로 선(善)을 추구하려는 모습을 그린다. 소설 속에서 보이는 두 인물의 극렬한 대비는 머독 특유의 기교다. 제임스는 종교를 통해서 선을 추구하고, 찰스는 예술을 통해서 선을 추구하려 한다. 방법은 다르지만 둘 다 고결한 인생을 추구하려고 노력한다. 하지만 그들의 인생에서 다른 형태로 존재하는 일종의 속임수는 그들이 진정한 선을 추구하는 것을 방해한다. 연극이라는 일종의 환상, 그 마술적 힘 속에서 살아 온 찰스는 자신이 만든 또 다른 환상 속에 빠져 첫사랑에 집착하고 거짓말이나 허세 같은 속임수를 통해 사람을 조정하려 든다. 한편 제임스는 자기중심적인 찰스와 달리 이타적인 사고를 하고 조화의 원칙을 아는 인물이지만 그 역시 티베트에서 습득한 영적인 힘을 과신함으로써 자신의 하인을 보호하지 못하는 과오를 저지른 경험이 있다. 순수한 영적인 힘도 인간의 허영 앞에서는 연극의 마술적 힘이나 환상과 같은 일종의 속임수로 전락해 버리는 것이다. 결국 찰스와 제임스는 공통적으로, 자신들이 선택한 선과 권력을 혼동하는 잘못을 범해 사랑하는 사람을 잃는다. 그들이 과거의 잘못을 되풀이하지 않기 위해서는 자신들의 힘과 권위를 포기하고 과거를 안고 살아가야만 한다. 그러나 소설 후반부에서 둘은 상반된 선택을 한다.

소설은 구조상 세 부분, 즉 '역사 이전', '역사', 그리고 '역사, 그 후의 이야기'로 나뉘어 있다. '역사 이전'에서 찰스는 자신이 연극계를 은퇴하여 바닷가 집에서 살게 된 배경을 밝히며 과거의 삶을 회상한다. 찰스는 어린 시절부터 사촌 제임스에게 열등감과 함께 시기심을 품어 왔고, 현재는 그의 인생이 실망스럽다며 그를 하찮게 여기려 든다. 찰스는 자기 친구나 옛 애인에 대해서 좋게 말하지 않는다. 그는 과거에 엄청난 여성 편력을 자랑한 인물이다. 스무 살 때 서른아홉 살의 배우 클레멘트 메이킨을 만났고 그녀 덕분에 연극계에 발을 들여놓았다. 성년이 된 이후의 첫사랑인 그녀는 이미 죽은 지 오래다. 그 뒤 찰스는 셰익스피어의 「폭풍」에서 자신의 상대역이었던 리지와 사귄다. 그녀는 찰스를 미친 듯이 사랑했으나, 시간이 흐르자 찰스는 그녀를 쉽게 떠나 버린다. 또한 찰스는 동료 페러그린의 아내 로시나를 가로채고 그들의 결혼 생활을 파괴한 뒤 그녀를 매정하게 버린 전적도 있다.

여섯 장으로 구성되어 있는 '역사'는 '역사 이전'에서 간단히 소개했던 그의 과거 속 인물들이 그를 찾아오면서 시작된다. 찰스는 우연히 자신의 첫사랑 하틀리와 조우한다. 그리고 친구들, 옛 애인들, 사촌 제임스가 그를 찾아온다. 그들 사이에서 복잡하게 얽히는 일들은 찰스가 자기 성찰에 빠지게 한다. 리지는 다시 한 번 그의 마음을 얻기 위해 주변을 맴돌며, 로시나는 자기를 버린 것에 대해 복수하기 위해 찰스의 집에 맘대로 드나들며 그를 괴롭힌다. 하지만 여기에서 가장 중요한 사건은 아직도 하틀리가 자기를 사랑한다고 생각하는 찰스의 망상 자체이다. 찰스는 이미 40여 년 전에 자기를 떠나 다른 남자의 아내가 된 하틀리가 아직도 자기를 사랑한다고 믿는다. 그는 그녀의 남편 벤이 그녀를 못살게 구는 난폭한 사람이라고 단정하고 그녀의 결혼 생활이 불행하다 결론짓는다. 그는 결혼의 은밀한 관습과 비밀을 이해하지 못하고 결혼의 가학적 구조만을 본다. 또한 저녁 식사 시간에 불쑥 그들을 찾아가는 등 하틀리가 속해 있는 세계에 반하는 행동을 한다. 어떻게 해서든 그녀를 소유하고 싶은 찰스는 온갖 술수를 동원하기 시작한다.

찰스는 포기 내지 단념을 가장하여 바닷가로 왔다. 그러나 그가 초기에 결심했던 회고의 욕망마저 겉으로 보기에는 망상에 지나지 않는 것처럼 보인다. 찰스는 우연인지 필연인지 알 수 없는 여러 가지 일련의 사건들을 겪으며 미처 소중함을 깨닫지 못했던 것들을 잃는다. 뒤늦은 깨달음 속에서 찰스는 별이 가득한 장엄한 밤풍경과 네 마리의 물개를 목격하며 이렇게 서술한다. "물개들은 잠시 동안 몸을 뒤틀며 물을 마시거나 뱉기도 하고, 내내 나를 올려다보면서 재롱을 떨었다. 물개들이 노는 것을 보면서 나는 그들이 나를 축복하러 온 자비로운 동물이라는 생각을 의심치 않았다." 그전까지 바다는 사납고 낯선 대상이었고, 찰스가 바다에서 본 동물은 무서운 괴물들뿐이었다. 하지만 이제는 바다의 온순한 생명체들이 그를 축복해 준다. 이것은 찰스의 정신적 성장을 의미한다.

'역사, 그 후의 이야기'에서 찰스는 이전의 자기중심적 사고나 망상에서 벗어난 것처럼 묘사되나 그가 실제로 잘 순응했는지는 확실치 않다. 소설은 이 점을 모호하게 다룬다. 찰스는 자신의 회고록을 쉽게 결말지으려 하지 않는다. "모든 열정이 소모된 뒤 마음이 고요해진 상태에서" "모든 것이 담담하고, 불분명하지만, 더 높고 빛나는 어떤 의미 속에 집중되었을 때" 모든 사건을 마무리 짓는 정통적인 끝맺음 대신에 소설 속 등장인물들에 대해 들려오는 소문을 전하며 상념 속에 글을 마친다. 찰스가 남긴 마지막 글은 제임스가 남긴 나무 상자가 까치발 선반에서 떨어진 사건에 대한 것이다. 그는 매우 놀라며 "무엇인지는 몰라도 뚜껑이 열리고 안에 들어 있던 것들이 확실히 쏟아져 나왔으리라. 악마가 행세하는 인생 행로에서 다음엔 또 무슨 일이 일어날지 궁금하지 않은가?"라고 말한다. 만일 그가 자신이 겪은 여러 가지 경험을 통해 정신적 성숙을 이루었다면 그는 다시 인생의 굴레에 갇히지 않을 것이다. 그러나 이 속세의 이기주의에 그는 또다시 강렬한 유혹을 느끼는 것으로 보인다. 페러그린의 열여섯 살짜리 딸이 그를 사랑한다

고 고백하며 그가 원하는 아들을 낳아 주겠다는 편지를 보냈
는데, 그것을 무시하던 찰스가 결국 그녀의 전화를 받고 그녀
와 점심 식사를 약속하기 때문이다. 그는 바다가 그러듯 다시
원래 자리로 돌아갈지도 모른다.

이처럼 머독의 소설 종결부는 열린 상태로 끝난다. 종말은
문학 작품에서 가장 전통적인 순간이지만 삶은 죽음이 아니라
면 결론이 나지 않는다. 『바다여, 바다여』의 종결부는 이러한
작가의 생각을 아주 분명히 보여 준다. 그러나 독자들은 그 완
전함에 만족을 느끼는 동시에 또 한편으로는 그 완전함을 조
롱할 수 있을 것이다.

철학 논문이 아닌 소설에서 개인의 도덕적 발달을 취급하는
것은 매우 위험한 시도이며, 훌륭한 철학을 피력하려다 오히려
자칫하면 소설에서 필수적인, 화법의 매력을 손상시킬 수도 있
다. 머독은 자신의 작품에서 철학과 결합된 소설 쓰기라는 특
징을 뚜렷이 드러내지만 '철학적 소설가'란 명칭을 거부하고 19
세기 사실주의 대가들, 즉 도스토예프스키나 조지 엘리엇의
전통을 이어받아 작품 속에 활기찬 인물을 등장시키고 밀도
높은 플롯을 구성해 왔다. 실제로 머독의 소설은 철학적이면서
도 사실주의적이고 고딕풍이면서도 현대적이다. 『바다여, 바다
여』는 그녀의 비범함을 느끼게 해 주는 대표작으로, 살아 있는
일상의 삶을 이야기하는 동시에 너무나 흥미롭고 우아하게 도
덕적 문제들을 성공적으로 논의하는 놀라운 소설이다.

2009년 12월

최옥영

작가 연보

1919년 영국인 아버지와 아일랜드인 어머니의 외동딸로 아일
        랜드 더블린에서 출생.

1932년 브리스틀의 명문 배드민튼 여자 고등학교에 재학.

1938년~1942년 옥스퍼드 대학교의 서머빌 칼리지에서 고전문
        학, 고대사 및 철학을 공부하고 최우등생으로 졸업.

1942년 재무부에서 공무원으로 근무함. 2차 세계대전 중 런던
        에 거주하면서 미술관과 박물관을 자주 방문함.

1944년~1946년 유엔 구호 기관(UNNRA)에 종사하며 오스트
        리아와 벨기에 등지에서 활동. 이때 엘리아스 카네티,
        레몽 크노, 장폴 사르트르 등 유럽의 여러 석학들을
        만남.

1947년 다시 학교로 돌아와 케임브리지 대학교의 뉴넘 칼리
        지에서 대학원 과정을 마침. 오스트리아의 철학자 비
        트겐슈타인 밑에서 수학.

1948년~1963년 옥스퍼드 대학교의 세인트 앤즈 칼리지에서
         철학 교수로 재직함.

1952년 연인이던 유대인 시인 프란츠 슈타이너 사망.

1953년 첫 번째 철학 비평서 『사르트르, 낭만적 합리주의자
         (Satre, Romantic Rationalist)』 출간.

1954년 첫 소설 『그물을 헤치고(Under the Net)』 출간.

1956년 『마법사로부터의 도피(The Flight from the Enchanter)』
         출간. 옥스퍼드 대학교 영문학 교수 존 베일리와 결혼.

1957년 『모래성(The Sandcastle)』 출간.

1958년 『종(The Bell)』 출간.

1961년 『잘려진 머리(A Severed Head)』 출간.

1962년 『비공식 장미(An Unofficial Rose)』 출간.

1963년 『유니콘(The Unicorn)』 출간.

1963년~1967년 왕립 예술 대학교에서 강의함.

1964년 『이탈리아 소녀(The Italian Girl)』 출간.

1965년 『붉은색과 초록색(The Red and the Green)』 출간.

1966년 『천사들의 시간(The Time of the Angels)』 출간.

1968년 『좋은 사람과 착한 사람(The Nice and the Good)』 출간.

1969년 『브루노의 꿈(Bruno's Dream)』 출간.

1970년 『영광스러운 패배(A Fairly Honourable Defeat)』 출간. 철
         학서 『선의 지고성(The Sovereignty of the Good)』 출간.

1971년 『우발적인 인간(An Accidental Man)』 출간.

1973년 『흑태자(The Black Prince)』로 제임스 테이트 블랙 기
         념상 수상. 희곡 『세 개의 화살과 하인과 눈(Three
         Arrows and the Servants and the Snow)』 출간.

1974년 『성스럽고 세속적인 사랑 기계(The Sacred and Profane Love Machine)』로 휘트브레드 상 수상.

1975년 『언어 아이(A Word Child)』 출간.

1976년 영국 왕실 훈장 CBE(Commander of the British Empire)를 받음. 『헨리와 케이토(Henry and Cato)』 출간.

1977년 철학서 『불과 태양(The Fire and the Sun: Why Plato Banished the Artists)』 출간.

1978년 『바다여, 바다여(The Sea, The Sea)』로 부커 상 수상. 시집 『새들의 해(A Year of Birds)』 출간.

1980년 희곡 『하인(The Servants)』과 『예술과 에로스(Art and Eros)』 출간. 『수녀와 군인(Nuns and Soldiers)』 출간.

1983년 『철학자의 제자(The Philosopher's Pupil)』 출간.

1985년 『착한 도제(The Good Apprentice)』 출간.

1986년 희곡 『아카스토스: 플라톤의 두 가지 대화(Acastos: Two Platonic Dialogues)』 출간.

1987년 『책과 형제애(The Book and the Brotherhood)』 출간. 영국 왕실로부터 데임 작위를 받음.

1989년 『지구에 보내는 메시지(Message to the Planet)』 출간.

1992년 철학서 『윤리학 입문서로서의 형이상학(Metaphysics as a Guide to Morals)』 출간.

1993년 『초록색 기사(The Green Knight)』 출간.

1995년 『잭슨의 딜레마(Jackson's Dilemma)』 출간. 알츠하이머병의 초기 증상이 나타남.

1997년 철학서 『실존주의자와 신비주의자: 철학과 문학에 대한 글(Existentialists and Mystics: Writings on Philosophy

And Literature, Edited by Peter Conradi)』출간. 『아이리스 머독 시집(Poems by Iris Murdoch)』출간.

1998년 남편 존 베일리가 회고록 『아이리스(Iris : A Memoir)』를 펴냄.

1999년 옥스퍼드에서 사망. 존 베일리가 두 번째 회고록 『아이리스와 그녀의 친구들(Iris and Her Friends)』을 펴냄.

세계문학전집 **236**

바다여, 바다여 2

1판 1쇄 펴냄 2009년 12월 31일
1판 14쇄 펴냄 2023년 10월 17일

지은이 아이리스 머독
옮긴이 최옥영
발행인 박근섭, 박상준
펴낸곳 (주)민음사

출판등록 1966. 5. 19. (제 16-490호)
서울특별시 강남구 도산대로1길 62(신사동) 강남출판문화센터 5층 (우편번호 06027)
대표전화 02-515-2000 팩시밀리 02-515-2007
www.minumsa.com

ISBN 978-89-374-6236-8 04800
ISBN 978-89-374-6000-5 (세트)

* 잘못 만들어진 책은 구입처에서 교환해 드립니다.

세계문학전집 목록

세계문학전집은 계속 간행됩니다.